TUTTO O NIENTE

UN ROMANZO DELLA SERIE "MANIPOLARE IL SISTEMA"

Brenna Aubrey

Traduzione: Mirella Banfi

SILVER GRIFFON ASSOCIATES
ORANGE, CA, USA

ISBN 978-1-940951-57-7
Silver Griffon Associates
P.O. Box 7383
Orange, CA 92863
www.BrennaAubrey.it

Per gli uomini, piccoli e grandi nella mia vita. Siete il mio mondo.

RICONOSCIMENTI

Ci sono tantissime persone cui devo gratitudine per la parte che hanno avuto nel permettermi di far nascere libro: le mie prime lettrici, Kate Mckinley e Sabrina Darby, che non esitano a criticarmi e mi spingono sempre a migliorare la storia. A coloro che mi hanno aiutato con la ricerca, Mia Kayla, Kate Pearce e il signor Pearce, Mimi Strong e Jennifer Lewis.

Un enorme grazie al mio team di produzione, che rende tutto pulito e lucente: Sarah Hansen, Lindee Robinson, Chasity Jenkins-Patrick, Eliza Dee e S.G. Thomas. E un grazie al settore del supporto morale, Tessa Dare, Courtney Milan, Carey Baldwin, Leigh Lavalle, Natasha Boyd, e le favolose chicas del Fast Draft Club ™.

Mille grazie a tutti i lettori e i blogger che hanno amato, letto, recensito e parlato dei miei libri. Non avrei mai potuto farlo senza di voi. Sono contenta che amiate queste storie e i personaggi quanto li amo io. Le vostre mail, i tweet e i post su Facebook e il mio blog sono importantissimi. I vostri pensieri e le vostre parole significano molto per me.

E grazie anche a coloro che si sono sacrificati di più mentre stavo scrivendo questo libro: la mia famiglia. Scusami mamma per l'improvvisa mancanza di telefonate e grazie per essere stata così comprensiva quando la scadenza era vicina. È difficile avere una relazione a distanza con le persone che ami tanto e avere un lavoro che toglie tempo al poco che abbiamo. Al mio meraviglioso, favoloso partner nella vita. Ho tirato un Nat 20 ai dadi quando ti ho trovato. Ti amo tanto, tesoro. Grazie perché mi rendi possibile fare il lavoro che sognavo. Baci e abbracci ai miei piccoli. Vi prometto che non ci vorrà ancora molto, e poi vi stancherete di vedermi così spesso.

P.S. Per favore, smettete di crescere così in fretta! Xoxox.

Capitolo Uno
April

«APRIL, SVEGLIATI. C'È IL TUO CULO SU INTERNET.» La voce sgomenta di Sid penetrò negli strati nebulosi del sonno per arrivare fino a me.

Grugnii e nascosi la testa sotto il cuscino. Il giorno prima avevo chiesto alla mia coinquilina di assicurarsi che scendessi dal letto per tempo quella mattina, usando qualunque tattica necessaria, eccetto i cubetti di ghiaccio. Non avevo idea che sarebbe ricorsa a frasi senza senso.

«Sid, vai via.»

Sid mi mise la mano sulla spalla, scuotendomi. «No, davvero, devi vederlo.»

«Non toccarmi» borbottai. «Posso dormire ancora per cinque minuti.»

«No, non puoi. April c'è un filmino porno della Comic-Con e sono piuttosto sicura che ci sia tu.»

Mi misi seduta, sbattendo gli occhi, con la vista sfocata. «Che cosa?»

Non avevo praticamente dormito per tutto il fine settimana e con la sovraeccitazione, il bere e i bagordi, quella mattina ero completamente a terra, esausta.

E dovevo iniziare il mio nuovo lavoro alla Draco Multimedia, *quella mattina.*

Strinsi gli occhi, guardando minacciosa la mia coinquilina. L'avrei accusata di farmi uno scherzo ma Sid non sarebbe mai riuscita a farne uno così complicato. Né avrebbe mai usato la parola P-O-R-N-O in modo così frivolo.

«Okay, fatti indietro e parla lentamente. Non ho ancora bevuto il caffè.»

Sid sospirò, palesemente frustrata dal mio intontimento. «Ero andata su Tumblr per seguire un tag della Comic-Con e continuava ad apparire questo video di gente che faceva sesso. Continuavo a chiuderlo perché… bleah… chi vorrebbe vederlo? Ma poi ho dato un'occhiata più da vicino alla ragazza vestita in quello che sembrava il *mio* costume da elfa, quello che *tu* hai preso in prestito.» Aveva la voce acuta come se fosse eccitata o nel panico. Quasi efficace come i cubetti di ghiaccio per svegliarmi.

Misi un piede giù dal letto, ancora mezza addormentata mentre le sue parole mi arrivavano come un'onda di marea. Avevo quella sensazione di nausea in fondo allo stomaco e la sensazione che non avesse niente a che vedere con il fine settimana esagerato.

«Per favore, dimmi che stai scherzando.»

Sid andò al computer, gesticolando, e voltò lo schermo in modo che potessi vederlo. Indicò le figure immobili. Una donna, con la schiena verso la telecamera e nuda dalla vita in giù, a cavalcioni di un tizio su una sedia. Aveva un tatuaggio riconoscibilissimo in fondo alla schiena, l'orribile disegno di un teschio e un serpente.

Di colpo, mi sentii gelata. *Il mio tatuaggio.* Il mio atto di ribellione di qualche anno prima mi stava guardando dallo schermo, schernendomi.

«Allora sei tu vero?»

Deglutii. «Uh-uh»

«Per dirindindina! Apes, è *dappertutto*. Ci sono centinaia di condivisioni. È su Twitter, Facebook, dappertutto.»

Saltai fuori dal letto e la trapunta e le lenzuola caddero sul pavimento, avvolgendosi intorno alle mie gambe e facendomi quasi cadere. «Noooooo!»

Sid era l'ultima persona a cui avrei mai fatto vedere quel video. Lei era pura come la neve appena caduta. Ero sicura quasi al cento percento che fosse vergine e la ragazza cantava, *cantava*, mentre puliva la casa, come una fottuta Cenerentola. E scommetto che, quando non guardavo, aveva gli animaletti della foresta ad aiutarla.

Diversamente da Sid, io *avevo* fatto sesso, anche se non potevo dirmi un'esperta. E l'unica volta che avevo fatto qualcosa di selvaggio per dimostrare che potevo essere una cattiva ragazza, ad esempio agganciando qualcuno e fare un video, in qualche modo era finito dappertutto. Che diavolo stava succedendo?

Mi svegliai di colpo, grazie al panico e alla paura, con l'adrenalina che mi scorreva nelle vene e la nausea che mi contorceva lo stomaco. Non era possibile! Non oggi! Mai! Ma sicuramente non oggi. Senza che glielo chiedessi, Sid cliccò il tasto play ed io ebbi il privilegio di vedere senza filtri la scena del sesso più bollente che avessi avuto nei miei ventidue anni.

Restai inchiodata al pavimento, guardando la scena svolgersi. Ero stata ubriaca, ma non tanto da non rendermi conto di quello che stavo facendo. La mia capacità di giudizio calava vistosamente quando bevevo, come dimostrato da quella folle registrazione e il summenzionato tatuaggio. Con le lacrime che mi bruciavano gli occhi, giurai di non bere più un altro goccio…

mai. Perché di quel passo, la prossima volta che avessi bevuto probabilmente il mondo sarebbe imploso.

O forse solo il *mio* mondo.

Mi premetti le mani sulle tempie, con le dita nei capelli.

«Terra ad April… qualcuno ha fatto un video porno per vendicarsi di te o cosa. Che cosa sta succedendo?»

Inspirai lentamente, tremando, senza riuscire a credere a quello che stava succedendo. «Oh Dio. *Oh Dio.* È un incubo.»

«Hai fatto sesso alla Comic-Con, April?»

Mi voltai e le diedi l'occhiata più "che cosa credi?" che riuscissi a produrre. La sua bocca divenne una "O" perfetta e le sopracciglia schizzarono verso l'alto. Sid tirò su col naso, disapprovando e si sistemò gli occhiali dalla pesante montatura nera. «Uh, chi era?»

Merda, la mia risposta avrebbe peggiorato ancora le cose. Cercai in tutti i modi di pensare a qualcosa da dire. «Uhm-mhmm.» *Pensa in fretta. Inventati qualcosa, maledizione!* «Era… lui…»

«Non lo sai, vero?»

Oh Dio, ero la peggiore "cattiva ragazza" di sempre. Ringoiai la bile che mi era salita in gola e agitai una mano verso il computer. «Cancellalo!» Era lei la nerd, dopotutto. Lei passava *ore* davanti a un computer. Avrebbe saputo come farlo sparire.

Sid fece una smorfia. «Non posso.»

Ora la nausea stava salendo. Sid non avrebbe mentito per darmi una lezione. «Cosa… perché? Perché cazzo non puoi?»

«Perché, boccaccia, non è il mio account. È stato caricato da qualcun altro con il tag #Comic-Con. Seguo quel tag da quando, mhmm, sai, diversamente da *te*, immeritevole non-geek, *io* non ho avuto la possibilità di andarci. Ed è una buona cosa perché sembra che fosse un luogo di perdizione!»

Caricato da qualcun altro? Come diavolo era successo? Lo avevo accidentalmente caricato in cloud? E comunque, che cosa diavolo era "il cloud", e come funzionava? Qualcuno mi aveva hackerato come quelle povere attrici che si erano viste le loro foto nude sparse per tutta Internet?

Stavo per vomitare. A getto, dappertutto.

«L'ho... l'ho caricato dal mio telefono?»

«Allora è il *tuo* video? April! Perché mai ti sei ripresa mentre facevi sesso con un tizio a caso? E come fai a non sapere chi era?»

«Era vestito come il cacciatore di taglie del gioco...»

«Falco.»

«Sì... ecco. Comunque, aveva l'armatura e l'elmo. E... e...» Sentii lo stomaco che si rovesciava. «Oh diavolo, sto per vomitare.»

«Troppo alcol, April!» mi urlò dietro Sid mentre mi precipitavo verso il wc.

Vaghi ricordi cominciavano a filtrare nella mia mente. Era l'ultima sera della Comic-Con, solo due giorni prima. Anche nel mio stato inebriato, ricordavo che il sesso era stato incredibile. Respiro affannoso, sudata nel mio costume da elfa, la sensazione di mani abili che scivolavano sotto i vestiti, stringendomi i fianchi così forte che il giorno dopo erano doloranti. Lui aveva parlato solo sussurrando, rendendo tutto ancora più sexy.

Quell'incontro bollente, insieme all'alcol, mi aveva aiutato a dimenticare per un po'. Prima di quella notte, ero stata continuamente depressa per via dell'orribile notizia che avevo ricevuto il giorno prima. Sbattei gli occhi, brucianti di lacrime, e la scacciai dalla mente.

Maledizione. Mi afferrai la pancia, aspettando, ma non tornò su niente. Invece, le mie budella si stavano annodando in crampi dolorosi. Era il mio primo giorno di lavoro come assistente nell'ufficio del direttore finanziario e cominciavo in quelle condizioni? E se la gente al lavoro avesse già visto il video? E se quelli che sapevano qual era il mio costume avessero capito che ero io? La domanda mi girava nella testa, dandomi le vertigini. Come avrei fatto a concentrarmi?

Barcollai verso il lavabo per buttarmi un po' d'acqua fredda in faccia, e le goccioline gelide m'inzupparono le tempie, scorrendo sul collo e sulla camicia da notte. Poi mi guardai allo specchio, esaminando le chiazze rossastre sulla mia pelle pallida, con tanto di cerchi scuri sotto i miei occhi azzurri. Sopra gli occhi c'erano le sopracciglia perfettamente arcuate, grazie al nuovo look adottato prima della convention. Mi pettinai con le dita i capelli castano scuro. Ero orribile. Mi sentivo ancora peggio. Come avevo fatto a incasinarmi in quel modo?

Ah, sì, mi ero ubriacata per soffocare l'umiliazione e avevo permesso che influenzasse quel poco di giudizio che avevo, *ancora una volta*. Alcol e April chiaramente non andavano d'accordo ed erano un mix pericoloso. Portavano a brutti tatuaggi e sesso anonimo con un uomo con l'elmo che aveva un pene sovradimensionato e gli addominali più sodi che avessi mai sentito contro il mio corpo.

Ero andata al Comic-Con per lavoro e lui era un qualche nerd fanatico di Dragon Epoch che avevo raccattato perché era quello che la *brava, noiosa, docile, piccola* April non avrebbe mai fatto. Non sarebbe mai andata a cercare un tizio a caso in costume per scoparlo. Ma, quando era ubriaca, April non era una *brava ragazza.*

A quanto pareva, quando si trattava di alcol ero come il dottor Jekyll e mister Hyde.

Dieci minuti più tardi, dopo una doccia veloce ed essermi asciugata, tornai nella nostra camera. Sid era ancora al computer e guardava il monitor a bocca aperta.

«Mhmm» mormorò quando mi fermai accanto a lei. Stava guardando nuovamente quella maledetta cosa.

«Spegnilo. È da pervertiti guardarlo e riguardarlo.»

«Questo non è il video, è una gif che qualcuno ha tratto dal video.»

M'inginocchiai più vicino, fissando la gif animata del mio bacino che strusciava sopra le gambe muscolose del tizio mentre lui infilava le dita nei miei fianchi, a ripetizione. Sentii una vampata di calore ricordando com'era stato favoloso. Il ricordo del piacere svanì immediatamente quando sopra di noi apparvero delle lettere oscillanti che dicevano: "Cosplay geek che si accoppiano allo stato brado".

Merda, quella roba stava peggiorando sempre più.

Mi raddrizzai. «Chiudi quella dannata cosa o metterò un virus Trojan nel tuo computer!»

Sid mi rivolse un'occhiata pietosa mentre andavo verso l'armadio. «È un Trojan *o* un virus, non entrambe le cose.»

«Sì, va bene. Ora per favore, dimmi se hai qualche idea su come levare quella cosa da Internet.»

«E come diamine dovrei fare?»

Restai di sasso, con la mano sulla mia gonna più professionale e il maglioncino corto in tinta. «Vuol dire che non puoi?»

«April, questa roba è diventata *virale*. Ci sono meme, gif. È in tutti i social media. Non mi stavi ascoltando? È *dappertutto*. Non c'è modo di riuscire a levarla.»

Mi lasciai cadere sul letto, ancora avvolta nell'asciugamano. Sentii lo stomaco tuffarsi verso le caviglie. Mi strofinai la fronte, cercando di scongiurare un mal di testa da stress. «Merda.»

Sid roteò la sedia per guardarmi in faccia. Era minuta e carina come un topolino, con la pelle olivastra, capelli scuri e occhi come onice polito, incorniciati da occhiali scuri che le divoravano il volto. Si ripiegò le braccia sul petto scarno e alzò un sopracciglio folto e scuro.

«Sai, non è veramente *così* grave. Nessuno può sapere veramente che sei tu. Hai un costume da principessa Alloreah'ala di Dragon Epoch: parrucca viola, orecchie a punta, glitter spesso su tutto il viso. Dubito che perfino il tizio che… uhm… sai, sappia chi sei. E lui ha l'elmo, ed entrambi avevate la maggior parte dei vestiti addosso, eccetto il tuo sedere. Quindi le probabilità che la gente lo sappia sono scarse.»

«Beh, grazie al cielo. Ma comunque…»

Con una gamba, spostai una pila di libri di economia teorica, la mia ultima passione, appoggiai il vestito sul letto e andai alla cassettiera.   Dubitavo che gli amici che sapevano del tatuaggio fossero tipi da seguire il tag #Comic-Con sui social media. E di solito tenevo coperto quel maledetto tatuaggio. Stavo prendendo tempo per raccogliere il coraggio di farlo togliere con il laser.

Il peggior errore della mia vita…

Okay. Forse il *secondo* peggior errore della mia vita. Sospirai.

«Allora… quanto tempo ci vorrà prima che questa faccenda si sgonfi?» le chiesi, piegandomi per prendere un paio di mutandine e un reggiseno. Alzai le mutandine, pizzo blu scuro, e decisi che non andavano bene, rimettendole nel cassetto e prendendo un perizoma. La gonna che avevo scelto avrebbe mostrato il segno delle mutande. Era così strano che la mia mente stesse cercando, oltre il panico, di trovare una specie di normalità, scegliendo accuratamente ogni indumento che decidevo di indossare. Ma sapevo di dover cercare di superare in qualche modo l'umiliazione del cosplay e speravo, contro ogni speranza, che la cosa sarebbe finita presto nel dimenticatoio.

Scarlett O'Hara diceva sempre: *Domani è un altro giorno*, ma, per me, "domani" sarebbe cominciato entro mezz'ora circa. Dovevo darmi una regolata, o almeno comportarmi come se tutto fosse a posto. Essere trasferita a lavorare con uno dei dirigenti della società era un grande onore per una stagista. Avevo bisogno di quella raccomandazione per entrare alla facoltà di economia, e non avevo intenzione di rovinare tutto. Non adesso. Avevo lavorato troppo duramente e per troppo tempo.

«Basta. Alcol. Per. Sempre» presi a cantilenare, seduta sul letto mentre mi vestivo.

Sid fece un verso di derisione da dov'era seduta dietro al suo computer. «Te l'ho già sentito dire.»

Le mostrai la lingua, anche se non poteva vedermi perché mi voltava le spalle.

«Chissà che malattia venerea ti sei presa con questa bravata?»

La guardai schifata. «Aveva un preservativo, idiota.»

«Ah, beh, allora penso che questo renda tutto accettabile.»

«Sid, per favore» la implorai, mettendomi gli stivali.

Lei roteò di nuovo la sedia, con le mani sui fianchi, con quel tono materno che le piaceva usare con me. «April, cerca di farmi capire, perché sono veramente confusa. Fare una cosa simile *non* è assolutamente nel tuo carattere. Gli alieni ti hanno rapito il cervello? Perché, sai, la Comic-Con sarebbe il posto giusto.»

Soffiai fuori il fiato e mi appoggiai alla parete. «Mi ha chiamato mia madre mentre ero là.»

Sid cambiò immediatamente espressione. «Oh, cribbio, e che cosa voleva la Strega cattiva dell'Ovest?»

Strinsi i denti, combattendo contro una nuova ondata di dolore. «Mi ha chiamato da Las Vegas, in effetti. Si è sposata. *Di nuovo.*»

Sid spalancò gli occhi. «Oh, accipicchia. Per la quarta volta? Avevi appena avuto la possibilità di conoscere l'ultimo marito prima che divorziasse...» Poi sembrò ricordare il dettaglio principale, grazie al cielo, perché non avevo nessuna voglia di dirlo io. «Oh, no, per favore, non dirmelo... non ha...»

«Lei e Gunnar ora sono marito e moglie» dissi con la voce soffocata. «Non è tanto *dolce?*»

La faccia di Sid esprimeva pura compassione. Mi sarei infuriata a morte se avessi ricevuto quell'occhiata da chiunque non fosse lei.

Già, io ero quel tipo di perdente. Quella il cui ex-boyfriend sposava sua madre, la stessa madre che non aveva l'occorrente per rendersi conto che avrebbe potuto ferire i miei sentimenti, né le sarebbe importato qualora se ne fosse resa conto.

Il termine "madre" si poteva applicare a lei solo nel più tecnico dei modi, nel senso che mi aveva portato per nove mesi e poi mi aveva messa al mondo. Jennifer Alden probabilmente non aveva più pensato a me due volte nello stesso giorno, da quel punto in poi.

«Mi dispiace, Apes. Lui è un tale... un tale...»

«Coglione di merda?»

«Cattiva persona! Lo odio. E anche la tua mamma fa schifo.»

Alzai un sopracciglio. La mia dolce Sid doveva essere veramente incazzata per usare un linguaggio così volgare. O forse era stata la mia cattiva influenza. April Weiss, la peggiore "cattiva ragazza" al mondo stava corrompendo la persona più pura e più dolce che avessi mai conosciuto... sbattei gli occhi, di nuovo ammaccata, con gli occhi che pungevano.

Sid inclinò la testa. «Oh, Apes. Per favore non piangere. Uffa... se fossi un tipo violento, lei sarebbe nei guai. Ho sempre detestato il modo in cui ti usa. Come quando ti porta a far compere e poi fa pressioni perché paghi tu il conto. È così volgare.»

Mi sforzai di ingoiare le lacrime che non avevo sparso e cominciai a infilare le cose essenziali nella mia nuova borsa Kate Spade: il mio laptop, telefono, portafogli e, ovviamente, il mio e-reader per la pausa pranzo.

Sid mi guardava con gli occhi preoccupati. Sentivo il peso del suo sguardo. Quando mi raddrizzai, i nostri sguardi s'incrociarono. Lei parlò con un tono dolce, compassionevole. «Così, dopo la sua chiamata, sei andata al bar, ti sei ubriacata e hai raccattato Falco, il cacciatore di taglie.»

«Non... esattamente.»

Sid alzò un sopracciglio, incoraggiandomi senza parlare a continuare con la mia sordida storia. Immaginai che fosse meglio tirare fuori tutto. Come strappare un cerotto, via il dolore tutto in una volta. Sospirai arrendendomi. «Ero al bar a scolarmi un gimlet alla vodka dopo l'altro e le altre stagiste volevano sapere che cosa non andasse.»

«Per "le altre stagiste" intendi la Regina Cattiva?» Ci scambiammo un'occhiata. Sid aveva incontrato Cari una volta e *non* si erano piaciute. Era comprensibile. A Cari ci si doveva abituare per apprezzarla. E molti non si abituavano mai. Sid continuò. «Lei *è* una ragazza cattiva. Non so perché sprechi il tuo tempo con lei.»

«Te l'ho detto. È una tattica di sopravvivenza. È il tipo di persona che preferisco avere al mio fianco invece che contro di me. Inoltre... penso che in parte siano i suoi problemi. Mi dispiace per lei perché il suo gemello è stato ucciso. È così orribile.»

«Sono d'accordo. Nessuno si merita una cosa simile. Ma a volte non capisco perché sopporti il suo comportamento.»

Distolsi lo sguardo, arrossendo. Una buona metà del tempo non ero fiera di come mi comportavo quando ero con Cari. Avevo fatto cose che avrei voluto non aver fatto. Cose che avrei voluto cancellare. E questa era una di quelle.

«Comunque, con tutto quell'alcol in corpo, ho rivelato a Cari perché ero sconvolta e lei mi stava consolando, dicendo perfino che Gunnar non mi meritava. Poi ha detto che ero un po' una santarellina e che era per quello che non riuscivo a tenermi un uomo.»

«Quello non era un modo per consolare, era un modo per stuzzicarti. E immagino che nella tua nebbia alcolica tu abbia pensato che fosse una buona idea dimostrare al mondo che non sei una santarellina?»

L'accurata valutazione della situazione dimostrava quanto mi conoscesse Sid. Anche se avevamo frequentato scuole diverse, eravamo state amiche per tutti gli anni delle superiori e coinquiline per tutti i quattro anni del college.

Sid era stata un po' solitaria alle superiori. Aveva avuto un gruppetto di amiche, ma erano spesso soggetto di scherno. *Io,* d'altro canto, ero un camaleonte sociale, e avevo la capacità di sembrare integrata anche quando non lo ero. Era un meccanismo che avevo adottato molto presto: una bambina che non s'integrava mai in nessun posto aveva bisogno di quella speciale capacità per sopravvivere. Ma era risultato che integrarsi spesso significava non essere mai la vera me stessa.

«Sì, mi ha stuzzicato. E, sì, probabilmente l'ha fatto di proposito, ma mi sentivo terribilmente giù e c'era questo tizio sexy in fondo al bancone, con il costume e l'elmo.»

«Da cosa avevi capito che era sexy?»

Mi strofinai la fronte. «Sì, lo so. Avrebbe potuto avere una faccia da gorilla sotto quell'elmo. Ma il corpo era uno schianto. Alto e forte.»

«Avete parlato molto?»

Alzai le spalle, cercando di accantonare il panico e ragionare sugli avvenimenti di quella notte. Sentii di nuovo la gelida emozione di sedermi e parlare con lui, pianificando ciò che sarebbe successo dopo: sesso anonimo, totalmente non in carattere per me, così pericoloso. Mi ero ribellata alle parole di Cari perché echeggiavano troppo da vicino quelle di mia madre di sei mesi prima. *Spero che la mia relazione con Gunnar non sia imbarazzante per te... ci stiamo solo divertendo. Se c'è qualcuno che sa come far divertire un uomo è la tua mammina MILF.* Sentii la bile salirmi alla gola ricordando quelle parole umilianti al telefono e le lacrime che avevo trattenuto finché non aveva riappeso.

«Un po'. Abbiamo parlato mentre bevevamo. Io ero brilla e ridacchiavo e l'ho invitato nella mia stanza.»

«Perché?»

Sbuffai. «Per giocare alle sciarade. Perché pensi che l'abbia fatto?»

«April...»

Feci una smorfia. «Era parecchio che non facevo sesso. Una donna ha i suoi bisogni, e, per favore, non cominciare a giudicarmi altrimenti non ti dirò quello che è successo.»

«Beh, a giudicare dal tuo ruolo nel video, riesco a vedere chiaro come il sole che cos'è successo. Quello che non capisco è perché tu lo abbia registrato.»

Sospirai, raccolsi i vestiti sporchi dal pavimento e li gettai nella cesta. «Perché a un certo punto, nel mio stupore alcolico, ero arrapata e smaniavo per il corpo di quel tizio. Ed ero *eccitata*, capisci. Non avevo mai fatto niente di simile. Quindi pensai, che cosa potrebbe rendere quest'incontro *ancora* più eccitante? E mi è venuto in mente. Ho appoggiato il telefono e ho premuto registra. Poi l'ho aggredito mentre era seduto su quella sedia.»

«Hai registrato l'intera faccenda? Perché il video dura solo cinque minuti e perfino io so che… beh deve essere durato un po' più di così.»

«Lui ha detto qualcosa, che voleva che mi stendessi sul letto. A quel punto mi sono alzata e ho spento il telefono.»

«Come diamine fai a non avere idea di chi fosse? Non si è mai tolto l'elmo?»

«Lui stava per toglierselo, ma gli ho detto io di non farlo. Non volevo sapere chi fosse. Era più eccitante così. Poi… quando ci siamo spostati sul letto, mi ha messo a faccia in giù, ha spento le luci e si è tolto l'elmo. Io non ho guardato né ho tentato di capire chi fosse. Era quella l'idea del sesso anonimo.»

A Sid uscirono gli occhi dalla testa «Mhmm, se lo dici tu. È stato più eccitante in quel modo?»

Sentii il calore salirmi al viso ricordando il suo peso sopra di me, le sue mani e la bocca in fondo alla schiena, la sensazione di lui che si spingeva dentro di me. «Decisamente sì.»

«Pensi che lui sapesse chi eri?

Dio, speravo di no. Sarebbe stata una persona in più con cui avere a che fare per quella catastrofe del video virale. Ma non c'era modo…

«Avevo una parrucca viola e la faccia era tutta truccata con quella vernice glitterata che mi hai dato. Sono piuttosto sicura che non sarebbe in grado di distinguermi tra la folla.»

«E lui sa che stavi registrando, vero?»

Mi sentii sprofondare lo stomaco e la fissai, riluttante ad ammetterlo. «Uh…»

L'espressione di Sid era sbalordita. «Diamine, April. Hai fatto un video porno e non hai detto al tizio che lo stavi facendo?»

Mi presi la testa tra le mani, più che altro per evitare il suo sguardo. «Ti ho detto che la mia capacità di giudizio era uguale a zero. Ma giuro su Dio che non volevo che lo guardasse nessuno. È stato solo un volo di fantasia, come comprare un souvenir sdolcinato dopo una vacanza favolosa. Avevo intenzione di cancellarlo.»

Sid strinse le labbra come una nonna severa. «Troppo tardi.»

Alzai la testa e la guardai. «Qualche idea per limitare i danni?»

«Le ragazze cattive ti hanno visto agganciare Falco, vero?»

Sbattei gli occhi, ricordando nebulosamente di essere passati davanti al separé dov'erano sedute, tenendo per mano Falco e salutandole. «Sì… se vedono il video sapranno che sono io. Ma penso che mi copriranno.»

Erano amiche… almeno in superficie. Potevo contare su di loro per mantenere segreta la mia identità, vero?

Sid lasciò la sedia e venne a sedersi accanto a me sul letto, mettendomi un braccio sulle spalle. La guardai, sentivo la gola bruciare. Che diavolo potevo fare?

«Devi smetterla di permetterle di influenzarti in questo modo.» Sapevo che si riferiva a mia madre *e non* a Cari. «E Gunnar...»

«Gunnar può andare a fare in culo. Spero di non rivederlo mai più.»

«Ma probabilmente sarai obbligata. Il giorno del ringraziamento. Natale, Chanukah, o quello lo passi con tuo padre?» Se avessi potuto scegliere li avrei passati tutti da sola. Mi fissai le mani. Sentendomi completamente sola. Sid strinse il braccio che mi teneva sulle spalle. «Gunnar per te non è *nessuno*, solo una breve, antica storia. Sei uscita con lui per quanto? Qualche mese?»

«Un anno...» Lo avevo conosciuto alla fine del secondo anno di college ed eravamo usciti insieme per tutto il terzo anno. La mia confraternita e la sua erano molto legate e la gente pensava che fossimo una bella coppia...

Sid m'impedì di continuare a parlare. «Okay, va bene. Non ti piaceva nemmeno tanto.»

«Ti ho mai riferito che cosa mi ha detto quando ho rotto con lui? Che ero un noioso topo di biblioteca e troppo vaniglia a letto. Coglione.»

Sid fece un respiro profondo e poi espirò, come se stesse cercando qualcosa che mi confortasse. «Probabilmente stava coprendo le sue stesse insicurezze. È tua madre la più colpevole. Avrebbe dovuto rendersi conto...»

«Lei non si cura dei sentimenti di nessuno, tranne che dei suoi. Anche se le avessi detto qualcosa, cosa che non ho fatto, si sarebbe auto-convinta che io ero perfettamente d'accordo con il suo ultimo matrimonio.» E sapevo che se le avessi detto qualcosa, lei avrebbe definito *me* egoista perché m'intromettevo nella sua felicità. «Sono una tale vigliacca» piagnucolai.

«April, tu vuoi solo mantenere la pace. Sei figlia di genitori divorziati. È una cosa comune, vista la situazione della tua famiglia. Non hai mai voluto agitare le acque perché sentivi che il loro amore era condizionato.»

«"L'amore" di mia madre è completamente condizionato. Papà, semplicemente, non c'è mai. Per fortuna ho un'amica come te.» Strinsi le labbra e appoggiai la testa sulla sua spalla. «Sei la migliore. Ti voglio bene.»

«Ti voglio bene anch'io, merdina.»

«Smettila di chiamarmi così.»

«Mai.»

Tolsi qualche pelucco dalla gonna. Dovevo alzarmi, truccarmi un po' e andare, ma in quel momento non mi sentivo proprio motivata.

Sid arricciò la bocca come se avesse mangiato del limone salato. «Quindi... adesso, Gunnar è il tuo patrigno.»

Mi tornò quel cattivo sapore in bocca. Il nostro momento amichevole era finito. «Chiudi quel cazzo di becco, Sid.»

Lei rabbrividì.

Mi chinai in avanti, mi presi la faccia tra le mani, con i gomiti appoggiati sulle ginocchia. «Dio... ho bisogno di darmi una regolata. Devo cominciare quel nuovo lavoro alla Draco, oggi.»

«Cominci oggi? Oh, cacchio! Me lo sono appena ricordato. Non potrebbe essere il momento peggiore.»

«No, in effetti» borbottai nelle mani. Lavorare per il DF era il mio sogno. Una buona valutazione da parte sua mi avrebbe fatto entrare in qualunque università avessi voluto: Harvard...

Stanford… o quella che avrei scelto, la UCLA. «Non credo che sarò in grado di pensare a nient'altro che a questa…»

«Perché non ti concentri su quanto sono gelosa che tu possa lavorare nel posto dove creano il mio videogioco preferito?» Sid era una giocatrice incallita e non aveva smesso di parlarne per *giorni* quando ero riuscita a farle fare un giro del complesso qualche mese prima. Giocava continuamente a Dragon Epoch e mi teneva al corrente degli sviluppi del gioco anche se io non avevo mai fatto niente più che provare a giocare qualche volta. I miei interessi erano altri.

«Puoi tenerti i tuoi joystick, Sid. Io ho i miei libri.»

Sid si mise a ridere. «Stupidina. Dragon Epoch non si gioca con un joystick!»

«Sì, sì. Va bene. Devo andare. Per favore, puoi guardare se riesci a trovare una via di uscita…»

«Non ho idea di come sia stato caricato, a meno che tu lo abbia sincronizzato sul cloud e qualcuno lo abbia hackerato.»

Sospirai, chiedendomi se avessi per caso premuto il tasto di condivisione quella volta che l'avevo fatto girare per me. Ora che era uscito, si stava diffondendo come un incendio estivo. Sentii nuovamente lo stomaco contrarsi per la nausea. Uffa. Uffa. Uffa.

Immagino che non importasse più com'era successo perché il motivo era comunque la mia completa idiozia. A parte astenermi dall'alcol, avrei dovuto anche ordinare un telefono "stupido" per sostituire il mio smartphone. Basta video, basta foto, niente social media. Basta.

Andai in bagno a finire di truccarmi.

***

Parcheggiai alla Draco Multimedia Entertainment con quarantacinque minuti di anticipo. Il modo migliore per dimostrare entusiasmo per il nuovo lavoro era di arrivare presto, sorridente e pronta a lavorare. E più avrei lavorato duramente quel giorno, più sarei stata in grado di ricacciare in fondo alla mente i pensieri negativi, spaventosi, su quello che era successo quella mattina. Continuavano a venirmi in mente, a ronzare nel mio cervello come moscerini al tramonto e per quanto cercassi di scacciarli, tornavano immediatamente, più fastidiosi di prima.

Avevo lavorato come stagista non pagata per gli ultimi sei mesi ma recentemente mi avevano dato l'opportunità di fare un salto di qualità, probabilmente grazie al mio duro lavoro nel reparto marketing. Ed era un posto ricercatissimo. Giravano voci che la società avrebbe emesso la sua offerta pubblica iniziale (IPO) ed io avrei fatto parte del procedimento dall'interno dell'ufficio del DF. Aggiungere quel fatto al mio curriculum avrebbe fatto fare carte false alle università, mi avrebbero pregato di frequentarle.

La Draco era situata in una struttura unica, dalla forma di castello di vetro, rivestito da finestre a specchio da cima a fondo. Mi piaceva il suo aspetto, dato che rifletteva la missione della ditta: fornire un ambiente di fantasia completo come fondale per il suo gioco. All'interno era tutto luminoso e arioso, con i soffitti alti e piani open-space divisi per settore. Dopo essere entrata nel foyer, arredato con bacheche che illustravano i giochi prodotti dalla Draco, attraversai la mia vecchia divisione. A quell'ora c'erano solo poche persone del marketing. Nessuno che conoscessi veramente e, specialmente, non c'erano le altre stagiste che normalmente arrivavano solo qualche minuto prima dell'orario di lavoro.

Scossi la testa al pensiero. Erano state tutte gentili, ma palesemente invidiose del mio nuovo incarico. Era stato bello sentirsi oggetto della loro ammirazione.

Di solito ero io che facevo di tutto per adeguarmi a quello che faceva il branco. Specialmente Cari, autonominatasi capo del gruppo. Fortunatamente lei era carina con me, perché mio padre era più ricco del suo.

Non che a me importasse. Avrei preferito un padre meno ricco che passasse più tempo con me invece di scaricarmi alla mia narcisistica madre. Ma la gente come Cari teneva a quelle cose, quindi avevo avuto vita facile.

Il trucco era dare un'idea di appartenenza, perché io non ero mai veramente "in" da nessuna parte. Un camaleonte sociale, che cambiava sempre per adeguarsi allo scenario. Quella ero io. Ma i camaleonti avevano un grosso difetto, non risaltavano mai. E, nel mondo del lavoro, e specialmente nel nuovo incarico, era esattamente quello che avrei dovuto fare. Farmi un nome, in modo da ricevere l'agognata raccomandazione.

Attraversai la porta che conduceva all'ampio atrio davanti agli uffici dei dirigenti della società. Anche lì c'era silenzio, e solo un altro assistente stagista, il tipo nerd che lavorava per l'AD della società, l'ultra favoloso ragazzo prodigio: Adam Drake. Adam, come il mio capo, era giovane, motivato e aveva avuto un enorme successo fin dall'inizio. Quando aveva la mia età era già a capo della sua start-up, che in quattro anni era diventata un affare da molti milioni di dollari e si stava avviando alla quotazione in borsa. Sentir parlare dei suoi risultati mi faceva spesso sentire una scansafatiche.

«Ehi, Charlie» dissi, fermandomi davanti alla sua scrivania.

«Ah, in effetti, è Charles» mi corresse, raddrizzando i suoi occhiali neri da hipster sul naso.

«Oh, mi dispiace. Temo di averti chiamato con il nome sbagliato per mesi.»

Lui alzò le spalle, abbassando gli occhi sul mio seno. Incrociai le braccia per nasconderlo. Il pensiero di essere stata esposta nel video perché tutti vedessero mi stava ancora facendo rabbrividire. Tutte le volte che il pensiero minacciava di affiorare, dovevo abbassare la testa e concentrarmi sul momento. Cosa quasi impossibile da fare.

Charles finalmente ricordò dov'erano i miei occhi. «Succede. Ma immaginavo che sarebbe stato meglio metterlo in chiaro, visto che lavorerai qui per un po'.»

Guardai verso l'ufficio del DF. «Mhmm. Il signor Fawkes è già arrivato?»

Jordan Fawkes, il mio nuovo capo, era perfino più giovane di Adam ed era diventato suo socio per creare la società. Era strano che m'intimidissero più che se fossero stati più vecchi, forse perché il loro enorme successo serviva da promemoria per la mia inadeguatezza.

Charles sorrise condiscendente. «Prima di tutto, nessuno dei dirigenti vuol essere chiamato se non col nome di battesimo. Qui siamo tutti casual. E il codice di abbigliamento è business casual» disse con un'occhiata significativa al mio completo gonna e maglioncino.

Mi agitai un momento e spinsi i miei capelli lunghi dietro la spalla. «È il primo giorno. E non si fa mai abbastanza buona impressione» dissi, mormorando uno dei miei onnipresenti aforismi. Appuntavo citazioni e verità lapalissiane prese dai libri sulle bacheche e su post-it appiccicati al monitor del mio computer e sullo specchio del bagno. Mi aiutavano. Erano come dei segnali stradali. I libri erano i mentori che i miei genitori non erano mai stati.

«Comunque Jordan di solito arriva presto, ma dato che è il lunedì dopo la Comic-Con, ti farai un favore se lo eviterai fino a mezzogiorno. Probabilmente ti manderà a prendergli il pranzo. Ho il suo ordine fisso per Subway.»

Cercai di evitare una smorfia. Ovviamente non dissi niente perché, in situazioni come quella, sapevo che non era il caso di mostrare irritazione o qualunque altra emozione negativa. *Sorridi e sopporta.*

Ma andare a prendere il pranzo? Non miravo a diventare una cameriera in un fast food. Mi serviva una buona, solida esperienza aziendale da inserire nella mia domanda di ammissione. Avevo sentito dire che Jordan Fawkes era un uomo d'affari acuto e in gamba. Dicevano che la società doveva il suo successo tanto a lui quanto all'ingegno dell'AD nella programmazione e nell'innovazione virtuale.

Ciò nonostante, ero ansiosa di piacergli e se dovevo cominciare con Charles e il suo atteggiamento condiscendente per riuscirci, okay. Il mio nuovo capo non poteva essere peggiore di quel piccolo stronzo.

«Allora dovrei fare qualcosa? Magari andare direttamente nel suo ufficio, o...»

«Ehi, *non* toccare la sua scrivania o la sua roba a meno che te lo chieda. Aspetta... là.» indicò un'area di attesa con un insieme di poltrone imbottite dall'aria comoda, riservata ai visitatori e alla clientela mentre aspettavano di incontrare i grandi capi. «Tu fai rapporto a Susan, la sua assistente pagata, e lei non è ancora arrivata.»

Mi voltai a guardarlo. «Posso fare qualcosa per te?»

Charles alzò le sopracciglia. «Sì, in effetti...» Mi chinai in avanti, ansiosa di cominciare a lavorare e impressionare favorevolmente il mio nuovo collega. «Io prendo il cappuccino con il latte scremato e due bustine di zucchero. E non andare nel nostro bar, lì fa schifo. C'è uno Starbucks appena un po' più avanti. Extra bollente, okay?»

Mi raddrizzai, resistetti alla tentazione di dargli un'occhiataccia e con un po' di rassegnazione nelle spalle basse, andai a eseguire i suoi ordini. C'era un ordine gerarchico lì e chiaramente Charlie-boy si considerava un mio superiore.

Ritornai venti minuti dopo con il suo caffè e uno per me. Questa volta, quando lo attraversai, il reparto marketing era pieno di gente e alcune delle stagiste con cui avevo lavorato mi salutarono. Cari si precipitò verso di me con la sua enorme criniera di capelli biondi che la seguiva. Indossava un completo provocante: una minigonna scozzese a pieghe che arrivava appena a metà coscia, abbinata a una camicia stretta bianca e calzettoni al ginocchio. Lei si riferiva a quell'insieme come la sua versione di "scolaretta maliziosa". Decisamente *non* professionale.

Esaminò il mio completo con un gesto di approvazione. «Ehi, sembri molto adulta oggi per il tuo nuovo lavoro. Come stai? Vuoi che ti aiuti a portarli?»

Le sorrisi, un po' a disagio ricordando i commenti di Sid su di lei di quella mattina. «Sto bene, grazie.»

Lei mi diede un'occhiata curiosa con la coda dell'occhio mentre apriva la porta. «Mhmm, sei nervosa? Va tutto bene?»

Esitai un momento e le restituii l'occhiata, rallentando. «Perché insisti a chiederlo?»

Cari fece una smorfia. «Io... mhmm, stavo controllando il mio calendario su Facebook questa mattina...»

La mano con la quale tenevo il caffè di Charlie-boy, ultra-mega-bollente con il fuoco di mille soli, tremò un po' e versai un po' di liquido, scottandomi il dorso della mano.

«*Merda*» dissi, senza sapere se era per via del dolore o per il fatto che Cari sapesse del video.

«Mhmm. Non voglio parlarne» borbottai.

«Io... mhmm, perché è su Internet?»

«Non lo so. Devo aver premuto il tasto per caricarlo nel cloud o qualcosa di simile, non ne ho una fottuta idea. E ti ho già detto che non ne voglio parlare?»

Mi voltai e andai verso l'atrio e la scrivania di Charlie, ansiosa di togliermi dalle mani la tazza rovente di lava ribollente.

«Allora, che cosa hai intenzione di fare?»

«Non credo ci sia molto che io *possa* fare» dissi amaramente. Ma forse c'era... se Cari fosse stata dalla mia parte, la sua lealtà avrebbe impedito agli altri di parlarne. Per quanto il suo comportamento ultimamente fosse stato sgradevole, avrei dovuto essere la sua miglior amica di sempre. Cari stava diventando un enorme moscerino che non riuscivo a scacciare. In effetti, dovevo tenermi buono quel moscerino.

«Posso, mhmm, chiederti di coprirmi con le altre?»

Cari sorrise. «Ingrid era l'altra con noi al bar ed era così ubriaca che non ricorda nemmeno che fossi tu. Io non dirò una parola. So che devi essere stressata. Farò tutto quello che serve per aiutarti. Andiamo a pranzo insieme, okay?»

La sensazione di sollievo arrivò di colpo, quasi stordendomi. Grazie a Dio Cari era dalla mia parte. «Perfetto» dissi.

Non mi fidavo completamente di lei, non mi ero mai fidata completamente. Ma non aveva motivo di fare la spia ed era abbastanza intelligente da capire che avrebbe potuto ritorcersi contro di lei. Avrei trovato un modo di mantenere la sua lealtà. Era ora che il camaleonte cambiasse un'altra volta la pelle.

Cari si staccò in fretta da me prima che entrassi nell'atrio, dove praticamente sbattei la tazza di neutronio al calor bianco sulla scrivania dell'hipster. Scossi la mano appena fu libera.

«Mhmm, bollente. Esattamente come piace al tuo nuovo capo» intervenne Charlie. «Tra parentesi, è qui e la prima cosa che ha grugnito è stata la richiesta di un espresso triplo venti, senza panna e senza zucchero.»

Restai di sasso. Sicuramente mi stava prendendo in giro. Ma non c'era nessun sorrisino scherzoso sulla sua faccia. Charlie indicò con il dito l'ufficio di Jordan. «Meglio che ti sbrighi, amica. Soffre i postumi della sbronza della Comic-Con e non è dell'umore migliore.»

Merda. Merda. Merda. Quella si stava già dimostrando una giornata fantastica. Maledizione. Mi voltai e tornai fuori dalla porta, bevendo un sorso del mio caffè oramai tiepido. Fantastico giorno di merda.

Davvero, poteva andare peggio?

Capitolo Due
Jordan

Era passata da un pezzo l'ora di pranzo, ma avevo perso l'appetito. Invece di mangiare, camminai avanti e indietro lungo la parete posteriore del mio ufficio fissando dalle finestre a tutta altezza tutto il verde e quella strana, gigantesca fontana a forma di sfera nel nostro atrio-giardino. Mentre ero in quella riunione improvvisa, la mia nuova stagista mi aveva lasciato il pranzo sul tavolo, con un messaggio su un post-it, punteggiato da uno smiley. L'avevo immediatamente accartocciato e gettato dall'altra parte della stanza. Nessuno poteva sorridere in quella stanza, né nell'ufficio accanto al mio.

Andai alla scrivania, aprii il laptop e guardai di nuovo il video incriminante. Ero stato così scioccato quando Weston, il nostro PR, ce lo aveva mostrato un quarto d'ora prima che non avevo ancora avuto la possibilità di notare i particolari. Né sapevo esattamente quanto fosse diventato virale.

E, voilà, era bastato scrivere su Google: "Comic-Con cosplay sex" perché mostrasse i primi cento link. Su ogni piattaforma immaginabile. *Porca vacca.*

Premetti "play" e mi sedetti, controllando i particolari sullo sfondo e in primo piano dell'anonima stanza d'albergo: arredamento standard e pochi effetti personali.

Obbligandomi a ignorare la coppia appassionata in mezzo allo schermo, cercai di notare ogni dettaglio che il mio capo avrebbe potuto rilevare e usare per identificarci. Aveva già visto il mio badge nell'angolo con il mio nome nascosto. Grazie al cielo, perché c'era il mio culo in gioco qui. Adam avrebbe cagato sangue se avesse saputo che ero io. Già stava dando di matto e ora ero nella poco invidiabile posizione di dover mentire al mio miglior amico per salvare la mia miserabile pelle. Stavo nuovamente bruciando di rabbia impotente.

Ma sentire i suoni che la ragazza emetteva nel video mi stava anche eccitando e la rabbia si mischiò in fretta con il desiderio. Non potevo restare lì, ascoltare quei rumori deliziosi e *non* eccitarmi. Mi riportarono immediatamente alla mente la sensazione della sua pelle sotto le mie mani, la sensazione del suo corpo contro il mio. Strinsi i denti, cercando di riprendere il controllo.

Studiai nuovamente il suo sederino e quello strano tatuaggio. April Weiss, una delle più sexy nell'ultima tornata di stupide stagiste, ora era la mia rovina.

Che diavolo avevo pensato?

Non avevo pensato. Quello era il problema. Ero ubriaco e mi stavo godendo l'anonimato al bar. Nessuno sapeva chi ero, con l'armatura e l'elmo, e mentre stavo lavorando alla sbronza perfetta, quella deliziosa stagista con i leggings e una canottiera si era seduta accanto a me, pensando che io non sapessi che era *lei*.

Ed io ne avevo approfittato.

Perché, diavolo, perché no?

Solo che lei era una stagista nella mia società, e le stagiste, mi aveva avvertito il mio capo, erano strettamente off-limits. Ma mentre eravamo seduti al bar, a bere, lei mi aveva detto di aver fantasticato di fare sesso anonimo. Ed io, in vita mia, avevo fatto avverare parecchie fantasie.

Sono generoso e altruista, che volete farci.

Beh, okay, non *completamente*. Ammetto che avrei voluto averne un assaggio da quando l'avevo vista la prima volta in autunno. Ma siccome era proibita, mi ero astenuto. Nel mio stato di stupore alcolico, mi ero giustificato dicendo che se lei non lo avesse mai saputo, potevo levarmela dai pensieri ed entrambi avremmo voltato pagina, senza danni.

Solo che ora si poteva dire che il danno era successo. Non sapevo che cosa pensare dell'esistenza di quel video. Potevo solo presumere che l'avesse girato *lei*. Ma perché e perché non dirmi che lo stava facendo?

Mi piaceva quello che stavamo facendo ed ero piacevolmente ebbro, ma mi sarebbe piaciuto pensare che avrei notato una cosa *simile*. A meno che fosse un'operazione sotto copertura. A meno che lei avesse saputo esattamente chi ero e volesse qualcosa con cui ricattarmi.

Scossi la testa, cercando di capire che cosa fare, con il cervello in fiamme. Dovevo licenziarla immediatamente? Mettere all'opera un investigatore privato? Forse un'azione legale per far togliere il video? Visto che ero coinvolto io, avrei potuto farlo, ma rischiavo di espormi. Niente da fare.

Pestai un pugno sulla scrivania per la frustrazione. Stava per scatenarsi l'inferno a causa di quel maledetto video. Avevo bisogno di un piano, e alla svelta.

Come percependo i miei pensieri, Adam, capo e miglior amico, si precipitò nel mio ufficio senza bussare, chiudendosi la porta alle spalle.

Chiusi il laptop di colpo con una smorfia, nascondendo il senso di colpa.

Adesso Adam sembrava solo a cento gradi d'incazzatura, invece dei mille precedenti. La sua faccia era tornata a un colore normale invece del rosso profondo di prima. Andò alla mia scrivania e si sedette su uno spigolo, chinandosi all'indietro e incrociando le caviglie, con le braccia incrociate sul petto.

Evitai di guardarlo, massaggiandomi i muscoli rigidi dietro il collo. «Cinque minuti non bastano per capire che cosa fare, sai» gli dissi.

Lui strinse i denti e distolse lo sguardo, a quanto pareva frustrato quanto me. «Dimmi solo quant'è grave, davvero. Sei tu quello che ha lavorato con le banche d'investimento per tutta questa faccenda della quotazione in borsa. Che cosa succederà alla nostra offerta?»

Ringoiai la prima risposta che mi venne in mente, la più sincera. *La manderà a puttane.* Le banche d'investimento e il loro esercito di finanziatori sono un gruppo timoroso e superstizioso. Nell'attimo in cui avessero saputo che un video porno che coinvolgeva impiegati della Draco era diventato virale, si sarebbero tirati indietro più in fretta di un diciottenne durante il sesso con l'amichetta minorenne.

Mi schiarii la voce e formulai una risposta più cauta. «Non lo so. Dobbiamo fare un piano per limitare i danni. A quella gente non piacciono gli scandali, specialmente quelli sessuali.» Inspirai e poi espirai lentamente. Il letame che avrei dovuto spandere per appianare le cose con Adam stava per diventare spesso.

«Dobbiamo trovare immediatamente i colpevoli. La mia prossima telefonata sarà all'agenzia di sicurezza Internet che usiamo…»

Alzai una mano cercando di reprimere il panico. «Wow, socio. Ti ho detto che me ne sarei occupato io e lo farò. Lascia fare a me, okay? Ci penserò io. Ma... dobbiamo anche stare molto attenti a non lanciare accuse a destra e a manca prima di avere prove solide. Non vogliamo ricevere accuse di molestie. Potrebbe essere il caso di contattare l'avvocato.»

Adam sembrava furioso. «Gesù. Tra il caso di omicidio-suicidio dell'anno scorso e questo, dovrò decidermi ad assumerlo a tempo pieno.»

Sbattei gli occhi, sorpreso che, nel panico, non avessi guardato a quella faccenda nell'ottica degli avvenimenti dell'anno prima. Un giocatore fanatico di Dragon Epoch, in un accesso di rabbia, era andato a casa della sua ragazza, che aveva trafficato con i suoi progressi nel gioco, aveva estratto una pistola e le aveva sparato, per poi suicidarsi. I genitori avevano incolpato la sua dipendenza da DE per le sue azioni, usando i media per dirlo a tutti quelli che volevano ascoltare. E ovviamente avevano denunciato la Draco. Quegli avvenimenti, insieme a faccende personali molto più cupe, avevano scosso profondamente Adam.

E ora questo, ed era colpa mia. Che amico di merda ero per appesantire il suo carico?

«In effetti potrebbe essere una buona idea. Vale la pena di controllare che cosa ci vuole per impiegare Joseph a tempo pieno.»

Adam scosse la testa. «Almeno non è troppo tardi per fermare tutto. Possiamo aspettare finché questa stronzata si esaurirà... aspettare tempi migliori. Abbiamo depositato il modulo S1, ma le società fanno continuamente marcia indietro.»

Sul mio cadavere. Nessuno si sarebbe tirato indietro.

Avevo tutti i muscoli contratti. Mi precipitai fuori dalla sedia e andai a grandi passi alla finestra, a fissare quella maledetta fontana. Lunghi, profondi respiri. Dentro l'aria buona, fuori l'aria cattiva.

Lavoravo da anni a quel progetto, la nostra contabilità era impeccabile, tutta l'attività della società fin dall'inizio era documentata alla perfezione. Era stato il mio obiettivo fin dall'inizio e mi ci era voluto almeno un anno di preghiere per convincere Adam a farlo.

Dio solo sapeva che l'ultima cosa che voleva un AD maniaco del controllo come Adam era rinunciare a una fetta della sua torta societaria e consegnare quel potere a un consiglio di amministrazione. Aveva resistito a lungo, non ne voleva sapere, anche se il giorno della quotazione in borsa lui sarebbe diventato miliardario.

Ma poi si era fissato su un nuovo progetto, per il cui sviluppo serviva liquidità. E avevo visto la mia opportunità di convincerlo. Finalmente. *Finalmente,* aveva accettato. Solo Adam poteva essere motivato dalla sua ingegnosa immaginazione piuttosto che dall'idea di aumentare il suo conto in banca. Era un tratto ammirevole, che però non condividevo con lui. E questo spiegava perché lavoravamo così bene insieme.

Dovevo giocare molto attentamente le mie carte. I banchieri non erano gli unici a essere timorosi.

Guardai Adam. «Posso chiederti di darmi un po' di tempo per formulare un piano? Vedo questi banchieri regolarmente da *mesi.* Li corteggio e me li lavoro da *mesi.* Non credo che le cose siano così gravi.»

Adam mi guardò con le sopracciglia alzate e il suo sguardo scuro non cedette un attimo. Già, mi conosceva da parecchio.

Eravamo buoni amici fin dal primo anno di college. Sapeva quando dicevo cazzate e oggi le stavo sparando a raffica.

«Hai due settimane e poi, se le cose non si presentano bene, fermo tutto.»

Quasi ululai per la disperazione. «Che ne dici di un mese? Ci sono un mucchio di banchieri e alcuni non sono *proprio* qui vicino.»

Adam continuò a fissarmi e sapevo quali sarebbero state le sue prossime parole prima che le pronunciasse. «Due settimane, Jordan. E poi stacco la spina.»

Porca puttana.

Adam si raddrizzò disincrociando le braccia. Io strinsi i denti così forte che mi fece male la testa. Senza dire un'altra parola, il capo si voltò e uscì dalla stanza, chiudendo la porta con decisione. Presi il blocco che avevo sulla scrivania e lo lanciai. Sbatté contro la porta chiusa e poi scivolò a terra.

Maledizione. Stava diventando sempre peggio. Era cominciato come il solito, stronzissimo lunedì da dopo sbronza e si era evoluto in una situazione di merda. Adesso ero un'anonima star di Internet, che recitava in un video porno che era diventato virale e stavo per affondare il più grande progetto che la mia società avesse avuto fin dalla sua fondazione.

E tutto perché mi ero sbronzato, e poi, tra i fumi dell'alcol, avevo deciso che sarebbe stata un'idea *grandiosa* sbattermi la stagista sexy con il costume da elfa.

Non avrei mai più bevuto, dannazione. Fissando furioso la porta che Adam aveva chiuso, sobbalzai quando sentii bussare. Voleva dire che non era Adam che tornava per fucilarmi con un altro ultimatum.

«Avanti» ringhiai.

La porta si aprì cautamente e poi la fessura si allargò un centimetro per volta. S'infilò una testa scura. Ed eccola lì, l'autrice di quella miserabile situazione: miss April Weiss.

I suoi capelli scuri setosi le scendevano sulle spalle mentre mi dava un'occhiata timida. Quella mattina le stavo fissando il sedere, ricordando quanto era stato eccitante farmela quella notte, ubriaco o no. Ricordando quei gemiti rochi, profondi e la sensazione di lei... merda. Non sapevo se essere eccitato o incazzato. In quel momento mi sentivo in entrambi i modi.

Perché lei aveva *registrato* e caricato quella merda su Internet.

Quegli occhi azzurro scuro incontrarono i miei, interrogativi. «Ehi, Jordan. Volevo solo controllare se avevo capito bene l'ordine per il tuo pranzo. Charles mi ha detto che il lunedì mangi un sandwich di Subway.»

Il suo sguardo andò al pranzo intatto e la porta si aprì di più. Ora lei era nel mio ufficio, con quella gonna aderente e quel maglioncino sottile e stretto che fasciava il seno pieno. Strinsi il pugno lungo il fianco. Due settimane prima avevo scopato una modella da copertina, otto volte nel giro di tre giorni. Questa ragazza non era niente di speciale, nonostante la scappatella sexy. Distolsi gli occhi deglutendo.

«Non avevo fame» ringhiai. Ero talmente incazzato da non riuscire nemmeno a guardarla.

Lei quasi inciampò sul blocco che avevo gettato contro la porta. Le sue sopracciglia scure quasi si unirono mentre lo raccoglieva e lo spostava sul tavolo, con le spalle leggermente abbassate, come se in qualche modo il fatto che avessi rifiutato quel maledetto sandwich c'entrasse col suo rendimento nel nuovo lavoro. I miei occhi tornarono al suo volto, attirati come magneti. Era bella, fresca, pelle splendente, capelli lucenti e quegli occhi azzurri. Lineamenti perfetti. Cristo, la tipa dell'ufficio personale incaricata di assegnare le stagiste doveva essere sotto crack quando l'aveva messa nel mio ufficio. Come gettare esca in una vasca di squali.

Sapevo che sarebbe stata la mia assistente e che sarebbe stato rischioso fare qualcosa, ma quando aveva detto "anonimo" ero stato troppo tentato per rifiutare. Anonimo, già, ma trasmesso a miliardi di persone. Studiai i suoi lineamenti sereni, tentando di trovare tracce di una cospiratrice dal cuore nero.

Lentamente, April cominciò a rimettere il cibo nella borsa. «Porto via tutto e lo metterò nel frigorifero della sala caffè.»

Soffiai fuori il fiato, mi alzai e mi precipitai fuori dalla stanza senza darle un'altra occhiata. Andai direttamente nell'ufficio di Adam. Maggie, la sua assistente, cercò di fermarmi, ma la sorpassai a forza ed entrai.

C'era Weston, il tizio della pubblicità, che gli stava mostrando qualcosa sul tablet. Adam lo stava esaminando. Weston alzò gli occhi, chiaramente offeso che avessi interrotto il suo tempo privato con il capo. Non era il mio più grande fan e il sentimento era reciproco. Peggio per lui. Avevo bisogno anch'io di un po' di tempo in privato. Adam doveva averlo capito immediatamente dalla mia espressione perché restituì il tablet a Weston, che ora aveva un'espressione abbattuta.

«Possiamo vedere il resto più tardi. Grazie» lo congedò Adam.

Weston continuò a guardarmi storto finché mi passò accanto ed io alzai le spalle. Quando la porta si chiuse, cominciai schiarendomi la voce. «Due settimane non bastano...»

«Beh...» Adam fece per interrompermi quando alzai una mano per fermarlo.

«*Ma*, se insisti, allora, per l'amor del cielo, mandami un *vero* aiuto e porta via la stagista. La mia assistente è incinta e sta continuamente male e non posso fare da babysitter a una stagista. *Siamo* una società multi-milionaria, forse miliardaria. Possiamo permetterci di assumere dei professionisti per superare...»

«Ti assegnerò chiunque tu voglia, ma la stagista per ora deve restare.»

Mi bloccò.

Merda. *Dovevo* liberarmi di quella ragazza, ma non potevo sollevare sospetti che il motivo fosse qualcosa si diverso del fatto che mi facesse perdere tempo. «Sarò troppo occupato per insegnarle qualcosa.»

Adam distolse gli occhi come se la conversazione lo annoiasse, e m'irritò e se non fossi stato quasi nel panico, avrei detto qualcosa.

«Devo parecchio a suo padre, okay? È lui che mi ha assunto alla Sony Online. Lei vuole entrare in una facoltà di economia e un'esperienza lavorativa nel tuo ufficio sarebbe un magnifico biglietto d'ingresso. Ho le mie ragioni. Per favore, fidati di me, okay?»

Dovetti trattenermi per non sbuffare. *Tipico.* Adam aveva le sue misteriose ragioni per fare quello che faceva e le condivideva solo occasionalmente con i comuni mortali, perfino con il suo dannato amico e socio.

Digrignai i denti. «Non sono qui per intrattenere ragazze ricche viziate. Inoltre... non sapevi nemmeno il suo nome. La chiamavi Biancaneve. Ora, di colpo, è la figlia del tuo vecchio capo?»

Adam alzò le spalle. «Assomiglia a Biancaneve... ascolta, David Weiss, suo padre, mi ha mandato un'email l'anno scorso, chiedendomi se sua figlia poteva fare qui uno stage. Ho detto "certo" e ne ho parlato all'ufficio del personale. Non avevo idea fino all'inverno scorso, quando l'ho visto all'audizione congressuale a Washington, che Biancaneve fosse sua figlia. Ed è piuttosto buffo, dato che Weiss, significa "bianco" in tedesco.»

«Già, esilarante. Ora, per sbarazzarmi di lei...»

Adam s'innervosì. «Non ho intenzione di farlo. So che questa situazione ci sta stressando tutti. Assumerò chiunque tu voglia, okay? Falle fare... non lo so... fai in modo che ti segua, che ti faccia il caffè, che lavori sotto di te per un po'.»

Oh, quella era proprio buona. *Lavorare sotto di me... giusto.* C'erano parecchie cose che mi venivano in mente che avrei voluto farle fare *sotto di me*, ma il lavoro non era una di quelle. Studiai Adam per un momento, osservando il modo in cui era aggrappato al bordo della scrivania. A volte era difficile leggere Adam, ma lo conoscevo abbastanza bene da sapere che era nervoso. Meglio non fare pressioni.

«Va bene, ma non sono obbligato a essere gentile con lei.»

Adam alzò le spalle. «Tu sei un fottuto bastardo. Lo sanno tutti.»

Gli mostrai il dito medio e per la prima volta da quando avevamo visto quel video, Adam sorrise davvero. Nel frattempo, il mio cervello lavorava, cercando un modo di uscire da quel casino.

Ma un'altra parte del mio cervello si chiedeva se non potesse essere un vantaggio. Se April lavorava nel mio ufficio, potevo tenerla d'occhio, cercare di capire qual era lo scopo per cui aveva registrato quel video. Potendo influenzare la raccomandazione che avrebbe ricevuto per le facoltà di economia, avrei avuto una leva per impedirle di usarlo per un ricatto. Almeno era quello che speravo. E quella speranza era una gelida, nauseabonda palla di piombo in fondo al mio stomaco.

Feci un profondo respiro e poi espirai lentamente. «Bene, come vuoi. Prometto che me ne occuperò, ma dovrai avere un po' di fiducia in me.»

Adam strinse i denti e annuì. «Sai che ho fiducia in te. Solo... parla con i banchieri. Cerca di capire com'è la situazione e se hanno o meno intenzione di buttarci sotto un autobus.»

Irrigidii i muscoli, deciso. «Nessuno ci butterà sotto un autobus. Dovranno passare prima sul mio cadavere.»

Adam alzò un sopracciglio nero. «*Non* mi sembra molto promettente.»

«Già, pessima scelta di metafore.»

Adam controllò l'orologio. «Ho una riunione con il reparto programmazione. Ma ho bisogno di te nel reparto Ricerche e Sviluppo più tardi. È arrivato il nuovo prototipo. Lo proveremo e faremo una piccola demo.»

«Non ho tempo» ribattei. «Ho degli incendi da spegnere, io.»

«Beh, visto che sarai tu a parlare con i banchieri, e questa è la roba per cui stiamo cercando i capitali, per comprarla e svilupparla, sarebbe bene che la vedessi in azione.»

In effetti, quella era una cosa che mi sarebbe potuta tornare utile. «È veramente una buona idea. Dovrei fare delle foto, magari un breve video. Potremmo aggiungerlo al concorso di bellezza.»

Adam mi diede un'occhiataccia. «Io non parlo "economichese".»

La nostra era una società tra la mente brillante e l'immaginazione di Adam e il mio know-how economico. Ma io ero affascinato quanto lui dalla prospettiva del nostro nuovo sviluppo. Poteva anche non essere la mia unica motivazione, come per lui, ma cose simili mi eccitavano ancora, *quando* non avevo il peso del mondo sulle spalle.

«È solo la fase in cui mettiamo in mostra la società agli investitori, cercando di convincerli che è il miglior investimento di sempre. Adesso sarebbe il momento migliore per meravigliarli e distogliere la loro mente da... mhmm... altre cose.»

«Okay, ci vediamo là alle quattro. E porta Biancaneve.»

Oh, per l'amor del cielo, ero veramente condannato ad avere quella ragazza intorno?

Adam mi seguì fuori dall'ufficio ed io andai nel mio mentre lui andava alla sua riunione.

Nel momento in cui entrai, mi fermai di colpo. Biancaneve... mhmm. La mia nuova stagista, era piegata in avanti, con il suo sederino delizioso e rotondo in aria, e stava trascinando sul pavimento una pesante scatola piena di cartellette.

Dopo un attimo passato ad ammirare lo spettacolo, completo di perizoma giallo che spuntava dalla cintura della gonna, notai che il maglioncino corto era risalito, mettendo in mostra il tatuaggio sul fondoschiena. Lo avevo tracciato con la lingua. Aveva avuto un sapore delizioso, quel tatuaggio da sgualdrina, molto riconoscibile. Memorabile e *incriminante*.

Chiusi la porta sbattendola così forte che la parete tremò. La ragazza sobbalzò, inciampando nei tacchi e fissandomi, con i begli occhi azzurri spalancati per la sorpresa.

«Oh. Mi dispiace, Jordan. Avevo notato questa scatola sul pavimento e sembrava veramente in disordine, quindi ho immaginato... oh, ma adesso ricordo che Charles mi aveva detto di non toccare la tua roba.»

Strinsi gli occhi. A che gioco stava giocando? Mi stava mostrando quel dannato tatuaggio apposta, cercando di stuzzicarmi con quello e con quello che sapeva di me? Sentii una fiammata di rabbia bruciarmi in petto.

Parlai a denti stretti. «Hai presente che cosa sta succedendo in quest'ufficio oggi, Weiss? Perché i dirigenti sembrano essere in subbuglio? Hai colto qualcosa?»

April arricciò il nasino, torcendosi le mani nervosamente. «Mhmm, la gente dice che sta succedendo qualcosa di strano, ma nessuno sa di che cosa si tratti.»

«Beh, grazie a Dio. Ma sai una cosa? Io *ti* dirò di che cosa si tratta e tu non ne farai parola con nessuna delle tue piccole amiche stagiste, capito? Perché, proprio adesso, c'è un video che è diventato virale su Internet, che mostra persone vestite come personaggi di Dragon Epoch e almeno uno dei *partecipanti* è un dipendente di questa società.»

April restò immobile, diventando bianca come un lenzuolo. Perfettamente all'altezza del suo soprannome. Dire che non era bello vederla terrorizzata a morte sarebbe una bugia. Ero talmente incazzato in quel momento che volevo metterle una paura d'inferno. Non stava più scherzando con la confraternita. Potevo fare il duro e non mi sarei lasciato influenzare da un bel faccino.

«Tu... non ne sai niente, vero, Weiss?»

Lei mi diede un'occhiata e poi distolse gli occhi, cominciando a tremare. Sembrava che stesse per svenire.

Andai lentamente verso di lei, ma lei non mi guardò. Abbassò gli occhi sul pavimento con la testa bassa e i lunghi capelli scuri che ricadevano in avanti, come per nasconderle il viso. Le girai intorno come un predatore. Lei deglutì forte, completamente paralizzata.

Bene.

«Io...» cominciò a dire con la voce che tremava.

«Ssst. Non dire niente. Farai esattamente quello che ti dirò e lo farai *ieri*. La prima cosa da ricordare è che il codice di abbigliamento in quest'ufficio è business casual, ed è nel tuo interesse assicurarti di tenere coperto quel tatuaggio. Capito?»

Lei sobbalzò, con la testa che scattava in alto. «S-sì. Sì.»

«E l'altro protagonista del video?» mormorai. Ero dietro di lei in quel momento, e le parlavo da sopra la spalla. Ero minaccioso, lo sapevo. Ma lo stavo facendo soprattutto perché non mi vedesse in faccia. Dovevo essere *sicuro* che non sapesse che ero io.

April rimase in silenzio per un momento, un momento pieno di tensione, mentre aspettavo dietro di lei, sentendo il calore del suo corpo vicino al mio, sentendo il profumo che saliva dai suoi capelli, dal collo pallido. Aveva un profumo dolce, di miele. Mi arrivò al naso e ricordai, di nuovo, quando avevo affondato la faccia in quei capelli morbidi, in quel collo. Anche adesso, guardandolo, ero affascinato da quella pelle bianca, il disegno delicato di vene azzurre che s'intravedevano sotto, la piccola lentiggine appena sotto l'attaccatura dei capelli. Il mio corpo stava reagendo. *Dio santo.*

«Io... io non ne ho idea. Era un... un tizio alla Comic-Con.» la sua voce era tremante, nervosa.

Il sollievo che m'invase in quel momento quasi mi stese. Grazie a Dio. Almeno per quello. Dovevo ancora sistemare quel casino, ma almeno non era il *mio* culo a essere in gioco.

«Dovrei licenziarti in tronco» ringhiai.

Lei si voltò a guardarmi. «*Per favore.* Non so come sia successo. Io ho solo...»

«Ssst...» le misi un dito sulla bocca. Le sue labbra erano rosa scuro, piene, morbide. Com'erano state sensazionali avvolte intorno al mio...

Maledizione. Feci un passo indietro. «Voglio quella scatola di cartelle organizzata, indicizzata e fuori da questo ufficio con una descrizione completa di ogni pezzo di carta che contengono prima che tu vada a casa oggi. Capito?»

Lei sbatté gli occhi. «Mhmm. Sì. Sì. Certo.»

«Allora fallo. *Adesso.*»

Con un salto, si voltò verso la scatola, sul punto di piegarsi di nuovo.

«E prendi un maledetto carrello per portarla fuori da qui. Cristo.»

Lei uscì dall'ufficio con le gambe che tremavano senza nemmeno guardarmi.

Io mi strofinai la nuca, deciso a sparire prima che tornasse. Ma fu troppo veloce e rientrò un minuto dopo, spingendo un carrello verso la scatola, con l'aria abbattuta.

Ringhiai di nuovo. «Devi venire con me al reparto Ricerche e Sviluppo alle quattro. A parte quello, lavorerai su queste carte finché saranno finite e non andrai a casa fino ad allora.»

Senza perdere un colpo, April annuì. «Sì, sì. Sto...»

«Risparmiatelo. Fallo e basta.» Mi voltai e mi precipitai fuori dall'ufficio, diretto alla caffetteria per prendere qualcosa di schifoso da mangiare mentre lei usciva dal mio ufficio.

CAPITOLO TRE
APRIL

OH MERDA. *MERDA.* MALEDIZIONE. CAZZO. ERO fottuta, completamente fottuta. Più fottuta di quella notte alla Comic-con. Il sesso era il migliore che avessi mai fatto, ma *non* valeva la situazione in cui mi trovavo.

Nemmeno il miglior sesso al mondo poteva giustificare rovinarsi la vita. Ora Jordan sapeva che ero io quella nel video e avrebbe potuto rivelarlo in ogni momento. E chissà che cosa sarebbe successo? Avrebbe potuto rivelarlo se avessi fatto qualche casino o se avesse deciso che era nel suo interesse.

Come aveva fatto una giornata di lavoro a finire a puttane così in fretta? Quella mattina ero stata così felice di mettermi alle spalle la pazzia del video virale e cominciare il mio nuovo lavoro. Ero eccitata e pronta a cominciare, felice di far contento il mio nuovo capo, il mio sexy, giovane, nuovo capo.

Dovetti rammentarmi parecchie volte di non fissarlo quando gli portai il caffè la prima volta. Non era il caso di prendermi una cotta. In effetti, sarebbe stato un disastro.

Lui mi aveva guardato, con gli occhi un po' annebbiati per via un di un evidente dopo sbronza. Ma era così favoloso, perfino con gli occhi lucidi e un colorito verdognolo. Con i capelli castano chiaro e occhi nocciola, che a volte sembravano verdi, a volte marroni, a volte grigi. Mi chiedevo se cambiassero colore a seconda del suo umore o dei vestiti che indossava. Passai almeno un'ora a riflettere sui suoi occhi una volta uscita.

Beh, prima che scoppiasse l'inferno. Poi mi aveva parlato come se volesse che me ne fossi andata *il giorno prima*.

Qualche ora dopo, mentre ero ancora immersa fino ai gomiti nelle cartellette, ero decisa a dimettermi immediatamente, mentre la mia dignità era ancora intatta. Non c'era niente che potessero farmi dopo il fatto… giusto? Sarei stata al sicuro se mi fossi dimessa.

Ma se avessi abbandonato in anticipo quello stage, il mio consigliere d'orientamento all'università non sarebbe stato in grado di trovarmi una nuova sistemazione perché mi ero già laureata. Mi avevano piazzata lì prima che finissi i miei studi ed ero rimasta per l'opportunità di ottenere l'ambita raccomandazione.

Quindi non potevo andarmene e dirle addio.

Mi tremavano le mani e avevo quasi rinunciato prima di mormorare il mio vecchio adagio. *CAFR?* Cosa Avrebbe Fatto Rossella O'Hara? Lei non si sarebbe mai arresa. Avrebbe lottato fino all'ultimo respiro. E lo aveva fatto, più volte.

Ma io non ero come Rossella. Non avevo il suo coraggio. Io mi ero arresa, ripetutamente. Perché era più facile. Sbattei le palpebre per scacciare le lacrime di frustrazione e continuai a lavorare finché Charles mi chiamò dalla sua scrivania. «Ehi, April. Ti vogliono al reparto Ricerca e Sviluppo.»

Oh, merda. Diedi un'occhiata all'orologio. Erano le quattro e un quarto.   Maledizione! Jordan mi aveva detto di essere là per le quattro e adesso ero in ritardo. Adesso mi avrebbe sicuramente licenziato. Già mi odiava a morte. Ma, davvero, perché ero ancora lì?

Ci pensai mentre andavo al reparto R&S, che era dall'altra parte del complesso. In qualche punto lungo il percorso, Cari e Ingrid (un'altra stagista) mi si misero accanto.

«Ehi, superstar» disse Cari, ammiccando in modo odioso. «Come sta andando il tuo primo giorno in serie A?»

Alzai le spalle. «Okay.» Accelerai, guardando l'orologio. Accidenti, ero *così* in ritardo.

«Dove stai andando così di fretta?» chiese Cari, accelerando per starmi al passo.

«Avrei già dovuto essere al reparto R&S. Jordan è in riunione con altri dirigenti riguardo a delle apparecchiature nuove che sono appena arrivate...»

«Altri dirigenti?» Cari drizzò le antenne. «Vuoi dire come Adam? Ci sarà anche Adam?»

Repressi un sospiro. Anche se ero d'accordo con lei che l'AD della società era bello in modo quasi assurdo, la sua costante fissazione per lui cominciava a mettermi a disagio. Una volta sembrava divertente. Facevamo commenti sui vestiti che indossava o com'era fantastico il suo sedere in jeans, nei venerdì casual, ma era cominciato a sembrare sbagliato quando avevo scoperto che aveva una ragazza, e che quella ragazza era una persona con cui avevamo lavorato tutti per mesi, Mia Strong.

Cari aveva rifiutato di accettarlo perché, per qualche strana ragione, sentiva di avere dei diritti su di lui. All'inizio avevo pensato fosse una cotta innocente, ma quando era venuta alla luce la sua relazione con Mia, Cari si era infuriata perché era arrivata *quella* e glielo aveva "rubato".

Dubitavo che fosse veramente successo in quel modo. Ma Cari era diventata progressivamente più instabile da quando l'avevo conosciuta, l'anno precedente. Avevo immaginato che fosse per via della perdita del fratello, successa solo qualche mese prima che cominciasse il suo stage, ma era difficile dirlo perché non la conoscevo abbastanza bene. In ogni modo, la sua fissazione per Adam stava diventando un odio deciso nei confronti di Mia.

Quando avevamo lavorato con lei, Mia si era sempre tenuta sulle sue, ma non posso dire che non mi piacesse. Poi si era ammalata, ammalata *sul serio*, ed io avevo aperto la mia boccaccia a un ricevimento e avevo detto una stupidaggine. Cari era intenta a cavillare sull'aspetto di Mia ed io mi ero detta d'accordo con lei. Mia mi aveva sentito ed io mi ero sentita mortificata, ma lei se l'era cavata con grazia e forza. Quando era successo, avrei voluto che la terra si aprisse e sprofondassi. Non poi tanto diversamente dagli avvenimenti di oggi, a essere sincera.

In risposta alla domanda di Cari, feci spallucce. «Non lo so. Non so nemmeno se Adam è in ufficio oggi.»

Voltò di colpo la testa verso di me, scioccata. «Vuoi dire che lavori proprio davanti al suo ufficio e non l'hai visto? Io gli starei addosso di continuo se lavorassi lì.»

Beh, quell'ammissione non mi stupiva affatto.

«No. Ho avuto troppo da fare. Sono qui per lavorare non per adocchiare gli uomini.» Inoltre, personalmente trovavo Jordan più sexy di Adam. C'era qualcosa nello sguardo ardente di quegli occhi nocciola. Quell'uomo trasudava sex-appeal. Quando oggi si era messo vicino a me ero terrorizzata, ovviamente, per via dell'informazione che mi stava dando. Ero anche incredibilmente conscia della sua presenza, a ogni livello. Il profumo leggero della sua colonia. La sensazione del suo fiato caldo sulla mia nuca. La sua statura imponente e la sua struttura solida che torreggiava su di me. Ero quasi caduta in ginocchio pregandolo di avere pietà, e non per via del lavoro. Deglutii, chiedendomi che cosa mi stesse succedendo. La mia libido stava facendo gli straordinari e non avevo nessuno da incolpare se non l'uomo misterioso e sexy alla Comic-con.

Ahimè, personalmente speravo che non fosse il miglior sesso che avrei mai avuto nella mia vita, altrimenti tanto valeva inscatolare la mia lingerie sexy. Forse avrei dovuto ricorrere all'idea di vagare per la convention l'anno successivo, con l'elmo di Falco in mano e farlo provare a ogni tizio, come aveva fatto il Principe azzurro con Cenerentola e la sua scarpina di cristallo.

«Vengo con te» squittì Cari.

«Anch'io!» le fece eco Ingrid, battendo le mani.

«Non credo che sia una riunione aperta.»

Cari mi rivolse un'occhiata illeggibile e poi alzò le spalle. «Allora possono buttarmi fuori. Meglio chiedere scusa dopo che chiedere il permesso prima.»

Entrammo nel reparto R&S, che era sistemato come un enorme magazzino con parecchi terminal e stazioni. Quell'area era usata per testare i nuovi software e hardware. Dato che avevano parlato di prototipi, immaginai che in questo caso si trattasse di hardware.

C'era un gruppo di persone raccolte dall'altra parte del magazzino e individuai la figura alta di Jordan tra di loro. Mi affrettai cercando nel contempo di camminare in modo che i tacchi dei miei stivali non risuonassero troppo forte sul pavimento. Quando avevo quasi raggiunto il gruppo, Jordan si voltò, mi diede un'occhiata severa e poi guardò significativamente il suo orologio, accigliato, prima di rivolgere nuovamente la sua attenzione alla dimostrazione in corso.

Adam Drake era davanti a uno schermo gigante in quella che chiamavano centrale di comando, un enorme monitor che permetteva a parecchia gente di osservare ciò che stava succedendo. Il videogioco sullo schermo era, ovviamente, Dragon Epoch.

Accanto ad Adam, due giocatrici erano appollaiate su piattaforme circolari, collegate a un'apparecchiatura dall'aspetto strano, con un'imbragatura intorno alla vita. Ognuna delle due donne aveva dei visori e scarpe da tennis identiche che, come fece notare Adam, avevano degli speciali sensori che trasmettevano i loro movimenti nel mondo virtuale. Riconobbi la fidanzata di Adam, Mia, in una delle giocatrici. L'altra era più piccola, e aveva una treccia rossa che le scendeva sulla schiena.

I loro personaggi erano visualizzati sullo schermo dietro di loro. Quando le donne camminavano, correvano o facevano dei gesti sulle loro piattaforme, i loro personaggi rispecchiavano i loro movimenti in tempo reale. Quando Mia faceva un ampio gesto ad arco verso destra, il suo personaggio, Eloisa, così diceva il nome sopra la sua testa, faceva lo stesso gesto sullo schermo davanti a noi con un ritardo quasi impercettibile.

Adam spiegò alla piccola folla. «Questi sensori permettono al gioco di interpretare i segnali del linguaggio del corpo del giocatore per inviare comandi al personaggio nel gioco, quindi, invece di usare una tastiera o un controller, il giocatore può usare questa attrezzatura e i suoi stessi gesti. Ciò che il giocatore vede nel visore è una rappresentazione tridimensionale dell'ambiente di gioco. In questo particolare scenario. Mia è una maga e Katya una guaritrice, quindi i loro incantesimi sono diversi.» Si rivolse a Mia. «Lancia una palla di fuoco» le disse.

Mia fece un gesto ampio con la mano destra e poi un gesto brusco con il polso. Sul grande schermo di fronte a loro, il personaggio fece lo stesso e tra le sue mani apparve una grande palla di fuoco che lei la lanciò davanti a sé, come fosse un pallone da spiaggia.

«Katya, essendo una guaritrice, userà lo stesso gesto e otterrà un effetto diverso.» Katya era la ragazza con la treccia che in un certo senso mi ricordava la versione con i capelli rossi di Kat in The Hunger Games. Fece esattamente lo stesso gesto di Mia e le mani del suo personaggio cominciarono a brillare di pura energia verde (immagino fosse per risanare). Il personaggio di Mia fu bagnato da quell'energia. Apparve una frase nella finestra di dialogo in basso sullo schermo: *Eloisa è stata completamente risanata!*

Il gruppo mormorò, piuttosto impressionato. Perfino *io* ero impressionata e non ero una giocatrice. Immaginare che la gente fosse in grado di comunicare le proprie intenzioni nel forum di un gioco online attraverso il movimento era meraviglioso. Significava possibilità inimmaginabili per il futuro dei videogiochi.

Adam alzò un visore simile a quello che indossavano le due donne. "Anche se stiamo guardando l'azione di una superficie bidimensionale, in futuro, una volta che il prototipo sarà stato completamente sviluppato, i giocatori vedranno l'ambiente del gioco intorno a loro a tre dimensioni. I giocatori della classe mêlée, come i guerrieri e i mercenari, avranno l'immagine delle armi che portano e usano mentre combattono. Come per il lancio degli incantesimi, alcune mosse e gesti equivarranno a mosse di combattimento specifiche per quei personaggi.

Continuammo a guardare mentre Eloisa e Persephone, il personaggio di Katya, duellavano tra di loro. Adam spiegò che le due ragazze giocavano insieme da oltre due anni dato che si erano incontrate nella versione beta del gioco originale. Non mi era mai capitato di pensare che Mia potesse essere una giocatrice.

La guardai mentre continuava la demo. Sembrava sana e felice, mentre agitava le mani e gesticolava, prendendo a botte, in modo virtuale, una delle sue amiche. Finì per vincere lei il duello.

Il gruppo batté le mani. Mia e Katya si tolsero i visori; sembrava che avessero fatto parecchio esercizio. La folla cominciò a disperdersi o a parlare in gruppetti, ma io ero più interessata a ciò che stava succedendo davanti a quello schermo. Mia stava sorridendo ad Adam e lui ricambiava il sorriso, guardandola con un'espressione che riuscivo solo a descrivere come pura adorazione. C'era quel luccichio nei suoi occhi scuri che non le toglieva mai di dosso. Lei disse qualcosa, alzando un sopracciglio e piegando maliziosamente la testa di lato e lui rise, mettendole un braccio intorno alla vita e sussurrandole all'orecchio. Qualunque fosse stata la sua risposta, la fece ridere e arrossire furiosamente.

Era come l'ultima volta che li avevo visti insieme, a quello stesso ricevimento in cui avevo fatto quell'orribile commento. Per il modo in cui si guardavano era come se non esistesse nessun altro al mondo eccetto loro due. Come se il mondo intero potesse passare loro accanto e, fintanto che avevano l'un l'altro, tutto sarebbe andato bene. Sarebbero stati felici.

Sentii il cuore che mi si stringeva in petto. Un giorno, volevo che un uomo mi guardasse così. E quando lo avessi guardato a mia volta, avrei avuto gli stessi sentimenti nel cuore. Mi si strinse anche la gola.

Cari si chinò verso di me, con aria da cospiratrice e borbottò: "Uffa, lei mi fa venir voglia di vomitare".

Mi raddrizzai, allontanandomi da lei. Sapevo esattamente di chi stava parlando. Irrideva costantemente i vestiti e l'aspetto di Mia, anche se era ridicolo perché era palese che Mia era una bella donna, e lo era stata perfino quando era malata.

Le prese in giro di Cari erano cresciute da quando si erano fidanzati. Aveva passato ore a sproloquiare furiosamente con me sulle dimensioni dell'anello di fidanzamento di Mia. *"È almeno di tre carati; dev'esser così. Merda, perché le ragazze scialbe dai capelli castani devono avere tutte le fortune? Io voglio un fantamiliardario. Io voglio quel fantamiliardario"* aveva inveito.

«Lei sembra felice. Sana» avevo risposto in tono neutro, ricordandole che, fino a qualche mese prima, Mia aveva avuto una malattia potenzialmente mortale. Ma ne era uscita e Adam era rimasto accanto a lei per tutto il tempo. Sembrava un tipo di prim'ordine e sembrava anche che lei lo meritasse. A quanto pareva, altri non la pensavano così.

Ingrid era d'accordo con ogni parola uscisse dalla bocca di Cari, proprio come il resto della mandria. Proprio come avevo spesso finto di fare anch'io. Mi chiedevo quante di loro fossero *veramente* d'accordo o quante di loro, come me, fossero troppo codarde per parlare e dirsi in disaccordo, per evitare che Cari scatenasse la sua furia contro una di noi.

«Che cos'ha di così speciale? Perché doveva scegliere *lei*?» piagnucolò Cari. Cercai di non sbuffare e Ingrid si chinò verso Cari. «Non è poi granché. È alta e snella e carina, credo, ma è così piatta.»

Restai a bocca aperta e mi sentii male. Quella povera donna era sopravvissuta a un cancro al seno. Chissà che tipo di intervento aveva dovuto sopportare, e loro stavano denigrando la sua figura? Le donne a volte erano così crudeli con le loro simili e quelle due era disgustose. Ed io ero disgustosa perché mi ero lasciata trascinare nei loro discorsi per tutto quel tempo.

«Scusatemi, sarà meglio che vada a vedere il capo e scoprire se vuole che faccia qualcosa» mentii.

A essere sincera, avvicinarmi a Jordan in quel momento era l'ultima cosa che avrei voluto fare, considerando il nostro precedente scontro e la sua rivelazione che sapeva che ero io la protagonista di quel maledetto video. Ma mi serviva una scusa per allontanarmi da quella conversazione, che mi stava facendo sentire sporca.

Cari strinse gli occhi e sospettai che avesse capito che il suo discorso mi aveva infastidito. Le rivolsi il mio sorriso brevettato, che nascondeva tutto, sperando che mi avrebbe coperto e poi mi avvicinai lentamente a Jordan.

Lui non mi aveva notato e stava discutendo con qualcuno accanto a lui. Cari mi stava osservando, quindi pensai che fosse meglio che almeno *sembrasse* che stessi parlando con Jordan. Mi schiarii la voce. «Scusami».

Jordan voltò la testa, mi guardò da sopra la spalla, poi si voltò e continuò la sua conversazione. Io aggrottai la fronte e strinsi i denti. Sarei rimasta lì finché mi avesse dato retta, accidenti.

Lui si voltò di colpo e disse: «Weiss, fai qualche foto a Mia e Kat con l'attrezzatura indosso. Ho il video della demo di Adam, ma mi servono delle istantanee. Vai e chiedi loro di rimettersela e di fare da modelle per te.»

«Uh. Okay...»

«Hai il tuo smartphone con te, presumo. Sembri essere una grande fan del tuo smartphone...» disse, parlando per sottintesi. Sentii la faccia e il collo che bruciavano ed evitai di guardarlo negli occhi.

Poi lui alzò una mano e schioccò le dita davanti alla mia faccia. «Svelta. Vai prima che se ne vadano! E mandami le foto per email. Poi torna al tuo lavoro d'archivio.»

Aveva schioccato le dita? Ero così mortificata e, a dire il vero, terrorizzata, che non riuscii a parlare, anche quando aprii la bocca. Lui si era già voltato verso la sua compagna, che, manco a farlo apposta, era una donna *molto* bella, abito firmato, Jimmy Choo, highlight e lowlight costose nei capelli biondi. Era *tutta* in ghingheri. Chi era? Non l'avevo mai vista prima. Forse la sua ragazza *du jour*?

Ribollendo di rabbia presi il mio cellulare, proprio lo stesso che avevo usato per filmarmi con l'uomo misterioso mentre facevamo sesso e andai verso i grandi schermi e il trio lì davanti, che stava ancora scherzando.

Smisero di parlare, poi si voltarono e mi guardarono quando mi avvicinai. «Ehi, salve.»

«Ehi, April» disse Adam.

Mia mi guardò e poi distolse lo sguardo, chiaramente ricordando le parole offensive che avevo pronunciato su di lei qualche mese prima, al ricevimento. «Ehi» mormorò.

Adam indicò la ragazza dai capelli rossi. «April, questa è Kat. Lavora al collaudo. April adesso è l'assistente di Jordan.»

Mia si voltò verso di me, alzando le sue sottili sopracciglia. «Ah, davvero. Lavori con Jordan? Che il Signore sia con te» disse facendo scherzosamente il segno della croce come se fosse un prete e benedicendomi.

Kat scoppiò in una risata. «Già, che cosa hai fatto di male per avere quel posto?» Io mi morsi il labbro. Quindi pareva che non avessi ricevuto il memo che Jordan aveva la reputazione di essere un osso duro in ufficio. Kat e Mia sembravano sapere un mucchio di cose che io non sapevo.

Adam rivolse loro un'occhiata di avvertimento. «Ho lavorato con il padre di April alla Sony per un po'. Lei finora è stata al marketing, quindi ho immaginato che le avrebbe fatto bene cambiare scena.»

Restai a bocca aperta, scioccata. Non ne avevo idea. E adesso mi rendevo conto del motivo per cui stavo lavorando nell'ufficio del Direttore Finanziario. Non per merito mio. Mi ero illusa che fosse stato il mio duro lavoro a portarmi dov'ero.

Mi chiesi se ci fosse dietro lo zampino di mio padre, forse aveva chiesto ad Adam di promuovermi. Sapevo che a volte si sentiva in colpa. Forse pensava che il suo generoso assegno mensile non fosse sufficiente ad assolverlo.

Il legame tra me e mio padre era deludente da parecchio tempo. Lui era perso nel suo lavoro e il poco tempo che gli restava lo passava con la sua nuova famiglia. Io sembravo sempre venire per ultima, quasi fossi un ripensamento. Quindi, invece di attenzioni, mi copriva di soldi. E adesso, immaginai, stava usando la sua influenza.

Diedi in fretta un'occhiata alle mie spalle, sperando che Cari non avesse sentito il commento di Adam. Ma no, lei ci stava osservando con attenzione e sembrava aver sentito tutto. Ero a disagio sapendo che conosceva un altro dei miei punti deboli. Sapeva già abbastanza da mandarmi a fondo.

«Uh, Jordan voleva qualche foto di voi due con l'attrezzatura, se vi sta bene?» alzai il mio cellulare. «Prometto che riprenderò solo i vostri lati migliori.»

Adam si rivolse a loro e spiegò a voce bassa qualcosa che non sentii. Entrambe annuirono e si rimisero i visori prima di salire nuovamente sulle piattaforme. Kat si mise in posa come una super eroina dei fumetti, facendo i muscoli e fingendo di essere Hulk. Mia rideva e la prendeva in giro, danzando davanti a lei con i pugni alzati come un boxeur mentre io scattavo le foto.

«Okay, guardate in alto, per favore, e sorridete.»

Si misero in posa, con le braccia una sulle spalle dell'altra. Mia alzò il pugno, gridando "Potere alle donne!"

«Parole sante» confermò Kat.

Jordan e la bionda si avvicinarono al nostro gruppo. Adam si rivolse alla bella compagna di Jordan e sorrise. «Ehi Lindsay, sono contento che sia riuscita a venire.»

«È roba forte quella che hai appena mostrato, Drake. Ho portato il libretto d'assegni. Dove firmo per poter investire anch'io?» disse ridendo. «E sei splendida oggi, Mia. Come stai?»

Adam, Mia e Lindsay continuarono a chiacchierare per un momento. Sembravano conoscersi talmente bene che mi chiesi se questa Lindsay non fosse la ragazza di Jordan. Sembrava avesse cinque o sei anni più di lui. Forse il cattivo ragazzo si stava veramente sistemando. Sembravano una bella coppia, anche se l'idea m'irritava, quindi smisi di pensarci.

Dopo qualche minuto, Adam disse qualcosa a Mia, la baciò sulla guancia e poi lui, Jordan e Lindsay si spostarono per andare a parlare con un paio di tizi del Reparto Sviluppo.

Io tornai da Mia. Era una donna molto carina, alta e snella, con corti capelli scuri e occhi castano chiaro. Quegli occhi si fissarono su di me come se si fosse resa conto all'improvviso che ero ancora lì, in attesa.

«Ehi, Mia» cominciai nervosamente, rimettendomi in tasca il telefono. «Potrei, mhmm...»

«Salve, Mia...» disse Cari, piombandomi addosso. Mi mise un braccio sulla spalla ed io m'irrigidii. «April ed io stavamo giusto parlando di te.»

Mia strinse le labbra. «Strano, non ho sentito bruciare le orecchie.»

«Credo...» feci per dire.

«Già, stavamo dicendo come stai bene, tutto considerato. Voglio dire, stai molto meglio di prima.»

Avevo il volto in fiamme e Mia e Kat si scambiarono una lunga occhiata.

«Poi volevo dare un'occhiata da vicino a quel *fantastico* anello. Sei così *fortunata*. Posso?» Allungò la mano.

Mia fece una pausa, poi tese esitando la mano perché Cari potesse dare un'occhiata più da vicino.

«Wow, Mia. Proprio *wow*. Stai sicuramente vivendo il tuo sogno.»

Fissai Cari a bocca aperta e mi staccai da lei. Mia si era già girata verso Kat e si stavano allontanando con le teste vicine mentre parlavano. Feci un passo avanti e Cari mi mise una mano sul braccio. «Ehi, April. Dovremmo passare un po' di tempo insieme. Magari stasera...»

«Ho un progetto diabolico su cui lavorare per il capo venuto dall'inferno.» Guardai in direzione di Jordan. Lui e la bionda stavano uscendo dal magazzino e Adam stava andando in un'altra direzione con gli sviluppatori.

Ne approfittai per liberarmi di Cari. «Oh, guarda, Adam se ne sta andando…»

Cari si voltò, facendo segno a Ingrid di raggiungerla. «Devo andare! Ci vediamo.» Lei e Ingrid si misero a seguire Adam e il suo gruppo, esattamente come avevo sospettato avrebbe fatto.

La guardai andare con il cuore pesante. Avevo permesso a Cari di rovinare la mia opportunità di scusarmi con Mia. E avevo anche pensato a tutto quello che volevo dirle. Come non avrei dovuto dire quello che avevo detto, com'ero dispiaciuta di aver ferito i suoi sentimenti. Strinsi i denti per la frustrazione e mi voltai, abbattuta, per uscire dal magazzino.

Prendermi la responsabilità per il mio pessimo comportamento nei suoi confronti mi avrebbe fatto star meglio, anche se mi faceva paura. Non sapevo se Mia avrebbe rifiutato le mie scuse, o avrebbe riso o chissà cos'altro. Ma ero furiosa perché avevo permesso a Cari di sventare il mio tentativo con tanta facilità. Sapevo anche, dentro di me, che ero troppo vigliacca per impormi. Io non smuovevo mai le acque. Era sempre stato così.

Passare da un genitore riluttante all'altro ogni settimana mentre crescevo, mi aveva insegnato che, se volevo inserirmi, dovevo dir loro ciò che volevano sentirsi dire e sorridere mentre lo dicevo.

La cosa peggiore era che quella avrebbe potuto essere la mia unica possibilità di scusarmi con Mia, dato che il mio futuro lavorativo era estremamente incerto. Mi resi conto che dovevo delle scuse anche a Jordan. Forse per quelle avrei trovato il coraggio.

Per tutta la strada per tornare in ufficio mi ripetei quello che gli avrei detto. Quando arrivai, avevo un bel discorso tutto programmato in testa. Sembrava poetico e perfetto, come un'altra delle mie eroine letterarie preferite, Anne Shirley, dal libro *Anna dai capelli rossi*.

Quando lei aveva fatto le sue adorabili scuse, aveva affascinato la vecchia pettegola cittadina, Rachel Lynde, che aveva dei pregiudizi contro la nuova ragazza orfana in città. Avrei potuto farlo anch'io. Le mie parole, come quelle di Anne, sarebbero dovute venire dal cuore. Ero *sicura* di riuscirci.

Bussai alla porta di Jordan con la mano che tremava solo un po'. Lui grugnì di entrare.

Ad Anne piaceva mettersi su un ginocchio per fare le sue scuse. Io non sarei arrivata a tanto, ma mi assicurai di essere proprio in mezzo davanti alla scrivania.   Fortunatamente, questa volta lui era seduto, m'intimidiva molto meno in quel modo. Strinsi le mani davanti a me.

«Beh? Hai fatto le foto?»

«Sì, sono già nella tua casella di posta. Volevo solo...»

«E le cartelle?»

«Sono a buon punto. Resterò fino a tardi per finirle, ma...»

«Allora perché te ne stai lì in piedi? Vai a finirle. Sono le cinque, per l'amor di Dio.»

«Mhmm. Volevo dire una cosa, prima, per favore. Se mi lasci dire una parola.»

Jordan si alzò, stringendo gli occhi e digrignando i denti. Venne lentamente davanti alla scrivania, si sedette con le braccia muscolose conserte. Alla faccia di non sentirmi intimidita. Deglutii rumorosamente, letteralmente.

Lui alzò un sopracciglio e poi tese il polso guardando l'orologio. «Hai tre minuti. A partire da adesso.»

Sbattei gli occhi. Rachel Lynde aveva cronometrato Anne durante il *suo* discorso? Nel panico, le parole mi uscirono di bocca senza un particolare ordine. «Volevo solo dire che so che non mi conosci per niente, ma ho sempre cercato di fare la cosa giusta. Io... mhmm... ultimamente ho avuto qualche momentanea mancanza di giudizio e ho commesso degli errori di cui mi pento, ma voglio fare la cosa giusta e ciò include la faccenda del video.»

Stavo sproloquiando, lo sapevo, ma non riuscivo a fermarmi. Feci un respiro profondo e continuai. «Non faccio mai roba simile. Non avevo mai fatto niente del genere. Voglio dire, il sesso è stato magnifico, non avevo idea che potesse essere così, ma con tutti i casini che sta causando...» La mia voce morì per un attimo davanti al sogghigno che Jordan aveva sulle labbra. Oddio, non riuscivo a credere di averlo detto. Sembrava così patetico.

«Non ho mai avuto intenzione di far del male a qualcuno o danneggiare la società. Ma durante la convention stavo avendo un brutto momento. C'era una cosa, non voglio scendere in particolari, ma la mia famiglia è piuttosto scombinata e ho permesso che m'incasinasse la testa e ho fatto una cosa veramente stupida. E mi sento malissimo sapendo che la società è stata trascinata in questa storia, quindi...»

«Tempo!» disse Jordan, interrompendomi. Non aveva tolto gli occhi dall'orologio per tutto il tempo in cui avevo parlato. Deglutii.

«Weiss, non mi hai detto assolutamente niente. Tutto ciò che ho sentito è stato "bla, bla, bla". Alzò una mano e l'aprì e la chiuse come se fosse il becco di un'anatra. «Torna al lavoro.»

Risucchiai il fiato, dolorante. C'era voluto tanto per riuscire a dirlo. Avevo passato venti minuti a raccogliere il coraggio.

Sentii le guance che scottavano. «Mi dimetto» dissi.

I suoi bei lineamenti non si scomposero minimamente. «Cosa?»

«Ho detto che mi dimetto.»

«No. Assolutamente no.»

«Sì. Ti sto dando le mie dimissioni e tutto ciò che chiedo è che tenga la mia identità segreta il più a lungo possibile, per poter trovare un posto da stagista da qualche altra parte.»

Jordan si alzò e ora incombeva su di me. Io ero alta un po' meno della media, okay, un metro e sessanta. E lui era almeno un metro e ottanta, probabilmente di più.

«Tu non farai uno stage da nessun'altra parte perché tu *non* darai le dimissioni.»

«L'ho appena fatto.»

«No, hai detto *"bla, bla, bla"*.» Aprì nuovamente la mano. Avrei voluto prenderla a schiaffi. «Ora vai fuori e finisci quelle maledette cartelle.»

«Ma…»

«E non ti permetto di parlare con nessuno di quel video. Fingi di ignorare che esista.»

Aprii e chiusi la bocca parecchie volte, sicura di assomigliare a una carpa. Jordan si avvicinò a me, fino a essere a trenta centimetri di distanza. Poi piegò la testa e mi fu addosso. Avrebbe potuto dirmi qualsiasi cosa, ma tutto ciò che riuscivo a fare in quel momento era stupirmi di che buon profumo avesse. Era un aroma caldo, come di cannella, e secco, come la salvia bianca che cresce sulle colline sulla costa della California del sud. Le mie narici vibrarono.

Jordan strinse gli occhi. «Piantala di fare la faccia da pesce e vai a finire quelle cartelle.»

Chiusi la bocca, voltai sui tacchi e uscii dall'ufficio. Che *cavolo*?

Lui uscì un'ora dopo la nostra discussione, senza nemmeno salutare, semplicemente facendo un cenno nella mia direzione mentre mi passava accanto. Io restai stordita per parecchie ore mentre finivo quel compito rompiballe.

Allora, era interessante. Le mie scuse alla Anne Shirley non funzionavano con lui... o sì? Forse altrimenti mi avrebbe licenziato? Non ne ero proprio sicura. Tutto ciò che sapevo era che gli avevo dato troppe informazioni, informazioni che ora mi scocciava che avesse.

Forse le mie scuse erano state così patetiche che aveva avuto pietà di me e aveva deciso di non licenziarmi proprio per quel motivo. Beh, qualunque cosa fosse, avevo ancora il mio lavoro, anche se probabilmente non avrei mai scoperto perché.

CAPITOLO QUATTRO
JORDAN

MALEDIZIONE, QUELLA DONNA MI STAVA MANDANDO la pressione sanguigna alle stelle. Avevo avuto voglia di strangolarla durante quel suo discorsetto, okay, eccetto quando stava parlando di com'era stato favoloso il sesso. Quindi la non-così-povera brava ragazza era scesa nei bassifondi e fatto una cosa peccaminosa. Conoscevo il suo tipo. Una donna doveva fare qualcosa di scandaloso e vivere un po', e poi piangere e torcersi le mani quando si rendeva conto che le conseguenze delle sue azioni avevano ferito altra gente.

Conoscevo fin *troppo* bene quel tipo, in effetti. Strinsi forte il volante mentre andavo a casa, teso per la rabbia. E non mi aiutava il fatto che fosse così dannatamente bella, quel corpo sexy, quel viso d'angelo, quegli occhi azzurri. Avevo detto al mio cervello di smettere di notarlo. Ma il mio corpo non aveva ancora ricevuto il memorandum. Ogni volta che lei entrava nella stanza, la mia reazione era istantanea e mi colpiva tra gli occhi: quel bel sedere, quelle belle tette, quei capelli lucenti. E ricordavo come quel breve incontro mi avesse solo dato un assaggio di quello che non avrei più potuto avere. Invece di togliermela dalla testa, com'era stato in origine il mio piano, ora la volevo più di prima.

Mi strofinai con forza la fronte, cercando di scacciarla dai miei pensieri.

E maledizione se non avevo un cazzo di tonnellata di lavoro di fare quella sera. Avrei preferito scaricare un po' di tensione ma non ne avevo né il tempo né l'energia.

Qualcosa doveva finire. *Questo stile di vita* doveva finire. Le scopate senza significato. Le feste, le ubriacature. Lo stile di vita da rock star. Ne valeva la pena? Mi dicevano ancora qualcosa? Sembrava tutto così vuoto e insoddisfacente. O forse stavo semplicemente diventando più vecchio.

Era buio quando arrivai a casa, ma presi una bottiglia di birra e uscii sul patio, che si apriva direttamente sulla sabbia di uno dei migliori tratti della spiaggia per surfisti della famosa Newport Beach nell'Orange County.

Mi era sempre piaciuto finire la mia giornata con il suono del mare. In quel momento ne avevo bisogno, anche se avevo ancora davanti a me ore di lavoro. Quella sera la spiaggia era affollata di gente che passeggiava sulle piste per pedoni e ciclisti che correvano lungo la linea di costa. Nel mio patio coperto io ero nascosto alla loro vista. Le loro conversazioni crescevano e diminuivano di volume, ma era il ritmo onnipresente dell'oceano che mi calmava.

Il mio telefonò emise un bip e lo controllai.

Ehi, tesoro. Non ti sento da un po'.

Era Lyla, la modella da copertina con cui ero recentemente "uscito". Il suo messaggio era accompagnato da una bella foto del suo notevole davanzale. Sorrisi, mi leccai le labbra e ci pensai davvero per un attimo. Una bella rotolata tra le lenzuola con lei avrebbe potuto essere una gradita distrazione dal pensiero dell'irraggiungibile e incredibilmente frustrante stagista.

Lyla era il tipo a cui non dispiaceva darsi un po' da fare e poi tornare a farsi gli affari suoi, lasciando me ai miei. Dovevo ammettere che la tentazione c'era. Ma prima che potessi permettermi di pensarci troppo, scrissi la risposta.

Mi dispiace, bellezza. Ho una montagna di lavoro da fare. Magari un'altra sera?

La sua risposta arrivò meno di un minuto dopo.

Ma sono così arrapata stasera. :(

Beh, merda. Anch'io. Ma le azioni insensate dell'ultima settimana mi avevano veramente fatto riflettere. Avevo fatto un fottuto casino. Letteralmente. E in qualche modo era finito dappertutto su Internet.

E per quello dovevo mentire al mio miglior amico, quel miglior amico che aveva vissuto una crisi di proporzioni mondiali durante l'anno appena passato. Ora la mia stupida mossa stava aggravando il suo fardello già pesante. Respirai a fondo, soppressi il senso di colpa che mi aveva fatto venire dei dubbi su me stesso e sul mio tenace obiettivo di portare la società in borsa.

Mi manca la mia tartaruga preferita.

L'accontentai, alzandomi la maglietta e scattando una foto dei miei addominali e poi dando l'invio con il messaggio.

Per adesso ti deve bastare. Mi dispiace, baby.

La sua risposta mi fece sorridere e mi fece *quasi* premere il tasto di chiamata per farla venire.

Ho appena leccato lo schermo. Non giudicarmi.

Prima che potessi controllarla, mi venne in mente l'immagine di quella stagista che mi leccava, la sua testa scura che si muoveva sul mio torace. Il sesso era stato bollente, ma io avevo tenuto i vestiti per tutto il tempo. Avrei veramente dovuto lasciare che mi leccasse il torace. E il mio…

Che *diavolo* stavo pensando? Non avevo imparato niente dalle ultime ventiquattr'ore?

Stavo cominciando a dubitare di me stesso, tanto che stavo prendendo in considerazione l'impensabile. Per punirmi per la mia stupidità mi sarei astenuto da scopate casuali, e anche dal bere, ovviamente. Diavolo, se la faccenda di fare il direttore finanziario fosse andata male, magari avrei potuto unirmi a un monastero, o roba simile.

Con un sospiro, rientrai in casa e aprii il laptop per sprofondare nelle pratiche che mi ero portato a casa. Dovevo controllare i documenti legali che erano stati forniti dai nostri banchieri d'investimento per vedere quali scappatoie avrebbero potuto cercare di sfruttare. Dovevo anche chiamare il mio tizio della sicurezza Internet per scoprire se poteva fare qualcosa riguardo a quel video virale, se mai era possibile fare qualcosa.

Una volta che qualcosa diventava virale, comunque, era come pisciare contro il vento per cercare di fermarlo. C'erano azioni che potevamo fare, come le notifiche di ritiro. Ma il rischio di esporsi maggiormente le rendeva perlomeno di dubbia efficacia.

Il fatto che lei non conoscesse l'identità del suo partner mi toglieva il capestro dal collo, ma dovevo chiedermi se veramente non la conoscesse o se ci fosse un modo per lei di scoprirla. E se lo avesse scoperto, che cosa avrebbe fatto? Perché aveva caricato il video, innanzitutto? Ma se glielo avessi chiesto direttamente, si sarebbe resa conto che sapevo che era stata lei a farlo e non quell'altro. Non era stupida, quello perlomeno lo avevo capito, e sarebbe probabilmente riuscita a capirlo. Non potevo correre il rischio. Sarei dovuto arrivare in modo più tortuoso a capire il motivo per cui l'aveva fatto.

Dopo un'ora di lettura dell'oscuro linguaggio legale, mi preparai qualcosa da mangiare e premetti il tasto per ascoltare la segreteria del mio telefono. C'erano altre donne nella mia vita con cui non potevo evitare di parlare.

«Era ora che mi richiamassi» fu la prima cosa che disse Hannah quando rispose.

«Ho una vita mia, sai. Non sono la tua linea personale di assistenza compiti.»

«Io so dove sono i tuoi scheletri, Jordan. Non cercare di provocarmi.»

«Più facile che sapessi dove tenevo la mia scorta di erba, che usavi per ricattarmi, piccola rompiballe.»

«Vabbè. Ho bisogno di aiuto. Ti ho mandato il problema per email. Dammi un suggerimento, okay?»

«Come va il college? Sono già due settimane che sei lì e non ho sentito nemmeno una parola da quando hai cominciato.»

Hannah non disse nulla per un momento per poi rispondere con la voce troppo acuta, troppo allegra: «Va benissimo!»

Mhmm. La cosa mi preoccupava, ma sapevo che non era il caso di chiederglielo direttamente. A Hannah piaceva far credere che tutto fosse perfetto, anche quando non era così. Sfortunatamente per lei non era una brava attrice. «Stai incontrando un mucchio di gente nuova? C'è qualche tizio che devo prendere a botte?»

«Ah, ah. Mi sto concentrando sui miei studi, grazie tante. Ma questo corso di economia è un tormento. Ed è appena cominciato.»

Aprii il laptop e la sua mail. «Allora, questa domanda è piuttosto semplice, Banna.» Usai apposta il suo vecchio soprannome, solo per provocarla. Prerogativa dei fratelli maggiori.

La sentii sbuffare. «Il corso rientra nei requisiti di educazione generale, ma non tutti a quindici anni stavano già gestendo portafogli azionari grazie a quello che avevano guadagnato al negozio per surfisti.»

«Peccato che tu non possa essere un genio come me. La rivalità tra fratelli è una cosa così brutta. Cerca di non fartene divorare.»

«Uffa. Parlando del negozio di surf... la mamma mi ha detto una cosa che ha saputo dalla signora Nolan.»

«Ah, come sta la signora Nolan?»

«La mamma la sta accompagnando a fare i trattamenti. Sembra che stia meglio. Ma l'ultima volta che si sono viste, ha detto alla mamma che Cyndi sta divorziando.»

Rimasi in silenzio. Quel nome mi aveva colpito per primo. Poi la notizia. Non sapevo che cosa fare di quell'informazione. In effetti non sapevo come mi *sentivo* riguardo a quell'informazione. Dentro di me avrei dovuto provare un qualche tipo di soddisfazione sentendo della sua infelicità, ma non era così. Significava che l'avevo superata, che non m'importava più di lei?

«Sei ancora lì?»

«Sì. Anche se non so perché me lo hai detto.»

«Non lo so. Pensavo che avresti voluto saperlo. Era la tua ragazza un'infinità di anni fa.»

«Un'infinità di anni fa. Ho avuto un mucchio di ragazze da allora.»

«Ah, è così che le chiami? Scusa, ma se vai a letto con una per un paio di settimane, non è la tua ragazza. Devi cominciare a pensare a sistemarti.»

«Perché diavolo dovrei farlo? Ho venticinque anni e vivo come una rock star.»

«Già, sprecando la tua gioventù e i tuoi sporchi, mal guadagnati milioni.»

«Papà ha ricominciato a sparare le sue cazzate sul *Das Kapital*?»

Hannah sospirò. «Okay, io scherzo ma... la faccenda sta diventando ridicola. Quando vi metterete seduti e comincerete a parlare, voi due?»

Digrignai i denti, teso come la corda di un violino. Sapeva che non era il caso di parlare di quell'argomento con me. Ma ero stato io a sbagliare menzionando il vecchio. «Non abbiamo niente di cui parlare. Allora, per quel problema...»

«Ehi, per parlare di problemi... quasi dimenticavo. Ho visto un video virale su Internet. Gente con i costumi di Dragon Epoch...»

Uh, no. Proprio no. Il pensiero che la mia sorellina mi avesse visto fare sesso mi fece venire la nausea. «Non ho intenzione di parlarne, e nemmeno tu dovresti, se vuoi ancora il mio aiuto con il compito, signorinella.»

«Bene. Ma sai chi erano?»

«Allora la tua email dice che hai bisogno di sapere dell'elasticità del mercato, giusto?»

«Resti sempre uno stronzo, anche a duecento miglia di distanza.»

«Non mordere lo stronzo che ti aiuta con i compiti.»

«Sì, già.»

Parlammo per altri venti minuti prima di riappendere e poi fissai a lungo il telefono cercando di analizzare la conversazione… La notizia del fallito matrimonio di Cyndi, gli eventi folli di quella giornata in generale. Mi faceva male la testa ma avevo ancora ore di lavoro davanti a me.

Chiamai il mio tizio della sicurezza Internet e poi feci un'altra telefonata al tizio dell'IT. Dovevo scoprire a che cosa stava mirando April Weiss, che cosa la stava spingendo e perché aveva deciso di registrarsi mentre faceva sesso per poi caricare il video su Internet. E se aveva qualcosa per ricattarmi, era il tipo che l'avrebbe fatto?

Quindi gli chiesi di raccogliere informazioni su di lei. Dovevo assicurarmi di avere anch'io qualcosa su di lei. Perché io *ero* il tipo di persona che avrebbe usato l'informazione per ottenere ciò che volevo. E ciò che volevo veramente era liberarmi del suo corpo tentatore, da acquolina in bocca. Ma dato che non potevo mandarla via, almeno per il momento, avevo bisogno di una leva. Nel caso mi servisse.

Nessuna scopata casuale, nemmeno una bollente come quella, valeva la merda in cui mi trovavo. Almeno era quello che continuavo a ripetermi.

Almeno il mio ultimo incontro sessuale, prima del periodo di astinenza che avevo appena decretato, era stato maledettamente sexy. Una volta che se ne fosse andata, mi sarei preso un po' di tempo per assaporare il ricordo. Fino ad allora, dovevo togliermela dalla testa e non continuare a ripensarci.

Nel frattempo, mi sarei divertito a renderle la vita un vero inferno.

Capitolo Cinque
April

MI SVEGLIAI IL GIORNO DOPO IN MEZZO A UNA montagna di sacchetti, dopo il mio shopping furioso della sera prima. Sid, che era andata a dormire prima che arrivassi a casa, come al solito, e si era alzata molto prima di me, anche questo come al solito, non sapeva ancora delle complicazioni sorte nella situazione del video virale.

Quando finalmente mi svegliai, era pronta a farsi raccontare tutto.

«Non è possibile… *sapeva* che eri tu?»

Sospirai. «Ha visto il mio tatuaggio e l'ha riconosciuto dal video.»

Sid scosse la testa. «Ragazza mia, quello è un errore che è tornato ad azzannarti il posteriore, letteralmente, e chi sa quando succederà di nuovo?»

«Sì, sì. Farò quella cosa laser quando avrò tempo. Prima mi devo preparare psicologicamente.»

Sid agitò una mano indicando le macerie dei sacchetti. «Allora che cos'è questa roba. Shopping-terapia»?

«Ah, no. Sono vestiti nuovi: tutte gonne veramente lunghe e maglioni che non risaliranno sulla schiena, e un paio di body. Non voglio correre rischi. È già brutto che Jordan sappia che ero io e che, comunque, qualunque sia il suo motivo, mi permetta di continuare a lavorare lì. Sono sicura che se lo scoprisse qualcun altro mi costerebbe caro.»

«Ma le cattive ragazze sanno che eri tu, vero? Pensi che qualcuno di loro dirà qualcosa?»

Scossi la testa. «Cari ha detto che mi coprirà le spalle.»

Sid fece una smorfia. «Pensi... qualcuno ha avuto in mano il tuo telefono questa settimana a parte te?»

«No, assolutamente. Non sono un idiota, ma perfino io so che non devo dare a nessuno l'accesso al mio telefono. Non lo do nemmeno a *te*.»

«Beh, buono a sapersi. Non sono tutti carini. Specialmente Cari. Quella ragazza è come Regina George.»

«Chi?»

Sid sbuffò. «Devi vedere qualche film, Apes. Leggi troppo.»

«Non esiste *leggere troppo*!»

«*Comunque...* Regina George era il capo delle cattive ragazze del film *Mean Girls*. Cari me la ricorda.»

Mi alzai e cominciai a togliere le etichette dai nuovi vestiti, prendendo il cestino dei rifiuti per gettarvele.

Sid si strofinò le sopracciglia, pensierosa. «Dopo la scuola, ho passato la maggior parte del pomeriggio a guardare quel caspiterina di video.»

Aggrottai le sopracciglia. «Perché? Hai veramente tanto bisogno di una lezione di educazione sessuale?»

Sid mi guardò storto. «Cercavo degli indizi... per esempio come hanno fatto i dirigenti a capire che era un dipendente quello nel video.»

«Come?»

Sid andò al computer e fece partire nuovamente quella cosa orribile. Ma invece di obbligarmi a guardarlo, lo bloccò dopo qualche fotogramma. «Vedi qui? Sembra che tu abbia premuto "registra" sul telefono dopo esserti tolta la biancheria... e il telefono è proprio vicino a un badge, proprio qui.»

Mi chinai in avanti seguendo con gli occhi il punto che stava indicando.

Porca. Vacca. Aveva ragione. Era proprio un badge della Draco. Il tipo che usavamo tutti per entrare nell'edificio e spostarci in giro nel campus. Era collegato al sistema di sicurezza della ditta. Avevano chiesto che li portassimo alla convention, insieme ai pass della società. Mi chinai per guardare più da vicino. Se c'era il mio nome su quella cosa...

«Il nome è nascosto, ironicamente, dalle tue mutandine. Ma è così che lo hanno scoperto. Hanno visto il tuo badge.»

Mi raddrizzai. «Ah...» dissi per dimostrare che avevo capito, ma ero ancora confusa. Perché quello *non* era il mio badge. Gli assomigliava, ma il logo della ditta e il nome e tutto il resto sul mio badge erano blu, per indicare il mio status di stagista non pagata. I badge degli impiegati regolari erano stampati in nero, con il logo nero, come il badge nel video.

L'uomo vestito da Falco, il cacciatore di taglie. L'uomo con le mani sexy e il cazzo enorme. Quel tizio era un impiegato della Draco.

Tirai il fiato, lo trattenni e poi esalai lentamente. Porca vacca. Ero fottuta.

Questa faccenda continuava a peggiorare man mano che passava il tempo.

Perché quell'uomo probabilmente era furioso che un video di lui che faceva sesso fosse stato postato su Internet. Prima o poi quel tizio avrebbe scoperto chi ero *io* e avrebbe voluto sapere perché diavolo avessi messo in pericolo il suo lavoro senza motivo. Dovevo trovarlo prima che si arrivasse a quello. Ma non avevo idea di come fare.

«Parlando di avere accesso al tuo telefono, era completamente morto, quindi l'ho messo in carica per te questa mattina quando mi sono svegliata. Lo schermo di notifica dice che hai cinque chiamate e due messaggi vocali di tua madre.»

«Sì, lo so.»

Sid rimase zitta per un momento. «Non hai nemmeno intenzione di ascoltare i vocali?»

«No, ho intenzione di cancellarli. Qualunque cosa voglia, sono sicura che se ne può occupare il suo nuovo maritino. Gunnar ha il suo fondo fiduciario, quindi può comprarle tutto quello che desidera il suo cuoricino. Lei mi chiama solo quando vuole qualcosa. E non sono dell'umore giusto per discutere con lei.»

«Tu *non* discuti mai con lei, April. Tu sopporti e basta.»

«Visto? È un buon sistema per evitare tutto il casino. Se non riesce a trovarmi, non dovrò sentirmi disgustata di me stessa perché, per l'ennesima volta, non le ho tenuto testa.»

Sid annuì. «Bell'idea. Ehi, mia madre vuole sapere quando verrai a cena da noi.»

Sid spesso si lasciava prendere dalla pietà per me quando parlavamo di mia madre. Le piaceva offrirmi la sua, che era una donna dolcissima, come surrogato.

«Oh, splendido. Mi piacerebbe mangiare persiano, ma non so nemmeno quando riuscirò a liberarmi da questo lavoro infernale per fare qualcosa di più che mangiare e scappare. E sarebbe scortese nei suoi confronti.»

Sid alzò le spalle. «Comunque sono sicura che ci riempirà presto il freezer.»

«Yum. Spero che faccia di nuovo quella roba con il melograno e le noci.»

«*Fesenjān*. Le passerò la richiesta.»

Mi rialzai e con le spalle basse aprii il mio laptop per controllare la mia posta. Parlando di madri... ce n'era un'altra di Rebekah. Non avevo ancora risposto a quella precedente.

Questa aveva per oggetto: *Informazioni sul Birthright Israel*. La mia matrigna si preoccupava per la mia assoluta mancanza di educazione sul mio retaggio e si era di recente assunta il compito di convincermi a unirmi alla famiglia. La mia sorellastra, Sarah, si stava preparando per il suo Bat Mizvah, tra qualche anno, ed ero sicura che Rebekah avesse la visione di una grande felice famiglia raccolta intorno a lei nella sinagoga per festeggiare.

O forse pensava che io fossi un modello di merda per sua figlia. E Sarah, in effetti, m'idolatrava. Mi piaceva, nonostante avesse solo dieci anni. Almeno qualcuno su questo pianeta pensava che io non fossi niente male. Ciò nonostante sospirai e pensai a come rispondere alla domanda di Rebekah se sarei o no andata al tempio con loro. Sembrava che la religione fosse un'ulteriore barriera tra loro e me. Mi separava e mi rendeva diversa da quelli che avrei dovuto considerare la mia famiglia più prossima.

Con un sospiro, aprii un altro browser e cercai su Google il programma in questione, scoprendo che si trattava di un'organizzazione no-profit che sponsorizzava viaggi gratuiti di dieci giorni a Israele per giovani dai diciotto ai trentacinque anni di nascita ebraica. Forse avrei potuto fare un viaggio in Israele e, una volta tornata, quel maledetto video sarebbe sparito per sempre dalla faccia di Internet.

Quando nevicherà in estate, come diceva sempre la mia nonna tedesca. O *quando gli asini voleranno*, come avrei detto io.

Dopo una veloce colazione, mi vestii per il lavoro, assicurandomi di indossare abiti che mi coprissero adeguatamente. Visto che avevo ricevuto questa seconda possibilità da un capo scorbutico, ma notevolmente comprensivo, avrei fatto uno sforzo in più per essere la migliore assistente *di sempre*.

Ma il capo diventava ogni giorno più scontroso. E pignoleggiava su ogni cosa facessi. Mi sforzavo di mantenere un aspetto esteriore tranquillo, di non mostrare mai le mie emozioni, i dubbi che mi venivano. Le persone come Jordan Fawkes sentivano l'odore della paura e quindi sapevo di dover fare di tutto per nasconderla.

Nel frattempo, quando non ero stressata per il lavoro, mi angosciavo per la questione di Falco. Domande vitali come "chi era?" e "lui sapeva chi ero io?" e, ancora più importante "era terribilmente incazzato con me?" mi giravano costantemente per la testa.

E nonostante tutti i guai che aveva causato, non riuscivo a togliermi dalla mente il ricordo di quella notte. Non sapevo se fosse perché era particolarmente abile o, per via della sua, mhmm, attrezzatura, o per la clandestinità di tutta la faccenda, ma era stato così *maledettamente bello*. Chi sapeva che un nerd che amava il cosplay alla Comic-con e, a quanto pareva un impiegato della Draco, potesse essere così incredibile sotto le lenzuola? O forse i pochi tizi con cui ero stata prima erano stati *veramente* scarsi.

Ogni giorno che passavo alla Draco, mi trovavo a fantasticare pigramente se il collega che incrociavo nei corridoi o a cui consegnavo qualcosa, era *lui*. L'unica cosa che sapevo di quel tizio era che era alto e che riempiva bene, *molto* bene il costume da Falco. Ed era sembrato così sexy quando sussurrava in quel tono basso, monocorde.

Oh, e che il suo *affare* era stato enorme. Non avevo dimenticato nemmeno quello. Come avrei potuto?

Il capo venuto dall'inferno, insieme alla preoccupazione costante per Falco, mi stavano portando alla follia. Non dovrebbe quindi essere una sorpresa per nessuno che in una giornata particolarmente orribile, una settimana dopo, quasi crollai alla mia scrivania. Susan dovette chiamarmi parecchie volte per attirare la mia attenzione.

Alla fine sbattei gli occhi e mi misi diritta.

«Ehi, che cosa c'è. Stai bene?»

Mi voltai a guardarla. Susan era una donna non troppo bella ma dolce e divertente, sui trentacinque anni. Aveva i capelli biondi corti e gli occhi verdi. E portava orecchini stravaganti, diversi per ogni giorno dell'anno. Almeno, fino a quel momento non l'avevo vista portarne un paio uguale. Mi aveva spiegato che li sceglieva per rispecchiare l'umore del giorno. In quel momento erano due ciucciotti in miniatura, uno rosa e uno azzurro. Il giorno prima, lei e il marito avevano sentito per la prima volta il battito del cuore del loro bambino. Era entusiasta e mostrava a tutti l'immagine dell'ecografia.

«Non so quanto riuscirò ancora a sopportare...» dissi con la voce che tremava.

Susan sospirò. «Beh, di solito non ci va leggero con gli stagisti, se ti può consolare.»

No, non mi consolava.

«Nell'ultimo fine settimana, non credo sia passata un'ora senza che mi mandasse un messaggio per chiedermi qualcosa. Mandargli della roba o ricercare qualcosa che avrebbe potuto trovare lui su Google scrivendo poche parole.»

«Mhmm. Forse vuole assicurarsi che tu stia imparando tutto quello che ti serve?»

Nascosi la mia frustrazione. Ogni ora, praticamente, esattamente allo scadere di ogni ora? «Normalmente ti chiede di portare a lavare la sua auto, ritirare la sua roba in lavanderia e urla con te se il caffè non è abbastanza caldo?»

Susan aggrottò la fronte. «Non mi ha mai chiesto di fare niente del genere, ma probabilmente ritiene sia responsabilità sua assicurarsi che tu abbia parecchio da fare.»

Deglutii. Una mattina, aveva preso un termometro da cucina e controllato la temperatura del caffè che gli avevo portato. *Sessanta gradi, Weiss? Che cos'è una rinfrescante bevanda estiva? Te l'ho chiesto extra bollente. Non devi fermarti a chiacchierare con le tue amichette mentre torni qui con il mio caffè in mano. Gesù, perché non ci metti qualche cubetto di ghiaccio, già che ci sei?*

Avevo scoperto i denti nel solito sorriso paziente *"Ti voglio morto'*, avevo preso il caffè ed ero uscita, buttandolo nel primo cestino che avevo trovato. Ringoiando le lacrime, ero corsa fuori ed ero tornata da Starbucks. Avevo corso con i tacchi per tornare in ufficio il più in fretta possibile e non aveva comunque funzionato.

Poi, mentre correvo indietro per la seconda volta, si era rotto il tacco ed io, e il caffè, avevamo fatto un volo. La terza volta era stata quella buona ma poi avevo dovuto chiudermi in bagno e avevo pianto per una buona mezz'ora.

Da quel giorno avevo messo un paio di scarpe da ginnastica nel cassetto della mia scrivania, espressamente per le corse per prendere il caffè e avevo sviluppato una specie di corsa-camminata veloce per evitare che il caffè bollente fuoriuscisse e mi scottasse le mani. *Nota per me stessa: portare dei guanti da tenere nel cassetto insieme alle scarpe da ginnastica.*

«Sembri esausta, poverina» continuò Susan.

«Sono rimasta alzata fino a tardi a preparare i dossier su ogni banchiere.»

Susan sembrò stupita, mentre giocherellava con il suo braccialetto anti-nausea. «Che dossier?»

«Beh, Jordan voleva che creassi dei file con tutte le informazioni su tutti i banchieri, i termini legali dei loro accordi di contratto...»

Susan mi guardò come se mi fosse cresciuta un'altra testa. «Ha già tutto.»

Dovevo aver fatto una brutta faccia perché si affrettò a cercare di fare un passo indietro. «Ma... forse temeva che le informazioni non fossero complete e tu stai ricontrollando tutto per lui. Si dice in giro che quella faccenda della IPO non stia andando molto bene per via dello scandalo del video sexy.»

Spalancai gli occhi e mi sentii sprofondare lo stomaco. «Uhm. Davvero?»

Susan annuì e i ciucciotti danzarono ai lobi delle sue orecchie. Abbassò la voce. «Sì. Dicono che Adam sia esploso quando è scoppiato lo scandalo e che volesse mandare all'aria la IPO. Jordan ci lavora da anni. Adam gli ha dato due settimane per vedere se riesce a farla funzionare, quindi ovviamente Jordan è piuttosto sottosopra. Penso che tu sia semplicemente diventata un bersaglio per le sue frustrazioni.»

Distolsi gli occhi, sentendomi in colpa. Aveva senso che fossi io il bersaglio, e non per la ragione che credeva lei, ma non c'era modo che Susan lo sapesse. Ingoiai la palla di piombo che avevo in gola e sbattei gli occhi per rimandare indietro le nuove lacrime. Non andava bene. Non andava assolutamente bene.

Grazie alla mia preparazione in economia sapevo che ci volevano almeno due anni di duro lavoro per preparare una società a entrare in Borsa, e che costava parecchio. Ed era difficile trovare dei banchieri che ti sostenessero, specialmente per un direttore finanziario giovane e relativamente inesperto come Jordan.

«Già, i banchieri non sono troppo contenti che un dipendente sia coinvolto in questo casino. Dato che sono loro che dovrebbero sottoscrivere le prime quote azionarie il giorno in cui la società entrerà in Borsa, il rischio finanziario per loro è notevole.»

Annuii. Se le cose non andavano perfettamente durante un'IPO, una società poteva ricevere un brutto colpo. Era successo con altre società grandi e di successo molto di recente. Erano state valutate a un certo prezzo e poi le loro azioni erano scese di valore nel momento in cui erano diventate pubbliche, facendo perdere loro milioni, in alcuni caso addirittura miliardi.

E poteva succedere alla Draco, e tutto a causa del mio stupido video sexy. *Merda.*

Nessuna meraviglia che Jordan mi guardasse come se volesse letteralmente mangiarmi viva.

Mi chinai in avanti. «Allora è per quello che ha tante riunioni e passa tanto tempo in teleconferenza? Pensavo…»

«Detesto interrompere la vostra seduta di pettegolezzi, ma vi dispiacerebbe lavorare un po'?»

Sobbalzammo entrambe, trovandoci di fronte l'oggetto della nostra discussione. Percorsi con gli occhi la figura possente di Jordan. Aveva un completo e la cravatta, come praticamente tutti i giorni da quando eravamo tornati dalla Comic-Con. E sembrava esausto quanto mi sentivo io. Non che questo lo rendesse meno sexy, maledizione a lui.

Tesi le mani tremanti e sfogliai alcune buste. «Qui servono gli indirizzi...» Presi una busta color lavanda, senza indirizzo. Una lettera d'amore?

C'era un post-it attaccato, sul quale aveva scribacchiato "Mamma".

«Ah già. Avevo dimenticato che era il compleanno di sua madre questa settimana! Non ho nemmeno dovuto ricordarglielo» disse Susan, cercando un indirizzo sul suo laptop.

Presi una penna, pronta a scriverlo. «Ti fa comprare i suoi biglietti di auguri e i suoi regali?»

«A volte, per le sue donne. Esce con tante donne diverse che probabilmente non riuscirebbe a tenere il passo. Ma non me lo ha mai fatto fare per la sua famiglia. Fa tutto da solo.» *A volte per le sue donne.* Già, ovvio.

Pensai alla donna bionda con cui stava parlando al reparto Ricerca e Sviluppo. «Stava chiacchierando con una bionda alla demo, la settimana scorsa. Lindsay. È la sua ragazza?»

Susan si mise a ridere. «No, no. Neanche per sogno. È un'amica di Adam. Jordan non ha relazioni abbastanza lunghe da poterle chiamare "la sua ragazza". Potrà anche essere un po' superficiale e poco accorto, ma in fondo è un ragazzo dolce.»

Strinse le labbra. Susan lesse l'indirizzo ed io lo scrissi sulla busta. Sua madre viveva a San Luis Obispo, circa a duecentocinquanta miglia a nord dell'Orange County.

«In effetti è molto vicino alla sua famiglia. Eccetto suo padre. C'è qualcosa di strano tra loro due.» Susan scosse la testa. «Comunque, dagli tempo. Sono sicura che si calmerà presto.»

Scrissi in fretta gli indirizzi sul resto della posta tenendo nervosamente d'occhio la porta dell'ufficio di Jordan. Semmai volesse un altro caffè... Dio no!

Non so come, riuscii a uscire in orario, per una volta. Speravo che significasse che mi avrebbe lasciata in pace durante il fine settimana.

Quella speranza fu amaramente delusa quando Susan mi chiamò il pomeriggio di sabato, sul tardi.

«*Per favore*, April. È tutto il giorno che vomito. Mi gira talmente la testa che non riesco nemmeno a stare diritta, figurarsi poi guidare.»

Tirai il fiato e poi esalai lentamente. «Susan, ho un impegno. Devo uscire con alcune amiche stasera.»

«Tesoro, ti prometto che non ci vorrà più di mezz'ora per correre in ufficio, prendere le carte dalla mia scrivania e poi correre da lui. Vive veramente vicino. È a Newport Beach, The Wedge.»

Conoscevo la zona. Era sulla punta della penisola di Balboa, nella terra dei ricchi. Respirai a fondo, volendo disperatamente rifiutare. Ma i miei piani per la serata mi avrebbero portato proprio a Newport Beach. Sarebbe stato semplice passare a prendere i documenti e poi fermarmi da lui. Dover avere a che fare con quella bestia del mio capo di sabato sera era il vero problema.

Volevo dire di no, ma la mia bocca, come sempre, disse esattamente il contrario. «Va bene. Ci vorrà un po'. Mi devo vestire.»

«Non c'è troppa fretta. Grazie, grazie mille, April. Ti devo un favore.»

Chiusi la telefonata e poi cominciai a prepararmi. Sidney arrivò a casa appena prima che uscissi e gettò la borsa sul suo letto. Si voltò a guardarmi e fece un fischio.

«Perché sei tutta in ghingheri?»

Avevo un abitino nero carino e le mie luccicanti Christian Louboutin di vernice.

«Devo trovarmi con le ragazze del Phi Kappa a un club. Ma augurami in bocca al lupo. Devo portare dei documenti alla Bestia.»

Sid sembrò sorpresa. «Cavolo, ti sta facendo lavorare di sabato sera?»

«Sto facendo un favore a Susan» sospirai.

Lei mi diede un'occhiata significativa, ma grazie al cielo non disse niente sulla mia incapacità di dire di no.

«Ci incontreremo al molo, a Newport. Perché non vieni anche tu?»

«Io ballo come una papera. È troppo imbarazzante.» Sid era cresciuta in una famiglia piuttosto restrittiva. Suo padre veniva dal Medio Oriente ed era molto tradizionalista, quindi Sid non aveva avuto il permesso di uscire mentre era alle superiori e quello aveva portato a una vita sociale problematica al college, perfino più della mia.

«Beh, resterò con le ragazze per un'ora o due e ballerò un po'.»

«Niente alcol?»

«Diavolo, no! Te l'ho detto. L'alcol non toccherà più le mie labbra. A quanto pare è la mia kryptonite ma, invece di indebolirmi, mi fa diventare stupida come un palo del telefono.»

Presi la mia borsa di tutti i giorni, tolsi il portafogli e lo infilai insieme al telefono nella pochette Louis Vuitton.

Sid agitò le sopracciglia. «Sei una sventola. Forse, se resti sobria, incontrerai un *bravo* ragazzo, invece di uno stronzo.»

«Probabilmente sarò annoiata a morte dopo aver ballato un quarto d'ora e resterò seduta in bagno a leggere un libro sul cellulare.»

Sid scoppiò a ridere.

«Puoi anche ridere, ma l'ho già fatto in passato e poi sono uscita a un'ora accettabile.»

«Perché non dire semplicemente che non avevi voglia di andare?»

«Oh...» Agitai una mano e mi controllai allo specchio un'ultima volta. «Mi conosci. Io seguo la corrente e faccio finta di seguire la folla, poi faccio quello che voglio.»

«Forse ti servirebbe una nuova filosofia.»

Sospirai. «Probabilmente hai ragione.» Poi uscii, per seguire per l'ennesima volta la folla.

Mi ci volle mezz'ora per arrivare alla Draco, fare in modo che la sicurezza mi lasciasse entrare, trovare le carte che mi aveva descritto Susan e guidare fino a casa di Jordan. Avevo seguito l'app GPS del mio telefono per destreggiarmi lungo le stradine alla fine della penisola, dove le case si accavallavano l'una sull'altra e guardavano sulla spiaggia popolare e affollata.

Bussai alla sua porta alle sette meno un quarto e lui rispose un minuto dopo. Dovetti sforzarmi per impedirmi di restare a bocca aperta perché Jordan era in costume da bagno, lunghi bermuda colorati che pendevano bassi sui fianchi, e nient'altro. Niente maglietta, niente scarpe.

Niente fiato... da parte mia.

Era. Magnifico. Torace muscoloso, ben sviluppato. Riuscivo a vedere ogni avvallamento e ogni rigonfio. Non era troppo grosso ma ogni muscolo era sodo e chiaramente definito, perfino quel favoloso avvallamento che separava la tartaruga dai fianchi, e che scendeva sotto la cintura dei bermuda. Aveva una leggera spolverata di peli sui pettorali che scendevano sullo stomaco piatto. Aveva il corpo di un surfista, completo di leggera abbronzatura, un po' di sabbia sugli stinchi e i capelli umidi.

Mi si seccò la bocca. Da un momento all'altro avrei cominciato ad ansimare come un cucciolo. Avrei voluto anche leccarlo come un cucciolo.

Lo detestavo, ma avevo voglia di leccarlo. Era *leccavoloso*.

Mi stava anche fissando con un'espressione completamente confusa sul volto. «Che diavolo ci fai qui?»

Io arrossii, rendendomi conto che ero lì davanti a lui da mezzo minuto, che lo fissavo, ammirando la sua bellezza. Era un Adone, stile surfista. Oltre a tutto non si era rasato, quindi aveva una leggera peluria sulle guance che lo rendeva ancora più... appetibile.

Senza parole, gli ficcai in mano la busta, temendo che qualunque cosa avessi detto sarebbe assomigliata a un «Da, di, uh, ih, ehm.»

Jordan prese la busta senza nemmeno guardarla. «Dov'è Susan?» sbottò.

«Non sta bene. Mi ha chiesto di passare io. Bene, allora arrivederci!» Feci un passo indietro.

Lui fece un passo avanti, facendo scorrere le sguardo sul mio abitino nero e le mie gambe. Avrei giurato che mi stesse toccando dovunque si posavano i suoi occhi, quasi fossero le sue mani che mi passavano sul corpo. Riportò lentamente lo sguardo in alto, soffermandosi sulla scollatura. Mi sentivo bollente dovunque quegli occhi mi accarezzavano. «Dove stai andando vestita *così*?»

Mi schiarii la voce, cercando disperatamente di raccogliere un po' di saliva. «Amici, in un club qui vicino. Sto andando lì adesso.»

Dovetti farmi forza per distogliere lo sguardo dal tatuaggio tribale di onde oceaniche stilizzate che sembravano andare e venire sul suo bicipite muscoloso. Dio, era bello. Nessuna meraviglia che tutte le modelle lo desiderassero.

Lui spostò i piedi, scuotendo la testa. «Niente da fare.»

Mi ci volle un minuto per smettere di sbavare mentalmente. Alzai di colpo gli occhi, con una smorfia. «Aspetta, cosa?»

Mi agitò una mano davanti alla faccia. «Terra a Weiss, entra, Weiss. Tu resti qui e mi aiuti.»

«Ma non avevi detto...»

«Non *dovevo* dirlo. Sono il capo. Quello che dico si fa. Capito?»

Restai a bocca aperta. Che. Fottuto. Stronzo... Bastardo.

Oh mio Dio. In quel momento lo odiavo a morte. «Ma i miei amici mi stanno aspettando.»

Lui si tirò indietro, spalancando la porta senza arretrare. «Non sono i tuoi amici che devono scrivere la tua lettera di raccomandazione per la facoltà di economia.» Mi sentii cadere lo stomaco e abbassai la testa. Aveva vinto. Prima ancora che cominciasse la battaglia.

Entrai nella sua casa sulla spiaggia e lo seguii in soggiorno. Vedevo le acque scintillanti dell'oceano Pacifico dalla porta scorrevole di vetro che portava direttamente a una delle spiagge più famose della California del sud. Le onde si frangevano instancabili e c'erano dei surfisti in acqua, che cavalcavano le onde sotto gli ultimi raggi di sole. La tavola di Jordan era appoggiata un po' sbilenca alla parete posteriore del piccolo patio. Spiegava il costume da bagno.

La casa non era grande, come d'altro canto la maggior parte di quelle sul Wedge, ma costava parecchi milioni. Jordan m'indicò di restare lì mentre usciva nel portico coperto, prendeva la tavola e la infilava in un supporto appeso al soffitto, dove c'erano anche una tavola da paddle e un kayak. Io osservavo i muscoli della schiena che si contraevano sotto la pelle mentre si muoveva.

Avevo la gola secca, asciutta. Ordinai al mio desiderio di calmarsi. Più erano carini, più pericolosi e deleteri potevano essere. Mi obbligai a ricordare Gunnar. Era stato così. Non favoloso come Jordan, ma comunque un buon partito e tutte le ragazze al campus me lo invidiavano. Finché non mi aveva umiliato completamente in più modi di quanti riuscissi a contare.

Niente da fare, non mi sarei più fidata di quelle sensazioni di calore e di pressione che sentivo nelle mie parti intime quando posavo gli occhi su un uomo sexy, specialmente uno mezzo nudo. Basta bei ragazzi. *Mai più.*

C'era la probabilità che il mio uomo del mistero, Falco, anche lui della razza del corpo sexy e addominali da sballo, fosse un impiegato dolce, dai modi gentili, e nerd della Draco. Forse era un collaudatore o un programmatore. Sicuramente non un playboy come Jordan con il suo stile di vita promiscuo.

Jordan sistemò la tavola e alzò le braccia per raddrizzare la pagaia del kayak. Chiaramente gli piacevano gli sport acquatici e, a giudicare dal suo corpo, li praticava spesso. Distolsi gli occhi, irritata con me stessa, e presi il cellulare per mandare un messaggio alle mie amiche per avvisarle che non sarei andata. Premetti invio circa due secondi prima che lui tornasse, dandomi un'occhiata insolente.

«Hai mandato un messaggio al tuo ragazzo per informarlo che non saresti andata?» chiese con la voce senza espressione.

Io riposi il telefono con le mani che tremavano, cercando di contenere la furia e la rabbia impotenti che sentivo in quel momento. Avevo dovuto rinunciare a una serata semi-divertente con le ragazze per eseguire gli ordini di quel somaro tutta la sera. Come minimo avrebbe potuto essere un po' più gentile. «Non ho un ragazzo. Ma ho mandato un messaggio per informare quelli che mi stavano aspettando.»

«Ah. Allora ha rotto con te per via del video sexy?»

Arrossii. «Credevo mi avessi ordinato di non discuterne mai, qualunque sia la cosa a cui ti stai riferendo.»

Lui alzò le sopracciglia. «Molto bene. Allora *ascolti.*»

«Lo inserirai nella mia lettera di raccomandazione?»

«Forse.»

Scossi la testa, fissandolo. «Pensavi veramente che avessi un ragazzo? E che lo avessi tradito con Falco il cacciatore di taglie?»

La sua espressione era illeggibile. «Sei una brava ragazza, Weiss. Esattamente il tipo di cui non ci si dovrebbe mai fidare.» Poi strinse i denti e mi fissò con furia o disprezzo rinnovati. «Mettiti comoda. Staremo qui parecchio. E vado a mettermi qualcosa addosso.»

«Oh, grazie al cielo» mormorai sottovoce.

«Che cos'hai detto?» Jordan si voltò prima di cominciare a salire le scale.

«Niente. Niente. Stavo solo parlando da sola.»

Lui fece una smorfia, scosse la testa e se ne andò.

Con un lungo sospiro, mi rilassai sul grande divano bianco. Alzai gli occhi al soffitto altissimo, completo di ariosi lucernari. La stanza era arredata bene, in modo professionale, bianco su bianco, vetro e cromature e piccole macchie di colore qua e là, un tappeto a riccioli e quadri e soprammobili sul tema del mare. Per bella che fosse, c'era ben poco di personale da quello che potevo vedere. Avrebbe tranquillamente potuto essere una casa di lusso in affitto.

Guardai il cielo blu senza una nuvola che si stava scurendo ogni minuto di più. Come avrei fatto a sopravvivere a mesi così? Ogni aspetto della mia vita sarebbe stato suo finché mi avesse scritto la lettera di raccomandazione, *se* aveva intenzione di scriverla.

Valeva veramente tutto il dolore e la sofferenza di sopportare quello stronzo presuntuoso? Jane Eyre lo aveva fatto. Anche il suo capo, il signor Rochester, era stato un completo somaro. Ma, stupidamente, lei si era *innamorata* di lui.

Beh, nel mio caso non c'era la minima possibilità. Era più probabile che lo uccidessi, se fossi riuscita a trovare un modo di nascondere il corpo. Quel corpo solido, perfettamente tonico, con quell'accenno di abbronzatura. Doveva aver usato parecchio filtro solare dato che non era abbronzato come chi passava all'aperto il tempo che apparentemente passava lui...

«E che cosa diavolo stai sognando a occhi aperti?»

Tornai di colpo alla realtà, trovandolo davanti a me. Indossava un paio di jeans e una maglietta che aderiva al torace ampio e alle spalle robuste. Riuscivo a vedere il margine del tatuaggio che gli fasciava il braccio sotto il bordo della manica sinistra, onde stilizzate in tre toni di azzurro.

«Terra a Weiss. A che cosa stai pensando?»

Agitata, distolsi gli occhi dal suo braccio, incapace perfino di guardarlo. «Filtro solare» dissi senza pensare.

«Filtro solare?»

«Sì, beh. Mi stavo solo chiedendo come mai non fossi più abbronzato.»

Lui alzò le sopracciglia. «Perché non riesco quasi più a trovare il tempo per fare surf. Oggi è stata una delle rare eccezioni, per tutti i quarantacinque minuti che è durata.»

«Ah» dissi.

Lui si abbassò e raccolse la busta che gli avevo portato. «Ho dei rapporti da finire e ho dovuto farmi portare questi documenti perché la riunione è stata spostata a lunedì mattina presto.» Mi diede un'occhiata dura. «Se devo passare il mio tempo a ripulire i tuoi casini, il minimo che tu possa fare è aiutarmi.»

Non aveva torto. Dopotutto ero io la responsabile dell'emergenza, e di tutta la merda di cui si doveva occupare. Mi chinai in avanti, presi il taccuino e una penna che erano sul tavolino, pronta a prendere appunti mentre lui scorreva le pagine.

«Perché non mi hai licenziata?» gli chiesi alla fine, dopo aver passato un po' di tempo a trovare il coraggio di domandargli l'unica cosa che mi bruciava nella mente da due settimane.

Lui alzò gli occhi dal foglio dopo una lunga pausa. «Forse perché ritengo che una persona possa essere competente nonostante abbia fatto un casino.» Mi fissò con i suoi penetranti occhi nocciola che luccicavano quasi fossero d'ambra. Chiuse stretta la mano che teneva appoggiata alla coscia muscolosa. «Ciò detto, forse avresti potuto pensare alla possibilità di perdere lo stage *prima* di darti alla tua avventuretta sessuale e decidere di registrarla.»

Aprii la bocca e poi la richiusi. Mi chiesi come facesse a sapere che ero io quella che aveva fatto la registrazione. Poi ricordai la breve parte alla fine del video in cui mi si vedeva voltarmi per prendere il telefono e spegnerlo. Immagino fosse un indizio piuttosto significativo.

«È stata proprio una pessima decisione.»

«Ti serve giudizio se vuoi avere successo negli affari, Weiss. Non puoi permettere alla foga del momento di prevalere. Anche se è stato *il miglior sesso che abbia mai fatto*» disse con una strana espressione sul viso. Sembrava si stesse godendo il mio disagio.

Avevo le guance in fiamme e annuii, sentendomi come una scolaretta rimproverata di fronte alla classe, in attesa di farsi bacchettare le nocche dal preside col righello. Rochester aveva urlato tante volte contro Jane Eyre, ma lei aveva avuto il coraggio di reagire ed erano diventati amici.

Io non avevo quel coraggio, e dubitavo che sarei mai diventata amica di Jordan Fawkes. Ma ero decisa a rimediare, se possibile.

«C'è una cosa che potresti non sapere, riguardo quella cosa di cui non devo parlare.»

La sua espressione era completamente neutra, ma gli occhi erano cauti. «Ah sì, che cosa?»

«Il tizio... sono piuttosto sicura che sia anche lui un dipendente.»

Avevo immaginato che gli fosse defluito il sangue dalla faccia? «Ma se non sai chi è, come fai a saperlo?»

«Per via del badge sul video. Non è il mio. È del colore sbagliato.»

«Quindi pensi che sia il suo?»

«Deve essere il suo. Sono sicura che anche lui non avesse idea di chi ero io. E non ha nessun motivo per farsi avanti, quindi penso che il segreto sia al sicuro. Pensavo... pensavo dovessi saperlo.»

«Quindi è per questo che hai caricato il video? Perché pensavi che sarebbe stata una cosa sicura, perché nessuno avrebbe saputo chi eravate?»

La sua domanda mi stordì. «In effetti... è stato un incidente.» *Uffa, April... bel modo di dimostrare al tuo capo che sei perfino più incasinata di quanto pensasse.*

«Come diavolo si fa a caricare un video per caso?»

Mi mordicchiai il labbro talmente forte che cominciò a farmi male. «Io, mhmm, non ne ho idea. Avevo bevuto parecchio quel fine settimana. Penso di averlo condiviso per errore. Non sono per niente tecnologica, ed è un miracolo che non abbia lanciato per caso un missile nucleare premendo un tasto sull'app sbagliata.»

Lui continuò a guardarmi e quello sguardo fisso mi stava scombussolando. Cercai di non agitarmi. Poi raccolsi le mani in grembo e fissai quelle invece di lasciarmi distrarre dall'aspetto di modello di biancheria intima di Jordan.

«Wow, Weiss. È... mhmm... non ho idea di cosa dovrei fare con questa informazione.» Guardò le carte che aveva in mano e disse: «Merda, ho lasciato il laptop al piano di sopra. Vai a prenderlo.»

Aprii la bocca e la richiusi, confusa e insieme arrabbiata... di nuovo. Quell'uomo mi provocava continuamente. Lui mi fissò, come se si aspettasse che rispondessi. Mi alzai e andai verso le scale. «Qual è la tua stanza?» gli chiesi.

Lui scrutò le mie scarpe alte, con una smorfia sul viso. «Togliti le scarpe, starai qui per un bel po'.»

«Va tutto bene. Preferisco tenerle» dissi a denti stretti.

«Prima stanza a sinistra in cima alle scale.»

Salii le scale ed entrai nella sua stanza, accendendo la luce. Quella stanza era l'esatto opposto del resto della casa. C'erano foto sue sulle pareti, in posa con una tavola da surf quando era un teenager, con numerosi nastri e trofei. Aveva una fila di libri su uno scaffale sopra la scrivania, la maggior parte riguardante il mercato azionario e il mondo degli affari, ma anche qualche libro di teoria economica. Mi presi un appunto mentale di quelli che non avevo ancora letto.

Il suo letto era rifatto ordinatamente ed era sorprendentemente semplice. Non ciò che mi aspettavo da un playboy milionario. Niente specchi sul soffitto o luccicanti palle da discoteca. Niente strane attrezzature da bondage. Forse aveva un'altra stanza apposta per quello. Quasi sbuffai al pensiero.

Andai alla sua scrivania, dove c'era il laptop in mezzo a cartelle e raccoglitori in ordine meticoloso, ciascuno con la sua etichetta, che risalivano fino a cinque anni prima. Mentre prendevo il laptop mi fermai un attimo notando una foto di famiglia nell'angolo della scrivania. Erano in cinque incluso Jordan in quella foto che sembrava presa durante la sua cerimonia di laurea al Caltech. Suo padre e sua madre erano di fianco a lui, suo padre con un'espressione cupa e sua madre con un sorriso tanto ampio che quasi non le si vedevano gli occhi. C'erano altre due persone nella foto, un adolescente e una ragazzina con i riccioli biondi. Mi chinai per vederla meglio.

«L'hai trovato?»

Mi raddrizzai di colpo e lanciai un'occhiata colpevole verso la porta. Da quanto ero lì? E, cosa ancora più importante, da quanto mi stava osservando mentre curiosavo nella sua stanza?

Jordan mi scrutò con gli occhi semichiusi ed io arrossii furiosamente. Ci guardammo negli occhi per un lungo momento, prima che lui interrompesse il contatto per dare un'occhiata alla stanza, come per assicurarsi che non avessi sgraffignato niente.

«Mi dispiace. Mi sono distratta.»

Impassibile, Jordan tese la mano verso il laptop ed io glielo portai. Lo prese ma non si spostò dalla porta, indicando di precederlo. Forse perché non si fidava a lasciarmi da sola nella sua stanza nemmeno per un momento.

Lo sfiorai passando, acutamente conscia del calore del suo corpo, dell'odore di oceano sulla sua pelle. Il mio seno strusciò per un attimo contro il suo torace e mi fermai, alzando gli occhi. Lo vidi deglutire. Io quasi non riuscivo a respirare nell'aria carica di tensione. Adesso eravamo a pochi centimetri l'uno dall'altro.

Sentivo il cuore che pulsava in gola, ma non sapevo se fosse per la sua vicinanza o per paura della sua reazione al mio curiosare.

Mi leccai lentamente le labbra. «Mi dispiace. C'era...»

Jordan s'irrigidì. «Vai, Weiss. Dabbasso, *subito*» disse con la voce dura come l'acciaio. Soppressi un guaito, voltandomi di colpo e scesi le scale caracollando come un puledro impaurito.

Capitolo Sei
Jordan

MI APPOGGIAI ALLO STIPITE DELLA PORTA E LA guardai scendere le scale, passandomi una mano sul volto per interrompere il contatto degli occhi con il suo sedere. A quanto pareva ero incrollabilmente affascinato da quella dannata cosa. E quella vita sottile… il modo in cui la curva aggraziata della vita cresceva disegnando i globi del suo sedere rotondo in quell'elegante vestito nero aderente. Dio, era uno schianto. Per l'ennesima volta mi chiesi se non fossi impazzito per decidere di tenerla lì quella sera.

La chiamai per avvisarla che mi serviva una sosta e che sarei sceso subito, poi misi da parte il laptop e andai deciso verso il bagno annesso alla camera. Mi ci voleva sempre un secolo per pisciare quando il mio cazzo era duro. E, accidenti, era bastato che si strusciasse contro di me per un attimo e si leccasse quelle tumide labbra rosa.

Diavolo, averla lì a un metro dal mio letto era stata una pessima idea. Quando ero entrato nella stanza la prima cosa che avrei voluto fare era spingerla sul materasso e inchiodarla sotto di me.

Stringendo forte gli occhi, finii di fare quello che dovevo fare e mi lavai le mani, buttandomi anche un po' d'acqua fredda sulla faccia. Avrei dovuto invece fare una doccia gelata. Erano passate due settimane da quando avevo deciso di astenermi dal sesso, e si stava dimostrando difficile. Specialmente con quella bomba sexy di stagista mia prigioniera per la serata.

Era stata una decisione idiota obbligarla a restare, ma come diavolo avrei potuto lasciarla andare, con quell'aspetto? Avrebbe dovuto tener lontano i bastardi con un bastone e, finché avrei potuto decidere io, *non* sarebbe successo. Fintanto che ero il suo capo, comandavo io.

Se non potevo averla io, non l'avrebbe avuta nessun altro. Almeno finché avesse lavorato per me. Se dovevo soffrire per l'astinenza, allora avrebbe sofferto anche lei. Dopotutto, il casino era colpa sua. Che fosse stato o no un incidente.

E, sinceramente, chi cazzo carica una registrazione senza rendersene conto? Poteva aver premuto il tasto condividi mentre era ubriaca, ma lo avrebbe trovato sul suo profilo, a meno che fosse su una piattaforma che non accettava materiale indecente. Allora avrebbe potuto cancellarlo il provider.

Ma il contenuto si era diffuso più in fretta di una malattia venerea alla festa di una confraternita.

Ancora arrabbiato, mi asciugai le mani. Restava ancora da vedere se avesse o meno caricato il video volontariamente, ma meritava l'astinenza per tutti i guai che aveva causato. Adam aveva ragione… ero un fottuto bastardo.

Qualche minuto dopo, con una certa parte del corpo ora completamente sotto controllo, almeno per il momento, mi sedetti di nuovo sul divano in soggiorno.

Lei era in piedi accanto alla porta scorrevole di vetro e guardava il tramonto ed io tenni gli occhi lontano da quel didietro allettante afferrando le mie carte e raccogliendole in un portablocco. Alzai gli occhi quando lei si voltò e venne verso di me, traballando ancora su quei tacchi ridicolmente alti che facevano sembrare spettacolari le sue gambe. *Via gli occhi, Fawkes, maledizione.*

«Quelle scarpe non possono essere comode. Toglitele.»

Lei si sedette nella poltrona accanto al divano. «Non voglio togliermele.» Mi diede un'occhiata, come per controllare la mia reazione. Poi, per sottolineare la sua decisione, incrociò le caviglie e fece ballonzolare il piede che stava sopra. Ah quindi era *così...*

«Insisto.»

April alzò le sopracciglia. «Temo che resterai deluso. Le scarpe restano. Per tutta la sera.»

Tutta la sera. Mi stava mandando un messaggio chiaro come il cristallo. Non si fidava di me... come se tenere le scarpe potesse proteggerla dalle mie intenzioni degenerate. Ma io sapevo benissimo che Biancaneve non era pura come avrebbe potuto sottintendere il suo soprannome.

Se solo potessi farlo succedere di nuovo. Sospirai, agitandomi, frustrato. «Devi guardarmi della roba su Google.»

Le sue sopracciglia scure si mossero un istante e lei prese il laptop, aprendolo. Si attivò immediatamente con la musica di Dragon Epoch. Avevo lasciato di nuovo aperto il programma.

Quando si rese conto di che cos'era, April si mise a ridere. «Ti porti il lavoro a casa nel senso letterale del termine, vedo... non mi ero resa conto che giocassi a Dragon Epoch.»

Mi appoggiai allo schienale, senza riuscire a staccare gli occhi da quel piede che si muoveva. «Ovvio. Prima regola degli affari, Weiss. Conosci il tuo prodotto. Devi sapere che cosa può fare. Conosci la gente che usa il tuo prodotto.»

April arricciò le labbra. «Nerd che vanno alla Comic-Con e geek foruncolosi.»

Scossi la testa, ridendo. «Forse era così negli anni Ottanta, ma con il nostro gioco, quasi la metà dei giocatori sono donne. E hanno le età più disparate. Abbiamo giocatori pre-adolescenti, adolescenti, fino ai pensionati. Ci sono giovani coppie che non si possono permettere di uscire, quindi giocano, per divertirsi e passare del tempo insieme. Ragazzi del college con troppo tempo libero, perfino intere famiglie che giocano con i figli o i famigliari che vivono lontano.»

«Wow, e giocano tutti i dirigenti?»

«Sì. Perché no? È un gioco divertente. Dovresti provarlo prima di buttarlo, Weiss. Come ho detto, conosci il tuo prodotto. Non ti sei mai connessa con l'account che diamo agli stagisti?»

Il rossore le salì lentamente alle guance. «Mhmm... potrei aver messo il codice di login da qualche parte. Devo confessare...» Smise di parlare e poi alzò le spalle.

I miei occhi sfrecciarono dalla scollatura giù verso le gambe tornite e quel maledetto piede che ballonzolava. «Sei piena di cose da confessare. Che cos'è questa volta?»

Lei mi diede un'occhiata quasi impaurita, come se qualunque fosse l'informazione che mi stava dando potesse decretare la sua fine... come se tutto il resto che sapevo su di lei non bastasse, ma come se quell'ammissione finale potesse far scendere la lama della ghigliottina.

«Non sono proprio una videogiocatrice.»

«Beh, sono il tuo capo e ti dico di *cominciare*. Poi voglio che studi e mi presenti tre diverse opzioni su tre diversi progetti su cui intendi lavorare. Sceglierò io tra i tre quello che voglio che faccia.»

Aprì e chiuse la bocca e si mosse a disagio, con gli occhi fissi sul laptop che aveva in grembo. Poi si limitò ad annuire e cominciò a prendere appunti, staccò il foglio e lo piegò.

Io mi spostai, distogliendo lo sguardo da quelle caviglie sottili e chiedendomi quanto sapesse in realtà. Aveva ammesso che sapeva che il suo partner nel video era un dipendente e sembrava in buona fede quando diceva che era tutto ciò che sapeva. O era così o era un'attrice maledettamente in gamba.

Ma chi poteva fidarsi di una donna che si riprendeva mentre faceva sesso senza informare il partner che lo stava registrando? La familiare sensazione di risentimento e senso di colpa ricominciarono a crescere. Quel video sexy aveva quasi rovinato tutto, avrebbe potuto ancora rovinare tutto. Tutte le mie speranze e i miei obiettivi erano in bilico su una lama di rasoio.

Eppure… avevo ancora voglia di scoparla. Dio, quanto avevo voglia di scoparla. Mentre con gli occhi scorrevo i documenti tediosi e i formulari e continuavo ad abbaiarle ordini, una parte più bassa, più primitiva di me la stava immaginando piegata sullo schienale del divano o distesa sul ripiano della cucina… o dappertutto, a dire il vero. Nuda. Che si dimenava. Che gemeva il mio nome.

Non avevo ancora nemmeno avuto la possibilità di vederla completamente nuda. L'avevo sbattuta fino a farle mancare il fiato eppure non avevo ancora toccato quelle tette piene e morbide. Non le avevo assaggiate.

Maledizione. Strinsi forte gli occhi e li strofinai attraverso le palpebre chiuse. April sbadigliò rumorosamente e sentii che si alzava. Spalancai di colpo gli occhi. Anche se non avevo veramente bisogno di lei lì, non c'era nemmeno l'ombra di una possibilità che la lasciassi andar via, che fosse o meno una tortura sessuale interiore. Ma che avessi o meno bisogno di lei lì non contava.

Tormentarla? Quella era tutta un'altra faccenda. Perché adesso per me era diventato un gioco. Volevo fare pressione, vedere fino a che punto potevo piegarla prima che si spezzasse. Fino a che quell'atteggiamento distaccato, quella facciata piacevole si fossero frantumati e tornasse a farsi vedere la tigre che c'era sotto.

In effetti, stava diventando la mia nuova missione.

«Hai qualcosa da bere? Mi sto addormentando.»

«C'è dell'acqua in bottiglia in frigo. E anche delle bevande energetiche. E, oh, portami una birra già che ci sei.» Una birra poteva andare...

April strinse le labbra dandomi un'occhiataccia. Quasi sghignazzai. *Bene.* Si voltò per andare e all'improvviso inciampò, perse l'equilibrio e stava per cadere.

Istintivamente, mi alzai e la afferrai prima che finisse a faccia in giù sul mio tavolino di vetro. Le strinsi le braccia intorno al torace, impedendole di cadere e lei imprecò. «Il tacco si è impigliato in questo maledetto tappeto a riccioli!»

Mentre riprendeva l'equilibrio, strinsi più forte le braccia invece di lasciarla andare. «Ti avevo detto di toglierti quelle scarpe di merda.»

April piegò la testa, guardandomi in faccia con gli occhi stretti. Con i tacchi da sette centimetri e mezzo era solo una decina di centimetri più bassa di me. La cima della sua testa mi arrivava al naso. «No, non voglio farlo.»

Strinsi le labbra e i suoi occhi assunsero un'espressione di sfida. Per frustrante che fosse, era bello vederla puntare i piedi. Non lo faceva abbastanza spesso.

Ora ci stavamo fissando e la cosa stava diventando imbarazzante. Lei si spostò contro di me e quello stronzo del mio cazzo decise che sarebbe stato un buon momento per ringalluzzirsi di nuovo. Capii che lo aveva notato perché l'espressione sul suo volto cambiò. Gli occhi si scurirono quando le pupille si dilatarono e il respiro si fece di colpo affrettato.

«Puoi lasciarmi andare adesso» disse, con la voce più roca del solito.

Le mie braccia fletterono d'impulso, come se si stessero ribellando al pensiero di lasciarla andare, non volevano rinunciare al loro premio. La sensazione di April premuta contro di me era troppo bella in quel momento. Assomigliava troppo a quello che desideravo da tutta la sera.

«Non posso farlo.»

«Perché no?»

«Perché non so se sei al sicuro... non con quei trampoli attaccati ai piedi.»

April deglutì e di colpo m'interessò moltissimo sapere come se la sarebbe cavata. Avrebbe accettato la sfida o avrebbe ceduto? Ero riuscito a domarla così in fretta?

Si spostò lentamente, strusciando deliberatamente il fianco contro la mia erezione. Sentii un fulmine che mi bruciava e il lento sollevarsi di quelle labbra in un sorrisino che mi diceva che sapeva esattamente quello che stava facendo.

Stava padroneggiando la situazione, accidenti a lei. *Ben fatto, miss Weiss.*

Strinsi le braccia, tirandola contro di me. Spostai la mano dietro la sua testa abbassando la mia. Ora ero io quello che comandava, o almeno quella era la bugia che mi dissi, infilandole la lingua in bocca.

Capitolo Sette
April

MI STAVA BACIANDO. IL MIO CAPO. L'UOMO CHE detestavo. Quel tizio sexy da morire, con i bermuda e il corpo da surfista. *Lui* mi stava baciando.

Sentivo le labbra che si ammaccavano e si gonfiavano per la pressione che stava esercitando mentre mi obbligava ad aprire la bocca e infilava la lingua. Strinsi forte gli occhi, cercando di resistere al fremito che cominciava in fondo alla gola, scendeva lungo la spina dorsale e si concentrava nelle mie parti intime come un serpente traditore. Potevo anche essere irritata con lui, ma quel bacio e come mi teneva stretta mi eccitarono in pochi secondi.

Jordan mi teneva con un braccio intorno alla cassa toracica, premendomi contro di lui. L'altra mano scese lungo la schiena, scivolando sul tessuto liscio del vestito per accarezzarmi il sedere. Dal fondo della sua gola salì un ringhio e di colpo feci fatica a restare in piedi.

Cercai disperatamente di ricordare tutte le volte che mi aveva rimandato al bar a prendere il caffè. Visto che capitava praticamente tutti i maledetti giorni, si potrebbe pensare che non fosse poi così difficile. Ma il suo odore, quell'accenno di spezie e salvia e un sentore di sale mi riempivano il naso, trasformandomi in gelatina calda.

Lui respirava in fretta e quella bocca, quelle labbra, quella lingua, stavano facendo cose peccaminose. Di colpo ero tutta un bollore, dal seno al profondo pulsare tra le mie gambe. Bruciavo dal desiderio, caldo, denso, pesante.

C'era un fuoco nella mia pancia che solo lui poteva spegnere. La sensazione dei suoi addominali scolpiti contro la mia gabbia toracica, la sua erezione contro il mio stomaco. La sua bocca che stuzzicava la mia senza mai smettere. Tremavo dappertutto e nella mia testa ogni pensiero era finito in secondo piano rispetto a questa nuova sensazione di desiderio puro e bruciante.

Gli afferrai la t-shirt, tirandola prima di passare le mani su quegli addominali perfetti per mettergli le braccia intorno al collo. Lui aveva entrambe le mani sul mio sedere e mi stava spingendo verso il divano. Mi tolsi le scarpe e lo seguii, ordinandomi di non pensare all'ironia del fatto che, togliendomi le scarpe, gli stavo dando ciò che voleva. In quel momento ero pronta a dargli molto più di quello.

Senza togliere la bocca dalla mia, lui mi spinse giù sul divano, sotto di lui. Il suo peso su di me era una sensazione così maledettamente favolosa. Volevo che mi schiacciasse, che mi circondasse, che mi premesse sotto di lui e mi facesse sua.

Jordan mi fece scivolare una mano sulla coscia, spingendo in alto il vestito e le mie gambe gli circondarono i fianchi sottili e duri. Si strusciò contro di me e ansimammo insieme.

Cercai di ignorare l'avvertimento che mi risuonava in fondo alla mente, ma stava diventando sempre più forte e non avevo la scusa dell'alcol che mi annebbiava la mente. Era il mio capo. Era un enorme errore. Se fossi andata a letto con lui, come il mio corpo mi stava *ordinando* di fare, lo avrei rimpianto. Sarebbe stato un disastro potenzialmente enorme come fare sesso con l'uomo del mistero alla Comic-Con.

Ma l'altra parte del mio cervello stava facendo lampeggiare la luce verde e suonare la tromba di una carica di cavalleria al galoppo, con gli ormoni che ruggivano. Stavo per fare sesso con il secondo uomo sexy in due settimane.

Le mie mani si fermarono mentre la testa lavorava furiosamente e la sua mano mi accarezzava l'interno della coscia. Non diceva niente, ma la sua bocca si era impossessata della mia e la stanza mi vorticava intorno. Tutti i miei sensi erano super concentrati su una sensazione che era unicamente lui. Il suo odore. Il suo calore. Le sue mani. La sua lingua. Il mio corpo pulsava al ritmo delle sue carezze sulla mia carne bollente.

Non stavo solo desiderandolo, lo volevo… lo *bramavo*.

Una mano mi accarezzò il seno attraverso il satin del vestito. I capezzoli si contrassero dolorosamente, ultrasensibili al suo tocco. Il suo pollice strofinò un capezzolo e la pressione tra le mie gambe aumentò fino a essere quasi dolorosa.

Lo strinse tra le dita e il piacere al calor bianco si propagò lungo il mio corpo fin giù a quel serpente di sensazioni raccolto dentro di me. Emisi un piccolo grido, ma lui non smise.

«Voglio queste tette in bocca, Weiss» gemette.

Quelle parole quasi mi spinsero a togliermi di corsa i vestiti. Volevo la sua bocca sul mio seno, per succhiare, mordicchiare, leccare.

Strusciai i fianchi contro i suoi, scopandolo attraverso i vestiti. Lui portò la mano dietro di me, alla cerniera del vestito. Arcuai la schiena per permettergli di abbassarla e le nostre bocche persero il contatto. Lui aprì gli occhi e mi fissò. Stavamo entrambi respirando come se fossimo appena riemersi dopo dieci minuti sott'acqua. Il suo fiato caldo mi bagnava il viso; aveva gli occhi quasi neri per il desiderio.

«Sono riuscito a farti togliere quelle maledette scarpe» disse, mentre abbassava la cerniera. «Ma non me ne frega un cazzo. Perché ti voglio senza il vestito, adesso.»

Chiusi gli occhi quando mi abbassò la spallina lungo il braccio, sibilando tra i denti quando vide il mio reggiseno di pizzo, quasi trasparente. Abbassò la testa per catturare il capezzolo con le labbra e poi, all'improvviso, bussarono alla porta.

Jordan alzò la testa di scatto, guardandomi negli occhi. Sbatté le palpebre, come uscendo da un sogno, poi si voltò a guardare l'orologio digitale cromato appeso alla parete. Erano appena passate le nove.

Bussarono di nuovo e Jordan si tirò indietro come se mi fossero spuntate delle spine. «Merda» borbottò.

«Che c'è? È tua moglie?» scherzai.

Lui si passò una mano sulla bocca e sulla mascella come se stesse cercando di togliersi il mio rossetto. Fortunatamente quello era sparito ore prima e quindi le prove che temeva non c'erano. «Siediti e ti tirerò su la cerniera. Mettiti le scarpe. È Adam.»

Mi sedetti diritta sul divano e feci quello che mi aveva ordinato.

Lui ringhiò verso la porta. «Dammi un minuto, cazzo.»

«Come fai a sapere che è lui?»

Jordan si alzò e si passò una mano tra i capelli, poi si sistemò i pantaloni come se potesse nascondere la notevole erezione che premeva contro la patta dei jeans. Io quasi non riuscivo a staccare gli occhi, anche se avevo il cuore che batteva come un tamburo per la paura.

«Due ragioni. Come bussa e il fatto che sono le nove e lui è uscito per la sua solita corsa. Vive tre chilometri più avanti.»

«È venuto a controllarti?»

Jordan si chinò e prese il laptop, chiudendolo di scatto e angolandolo contro l'inguine. «Prendi quel taccuino e fingi che stessi prendendo appunti. E, per Dio, non fargli vedere la bocca.»

Ruotai le labbra verso l'interno della bocca per leccarle. Sembravano ammaccate e gonfie per i suoi baci. Sentii una fitta di desiderio percorrermi dallo sterno alla spina dorsale. Jordan si voltò e andò alla porta.

«Perché cazzo ci hai messo tanto?» La voce di Adam arrivava dalla porta aperta.

«Sto *lavorando* con la mia *assistente* che è seduta proprio lì.» Jordan fece un passo indietro e lo lasciò entrare.

Adam indossava pantaloncini da corsa e sneakers e una maglietta bagnata di sudore. Mi leccai nuovamente le labbra, sentendomi in colpa come se un genitore mi avesse beccata con un libro proibito in mano.

Adam sgranò gli occhi quando mi vide. «Oh, ehi, April. Scusa» disse.

Immaginai che si stesse scusando per l'imprecazione. Lui notò il mio vestito e le scarpe e si accigliò, poi diede un'occhiata a Jordan. «Ho visto la mail che anticipava la riunione con quel banchiere... ho pensato di controllare se ti servisse il mio aiuto, ma vedo che hai chiamato la cavalleria.»

«April mi ha portato la cartella che era sulla scrivania di Susan e si è gentilmente offerta di aiutarmi invece di andare a ballare con i suoi amici.»

Sentii le guance che s'imporporavano. Wow... Jordan aveva mentito con tanta facilità al suo amico che quasi gli avevo creduto anch'io. Ed era inquietante. Chissà quante bugie diceva regolarmente quell'uomo? Che cosa diceva alle donne per arrivare a fotterle?

Anche se, ripensandoci, con quell'aspetto, aveva proprio bisogno di *dire* qualcosa?

«Uhm, sì... stavamo controllando i rapporti, cercando di mettere insieme i dati...» Smisi di parlare quando colsi per un attimo l'espressione di Jordan, la cui smorfia mi diceva che non approvava il mio tentativo men che felice di seguire il suo esempio e mentire.

Beh, io faccio schifo come bugiarda, quindi non lo biasimavo perché voleva che stessi zitta.

«Come facevi a sapere che ero a casa?» chiese Jordan ad Adam, spostando il laptop da una mano all'altra e riuscendo comunque a nascondere l'inguine.

«Stavo correndo lungo la spiaggia. Ho visto le luci accese. Immaginavo che fosse troppo presto per essere già tornato con una delle tue donne...» Adam poi mi diede un'altra occhiata, probabilmente conscio di non dover dire troppo con me lì. Ma Jordan sembrò ancora più teso di prima.

«Stavo giusto per mandare a casa April. Se vuoi dare un'occhiata a quello su cui stavamo lavorando...»

Adam prese il telefono e si tolse gli auricolari, arrotolandoli per metterli da parte. «Certo.»

Jordan stava cercando di darmi un qualche tipo di segnale, aggrottando la fronte, stringendo i denti e guardando significativamente la porta.

Devo ammetterlo, volevo veramente provocarlo. Quindi finsi di non capire, distogliendo lo sguardo. Mi morsi l'interno della guancia per impedirmi di ridere; ora che il panico era diminuito, la situazione mi pareva estremamente ridicola.

«Allora, April stava per andare...» ripeté Jordan.

Io alzai gli occhi. «Ah sì? Sei sicuro di non aver bisogno ancora di me? Non devo fare qualche altra ricerca?»

Se gli sguardi avessero potuto uccidere...

Gli sorrisi e sembrò che stesse per uscirgli il fumo dalle orecchie. Dopo un silenzio imbarazzato, mi alzai. «Okay, bene, la notte è ancora giovane. Probabilmente riuscirò ancora a trovare i miei amici al club.»

Jordan mi guardò storto ed io lo ignorai.

«Buona notte, Jordan. Notte, Adam.»

Presi i miei appunti sul progetto che mi aveva assegnato Jordan e li ficcai nella borsa, poi feci un cenno di saluto a entrambi. Adam mi aprì la porta e la tenne aperta. Almeno *lui* era un gentiluomo.

Ma, chiaramente, io non volevo *veramente* un gentiluomo, perché la bestia selvaggia che aveva avuto la bocca e le mani su di me era stato molto più eccitante. Sentii il corpo che si scaldava di nuovo e il ricordo mi fece sudare. Mi avviai verso l'auto barcollando, con le ginocchia molli.

I suoi baci erano stati favolosi e il mio corpo era ancora eccitato e insoddisfatto. Maledizione, la sua bocca era stata a pochi centimetri dal mio capezzolo. Feci un respiro profondo e poi esalai lentamente. Adesso non avrei mai saputo come sarebbe stato. Come sarebbe stato *lui.*

A volte, al lavoro, osservavo le sue mani. Erano grandi, forti. Mascoline. Mi chiedevo se fosse bravo a letto. Cambiava le donne come la biancheria intima, a quanto pareva, vi aveva alluso perfino Adam. Le donne di Jordan erano tutte bellezze alte un metro e ottanta, senza difetti, taglia 38, con la pelle luminosa e una favolosa struttura ossea. Lui era un tipo estremamente attraente, ed era un milionario, quindi aveva parecchio da offrire, ma doveva comunque essere piuttosto bravo a letto. I tipi arrabbiati spesso lo erano... così avevo sentito dire.

Tirai in fretta il fiato. Jordan stava dando del filo da torcere a Falco, il dio del sesso della Comic-Con nel settore degli incontri sessuali bollenti... e non era nemmeno arrivato in seconda base.

Cliccai per spegnere l'allarme della mia auto, tremando al pensiero delle conseguenze di ciò che sarebbe potuto succedere se non fossimo stati interrotti. Probabilmente sarei stata nuda sotto di lui in quel momento se Adam non si fosse fatto vivo, e avrebbe potuto essere un disastro. Sesso con il mio capo. Bel modo di incasinare tutto, April. Almeno Falco il dio del sesso era ancora un sicuro sconosciuto che, a Dio piacendo, tale sarebbe rimasto nonostante il famigerato video.

Cercai di cancellare dalla mente il ricordo dei baci e delle mani di Jordan. Non potevo permettere alle cose di andare oltre. E a giudicare dall'espressione sul suo volto, anche lui probabilmente la pensava allo stesso modo. C'eravamo lasciati trascinare, ecco tutto. Basta restare da soli. Basta andare a casa sua.

Erano quasi le dieci quando arrivai a casa. Sid aveva il suo pigiama peloso e le pantofole gialle dei Minions ed era curva sulla tastiera con una cuffia ridicolmente enorme che la faceva sembrare un pilota di elicotteri.

Stava usando un tono di voce autorevole che di solito non usava nei suoi incontri faccia a faccia e dicendo cose tipo: "Mostri appena apparsi! Colpite i vostri AOE” e “No, no, solo guarigioni secondarie! Stai attirando troppa aggressività.”

Era come se stesse parlando un linguaggio completamente diverso.

Seguii il suo esempio e mi cambiai mettendomi la mia camicia da notte più comoda. Ma, invece di prendere il mio e-reader e infilarmi sotto le coperte, andai alla mia scrivania, che era accanto alla sua, e cominciare a fare ricerche su Google.

Mentre passavo da un sito all'altro che parlavano di Dragon Epoch, cercai di ignorare Sid che rideva e scherzava con i suoi amici. Capivo sì e no la metà di quello che diceva, ma si capiva che si stava divertendo. Stavano chiacchierando del gioco ma anche di cose personali e sembrava che venisse da una cultura diversa, che si rapportava al mondo in modo completamente diverso dal mio. Provavo quasi invidia.

Guardai verso di lei un paio di volte e lei aggrottò la fronte, mettendo una mano sul microfono. «Che ci fai a casa così presto? Te la sei svignata in fretta.»

Sospirai. «È veramente una storia lunga. Mi ha dirottato il capo per aiutarlo con della roba di lavoro. Non sono mai arrivata al club.»

Sid alzò di colpo le sopracciglia, con un'espressione preoccupata.

Tornai alla mia ricerca. Scrivendo Dragon Epoch apparvero circa 35.754.632 riscontri in pochi secondi. Sbuffai. Merda… avevo un mucchio di lavoro da fare se volevo conoscere il mio prodotto.

Poco dopo, notai che nell'area di lavoro di Sid c'era silenzio. Alzai gli occhi e lei mi stava osservando, avendo apparentemente finito di giocare.

«Che c'è?»

«Allora, che cos'è successo *veramente*?»

«Esattamente quello che ti ho detto.»

«Ti ha fatto restare e lavorare con lui di sabato sera?»

«Sì.» Sid strinse le labbra. Io alzai le spalle. «Che c'è?»

«Non ha tentato di fare qualcosa con te, vero?»

Io deglutii.

«April...» disse quando non risposi. «Mi hai detto che il tuo capo è giovane e sexy. So già che hai una cotta per lui...»

«Non ho una cotta per lui, cavolo.» Ma arrossii. Il pensiero di avere una cotta per il mio capo... okay, pensavo che fosse sexy. E dopo averlo visto quella sera in costume. Quel corpo... e poi il modo in cui mi aveva baciato...

Merda. Mi ero presa una cotta per il mio capo!

«Apes, devi stare attenta. Sei in uno stato molto vulnerabile in questo momento.»

Distolsi gli occhi, imbarazzata e finsi di essere presa dalla mia ricerca. «Ho questo progetto su cui devo lavorare» borbottai, cercando di cambiare argomento.

Sid spostò la testa per guardare il mio monitor, alzando le sopracciglia. «Esattamente che cosa stai cercando di trovare?»

«Sto cercando di imparare qualcosa sul gioco in modo da conoscere il mio prodotto. Non ho idea di che progetto posso inventarmi. E lui ne vuole tre.»

«Beh, potresti chiedere a me di aiutarti, visto che passo circa sessantadue ore la settimana a giocare proprio quel gioco.»

Scossi la testa. «Amica mia, devo veramente portarti fuori più spesso.»

Sid alzò le spalle. «A me piacciono i miei amici della gilda. Stiamo insieme nel mondo virtuale. È piuttosto divertente.»

«Allora, tutta questa gente in giro per il mondo che si collega al gioco… come si fa a trovare persone con cui giocare e come si fa a farsi nuovi amici?»

«A volte si cercano semplicemente persone che ti aiutino in una specifica missione. Se poi ti trovi con gente che ti piace, puoi continuare a farlo. Oppure t'invitano a fare un raid o ti chiedono di unirti a una gilda.»

Scossi la testa. «Per me potresti tranquillamente aver parlato in marziano.»

«Invece di restare lì e fare ricerche su Google, perché non tiri un personaggio e non cominci a giocare.»

«Mhmm. Ci sono dei buoni blog o riviste online da leggere?»

«Che diavolo hai fatto in tutti quei mesi in cui hai lavorato nel settore marketing?»

Alzai le spalle. «Più che altro facevo il caffè e poi ho fatto un po' di grafica per i memo interni, le newsletter e roba simile.»

Sid alzò gli occhi al cielo. «Okay, allora… i blog. Ce ne sono di veramente buoni. Sfortunatamente la blogger che preferivo, Girl Geek, non scrive più sul suo. Però c'è la sua roba in archivio, su GameGlomerate. Lei è impressionante… sarcastica. Scrive di femminismo e giochi. Per esempio, di come le donne sono sempre scarsamente vestite in bikini di maglia di ferro o perché i giocatori maschi hanno problemi perché le donne sono geek come loro.»

Presi un foglio e scrissi *Girl Geek*. «Perché non fa più la blogger?»

Sid alzò le spalle. «Ha parlato di problemi capitati di recente, anche se penso che sia perché GameGlomerate ha comprato il suo blog. Era il migliore, ma ce ne sono altri ancora in attività.»

«Mhmm, cercherò il suo blog e leggerò i suoi vecchi post, allora. Ma per ora credo di dover creare un personaggio.»

«Si *tira* un personaggio. Anche se non è proprio tirare. Si dice così solo perché il termine viene dai giochi della vecchia scuola dove tutto veniva generato casualmente da un tiro di dadi.»

Ero sempre più confusa. «Mhmm, okay. Jordan mi ha dato un codice d'accesso da usare per collegarmi.»

Quarantacinque minuti più tardi, dopo aver caricato il software, aperto un account e aver scaricato alcune patch, ero pronta a creare il mio personaggio.

«Sei sicura di voler essere un personaggio maschile?»

«Sì. Perché no?»

Sid alzò le spalle. «Penso che non importi. La maggior parte delle donne che si vedono nel gioco sono in realtà giocatori maschi.»

«Capisco il motivo. Sembrano tutte angeli di Victoria's Secret.»

«Okay, quindi vuoi essere un umano. Puoi scegliere le caratteristiche, come il colore dei capelli, degli occhi...»

«Capelli castano medio. Occhi nocciola. Alto, un bel corpo muscoloso...»

«Hai un'idea chiara in mente di come vuoi che sia.»

Alzai le spalle. *Potrò vederlo morire. Più e più volte. Tanto vale che mi diverta un po'.*

«Ora devi trovargli un nome.»

Mhmm. Jordan. Jordyn. Joldan? Scossi la testa. «Voglio chiamarlo solo "Bestia".»

Sid mi diede un'occhiata sorpresa e mi suggerì come inserire il nome.

Lo ammirai per un momento, vestito con un paio di semplici pantaloni marroni, senza camicia. Non assomigliava esattamente a quello che lo aveva ispirato, ma poteva andare.

«Okay. Ora che ho creato il mio mostro, a parte sfregarmi le mani e gridare *"È vivo!"* che cosa faccio?»

Sid sospirò, pazientemente. «Dovrò proprio condurti per mano per tutto il procedimento, vero?»

«Amica mia, ho caricato un video sexy su Internet senza nemmeno rendermene conto. Sono sicura che se premo il tasto sbagliato in questo gioco, esploderà l'intera Draco Multimedia Entertainment. Quindi, sì, parlami come se fossi in prima elementare.»

«Come se non lo facessi già.»

Le diedi uno schiaffo sul braccio. «Guarda che so dove vivi.»

Sid scoppiò a ridere, annuendo. «Okay, okay. Premi quel pulsante che dice *Entrate a Yondareth*. Metterà la tua Bestia nel mondo virtuale e poi potrai correre in giro e ottenere missioni.»

Feci come mi aveva detto. Dopo un periodo minimo di attesa, ero ai margini della porta della città. Su un lato c'era l'entrata nella città, dall'altra un prato. Come avevo visto nel materiale promozionale, nei video e, più recentemente, nella demo che avevano giocato Mia e Katya nel magazzino, la grafica era eccezionale. Sembrava veramente di essere in un altro mondo. Fili d'erba si agitavano nel vento. Nelle mura della città si vedevano chiaramente mattoni di colori diversi. Lì vicino, c'erano altre figure, elfi, nani, altri umani. Tutti con la pelle di sfumature di colore diverso, pettinature e lineamenti differenti. Ciascuno aveva un nome sopra la testa.

«E adesso?»

«Devi andare a parlare con un NG, un non giocatore, sono le persone generate dal gioco. Gli altri avatar rappresentano le persone reali che li comandano. I non-giocatori hanno delle missioni da assegnare e hanno un simbolo a forma di scudo sopra la testa. Devi completare una missione per fare esperienza e ottenere degli oggetti che ti aiuteranno a guadagnare livelli per il tuo personaggio.»

Non molto dopo, Sid mi lasciò per prepararsi per andare a letto. Tornò nella stanza mentre si lavava i denti, si spazzolava i capelli e svolgeva le altre sue solite operazioni serali per darmi dei consigli o annuire approvando ciò che avevo ottenuto.

«Questo vecchio tizio elfo con il kilt vuole che vada a cogliere un mazzo di fiori per lui. Mi sembra una missione idiota» dissi mentre lei ripiegava le coperte del suo letto.

«Devi fare quella missione. C'è tutta una storia dietro. Ed è così romantica. E ti porterà ad altre missioni di livello più elevato. *Tutti* fanno quella missione. È come una tradizione in Dragon Epoch.»

«Ah, okay» dissi alzando le spalle.

Sid m'informò che avrebbe spento la luce e si sarebbe messa a dormire. Grugnii qualcosa in risposta, collegando gli auricolari nel jack in modo che i suoni del gioco non la disturbassero. Pensai di giocare per un'altra mezz'ora o giù di lì prima di gettare la spugna e dormire un po'.

La volta successiva che guardai l'orologio erano le quattro del mattino.

Le. Fottute. Quattro. Del. Mattino. E fra due ore avrei dovuto essere in ufficio.

Il gioco aveva risucchiato ore della mia vita in un divertimento totalmente coinvolgente e non me ne ero nemmeno resa conto. Per niente. Gente, quella roba era meglio del crack. Non mi meravigliava che tanta gente lo adorasse.

Anche quando mi sdraiai fu difficile addormentarmi. Continuavo a pensare a ciò che era successo tra Jordan e me a casa sua. Anche se era stato così bello e il mio corpo aveva ricominciato a eccitarsi solo al ricordo, sapevo che non avrei mai potuto permettermi quelle sensazioni. Dovevo combatterle.

Ma… forse avrei fantasticato un po' prima di addormentarmi. Non c'era niente di male in una sana fantasia, no?

In un modo o nell'altro quel lavoro sarebbe stato la mia morte.

Capitolo Otto
Jordan

IN UN MODO O NELL'ALTRO QUELLA DONNA SAREBBE STATA la mia morte.

Adam si era accampato sul mio divano per qualche ora quando lei se n'era andata, e mi aveva aiutato a controllare i documenti. All'inizio mi aveva dato qualche occhiata indagatrice, e a buona ragione. Il tempo che ci avevo messo ad aprire la porta era sospetto. Il modo in cui lei era vestita. Adam probabilmente aveva pensato che fossimo usciti insieme. Ma fino al momento in cui l'avevo baciata, era stato tutto completamente innocente… beh, innocente quanto poteva essere non volere che lei uscisse e rimorchiasse un altro tizio, almeno.

Mi seppellii nel lavoro per il resto del fine settimana, e ad allenarmi, immaginando che fosse il modo più sicuro di togliermela dalla mente. Stavo passando fin troppo tempo a ricordare la sensazione di lei sotto di me mentre la baciavo e la toccavo. Ed era dannatamente difficile convincere il mio corpo a non reagire.

La mia riunione di lunedì mattina con il banchiere era stata scialba. Era piuttosto di cattivo umore per via della situazione con il video sexy virale. Ma la buona notizia era che sembrava pensare che c'erano dei provvedimenti che potevamo prendere per evitare il disastro.

Ad Adam però non sarebbero piaciuti i suoi suggerimenti. Ciò nonostante, avrei fatto di tutto, *di tutto*, per tenere in vita il progetto. E stavo arrivando alla fine della scadenza di due settimane che mi aveva imposto. Avevo dovuto usare tutto il mio fascino, e farlo notare al mio miglior amico.

«Un corso contro le molestie sessuali?» Adam si voltò di colpo mentre stava guardando fuori dalla finestra del suo ufficio per inchiodarmi con i suoi occhi scuri. «Non mi stai prendendo per il culo, vero?»

Tesi le mani verso di lui, a palmo in su, nel classico gesto di resa. «Aveva anche un paio di altre condizioni. C'è questa controversia che sta infuriando nella comunità dei giocatori riguardo agli attacchi sessisti contro le donne...»

Adam annuì. «Sì, sì. La sto seguendo e controllando da vicino. Abbiamo dei protocolli anti-molestie nelle Condizioni di Servizio e misure protettive...»

«Nel gioco. Sì, va bene. Ma con i dipendenti...»

Adam sospirò. «Ovviamente anche con i dipendenti. Seguiamo le leggi.»

«Lui pensa che dovremmo fare un passo in più. Dobbiamo assumere un consulente e fare un rigido programma di training. Per ogni dipendente, inclusi gli addetti alle pulizie.»

Adam mi stava fissando come se mi fosse cresciuto un terzo occhio in mezzo alla fronte. «Quanto tempo ci vuole per una cosa simile?»

«Le leggi dello stato richiedono due ore ogni due anni. Ma se vogliamo fare davvero un passo avanti e cercare veramente di pararci il culo...»

Adam scosse la testa. «Dio, no. Due ore sono sufficienti, Jordan.»

«Dovresti raddoppiarle. E dovranno partecipare tutti. Perfino tu. Perfino io.»

Massaggiandosi la mascella, Adam si passò la mano sulla bocca. «Ci sono dei programmi online...»

«Dovremmo farlo insieme, come società, di persona. E i dipendenti dovrebbero vedere *noi* seduti lì...»

«A sorvegliarli?» fece una smorfia. «Non voglio che questa storia diventi un puntare il dito, mi capisci vero? Abbiamo dipendenti sposati tra di loro o che vivono assieme o che semplicemente stanno insieme. E non c'è niente di sbagliato.»

Alzai le spalle. «Sono d'accordo.»

«Già, ma ognuno di loro potrebbe essere stato la star del famigerato video, immagino.»

Il colletto del mio abito formale divenne di colpo stretto. «Già. Potrebbe... mhmm... essere chiunque.»

Adam alzò gli occhi neri fissandomi. «Hai scoperto chi erano?»

Alzai le mani. «Ehi, chi diavolo sono, CSI Irvine? Ho della gente che ci sta lavorando. Come ho detto. Ma quella merda è diventata virale e non c'erano metadati sul filmato. La persona che l'ha registrato aveva spento il localizzatore.» *E grazie al cielo, almeno per quello.* «Anche se non avrebbe potuto dirci molto, e, senza un mandato, non possiamo ottenere l'IP della persona che ha caricato la copia originale, anche se potessimo tornare indietro di copia in copia fino a quell'originale... cosa che il mio tizio mi dice essere virtualmente impossibile. È come cercare un ago in un migliaio di pagliai.»

Adam strinse le labbra. «Senza i dati per l'identificazione, devo darti ragione. Merda.» Si passò le mani tra i capelli e fissò nuovamente fuori dalla finestra.

«Guarda… sto gettando acqua sul fuoco con gli avvocati della IPO, i sottoscrittori e i banchieri. Cerchiamo di non sprecare tempo, energia e risorse in una caccia alle streghe. Quel bue ha già lasciato la stalla.»

«Se scoprissimo chi era, potremmo licenziare il colpevole e dimostrare che ci stiamo occupando della faccenda.»

«Corsi mirati e alcune delle altre cose otterrebbero esattamente lo stesso risultato, a essere sincero. Almeno agli occhi della gente di Wall Street.»

«Quindi il banchiere ha veramente suggerito dei corsi contro le molestie sessuali…»

«Pensavi che me lo fossi inventato? E quanto alle altre cose…» Oh, non gli sarebbe piaciuto. Mi feci forza.

Lui strinse gli occhi. «Parla. Quali altre cose?»

«Rilasciamo una dichiarazione su questa faccenda delle molestie sessuali tra i giocatori.»

«Ma noi non c'entriamo niente» sbuffò. «Quella gente non ha alcun legame con la Draco Multimedia Entertainment o Dragon Epoch. È un branco di quindicenni sessualmente frustrati e antisociali che si diverte a bullizzare le donne su Internet.»

«Altre associazioni e società hanno già preso posizione. Dovremmo farlo anche noi. Consideralo come una riaffermazione delle nostre Condizioni di Servizio contro le molestie e il cyberbullismo.»

Adam agitò una mano, indifferente. «Okay, come vuoi. Che cos'altro dobbiamo fare?»

«Oh, qualche donazione, ore di servizio comunitario…»

«Servizio comunitario? Per fare che cosa? Raccogliere l'immondizia ai bordi delle strade?»

«Mi inventerò qualcosa, per farci pubblicità. Ci guadagneremo qualche fiore all'occhiello, ecco tutto. Dobbiamo solo tenerci fuori dai guai. Abbiamo quel seminario TED il mese prossimo. E ci sono tutti quei premi per i quali il gioco è in concorso, specialmente quello di Gioco dell'Anno. *Entrepreneur Weekly* ci ha messo in copertina. È roba buona. Ce la faremo a rovesciare la situazione. Siamo una grande società e tutti prima o poi hanno sfiorato lo scandalo. Questa piccola cosa non ci manderà a fondo.»

«*Per il momento*» rispose Adam, infilandosi le mani in tasca.

«Cristo, Adam. Vedi sempre il bicchiere mezzo vuoto.»

«Sono realista, ed è compito mio guardare avanti per vedere che cosa ci riserva il futuro e prepararci. E dato il nostro precedente incontro con lo scandalo...»

Adam era ancora disincantato per via della causa dell'anno prima con le famiglie delle vittime dell'omicidio-suicidio. La nostra società era stata coinvolta in una lotta con l'assicurazione, che si era rifiutata di permettere ad Adam di andare in tribunale, insistendo per un accordo extra-giudiziale. Per noi era stata una battuta d'arresto, un piccolo passo falso proprio durante il primo stadio del mio cammino verso l'IPO.

«Allora niente stronzate. Ma pensa veramente che funzionerà?»

Annuii. «Sì, lo pensa veramente. Dice che la Borsa di New York vuole a tutti i costi che le società tecnologiche aprano con loro invece del Nasdaq, che è dove i grandi, tipo Facebook, sono andati per le loro IPO. Ci *vogliono* Adam. Ma dobbiamo rigare diritto e tenerci alla larga da questa cyber guerra dei sessi che sta succedendo in altre comunità di giocatori.» Lo guardai e poi fissai lo sguardo fuori dalla finestra, senza riuscire a guardarlo negli occhi mentre gli dicevo il resto. «Inoltre c'è chi mette in dubbio che il video riprenda effettivamente dipendenti della Draco oppure si chiede se il badge non sia stato messo lì apposta.»

Adam si mise a ridere. «Wow, non so se sentirmi minacciato o lusingato che qualcuno possa arrivare fino a quel punto per rovinare la nostra reputazione.»

Alzai le spalle. «Non si sa mai…» Mi sentivo un verme mentre cercavo di mettergli in testa quell'idea, ma era meglio alleggerire un po' la pressione su di me e lasciare che si fissasse su qualcos'altro.

Mi diede un'occhiata e poi distolse gli occhi, infilandosi le mani in tasca. «Penso che sia meglio applicare la legge del rasoio di Occam. La spiegazione più facile è quella più probabile. E questo vuol dire che almeno uno dei due era un dipendente che si stava togliendo uno sfizio alla Comic-Con» disse Adam alzando un sopracciglio.

Aspettai un po' a rispondere, mentre raccoglievo il coraggio di porgli la grande domanda. «Allora qual è il verdetto, oh illustre leader? Ci quotiamo in borsa o ritiriamo l'offerta?»

Adam si voltò a guardare nuovamente fuori dalla finestra, respirando a fondo, pensieroso. Sembrava stesse veramente pensando di cancellare tutto. Immaginai che fosse un buon momento per ricordargli perché avevamo cominciato tutta la faccenda.

«Quell'attrezzatura prototipo è veramente favolosa. Immagina che cosa sarai in grado di fare quando avrai il capitale per incorporare quella nuova interfaccia nel gioco.»

«Oh, l'ho già immaginato» disse. «Ma non ho intenzione di mandare a gambe all'aria la società per un sogno.»

«Non è un sogno, Adam. Tu hai la visione d'insieme e la capacità di realizzarlo. Non c'è nessun altro gioco multigiocatore online che stia usando un'interfaccia come questa, nemmeno il potentissimo World of Warcraft. Pensa che cosa potrebbe fare il nostro gioco se avessi i fondi per comprare la società che produce quelle apparecchiature. E poi potrai usare tutta la conoscenza nel tuo cervello geniale per sviluppare un'esperienza tridimensionale per i giocatori.»

Mi diede un'occhiata di sottecchi. «Ci stai andando giù pesante.»

«Dai, amico. I giocatori andranno a nozze. Ho visto quanto si divertiva Mia durante la demo. Se non altro, fallo per la donna che ami.»

Adam scoppiò a ridere. «Amico sei talmente pieno di merda che i tuoi occhi sono diventati marroni! *Fallo per la donna che ami'*. Non vedo l'ora di dirglielo stasera. Se la farà addosso dalle risate quando sentirà che cosa ti è uscito dalla bocca.»

Alzai le spalle. «Ehi, dovevo pur tentare, no?»

«Non cessi mai di meravigliarmi. Va bene. Ho piena fiducia in te, caro il mio DF pivello. Falli neri, tigre!»

Sentii un'ondata di sollievo. Avevo vinto. «Non mi stai prendendo per il culo, vero? Non mi stai illudendo per poi schiacciare tutti i miei sogni come tanti moscerini, vero?»

Adam sbuffò. «No, tranquillo. Sono ancora d'accordo con la IPO. Ma confido…» alzò una mano e mi indicò, «che mi terrai informato su tutto quello che succede. E se hai un dubbio su *qualunque cosa*, voglio che venga da me, okay? So quanto lo desideri, ma spero che non succeda a spese della società.»

Scossi la testa. «Mai. Potrò anche non essere il re dei geek come te, amico mio, ma amo questa società almeno quanto te.»

L'espressione di Adam si fece scaltra. «Tu ami la gallina dalle uova d'oro.»

Scrollai le spalle. «Anche quello. Non c'è dubbio che questa società mi abbia dato un bel conto in banca, che mi godo in tutto e per tutto.»

Adam si mise a ridere. «Che "collaterali" ti stai godendo questa settimana? È quell'attrice bionda di serie D o la modella mora di Vogue?»

Sogghignai. «Non essere geloso perché ti sei condannato a essere l'uomo di una sola donna. Una sola donna... per il resto della tua vita... niente più varietà... mai cambiare...» Finsi di sbadigliare.

«A me dispiace per te. Ma goditela finché dura, amico. Sospetto che quando toccherà a te farai un gran tonfo.»

Scossi la testa. «Nooo. Devi avere un cuore per innamorarti ed io non l'ho più da tanto, tanto tempo.»

Fu il turno di Adam di sogghignare. «Sì, giusto. Vedremo.»

«Che cosa avete voi tizi che vi siete sistemati? Volete trascinare tutti i vostri amici a fondo con voi. La miseria ama la compagnia, immagino. Inoltre... stai per sposare tua cugina. Ho appena cambiato la suoneria del tuo numero, ho messo un banjo.»

«Fanculo» disse, spostandosi verso la scrivania quando suonò il suo telefono. Lo prese per leggere il messaggio di testo.

«È la tua donnetta, adesso? O dovrei dire, la tua *cuginetta*?»

Adam non alzò gli occhi dal telefono, ma sollevò la mano libera con il dito medio puntato in aria. Non era troppo contento del fatto che lui e Mia adesso fossero imparentati per matrimonio, dato che suo zio aveva sposato la madre di Mia qualche mese prima.

«Mi limiterò a dirle che l'hai chiamata "donnetta" e ci penserà lei la prossima volta che ti vede. È stato bello conoscerti.» Adam scrisse in fretta una risposta al messaggio.

«In effetti dovrei avere paura, ma hai troppo bisogno di me per questa IPO.»

Adam sorrise. «Vero.» Poi fece una smorfia come se gli fosse venuto in mente qualcosa e mi diede un'occhiata indagatrice. «Allora, come va la tua nuova stagista? Le stai insegnando un mucchio di cose interessanti?»

Mi mossi a disagio, m'infilai le mani in tasca e alzai una spalla. Cercando di comportarmi con indifferenza senza farlo vedere.

«È okay.» Speravo che la facciata funzionasse, perché di sicuro non mi sentivo a mio agio come speravo di sembrare. Stavo già cominciando a sudare sotto il colletto al ricordo di ciò che era successo tra di noi sabato sera.

La sensazione del suo corpo morbido, femminile sotto di me sul divano. Il suo sapore. Quelle tette favolose che avrebbero potuto mettere un uomo in ginocchio. Strinsi i denti.

Adam mi guardò preoccupato. «Va tutto bene? Ti ha fatto incazzare o roba simile?»

Evitai di guardarlo ma capii che era tutt'altro che una domanda casuale. Probabilmente Adam sospettava qualcosa fin da quando ci aveva interrotto quella sera. E se non ci avesse interrotti? Sapevo che non mi sarei fermato e avevo motivo di credere che non lo avrebbe fatto nemmeno lei.

Deglutii. Lei non aveva ancora idea che avessimo già fatto sesso una volta. Ora il senso di colpa per quella situazione era salito di un altro grado, come se ne avesse bisogno. Il senso di colpa per aver mentito ad Adam, messo in pericolo la società e aver quasi mandato in rovina tutte le nostre speranze e i nostri segni non era sufficiente. Aggiungeteci il senso di colpa che provavo per quello che avevo fatto sabato sera e perché, se fossimo finiti a letto, lei non avrebbe avuto idea che eravamo già stati insieme.

Respirai a fondo, sapendo di dover mantenere la calma. Adam non me lo stava chiedendo per fare due chiacchiere. Lui non funzionava così. C'era sempre uno scopo dietro a qualunque cosa facesse e dicesse.

E se non fossi stato attento, perché era anche un acuto osservatore, avrei potuto impigliarmi nelle mie stesse bugie. «Lei va bene. Io la tormento, lei mi odia. È un rapporto capo-impiegata perfettamente salutare.»

Ah, sì, se già non fossi stato sulla strada per arrivarci, sarei sicuramente andato all'inferno anche solo per quella bugia. Ora, se avessi potuto ignorare il fatto che a quanto pareva ero stato il miglior sesso della sua vita e che, beh, lei si classificava nei primi tre posti per me.

Magari nei primi due, ammisi, a malincuore.

Uscii qualche minuto dopo, asciugandomi mentalmente la fronte perché Adam aveva scelto di non farmi il terzo grado sulla stagista. Diedi un'occhiata attraverso l'atrio e vidi April alla sua scrivania.

Avevo già giurato di evitarla il più possibile da ora in poi. Per quanto potevo, almeno. Ma sarebbe stato difficile.

In gran parte perché, in effetti, non *volevo* evitarla.

Mi piaceva guardarla. Era bella, ovviamente, ma non era solo il fatto di guardare un bel faccino, capelli lucenti e perfetti e un bel sedere. C'era questa inspiegabile profondità nei suoi begli occhi azzurri che rendeva ovvio che lì dietro non c'era il vuoto. Ma lei mostrava al mondo un volto sereno, tranquillo anche nel bel mezzo dell'umiliazione più bruciante e delle critiche che le avevo scaricato addosso ultimamente. Per non parlare del mio ossessionante desiderio di farla esplodere.

Nei giorni successivi, cominciai a notare che April mi evitava almeno quanto io stavo evitando lei. Aveva cominciato ad arrivare al lavoro prima di me e a lasciarmi il caffè sulla scrivania in una tazza termica prima che arrivassi. Quando arrivavo nell'atrio e mi fermavo a parlare con Susan, April si alzava e lasciava la sua scrivania. Nella sala caffè, quando entravo io, lei usciva o si sedeva dall'altra parte della stanza.

Poi divenne un gioco. Io trovavo una scusa per uscire dall'ufficio diverse volte al giorno. Ogni volta lei se ne andava. Non avevo tempo per quelle stronzate, solo che il mio cervello, ovviamente, pensava che fosse il momento giusto per fissarsi proprio su quello.

Oltre a tutto avevo notato che il piccolo, viscido assistente nerd di Adam, Charles, si era probabilmente preso una cotta per lei. Andava parecchie volte al giorno alla sua scrivania e un giorno lo vidi perfino che la accompagnava a pranzo. Cominciai a chiedermi se pranzavano insieme tutti i giorni. Okay, le avevo impedito di uscire e rimorchiare qualcuno in un club una sera, ma non voleva dire niente, no?

Solo qualche giorno dopo, mandai all'aria la mia decisione di evitarla perché significava non poterla tenere d'occhio. E, inoltre, ragionai, era ora di parlarle del suo progetto.

Dopo pranzo, entrai nell'atrio dove lei era seduta alla sua scrivania, al telefono e feci il giro lungo per evitare che mi vedesse arrivare. Mi misi accanto a lei, aspettando che finisse di parlare, ma lei non mi notò immediatamente.

«Mi dispiace, non sapevo che la Bestia mi avrebbe dato tutto questo lavoro da fare oggi. Sembra che non ce la farò.» Smise di parlare, spostandosi sulla sedia e facendo dei disegnini sul foglio che aveva davanti dove aveva scribacchiato Le Chat Noir, il nome di un locale non lontano dall'ufficio.

Mi chiesi di che cosa stesse parlando. Non le avevo dato niente di extra da fare da giorni… poi mi venne in mente che stava usando la scusa del lavoro per non andare.

«Okay, allora, tenterò. Dammi l'indirizzo. Sì. Sì. Posso trovarlo usando il GPS. Hai detto che è vicino?»

Scrisse l'indirizzo. In quel momento si accorse della mia presenza e quasi cadde dalla sedia quando mi vide. Le rivolsi la mia occhiataccia e la smorfia più convincenti.

«Devo andare» mormorò nel ricevitore e sbatté giù il telefono.

«Chi era? Il tuo piccolo ammiratore?»

Lei mi diede un'occhiata diffidente. «Io non ho nessun ammiratore.» Alzai le sopracciglia, incredulo. Chiaramente mi stava mentendo. Deludente, ma mi aspettavo qualcos'altro?

Distolse gli occhi nervosamente. «Erano solo le mie amiche del marketing. Volevano uscire questa sera.»

«A far baldoria? Forse hai bisogno di più lavoro da fare.»

Lei strinse gli occhi. «Forse è così.»

«Non hai ancora trovato le idee per il tuo progetto?»

Lei voltò la sedia per guardarmi in faccia, ripiegando le braccia sul petto. «In effetti *le ho trovate*. Te le ho mandate per email questa mattina.»

Mi passai il pollice sulla mascella. «Mhmm. Okay. Darò un'occhiata. In ogni modo, chi è "la Bestia"?»

Arrossì come se avesse appena preso una scottatura. Si mise nervosamente una lunga ciocca di capelli scuri dietro l'orecchio delicato. Deglutii, con gli occhi che seguivano la linea elegante del suo collo.

Cristo. Scossi la testa. «Non importa. Penso di poter indovinare. Continua, Weiss. Non vorrai far aspettare le tue amichette. Sono sicuro che stiate tutte morendo dalla voglia di ubriacarvi e farvi fottere stasera.»

Lei si morse di nuovo il labbro tumido e sexy, ed io deglutii, distogliendo in fretta gli occhi. Mi spinsi via dalla sua scrivania e tornai nel mio ufficio, turbato all'idea di come mi sentivo pensando a lei che usciva con le stagiste ridacchianti per incontrare uomini. Era una sua prerogativa, ovviamente. Non è che avessi il diritto di decidere che cosa faceva o non faceva. Ma maledizione se non mi irritava da morire.

Ero il suo capo, dopotutto, quindi uscire a ubriacarsi e andare a casa con qualche tipo strano avrebbero influito sulla sua capacità di lavorare sui miei progetti e fare il suo lavoro. E, maledizione, era lei la responsabile di quel fottuto casino. Quindi stavo badando ai miei interessi quando chiamai il cugino di Adam, William, che lavorava al reparto artistico, chiedendogli di venire con me quella sera a Le Chat Noir.

William era improbabile come spalla. Lo conosceva dai primi tempi della società, quando Adam lo aveva portato lì per lavorare a un primo concetto di grafica per Dragon Epoch. Avevamo sviluppato un intero portfolio da presentare ai *venture capitalist* che sarebbero diventati i nostri primi investitori per aiutarci a far decollare la società. Una volta messo in moto il tutto, William aveva cominciato a lavorare nel reparto artistico.

Aveva un enorme talento, ma era timido, eccentrico e parecchio strano.

Proprio prima della Comic-Con, era venuto nel mio ufficio, senza farsi annunciare. Si era seduto con le mani in tasca e gli occhi fissi sul pavimento e mi aveva chiesto qual era il mio segreto per avere tutte le donne.

Se non avessi saputo che era impossibile, avrei pensato che Adam mi stesse facendo uno scherzo. Avevo cercato di non ridere. William era un ragazzo eccezionale, ma proprio non ero riuscito a spiegargli la nozione di "quando ce l'hai ce l'hai", o il concetto di *mojo*. William era autistico e quindi non se la cavava bene con i concetti astratti come quello.

Quindi gli avevo promesso una dimostrazione quando avessi avuto più tempo. E quella sera, a quanto pareva, sarebbe stata quella giusta. Non era sembrato entusiasta di andare in un locale, ma era più un lounge bar che un pub, mi ero detto. C'era voluto un po' per convincerlo, dicendo che era come incontravo le donne, e non era esattamente la verità. Le donne con cui uscivo io erano tipi che frequentavano posti più di classe.

Le Chat Noir non era una topaia, assolutamente. In effetti, faceva di tutto per essere un gradino più su dei tipici mercati di carne che posti del genere tendevano a essere, specialmente in una città universitaria come Irvine. L'arredamento era sui toni del viola tenue e nero. Diffondevano musica jazz, anche se sembrava che avessero regolarmente musica dal vivo.

William ed io ci sedemmo a un tavolino, centellinando i nostri drink. William aveva ordinato una birra ed io una coca e rum, meno il rum. Diedi un'occhiata veloce al mio compagno introverso; non avevo tenuto conto che la sua timidezza avrebbe reso imbarazzante la situazione. Beh, tanto non eravamo lì per lui.

Dopo avergli fatto qualche domanda, avevo finalmente scoperto che c'era una donna in particolare su cui aveva posato gli occhi, una delle amiche di Mia. L'avevo incontrata una volta, la bionda, una bella ragazza. La conosceva da un anno e ancora non le aveva chiesto di uscire. Cristo. Quel poveretto probabilmente era quasi un invalido a furia di andare in bianco.

Venti minuti dopo il nostro arrivo, nella sala entrò un gruppo di ragazze della Draco, inclusa April. Nessun segno del viscido Charles, bene, comunque notai un mucchio di teste maschili che si voltavano mentre passavano. Sapevo che cosa passava loro per la testa. Stavano classificando ognuna delle donne in base ai colori, al tipo di corpo, l'altezza e l'aspetto. Alcune donne avevano un corpo favoloso, ma una faccia "ma", che voleva dire che era sexy… ma la faccia…

April non apparteneva decisamente a quella categoria. Era piccola, con un corpo più minuto delle sue amiche, era la più bassa in tutto il gruppo. Era in coda alle altre tre, e si notava di più per via dei suoi lunghi capelli scuri, che portava sciolti e le arrivavano a metà schiena. Avevo passato più tempo del dovuto a guardare quei capelli, chiedendomi se erano neri o castano scuro, studiando come riflettevano la luce, con la voglia di annusarli. Erano setosi, lucidi e mi facevano venir voglia di passarci le dita. La voglia di avvolgermeli intorno alle mani mentre la scopavo.

Distolsi in fretta gli occhi, bevendo un altro sorso del mio drink senza alcol. William era imbronciato e mi guardava con i suoi occhi scuri. Come al solito, il suo abbigliamento era scoordinato. Non aveva talento per lo stile, né aveva un taglio di capelli alla moda. Ciò nonostante, metà delle donne dalla nostra parte del bar lo stava adocchiando e lui ne era totalmente inconsapevole. Ovvio. Anche se Adam aveva un senso dello stile migliore, la somiglianza era innegabile e il mio miglior amico aveva lo stesso effetto sulle donne. Che *cosa* diavolo avevano gli uomini di quella famiglia che li rendeva delle calamite per le donne?

Il gruppo delle stagiste della Draco prese un tavolo dalla parte del bar più lontana da noi, ma bene in vista. A un certo punto dopo il lavoro, April si era cambiata e adesso aveva un abitino corto viola che accentuava la sua carnagione chiara e le sue curve perfette. Gli occhi la seguivano mentre passava e avrei voluto dare una coltellata a ognuno di loro perché la guardavano e avevano gli stessi pensieri impuri che mi passavano nella testa in quel momento.

«Continuo a non capire perché siamo qui» disse William con il suo solito tono diretto e monocorde.

«Beh, quando mi hai chiesto come facevo a parlare alle donne, ti ho detto che era difficile da spiegare, che avrei dovuto mostrartelo. Ho pensato che avrei potuto farlo stasera visto che avevo tempo.»

William fece una smorfia. «Non mi piace.»

Oltre la sua spalla, una bionda sulla trentina non aveva smesso di fissarlo. Era chiaro che stava aspettando che lui alzasse gli occhi per poterlo guardare e rivolgergli un sorriso invitante. *Aspetta e spera, bella mia.*

«Consideralo un allenamento. Ho visto il nostro primo obiettivo. C'è una bionda di fianco a te che sembra… interessata.»

William mi guardò arrabbiato. «Non è quello che intendevo quando ho detto che volevo imparare a parlare con le donne. Ho già una donna in mente con cui voglio parlare. Te l'ho detto. Io voglio Jenna.»

«*Donne*, William. Plurale. Sai come dicono, vero, che ci sono tanti pesci nel mare.»

Lui scosse la testa. «Non mi piace pescare.»

Mi grattai il mento e poi diedi un'altra occhiata alle stagiste della Draco. Un paio di tizi si erano uniti al gruppo e stavano chiacchierando, con le bottiglie di birra in mano. April non sembrava interessata, ma fissava con attenzione il suo cellulare.

Di fronte a me, William sbuffò, disapprovando. «Nemmeno tu sei qui per parlare con le *donne plurale*. Stai fissando le stagiste della Draco da quando siamo entrati. Specialmente April Weiss.»

Voltai di nuovo la testa verso William. «Ascolta, vuoi imparare come faccio o no?»

Lui non disse niente, dandomi un'occhiataccia e poi abbassò immediatamente gli occhi.

«Hai provato, che ne so, a chiederle semplicemente di uscire con te?»

William tenne gli occhi fissi sul tavolo. «Non so che parole usare. È il motivo per cui l'ho chiesto a te. Una volta che gliel'ho chiesto, se lei accetta, non so come parlare con lei.»

«Parlale come se fosse una tua amica, o un membro della tua famiglia. Potrebbe farti meno paura se uscissi in gruppo, per esempio, trova una cosa che ti piace fare con i tuoi amici e vedi se lei vuole partecipare.»

William sembrò fissarsi su ogni parola mentre continuava a fissare il tavolo.

«Ma mentre siamo qui, possiamo far pratica con queste donne...» Bevvi un altro sorso del mio drink e mi alzai. «Guarda e impara, ragazzo.»

«Abbiamo quasi la stessa età. Ho tre settimane più di te. Non sono un ragazzo. E non sono un ragazzo nemmeno paragonato a te.»

Lasciai perdere. «Rilassati, William. Quella bionda che ti stava fissando. Vado a farmi dare il suo numero per te.»

Prima che potesse protestare, andai al tavolo dove la bionda era seduta con la sua amica. Appena lei vide che mi avvicinavo, disse qualcosa alla sua amica ed entrambe si voltarono a sorridermi.

«Salve, signore, come va stasera?»

«Salve.» La bionda e la sua amica mi squadrarono entrambe con un sorriso. Erano più carine a qualche tavolo di distanza di quanto lo fossero da vicino, ma sembravano accettabili.

La bruna accanto a lei si ringalluzzì, rivolgendomi un ampio sorriso e si chinò in avanti, offrendomi una bella visione dell'abbondante davanzale. «Salve. Io sono Skyler, e questa è Avery.»

«Io sono Jordan e il mio amico, laggiù, quello timido, è William. Vi piacerebbe unirvi a noi per un drink?»

Le due donne si cambiarono un'occhiata e la bionda annuì entusiasticamente, con gli occhi fissi su William che aveva preso dalla tasca un piccolo taccuino e stava scrivendo o disegnando qualcosa. In un bar. Avremmo dovuto fare due chiacchiere in proposito.

Le due donne si unirono a noi ed io ordinai un altro giro di drink, poi passai la mezz'ora seguente facendo la conversazione più innaturale e imbarazzata che avessi mai avuto, tentando, inutilmente, di far partecipare William.

Lui tenne la testa bassa, rispose a monosillabi alle domande e continuò a disegnare. Sarebbe stata una serata lunga. Mi trovai a controllare costantemente l'altra parte del bar dove gli uomini erano attirati dal tavolo delle stagiste nubili come un ragazzino grasso da una tortina alla crema.

Mi si alzava la pressione ogni volta che uno di loro parlava con lei. *Coglioni.* Se le occhiate avessero potuto uccidere, sarebbero morti tutti.

Lei mi individuò non molto dopo che le donne si erano unite a noi per un drink. Fu piuttosto divertente osservarla dare una seconda occhiata quando mi vide e mi riconobbe, con gli occhi che si stringevano.

Non molto dopo, cominciò lei a mandarmi occhiate che promettevano morte. *Non* sembrava contenta di vedermi lì. Peggio per lei. Che cosa poteva fare? Ordinarmi di uscire?

Mentre i minuti passavano, cominciai a fare sempre meno attenzione alla gente al mio tavolo e a fissarmi di più su ciò che succedeva alla centrale-stagiste. Le due donne finirono i loro drink e se ne andarono, ma non potei fare a meno di notare le occhiatacce di William. Continuò a disegnare ed io ordinai un'altra coca, giurando a me stesso che non sarei andato a casa finché lei non avesse lasciato il bar, da sola. Se dovevo aspettare fino alla chiusura, ok, lo avrei fatto.

CAPITOLO NOVE
APRIL

DIEDI UN'ALTRA OCCHIATA ALLA BESTIA, CHE MI STAVA guardando in cagnesco dall'altra parte della sala. Che cosa stava cercando di dimostrare venendo lì? Gli lanciai un'altra bordata di coltelli invisibili. Era seduto al tavolo con due donne e un tizio di bell'aspetto con i capelli scuri che per qualche motivo mi sembrava familiare. Dopo averci rimuginato su un po', ricordai che lo avevo visto alla Draco. Un collega.

«Allora, che ne pensi del mio piano?» Cari stava borbottando qualcosa dalla mia parte del tavolo, ignorando completamente i due tizi che parlavano con Ingrid e Sheila dall'altro lato.

«Ripetilo, che piano?»

«Sai, riguardo a un certo favoloso AD che conosciamo entrambe.»

Infilai la cannuccia nel residuo del mio drink, facendo ruotare i cubetti di ghiaccio. Quando mi aveva presentato il suo assurdo "piano" mezz'ora prima, avevo finalmente deciso che doveva essere pazza. Ovviamente ero troppo codarda per dirlo. Alzai le spalle.

Lei mi diede un'occhiataccia. «Dai, April. Lavoravamo *tutte* nel marketing l'anno scorso. Tu, io e lei. Perché ha scelto *lei*… te lo sei mai chiesto? Perché non te o me? Che cos'ha lei? È come se… lui era completamente irraggiungibile per tutte noi e poi una sera, al party a Vegas, lui ha cominciato a bere e poi a ballare con Mia. Poi, di colpo, sono una coppia. Gli ha messo il Rohypnol nel drink o roba simile?»

Mi sforzai di non alzare gli occhi al cielo. «Non ho idea di che cosa sia successo, Cari. Forse erano già insieme prima.» Mi leccai le labbra. «Comunque, stai piangendo sul latte versato. Le ha messo un anello al dito. Sono fidanzati.»

Gli occhi di Cari bruciavano con una strana intensità. «Non le ha ancora messo un anello al dito. Almeno non l'anello che conta. E anche se lo avesse fatto… beh… non sarebbe il primo matrimonio che ho mandato all'aria.» Sbatté gli occhi, scuotendo la sua massa impossibile di capelli biondi. «Il mio insegnante al seminario di inglese, per essere esatta. Sua moglie l'ha abbandonato a causa mia.»

Alzai un sopracciglio. Probabilmente anche il suo lavoro lo aveva abbandonato, a causa di Cari.

«Allora, hai un superpotere?»

Lei alzò imperiosamente la testa. «Ovvio, anche se me lo dico da sola. E ora ho Adam nel mirino.»

«Ma non mi sembra che tu abbia fatto molta strada.»

Lei alzò le sopracciglia come se stesse per condividere un segreto scandaloso. «Ogni tanto lo colgo a fissarmi.»

Sospirai. Ne dubitavo fortemente.

«Perché no? Ho più tette e culo di lei, anche prima che si ammalasse.»

Mi portai il bicchiere pieno di cubetti di ghiaccio davanti al viso per nascondere lo shock e il disgusto che avevo provato alle sue parole. Era un vero capolavoro e mi chiedevo che cosa diavolo mi fosse preso per uscire con lei e con la sua cricca quella sera.

Ah, sì. Era perché erano due giorni che mi incalzava senza sosta, punteggiando le chiamate con frasi di finta preoccupazione. «Spero che nessuno scopra che eri tu nel video. Sono così tesa per te. Devi essere veramente stressata. Posso offrirti da bere?»

C'era un messaggio chiarissimo in quelle parole. Accontentami o saranno guai. Mi chiesi come fare a tirarmene fuori prima che lei cominciasse ad aumentare la pressione con altre minacce. Come al solito, avrei tenuto la bocca chiusa e avrei finto di essere d'accordo cercando nel frattempo di trovare una maniera di uscire da quella situazione.

Ma probabilmente non c'era un modo facile per uscirne. A parte eluderla. Potevo farcela... ero un'esperta. Mio padre cercava di mettersi in contatto con me da quasi un mese. E mia madre avrebbe avuto bisogno di un investigatore privato per riuscire a farmi arrivare una sua chiamata.

Se avessero dato dei voti per l'abilità di elusione, avrei avuto una laurea magistrale e mi avrebbero chiamato dottor Weiss.

«Vado a prendere un altro drink.»

«E in questo ci sarà alcol?» mi chiese Cari.

Scesi dallo sgabello e alzai le spalle. Stavo ancora rispettando il mio voto di non bere mai più alcol. Lei mi chiamò mentre andavo al bar. «Quando torni parleremo del piano.»

Resistetti al desiderio di scuotere la testa, temendo che mi vedesse. Mi premetti contro il bar e notai che il barista più vicino stava parlando con due bionde alte e molto belle. Diedi una tiratina al vestito per abbassare la scollatura e poi mi chinai in avanti. Apparve un altro barista davanti a me esattamente in dieci secondi netti. Sorrisi, scuotendo il mio bicchiere vuoto. «Posso avere un altro Shirley Temple?»

L'uomo aggrottò la fronte, apparentemente sicuro di aver capito male.

«Già, hai sentito bene.»

Sorrise, divertito. «Arriva subito, bellezza.»

Sorrisi. Anche se lo stava facendo per avere una mancia più sostanziosa, non m'importava. Avevo bisogno di sentirmelo dire, specialmente quella sera.

Il barista tornò da me e mise il drink sul bancone. Gli diedi i soldi e lui li mise nella cassa. Ma mi sorprese non spostandosi. «Sono Chris. Come va stasera?»

«April. Lieta di conoscerti. In questo momento sto cercando di evitare la mia amica schizzata.»

Lui diede un'occhiata sopra la mia spalla. «La bionda laggiù. In effetti ha un po' gli occhi da pazza.»

Sogghignai. Portandomi il bicchiere alle labbra. «Non è l'unica cosa folle che ha.»

Chris rise dandomi una bella occhiata. Okay, avevo già pagato, mancia inclusa, quindi decisi che non era a quello che puntava. Gli rivolsi il mio miglior sorriso civettuolo.

«Non è l'unica cosa pazzesca che sta succedendo stasera. Il mio capo, ancora più pazzo di lei, è dall'altra parte della sala e ci sta provando con donne che hanno due volte la sua età.»

Lui gettò indietro la testa ridendo. «Beh, chi aveva detto che stasera l'intrattenimento non era incluso?»

Mi leccai le labbra e lui seguì il movimento, con lo sguardo che si attardava sulla mia bocca. «Allora, io finisco tra un'ora. Hai intenzione di restare qui in giro?»

«Forse.» Gli rivolsi un altro sorriso. Era carino. Non spettacolosamente stupendo, ma le mie esperienze con *quei* tipi non erano granché. Deglutii ricordando che pochi giorni prima avevo avuto le mani di un uomo favoloso da morire addosso a me.

Diedi un'altra occhiata attraverso la sala. Jordan stava chiacchierando con le donne al suo tavolo ma i suoi occhi erano puntati su di me. Quando i nostri sguardi si incrociarono, strinse visibilmente gli occhi. Che cos'era, il mio babysitter?

Mi portai di nuovo il bicchiere alle labbra, questa volta afferrandolo in modo che potesse vedere il mio dito medio, messo lì apposta. Quando lo vide, alzò le sopracciglia. Soddisfatta, appoggiai il bicchiere sul bancone e sorrisi nuovamente al barista.

«Torno subito… dov'è la toilette?»

Lui me la indicò. «Non perdere la strada quando torni, bella April.»

Uffa. Era sdolcinato. Ma tenni il sorriso fisso sul volto mentre mi allontanavo dal bar e passavo in mezzo ai tavoli affollati andando in fondo alla sala e lungo un corridoio buio.

Cercai di abbassare la maniglia della porta malconcia della toilette, ma era chiusa. Accidenti. Non frequentavo spesso posti simili, ma se era come gli altri bar, probabilmente c'era gente che stava scopando lì dentro. Non avevo poi così bisogno del bagno. Era stata una scusa per allontanarmi, magari passare un quarto d'ora seduta dentro un separé a leggere sul mio cellulare. Tutta quella serata si stava rivelando una noia, tra il "piano" di Cari per arrivare ad Adam, che in qualche modo coinvolgeva anche me, e la comparsa inaspettata di Jordan e la conseguente routine da frivola festaiola. Personalmente non avrei mai detto che frequentasse un posto simile. Avrei pensato che rimorchiasse le sue donne nelle feste private per i ricchi e famosi e per modelle incredibilmente sexy e *promettenti* attrici.

Con un sospiro di fastidio, mi allontanai dalla porta del bagno e mi appoggiai alla parete rivestita di finto legno nello stretto corridoio. Beh, la buona notizia era che, dovunque fossi, e ogni qual volta non avessi voglia di essere lì, purché avessi il mio telefono c'era un ebook che potevo leggere. E al momento ero nel bel mezzo del libro più bollente, più scandaloso che avessi mai letto, con tanto di motociclista corrotto fino al midollo che cercava di insidiare la figlia vergine del predicatore.

Mi lasciai scivolare lungo la parete quando sentii qualcuno che veniva verso di me e mi appiattii per far posto, in modo che la persona potesse passare. Ma quella persona si fermò proprio accanto a me ed ebbi la sensazione che lui, o lei, stesse leggendo il telefono sopra la mia spalla. Alzai gli occhi e vidi la faccia di Jordan.

«Che diavolo stai leggendo?» mi chiese.

Oscurai il telefono, ficcandolo nella borsa. «Non sono affari tuoi. Che ci fai qui?» Mi voltai a guardarlo. Ora che lo vedevo da vicino, non potei evitare di notare che quella sera appariva particolarmente affascinante. Aveva dei jeans neri aderenti sui fianchi sottili e una camicia button-down verde scuro, aperta sul collo forte. Deglutii e distolsi lo sguardo.

«Avevo sete» disse con un luccichio beffardo negli occhi. Si guardò attorno nello stretto corridoio e poi i suoi occhi si fissarono sulla porta sul retro. «Che cosa ci fai qui?»

«Sto aspettando il bagno. È chiuso.»

«Probabilmente c'è qualcuno lì dentro che sta scopando.»

Mi voltai e premetti la spalla contro la parete, mettendo le braccia conserte. «Allora, come va con le vecchiette? Sei già riuscito a far togliere la dentiera a una delle due?»

I suoi occhi lampeggiarono pericolosamente. «Quelle più vecchie sanno quello che stanno facendo. A volte meglio di quelle giovani.»

Il suo commento mi fece restare senza fiato. Lo stesso vecchio dolore causato da Gunnar e mia madre. Aprii la bocca e poi la richiusi di scatto, voltandomi perché mi stava bloccando la strada per tornare nella sala. E comunque non avevo veramente voglia di tornare lì dentro perché adesso sentivo le lacrime che mi bruciavano gli occhi. Quindi mi voltai e afferrai la maniglia della porta sul retro, la abbassai e finii nel vicolo dietro il bar. Sbattei la porta dietro di me ma due secondi dopo Jordan uscì anche lui.

Era buio e silenzioso lì dietro. L'unica luce arrivava da un lampione lontano. Acqua schifosa si raccoglieva in piccole pozze nelle buche dell'asfalto. E, naturalmente, c'era una decisa puzza che arrivava dal grande cassonetto verde.

Jordan si guardò attorno e poi mi fissò, con gli occhi sgranati. «Che diavolo è successo?»

Voltai la testa, asciugandomi in fretta le lacrime con il dorso della mano. «Stavo solo cercando di allontanarmi da te. Peccato che non abbia capito l'antifona.»

Jordan strinse gli occhi mentre mi guardava, poi mi passò il pollice sulla guancia come per verificare quello che stava vedendo. «Stai piangendo?»

Tirai su col naso e spostai la testa. «No. Adesso vattene.»

Lui ovviamente m'ignorò. «Che cosa sta succedendo, Weiss? Quel barista ti ha detto qualcosa? Vado a fargli il culo.»

«No. Va tutto bene. *Lui* è stato gentile. Più gentile di qualunque altro tizio con cui abbia parlato da mesi.»

Jordan non rispose, si limitò a guardarmi torvo e, se possibile, sembrava ancora più sexy con quell'espressione cupa, era un'espressione intensa, con gli occhi che si stringevano come dardi che potessero bucarmi. Poi si schiarì la gola e distolse gli occhi. Prese un fazzolettino dalla tasca posteriore e me lo passò.

Lo presi senza parlare, mi asciugai le lacrime dalle guance e mi soffiai il naso.

«Quanto hai bevuto?» mi chiese a voce bassa.

«Niente alcol. Faccio delle stronzate quando bevo.»

«Allora perché diavolo stai piangendo?»

Alzai le spalle. «Sei il mio capo, non il mio psicoterapista.»

«Hai intenzione di andare a casa con quel barista?»

«Sono affari tuoi?»

Lui si avvicinò, si mise proprio di fronte a me, appoggiando una mano sulla parete sopra la mia testa. Sentivo il cuore battere forte in petto. Mi passò un dito lungo la guancia, ancora con quell'espressione intensa sul viso. Il suo pomo d'Adamo andò su e giù quando deglutì vistosamente.

«Ho deciso che sono affari miei.» Poi il suo dito scese lungo il mio collo, sopra la clavicola e diritto dentro la scollatura profonda del vestito. Dove il dito toccava la pelle, il suo tocco bruciava. Lo sentivo chiaramente fin nelle ossa. Sentii il petto che si stringeva, non riuscivo a respirare. Mi faceva incazzare e mi eccitava come nessun altro. M'immobilizzai quando abbassò la testa, con le sue labbra a pochi millimetri dalle mie. Sentivo il suo fiato sulla faccia. E non odorava di alcol come mi aspettavo.

«Sei una brava ragazza, April Weiss. E quelle sono le peggiori.»

Lo guardai stupita, completamente confusa. E poi la sua mano fu sulla mia coscia e scivolava lentamente verso l'alto sotto la gonna. I suoi occhi mi sfidavano. Sembrava volermi dire, prova a fermarmi. Non lo fermai. Invece, allungai la mano e gli passai la mano sull'inguine, accarezzandolo attraverso i jeans, lui risucchiò il fiato e divenne immediatamente duro sotto il mio tocco.

«Dimmi di fermarmi, April» sussurrò.

Non potevo. Continuai ad accarezzarlo finché la sua erezione spinse contro la patta. La sua mano adesso era sulle mie mutandine e mi accarezzava leggermente attraverso il tessuto setoso. Gemetti piano e il mondo girò intorno a me. Le sue dita spinsero da parte la stoffa e lui cominciò a strofinarmi lungo il sesso.

Quando ansimai, fu nella sua bocca perché la sua era sigillata sulla mia, e mi zittiva. Quando la sua lingua entrò, premetti il petto contro il suo torace. Tutto il suo corpo era duro, quasi come il muro dietro di me. Mi sentivo rinchiusa, accerchiata, disorientata. Ero completamente presa, come se lui stesse tessendo un incantesimo con le sue mani e la sua lingua.

«Ti ha detto che sei bella?» sussurrò, con la bocca che andava verso la mia tempia. Chiusi gli occhi, folgorata. Riuscivo solo a concentrarmi su quello che stavano facendo le sue mani. Una stava strofinandomi instancabilmente il clitoride, mentre l'altra era avvolta intorno ai miei capelli sulla nuca. Io lo stavo ancora palpeggiando attraverso i jeans con una mano e con l'altra stavo sfilandogli la camicia per passarla sugli addominali piatti. Era favoloso. E il suo profumo era anche migliore.

«L'ha detto?»

«Sì» gemetti.

«Ti ha detto quanta voglia aveva di assaggiarti?»

Non risposi. Mi stavo lasciando prendere dal suo incantesimo. Quel desiderio famelico, profondo che arrivava fin dentro di me. Il mio corpo si stava svegliando sotto il tocco di quelle mani magiche.

«Lui vuole assaggiarti. Vuole la sua bocca sulle tue belle tette.»

Il suo tocco sul mio clitoride s'intensificò ed io cominciai a sentire la pressione familiare che portava all'orgasmo. Mi avrebbe fatto venire in un attimo, lì, in quel vicolo. E non m'importava. Volevo che lo facesse.

Jordan mi lasciò andare i capelli e passò la mano lungo la scollatura del vestito, infilando un dito all'interno e agganciando il reggiseno. Tirò leggermente e il mio seno fu libero. Sentii l'aria fredda della notte per un millisecondo prima che lo coprisse con la sua bocca, come aveva detto. Succhiò il capezzolo come se stesse morendo di fame ed io fossi il suo pasto. Emise un ringhio in fondo alla gola ed io lo sentii, come se fosse un fulmine che mi attraversava. Arcuai la schiena, spingendomi contro di lui e lui mi premette, forte, contro il muro, togliendomi il fiato. Succhiò più forte, e il piacere impossibile della sua mano che si muoveva sul mio sesso cominciò a diffondersi nelle gambe e nello stomaco, una fantastica ondata di calore che mi pervase. Venni con un grido che echeggiò nel vicolo, spasmi fortissimi, da togliere il fiato, di pura estasi.

Cazzo, era così bello che avrei voluto che non finisse mai. La sua mano si fermò, ma continuò a succhiare il mio capezzolo ed io rabbrividii sotto di lui. Il suo cazzo pulsò sotto il mio tocco, premendo contro i jeans. Jordan spinse l'inguine contro la mia mano, staccando la bocca.

«Lui vuole sentirti venire quando è dentro di te, April.»

«Sì» mormorai contro il suo collo.

«E vuole veramente, *veramente*, scoparti.»

«Jordan» gemetti.

Lui si staccò e l'aria fredda s'inserì tra di noi. Stava respirando forte ed io ero ancora inondata dal residuo dall'euforia di un orgasmo incredibilmente intenso. Sentivo le gambe molli, che non rispondevano, fiacche. Lentamente, rimosse la mia mano dal suo inguine rigonfio, con gli occhi che bruciavano nei miei.

Risistemai il seno nel reggiseno. Lui mi guardava, con la lingua che passava sul labbro inferiore. Se non fossimo stati in un vicolo buio da qualche parte, non gli avrei permesso di staccarsi, non avrei accettato che non finisse finché non fosse stato dentro di me. Avevo bisogno di lui dentro di me. No, era più di una necessità. Più di una fame. Era come trovare la parte mancante di me e averne bisogno per riempire il vuoto dentro di me.

Scossi la testa per scacciare quel pensiero. Ero troppo coinvolta, troppo emotiva. Ed io non volevo più farmi coinvolgere. Non mi sarei più lasciata affascinare da una bella faccia, che le mani fossero o meno fantastiche. Mi avrebbe solo distrutto, peggio di come aveva fatto Gunnar.

Era solo una cosa fisica. Ed era bello. Quindi mi sarei permessa di godermela, ma niente sentimenti.

Mi schiarii la gola e cercai di ignorare il fatto che mi stava ancora guardando con quell'espressione intensa, cupa.

«Tu *non* andrai a casa con lui» disse. Una dichiarazione, non una domanda. E, ovviamente, aveva ragione. Non lo avevo nemmeno preso in considerazione prima e ora che avevo avuto le mani e la bocca di Jordan su di me, non c'era la minima possibilità che una scopata casuale mi sarebbe bastata. Ma non volevo che lo sapesse.

Alzai le spalle. «Posso fare quello che voglio» dissi.

La sua bella faccia si scurì in un cipiglio. Aprì la bocca, ma prima che potesse dire qualcosa, la porta del bar si aprì e l'uomo dai capelli scuri che era al tavolo di Jordan uscì nel vicolo con noi. Jordan si staccò ancora un po' da me e si voltò di fianco, ancora vistosamente eccitato. Io mi staccai dal muro e mi lisciai il davanti del vestito, come se non fosse successo niente.

L'amico di Jordan sembrava incazzato. «Che cosa stai facendo qui fuori?»

Jordan si passò una mano tra i capelli. «April era agitata. Volevo assicurarmi che stesse bene.»

«A me sembra che stia bene.»

«Uhm. Sì. Sì, sto bene» dissi schiarendomi la voce. «Mi sento... molto, *molto* bene in effetti.»

Jordan mi diede un'occhiataccia. «April, conosci William Drake?»

William adesso sembrava a disagio, non mi guardava negli occhi. Era alto, aveva i capelli scuri ed era attraente, anche se era vestito in modo un po' strano. Pantaloni blu e un maglione a disegni verdi. Aveva i capelli scuri e l'ombra della barba, quella che probabilmente gli appariva cinque minuti dopo essersi rasato al mattino.

«Non ci siamo mai incontrati, no. Sei un parente di Adam?»

«È mio cugino» disse William.

«Oh, okay.» Mi chiesi tra me e me se dovevo presentarlo a Cari. Forse l'avrebbe distratta dalla sua fissazione con Adam. Ma sospettavo che lei fosse come un segugio dopo aver annusato l'odore di una volpe e che niente avrebbe potuto scoraggiarla, nemmeno il cugino di bell'aspetto e *single*.

«Io... mhmm, sarà meglio che vada» dissi, cercando di passare di fianco a Jordan per arrivare alla porta.

La mano di Jordan si chiuse intorno al mio braccio. «William ed io possiamo darti un passaggio a casa.»

Tolsi il braccio dalla sua presa. «Sono venuta in auto. Sono a posto.»

«Vai a casa *adesso*?» disse, ma sembrava più una dichiarazione che una domanda, avrei voluto discutere, ma non avevo davvero voglia di restare. Non volevo altro che infilarmi il mio pigiama di flanella, avvolgermi in un plaid, prendere la mia copia strausata di Orgoglio e Pregiudizio e perdermi nel signor Darcy. *Un altro* uomo incredibilmente sexy e terribilmente pieno di sé.

Mi limitai ad alzare le spalle. Non volevo dare a Jordan la soddisfazione di dargli ragione.

I suoi occhi s'indurirono. «Bene, ricorda che ci sarà una montagna di lavoro sulla tua scrivania domani mattina. Ho un mucchio di appunti sul tuo progetto e voglio quella prima bozza prima che tu vada a casa domani sera. Devi essere là alle sette.»

Spalancai gli occhi, restando a bocca aperta. Stavo per protestare, ma lui si rivolse al suo amico dicendo. «Andiamo, William, vediamo di finire quello che abbiamo cominciato lì dentro.»

Poi abbassò la maniglia, spalancò la porta e sparì. Ricaddi contro il muro con un sospiro prima di rendermi conto che William era ancora lì e mi guardava.

Si chinò e aprì la porta, tenendola aperta per me, indicandomi di precederlo. Mi raddrizzai. «Grazie William. È stato un piacere conoscerti.»

«Ci siamo già incontrati. Solo che non te lo ricordi.»

«Oh, davvero? Mi dispiace.»

«Ti dispiace non ricordarlo?»

Senza capire, mi strofinai la tempia ed entrai davanti a lui, che chiuse la porta. Restammo lì nel corridoio sul retro. Finalmente sembrava che la toilette fosse vuota. Jordan non si vedeva da nessuna parte.

Mi fermai e mi voltai a guardare William. Lui mi stava fissando con la fronte aggrottata ma distolse in fretta gli occhi quando lo guardai.

«Non ho voglia di tornare là dentro e finire quello che ha cominciato lui» disse, scrutando lungo il corridoio.

«Che cosa ha cominciato?»

«Beh, vuole che pensi che era qui per mostrarmi una cosa, ma penso che fosse qui per osservare te. Quindi, se te ne vai, ho la sensazione che se ne andrà anche lui.»

«Era qui per osservare me? Perché?»

Gli occhi di William si spostarono dalla mia spalla sinistra alla mia spalla destra, come se non riuscisse a guardarmi negli occhi. «Non ne ho idea. Ma spero che tu te ne vada così non mi obbligherà a restare con lui.»

Scoppiai a ridere, controllando di nuovo il corridoio. Se non avessi dovuto essere al lavoro all'alba il giorno dopo, sarebbe valsa la pena di restare al bar fino a tardi solo per far dispetto a Jordan. Chiusi il pugno. Accidenti. Il signor Darcy e il pigiama di flanella mi stavano chiamando.

«Non preoccuparti, William. Vado a casa dopo essere stata alla toilette.»

William sembrò visibilmente sollevato.

Alla fine decisi di non andare in bagno e invece lo seguii nel bar. Al mio tavolo, c'erano cinque tizi che parlavano con le tre donne. Mi scusai in fretta, accusando un'improvvisa emicrania e svicolai prima che Cari potesse dire qualcosa.

Non ebbi nemmeno la possibilità di guardare dall'altra parte del bar per vedere se Jordan se n'era già andato. Ma quando fui nel parcheggio, diretta alla mia auto, passai accanto a una Range Rover appariscente che una volta avevo portato all'autolavaggio e notai che dentro c'erano due persone.

Un minuto dopo aver fatto manovra per uscire dal parcheggio, la Range Rover fece lo stesso. Per lo meno Jordan non si trasformò in un completo stalker e non mi seguì fino a casa. Andò dritto quando svoltai a destra la prima volta.

Sbattei gli occhi, ancora completamente confusa sugli avvenimenti di quel giorno, e non solo, di tutta la settimana. Da quella notte bollente in cui Jordan mi aveva baciato sul divano non ero stata capace di togliermelo dalla testa. E avevo miseramente fallito nel cercare di evitarlo.

A quanto pareva, ero un'esperta nell'evitare tutti gli altri, ma quando si trattava di Jordan Fawkes facevo veramente schifo. Probabilmente perché, in fondo, non lo desideravo davvero.

CAPITOLO DIECI
JORDAN

ERA IL GIORNO DEL TRAINING ANTI MOLESTIE SESSUALI. Grande, vero? La sera prima avevo la mano sotto la gonna della mia stagista e la facevo gemere mentre la palpavo dappertutto e adesso eravamo qui. *Cazzo.* Mi strofinai il collo indolenzito mentre guardavo un altro gruppo di dipendenti sfilare per la terza sessione della giornata. Avevo un mal di testa sordo, mi sembrava di avere una morsa intorno alle tempie. Mi presi la testa tra le mani, coprendomi gli occhi. Sentii una gomitata.

«Che c'è? Non riesci a sopportare la tortura che hai inflitto agli altri?»

Gli diedi un'occhiataccia. «Non è stato un mio stupido suggerimento, è stato quel dannato banchiere. Non sparare al messaggero.»

«Posso dargli un calcio nelle palle, invece?»

«Piantala di lamentarti.»

Per la terza volta quel giorno, Essie, della ditta esterna che avevamo assunto per venire e infliggerci quella tortura di basso livello, si alzò e ripeté il discorsetto preconfezionato sull'importanza dell'eguaglianza dei poteri sul posto di lavoro e sul mantenimento di un ambiente sicuro, senza molestie. Resistetti alla voglia di controllare il telefono quando cominciò il video idiota, fissandolo senza vederlo come uno zombie, per la terza volta. Ignorai i sussurri e i movimenti dietro di me. Chiaramente i dipendenti lo odiavano quanto me.

E, come prima, proseguimmo con la maledetta fase delle domande e risposte. Ma questa volta, quando Essie chiese se c'erano domande, si sarebbe potuto sentire cadere uno spillo o frinire un grillo. Prima almeno c'era stata qualche sana discussione, abbastanza da utilizzare la maggior parte del tempo. A quanto pareva, quest'ultimo era il gruppo dei ribelli e stava protestando silenziosamente.

«Allora, nessuno ha una domanda da fare?» chiese Essie, alzando le sopracciglia. «Forse, tanto per cominciare, potremmo cominciare parlando del video virale.»

Mi tirai indietro, cercando di non fare una smorfia. Quel punto era stato sfiorato nelle altre sessioni ma ora si faceva sul serio. «Ora, sappiamo che almeno una delle persone che partecipava al quel video era un dipendente. Ma supponiamo che fossero entrambi dipendenti...»

«Cazzo, spero di no» borbottò Adam sottovoce, perché sentissi solo io. «Non sarebbe il massimo?»

Finsi di essere così interessato a quello che stava dicendo Essie da non averlo sentito.

«Si tratta di molestie, in sé? Se due impiegati della stessa società stanno avendo un rapporto sessuale?»

«Dipende» disse qualcuno. «Magari stavano già insieme prima.»

«Okay» disse Essie annuendo. «Giusta osservazione. Bisognerebbe tener conto dei precedenti rapporti. Ma che cosa succede se due che lavorano insieme si lasciano o se la relazione cambia... o se le due persone coinvolte non hanno lo stesso rango nella società?»

«Vuoi dire se uno è il *capo*?» s'intromise una voce. Una voce che riconobbi. La *mia* stagista. Strinsi i denti e i pugni sul tavolo, ma resistetti alla voglia di voltarmi a guardarla.

«Sì, quello cambierebbe completamente la dinamica del potere, no? Se una persona lavora per l'altra, anche se la relazione è consensuale, la struttura del potere tra i due è intrinsecamente diseguale.»

Sentii il calore salire sotto il colletto a quel commento mirato, dato ciò che era successo tra di noi la sera prima. Forse era il suo modo di dirmi che non lo aveva voluto? Feci una smorfia, pensandoci, preso alla sprovvista. Forse aveva avuto paura di dirmelo? Ma mi aveva toccato anche lei. E le avevo dato la possibilità di dirmi di fermarmi...

Ovviamente, poi c'erano le libertà che si era presa *lei* con il suo maledetto smartphone. Alzai la mano. «E il video in sé? Se, per esempio uno dei due avesse ripreso tutto senza che l'altro lo sapesse? Si tratta di molestie sessuali?»

Ecco. Prendi *questo*, miss Weiss.

Essie annuì. «Ottima domanda. Ovviamente fare un video senza che l'altra parte abbia acconsentito è una grave violazione di fiducia, ma è anche illegale e una violazione dei diritti civili fondamentali. È punibile sia civilmente sia penalmente.»

Mi tirai indietro, sbalordito. Avevo solo voluto dare un piccolo dispiacere ad April, non spaventarla a morte. Lei non aveva ancora idea che ero io. E probabilmente si stava chiedendo come facevo a sapere che il tizio nel video non lo sapeva... o, magari aveva solo pensato che avessi tirato a indovinare.

Essie continuò a parlare di leggi e regolamenti, ma non la stavo più ascoltando. Certo, ero incazzato per quel video. Avrei preferito di gran lunga che non fosse mai esistito. Notte di sesso bollente o no, non avevo bisogno di quel tipo di ricordo che minacciava di mandare all'aria i miei piani per far arrivare la mia società fino alle stelle. Ciò nonostante, non volevo nemmeno che April finisse in prigione.

Adam si alzò nel bel mezzo della filippica di Essie interrompendola. «Penso che stiamo deviando un po' dal tema della discussione, non credi? È solo una supposizione che una parte abbia filmato senza che l'altra lo sapesse. E ora che sappiamo che è illegale, possiamo andare avanti?» Mi diede un'occhiata irritata ed io guardai April, alle mie spalle. Che era impallidita ed era più bianca della parete dietro di lei.

Aveva le mani raccolte in grembo e le guardava fissa. Gliel'avevo fatta vedere, eh... ma non mi piaceva. Lei sembrava pietrificata.

«Facciamo un gioco di ruolo, allora? Qualche volontario?»

Gioco di ruolo? Non eravamo arrivati a questo punto nella sessione precedente. Non c'era mai stato tempo dopo la discussione. Essie stava prendendo del materiale per questa parte. Dubitavo che qualche dipendente si sarebbe fatto avanti quando non riuscivano nemmeno a trovare il coraggio di fare una stupida domanda. Diedi una gomitata ad Adam e indicai il davanti della stanza. «È il tuo dovere da capo» mormorai.

Lui rispose al mio sarcasmo con una delle sue tipiche occhiate assassine.   Sfortunatamente, dato che eravamo seduti in prima fila, il mio movimento aveva attirato l'attenzione di Essie, che si era illuminata, fissando lo sguardo su di me. «Eccellente.

Vediamo di far venire qua uno dei grandi capi per il gioco di ruolo!»

Nella sala scoppiò un applauso e Adam si mise a ridere. Gli mostrai il medio sotto il tavolo e mi alzai. Merda. Quanto ci voleva prima che potessi sgattaiolare via da quella farsa?

Andai a mettermi accanto a Essie, guardando la stanza e l'applauso s'intensificò. April aveva finalmente alzato gli occhi, ancora pallida ma con un lieve sorriso sulle belle labbra. Alzai le mani per zittire tutti.

«Gli applausi non sono necessari. So già di essere meraviglioso.»

«Io mi sento minacciato da quella dichiarazione» disse uno degli sbruffoni del reparto contabilità e i suoi amici si misero a ridere.

Si sentì un fischio dal fondo della stanza ed io indicai. «Ehi! Non molestarmi.» Altre risate.

Essie però non era divertita. «Va bene, gente, dobbiamo prendere questa faccenda sul serio. So che questi commenti sono solo uno scherzo, ma siamo qui per essere istruiti su come avere l'ambiente di lavoro più sicuro, confortevole ed efficiente possibile. E so che il vostro DF è *molto* interessato all'efficienza.»

Mi schiarii la gola, tornando serio e nella stanza cadde il silenzio. Essie si guardò in giro per un lungo momento prima di voltarsi verso di me. «Okay, faremo un gioco di ruolo, creando una situazione tra me, il capo, e il mio dipendente, il signor Fawkes.»

Un tizio del reparto collaudo ridacchiò prima che gli dessi un'occhiata severa. «Allora, eccoci qui. Sei appena arrivato al lavoro.»

Essie si fece avanti e mi mise la mano sul braccio. «Ehi, Fawkes, come va oggi? Stai benissimo con quei pantaloni e quella camicia.» Mi diede una lunga occhiata, dalla testa ai piedi come se stesse valutandomi in un bar per single. Sono sicuro che non fosse la reazione che voleva da me, ma io sorrisi e mi raddrizzai la cravatta. Il gruppo scoppiò nuovamente a ridere.

Il sorriso di Essie svanì. «Ora, questo chiaramente non è un problema per il signor Fawkes, ma se fosse il signor Fawkes che dice la stessa cosa a un dipendente? E lo, o la, toccasse allo stesso modo?»

Si guardò attorno e nessuno disse niente, anche se la gente sussurrava ai vicini. Alcuni sembravano incredibilmente annoiati. Essie puntò il dito su April. «Ehi, non avevi chiesto della dinamica capo-dipendente? Potresti venire qua e aiutarmi, per favore?»

La faccia di April diventò scarlatta e lei non si mosse. «Uhm...»

Io sussurrai a Essie: «È veramente timida».

Ma l'altra stagista, quella con i capelli biondi (come diavolo si chiamava?), spinse April fuori dalla sedia. Per evitare di cadere, April si alzò, dando un'occhiataccia ben meritata alla sua amica. Essie continuò a incoraggiarla a venire avanti e lei venne a mettersi vicino a me, con molta riluttanza.

Io spostai il peso da un piede all'altro, cercando di mettere un po' di distanza tra di noi senza farlo capire. C'era solo una parola per questo tipo di situazione.

Imbarazzante.

April fissava il pavimento davanti a sé, a disagio, infilandosi una ciocca di capelli dietro l'orecchio. Ricordavo di aver avuto in bocca quel lobo delizioso la sera prima, quando ero impegnato in un comportamento *assolutamente scorretto* con lei nel vicolo dietro il bar. Il modo in cui aveva detto il mio nome gemendo…

Distolsi in fretta gli occhi e diedi un'occhiataccia alla stanza in generale. Non era più così divertente…

«Signor Fawkes, perché non fa a questa giovane donna un complimento simile a quello che le ho rivolto io?»

Mi schiarii la voce e cercai con tutto me stesso di non sbuffare. «Buongiorno, Weiss» dissi con voce atona. «Stai veramente bene oggi con la tua… mhmm…»

E poi la guardai per vedere che cosa indossava. Una gonna aderente e una blusa che le fasciava le curve. *Santiddio*. Qual era il Dio lassù che mi odiava e mi aveva assegnato una stagista stupenda, una che, oltre a tutto, già sapevo essere piccante come un peperoncino a letto, e che non potevo toccare? Avrei dovuto continuare a lottare per non metterle le mani addosso, e se la sera prima significava qualcosa, era una battaglia persa.

No. Questo era il karma, che era tornato a mordermi il culo proprio in quel momento. Era la punizione per tutte le donne con cui ero uscito in passato che mi avevano detto che un giorno l'universo si sarebbe messo in pari con me, punendomi per la mia stronzaggine.

Mi ci volle un secondo per rendermi conto che ero lì che la fissavo e che non avevo finito la frase.

«Forza, mettile la mano sul braccio» m'istruì Essie.

Invece, la posai leggermente sulla sua spalla. Sentivo la spallina del reggiseno attraverso la seta del top. Mi ricordò che la sera prima avevo finalmente avuto un assaggio di ciò che c'era sotto quel reggiseno. Il ricordo del suo capezzolo succulento che si contraeva nella mia bocca quasi me lo fece diventare duro proprio lì. Tolsi la mano come se mi fossi bruciato e feci un passo indietro.

April era rossa come un pomodoro e aveva gli occhi bassi.

«Allora, uhm, come ti fa sentire il suo comportamento, Weiss? Ti senti a tuo agio dicendogli che si sta comportando in modo inappropriato?»

Imbarazzata, April si buttò i capelli scuri dietro la spalla. «Fawkes, ti stai comportando in modo inappropriato» mormorò.

Essie annuì, approvando. Io mi ficcai le mani in tasca. «Uhm, sono terribilmente dispiaciuto, Weiss. Non... uhm... succederà più.»

«Palpala!» urlò qualcuno dal fondo della stanza.

Scioccato, restai a bocca aperta, ma prima che potessi dire qualcosa, Adam era balzato in piedi, con la faccia rossa. «Okay, ne ho avuto abbastanza di queste stronzate» disse, stringendo gli occhi e scrutando il gruppo nella sala. «Ho presenziato a tre incontri e questo è di gran lunga il peggiore di tutti. Non vi rendete conto che il motivo per cui siamo qui è a causa del comportamento disastrosamente inappropriato di un dipendente? Pensate che io sprechi il mio tempo, e il vostro, assistendo a qualcosa che avreste dovuto imparare alle elementari? Tenete le mani a posto, è una regola basilare del comportamento umano. Ma siamo qui perché evidentemente qualcuno non sa come cazzo farlo.»

Continuai a restare a bocca aperta guardando il mio amico perdere completamente la calma. Essie sembrava estremamente a disagio e April... beh aveva la testa bassa, e il volto era oscurato dalla cortina di lunghi capelli scuri.

«Qualcuno che lavora qui ha filmato un momento intimo e poi l'ha caricato su Internet, visibile a tutto il mondo. Nel momento in cui l'ha fatto, ha coinvolto questa società. E non so come vi sentite *voi* riguardo al vostro posto di lavoro qui, ma dovrebbe offendervi a morte che qualcuno lo abbia fatto. Quel qualcuno ha dato quell'immagine della *vostra* società. Che abbia dimostrato così poco rispetto per un'istituzione alla quale dedicate gran parte del vostro tempo, fatica e cervello, ve lo dico francamente, mi fa incazzare. Perché io passo una grossa fetta della mia vita a rendere grande questa società e se *mai* scoprissi chi l'ha fatto, beh, dovrebbe cercarsi un nuovo lavoro in tutta fretta.»

Adesso erano tutti in silenzio, a testa bassa. Nessuno guardava Adam negli occhi e la gente appariva chiaramente imbarazzata. Comunque nessuno di *loro* era responsabile per quel video.

Avrei dovuto essere io quello che si vergognava. Diedi un'occhiata colpevole ad Adam, maledicendo ancora una volta le mie azioni scriteriate. Avevamo entrambi lavorato tanto per costruire la ditta, l'avevamo creata dal niente in cinque anni. E con una notte di sbronza e sesso bollente e, a quanto pareva, una scelta pessima in fatto di partner, avevo messo in pericolo tutto il nostro duro lavoro.

Grazie a tutti gli dèi in cielo, ci chiesero di tornare alle nostre scrivanie subito dopo e lasciarono andare in anticipo una povera Essie, esasperata ed esausta.

CAPITOLO UNDICI
APRIL

ELL'ATTIMO IN CUI FINÌ LA RIUNIONE, SGOMITAI PER uscire dalla porta, pronta a tornare di corsa alla mia scrivania e rannicchiarmi in posizione fetale. Era probabile che non riuscissi a mantenere il controllo fino all'ora di uscire. Niente da fare. Cari si avvicinò, e mi prese sottobraccio.

«Ehi, April» disse con quel tono falso e sdolcinato che usava. Sentii il terrore annodarmi lo stomaco. *Non* avevo nessuna voglia di parlare con lei in quel momento.

«Ehi, Cari. Scusa, devo scappare. Ho una montagna di cose da finire prima...»

Ma mentre percorrevamo la sala, lei svoltò bruscamente in un corridoio laterale, tirandomi con lei. «Ahi! Che...»

Cari si voltò verso di me, con i suoi folli occhi che bruciavano. «Hai visto com'era sexy? Sono così eccitata solo per averlo sentito urlare contro tutti. Scommetto che è così imperioso e dominante anche a letto.»

Oh, diavolo. Avevo cose serie di cui preoccuparmi, come aver causato uno scandalo di proporzioni mondiali. Ed eccola che stava sproloquiando del suo folle desiderio non corrisposto per il capo. Strattonai il braccio, liberandolo. «Ho una *tonnellata* di lavoro da fare...»

«Dai, April. Tu puoi aiutarmi. Lavori proprio davanti. Non ho intenzione di rinunciare. È l'unica cosa che mi ha permesso di andare avanti negli ultimi mesi, che mi ha tenuto lontani i pensieri da tutta la merda che mi sta succedendo.»

Deglutii, sinceramente dispiaciuta per lei. Lei sbatté gli occhi per liberarli dalle lacrime e rabbrividì. Non potei farne a meno. Cari era a un pelo da un'ossessione psicotica, ma mi dispiaceva comunque per lei. Mi chiedevo come doveva essere perdere un fratello, provare costantemente quel dolore. Avevo dei fratelli, ma erano molto più giovani di me e praticamente degli estranei. Colpa mia, veramente, visto che ero una maestra nell'evitarli.

«Cari, sei così bella. Ci sono un mucchio di uomini favolosi in giro. Ma...»

Lei si tirò indietro. «Io voglio il migliore. Voglio *lui*. Per favore, di' che mi aiuterai.»

Aprii la bocca per protestare, ma che cosa potevo dire? Adam aveva già trovato qualcuno, qualcuno che lo rendeva felice. Cari non aveva nessun diritto di intromettersi.

«Sarebbe veramente un peccato...» cominciò a dire stringendo gli occhi.

Aggrottai la fronte, ma non dissi niente, presagendo quello che sarebbe seguito. «Dopo averlo sentito parlare in quel modo, sono sicura che l'AD sarebbe *molto* interessato a sapere esattamente chi è il responsabile di quel video.»

Sentii il sangue defluire dalla mia faccia.

Lei vide la mia reazione e sorrise soddisfatta. «Il tuo segreto è al sicuro con me, April. Ma tu mi aiuterai, vero?»

Strinsi i pugni. Lei notò la mia protesta silenziosa e arcuò un sopracciglio. «Perché se non lo farai...»

Smise di parlare quando sentii dei passi dietro di me. Deglutii il groppo di terrore e non osai guardarmi alle spalle. Cari vide chi era, e chiunque fosse aveva ascoltato la nostra conversazione. Spalancò gli occhi.

«Oh, Jordan. Come stai?»

Feci un respiro profondo e poi espirai, senza riuscire a voltarmi e guardarlo.

«Stavo benissimo finché non ho sentito qualcuno che minacciava la *mia* assistente con ciò che assomigliava parecchio a un ricatto.» Aveva la voce tranquilla, bassa, monocorde, probabilmente per impedire che qualcun altro ci sentisse. Ma si capiva che era mostruosamente incazzato. E per una volta non ero io il bersaglio della sua rabbia.

Gli occhi di Cari si spalancarono ancora di più. Era chiaramente sciocca dalla trasformazione del DF, che normalmente aveva un atteggiamento così scherzoso, menefreghista. Passò lo sguardo da lui a me, per poi tornare a guardarlo. «Oh… forse hai sentito male. Non stavo…»

«Sì, la stavi minacciando. So esattamente quello che ho sentito.»

Cari restò a bocca aperta. Spostò lo sguardo su di me, come se si aspettasse che intervenissi. «Non ti stavo minacciando, vero, April?»

Aprii la bocca per rispondere, esitando perché sapevo di dovermela giocare con molta attenzione in modo che Cari non perdesse le staffe.

«Non risponderle, Weiss» ci interruppe Jordan. «Ora, miss…» Quando Cari aprì la bocca per dire il suo cognome, Jordan le fece segno che non serviva. «Non importa. Ciò che importa è che io non tollero questo tipo di comportamento in quest'ufficio, specialmente da una *stagista*.»

Cari divenne scarlatta e mi diede un'occhiata piena di pura rabbia. «E se sapessi chi è la persona responsabile per quel video? Sono sicura che Adam sarebbe veramente contento di avere quell'informazione, vero?»

«Nonostante ciò che può aver detto là dentro, lui lo sa già. E anch'io. Quindi non hai nessun appiglio. L'unica cosa che riuscirai a fare denunciando un collega sarà far fare una brutta figura a te stessa e a questa società. Quindi, a meno che preferisca faccia una telefonata al dottor Tretham, è lui il tuo referente all'università, vero...? Ho il suo numero tra i contatti. Discutiamo regolarmente dello scambio di stagisti tra l'università e quest'azienda.» Sentii un movimento dietro di me, presumibilmente Jordan che prendeva il telefono e glielo mostrava.

Cari rimase a bocca aperta «No, per favore, non farlo...»

«Perché no? Non stavi ricattando la mia assistente con qualche accusa del cazzo?»

Cari mi lanciò un'occhiata implorante ma non dissi niente, ripiegando strettamente le braccia sul petto. Stavo tremando così forte che ero sicura potesse vederlo. Probabilmente riusciva a vederlo anche Jordan.

«Ora, se sentirò che avrai detto una sola parola a qualcuno sarai fuori di qui talmente in fretta da farti girare la testa. Mi hai capito?»

Cari scosse la sua enorme quantità di capelli. «Ma...»

«Mi. Hai. Capito?» ripeté Jordan a denti stretti.

Lei deglutì forte. «S-sì.»

«Posso assicurarti che se parlerai di questa storia a qualcuno o se andrai da un altro dirigente, desidererai di non aver mai messo piede in questo edificio. Hai firmato un accordo di riservatezza quando sei venuta a lavorare qui e se lo violerai, sarai perseguita con tutti i mezzi legali. È chiaro?»

Le labbra di Cari scomparvero dentro la bocca e sembrò che stesse per mettersi a piangere.

«Weiss» disse Jordan.

Piegai la testa verso di lui, ma non riuscii a guardarlo in faccia. «Devi stare lontano da questa donna, capito? E lei non ha il permesso di avvicinarsi a te. Se la vedi nell'atrio, chiama la sicurezza e falla scortare fuori dall'edificio. Ora torna alla tua scrivania.»

«Sì, signore» gracchiai e, senza guardare Cari, mi voltai e scappai.

***

Non so che cosa disse a Cari dopo che me n'ero andata, ma Jordan non arrivò nell'atrio per altri dieci minuti. Dieci minuti in cui io avevo valorosamente tentato di mantenere il controllo e non piangere. Tiravo su col naso. Sbattevo gli occhi. Susan fingeva di non notarlo. Tenni la testa bassa e tentai, senza riuscirci, di continuare a lavorare.

Stavo correggendo le bozze di un documento che qualcuno della squadra di Jordan aveva preparato per lui, annotando le correzioni con la vista offuscata, quando davanti alla mia scrivania apparve un'ombra. Sobbalzai anche se sapevo chi era. Non alzai gli occhi, ed ero consapevole di sembrare ingobbita e disperata.

«Weiss» disse a voce bassa. «Devo parlarti nel mio ufficio. Subito, per favore.» Da dove era arrivato quel "per favore"?

Senza parlare mi alzai e lo precedetti nel suo ufficio, Susan mi diede un'occhiata preoccupata, ma riuscii a sostenere il suo sguardo solo per un secondo. Nel momento in cui misi piede nell'ufficio le lacrime cominciarono a scendere, così, invece di fermarmi e affrontarlo, continuai diritta e andai nel suo bagno privato. Lui mi seguì, nonostante fossi certa che sapesse che ero sconvolta. Mi voltai verso la parete, per non vedere il mio riflesso nello specchio. Era la seconda volta in due giorni che mi vedeva perdere il controllo. Perfetto.

Quando mi ricomposi, raddrizzai le spalle e poi mi voltai verso di lui. Era ora di informarlo che ero pronta a mettere fine a quella faccenda.

Era ora che mi assumessi le mie responsabilità. Mi sentii quasi sollevata.

Capitolo Dodici
Jordan

LE LASCIAI UN MOMENTO PER RICOMPORSI, MA ERA PIÙ PER me che per lei. Le donne che piangevano mi mettevano sempre a disagio. Spesso facevano emergere quel vecchio, malriposto senso di cavalleria, come se fossi in qualche modo responsabile delle loro lacrime e toccasse a me farle smettere.

Avevo fatto piangere un bel po' di donne in vita mia. A volte mi sentivo in colpa, ma più spesso non era così. Ma questa mi stava turbando più di quanto mi fossi aspettato. Mi passai la mano sulla guancia e la guardai riprendere lentamente il controllo, raddrizzare le spalle e voltarsi a guardarmi.

I suoi occhi azzurri erano velati d'incertezza, di dubbi. Avevo voluto spezzare la sua facciata d'indifferenza, ma non era questo che avevo avuto in mente. April era tenera e vulnerabile dentro. Lo spessore dei muri che aveva eretto per proteggersi non cambiava quella realtà.

Tirai il fiato e poi espirai. «Stai bene?»

Lei si premette le mani sulle guance e scosse la testa.

Sospirai, distogliendo lo sguardo. «Non dirà niente ora che le ho messo una paura del diavolo.»

April scosse nuovamente la testa, apparentemente troppo scossa per parlare.

Strinsi i denti, irritato da quanto mi turbasse vederla in quello stato. «Weiss, devi fare un respiro profondo e ti devi calmare. Non hai niente di cui avere paura.»

«Io… io non ho paura. È il senso di colpa. Sono una persona orribile. Io…»

«Non sei una persona orribile. Smettila.»

«Hanno dovuto tutti seguire quel corso a causa mia. Per via di quello che ho fatto *io*. Non so nemmeno perché mi stai coprendo. Tu…»

«Perché fai parte della mia squadra e io proteggo i miei. Sono l'unico che ha il diritto di tormentarti e renderti la vita un inferno, capito. Lei non è…»

«Ma *perché?*»

Aggrottò le sopracciglia scure e mi scrutò il viso come se stesse cercando di risolvere un rompicapo. «Perché mi permetti di restare nella tua squadra? Avresti potuto mandarmi via il primo giorno. So che le hai mentito, poco fa, sul fatto che Adam sappia che sono io. Lui non lo sa, ma *dovrebbe* saperlo.»

Quello mi preoccupava. Scossi la testa. «Calmati. Non sai quello che dici.»

Si mise diritta, alzando la testa. «Ho intenzione di mettere fine a questa faccenda.»

Non mi piaceva quello che stava dicendo. *Per niente.* «Che cosa vuoi dire?»

«Ho intenzione di andare da Adam e dirgli che sono io la responsabile del video, spiegargli che è stato un incidente e poi mi scuserò e darò immediatamente le dimissioni.»

La tensione m'irrigidì i muscoli e mi annodò lo stomaco. «E che cosa risolverebbe?»

Lei si voltò, afferrò un fazzolettino e si asciugò la faccia. «Cari dovrà lasciarmi in pace ed io mi sentirò meglio.»

«Cari ti lascerà in pace. E mi dici come ti sentirai meglio se sarai licenziata in tronco e perderai lo stage, senza la possibilità di ottenere una raccomandazione per la facoltà di economia?»

April distolse gli occhi con il labbro inferiore che tremava. «Allora, sai che... che sono stata io a fare il video? April distolse gli occhi con il labbro inferiore che tremava. «Allora, sai che... che sono stata io a fare il video?E sai, la domanda che hai fatto a Essie, sul fatto che una delle due persone non sapeva di essere registrata?»

Sbattei gli occhi e deglutii, sentendomi di colpo un bel po' in colpa. Non dissi niente però e lei lo prese come un invito a continuare, anche se avrei preferito che lasciasse perdere.

«Beh, avevi ragione. Lui non lo sapeva... il tizio, voglio dire. È stata una cosa così stupida. Ero ubriaca e mi sentivo alla grande per tutta la faccenda. Non avevo mai fatto niente del genere prima e, beh... era una fantasia che avevo, devo ammetterlo. Quindi, d'impulso, presi il telefono e registrai. Pensavo di cancellarlo subito. Ma...» Fece un respiro profondo e poi espirò. «Non avevo idea di commettere un crimine. Mi sento malissimo. E quel povero cristo, lui non ne aveva idea. Devo trovarlo. Devo chiedergli scusa.»

«Calmati. Per favore calmati, okay. Lui non ha problemi. È al sicuro. Nessuno sa chi è. Non ha alcun motivo di denunciarti e mandarti in galera. La faccenda delle molestie sessuali, beh, tutte le società devono comunque fare quel tipo training per legge. Quindi sì, ci sono stati degli inconvenienti causati da quello che hai fatto, ma lo abbiamo gestito, okay? Non c'è bisogno che tu ti getti sulla spada e ti sacrifichi. Quel tipo di dramma non serve a nessuno.»

April sbuffò. «Non volevo che fosse un *dramma*. Sto... sto solo cercando di fare la cosa giusta.»

«A volte è meglio evitarlo. È un'altra delle cose che devi imparare sul mondo degli affari. L'etica è un cliente scivoloso.» E, oddio, io lo sapevo bene, no? Quello sarebbe stato il momento giusto per dirle che sapevo tutto sul suo partner nel video perché ero *io*.

Ci pensai, lo giuro. Ma meno lei sapeva meglio era. Almeno quella era la bugia che mi dissi per non odiare quello che stavo facendo. Era per il suo bene.

E, sì, contribuiva anche il fatto che fosse anche per il *mio* bene.

Lei tirò su col naso e poi mi guardò, *veramente*, con un'espressione che sembrò penetrare la mia maschera. Quasi mi tirai indietro, sorpreso.

«Perché lo stai facendo, Jordan? Perché ti importa tanto?»

Sbattei gli occhi. La sua domanda mi colse completamente di sorpresa. *Perché mi importava tanto?* Bella domanda. Non ne avevo idea. Non avrebbe dovuto interessarmi. Mi ero detto tanto tempo prima che non mi sarebbe mai più importato. Mi aveva fatto troppo male quella volta.

Ma questa donna mi stava facendo qualcosa... qualcosa che nemmeno lei sapeva di fare.

Ed io stavo permettendo che succedesse.

Mi passai una mano sulla bocca e alzai le spalle. «M'importa di questa ditta. M'importa che la IPO abbia successo. M'interessa che tu righi dritto e che esca da qui senza fare più danni di quelli che hai già fatto. *Questo* è ciò che m'importa.»

April aggrottò la fronte ed io feci un passo indietro. Non volevo sentirla vicino a me, non volevo sentire il suo profumo. Non volevo che m'importasse. Quindi non mi sarebbe importato. Ecco. Lo avrei spento, come un interruttore. Mi riusciva bene. Ce la potevo fare.

Dovevo farcela.

Ma c'erano ancora un paio di cose che volevo sapere. «Perché non hai tenuto testa a Cari? Perché le permetti di calpestarti in questo modo?»

Lei alzò le spalle.

«Quella non è una risposta e tu non hai quattro anni» disse seccamente. «A un certo punto della tua vita hai cominciato a pensare di non valere abbastanza da poter tener testa a qualcuno. Che i sentimenti e le opinioni degli altri sono più importanti dei tuoi. Ti tieni dentro quei sentimenti e mostri al mondo un sorriso impavido.»

Mi guardò come se l'avessi schiaffeggiata. «E c'è qualcosa di male?»

Annuii. «Cercando di risparmiare i sentimenti di tutti gli altri, non dai valore ai tuoi. Perché sei troppo *gentile*. Non ti porterà da nessuna parte. Ho imparato tanto tempo fa che i bravi ragazzi arrivano ultimi. Vuoi finire ultima?»

«Questa è una specie di gara?»

La fissai. «È la vita. E ti sta passando accanto per colpa di tutti quegli stronzi che ti hanno calpestato solo per passarti davanti. E tu glielo lasci fare.»

«Questo spiega perché tu sei uno stronzo.»

Le rivolsi un sorriso malizioso. «E dannatamente fiero di esserlo.»

Lei non stava sorridendo. Invece mi guardava con quegli occhi azzurri che capivano troppo. Anche nella semioscurità del bagno riuscivo a vederli, incollati sulla mia faccia, scrutandone ogni centimetro, forse vedendo anche cose che non volevo vedesse.

Uscii dal bagno, mettendo fine a quel momento. «Io... mhmm, ti lascio rimettere in sesto.»

Mentre lei si sistemava raccolsi le mie cose, pronto a finire quella giornata maledetta. Quando uscì, April si appoggiò in silenzio allo stipite della porta, piegando la testa e guardandomi di nuovo. Questa volta la sua faccia era più facile da leggere mentre faceva scivolare lo sguardo lungo il mio corpo, scaldando parti di me che avrei preferito fossero le sue mani a toccare. Si leccò le labbra quando i suoi occhi incontrarono di nuovo i miei.

Cazzo. Ero nei guai con questa. Guai grossi, veramente grossi. Lo sapevo eppure mi lasciavo costantemente trascinare in acque pericolose, dimenticando o forse ignorando volontariamente, l'effetto che aveva su di me. E ogni buon surfista sapeva di dover evitare a ogni costo le correnti di ritorno. Sono pericolose, un enorme spreco di energia per sfuggirle e restare in vita.

«È ora di andare» dissi perché, sinceramente, non sapevo che cos'altro dire. E stavo cercando di non ricordare il sapore che aveva l'altra sera. Cercando di spingermi fuori da quella corrente pericolosa che era la mia attrazione per lei.

«Allora per una volta riesco ad andare a casa in orario?» April alzò le sopracciglia scure, speranzosa.

«Non montarti la testa. È solo perché dovrai essere qui prima dell'alba.»

Lei si tirò indietro. «Cosa? "Prima dell'alba" non fa per me.»

«Bene» dissi, mettendomi in spalla la borsa del laptop. «Adesso sì. Ho bisogno che sia qui alle sei.»

«Del mattino?» disse, allarmata. «Per che cosa?»

«Ho una riunione con un banchiere a Santa Barbara domani mattina. Tu verrai con me. Mettiti un tailleur. Questi stronzi sono maledettamente tradizionalisti.»

Lei aprì la bocca e poi la richiuse.

Mi voltai per uscire e dissi, voltando la testa. «E togliti dalla faccia quell'espressione da triglia.»

Per quanto non mi andasse l'idea di restare da solo in macchina con lei per delle ore, dovevo assicurarmi che non fosse lì, nel complesso e non sotto il mio occhio vigile, e che non andasse di corsa da Adam con la sua confessione alla prima opportunità.

Dovevo prepararmi a ogni evenienza. Inoltre ero al sicuro con lei in auto fintanto che stavo guidando. Che cosa diavolo poteva succedere?

Capitolo Tredici
April

Pensai alle cose che mi aveva detto Jordan mentre andavo a casa. Ci pensai mentre mi collegavo a Dragon Epoch e ci pensai per tutto il tempo che passai giocando. Ci pensai mentre ero sdraiata a letto alle due del mattino, senza riuscire a dormire, nonostante il fatto che dovessi alzarmi alle quattro e mezza.

Non riuscivo a *smettere* di pensarci. *A un certo punto della tua vita hai cominciato a pensare di non valere abbastanza da tener testa a qualcuno.* Lottai contro quelle parole. Cercai di resistere. Mi dissi, che diavolo ne sa lui? Non sapeva praticamente niente di me. Ma più ci pensavo, più decidevo che erano vere.

Parlavano di me, di come mi comportavo con i miei amici, con i miei genitori. *Specialmente* i miei genitori. Quando ero arrabbiata con loro, li evitavo finché era umanamente possibile. Ma a loro non dicevo mai ciò che pensavo. *I sentimenti e le opinioni degli altri sono più importanti dei tuoi.* E poiché non volevo ferire i loro sentimenti o farli star male, permettevo a me stessa di continuare a star male.

Ma... come aveva fatto. Come *diavolo* aveva capito ciò che non avevo mai capito io di me stessa? *Ti tieni dentro quei sentimenti e mostri al mondo un sorriso impavido.*

Mi girai e rigirai per tutta la notte, tormentata dalle sue parole. E a causa della mia folle idea che dovevo arrivare al lavoro prima di quanto mi aspettassero, stavo effettivamente gironzolando nelle sale della Draco Multimedia *prima* delle sei del mattino, dopo aver dormito meno di due ore.

La luce che filtrava dall'esterno era acquosa e debole, debole come mi sentivo in effetti. Andai alla caffetteria per un indispensabile caffè, che poi era tutto ciò che servivano a quell'ora. Fui sorpresa di vedere che c'era altra gente che si alzava presto, seduta alla dozzina di tavoli.

Presi il caffè e aggiunsi la panna e il dolcificante e notai un paio di persona sedute vicino che ridevano e parlavano e sembravano *troppo* allegre per quell'ora del mattino. A una seconda occhiata mi accorsi che erano Mia e il cugino di Adam, William, che avevo incontrato nel vicolo dietro Le Chat Noir qualche sera prima. Lui guardò dalla mia parte e Mia seguì il suo sguardo. Quando mi vide, il sorriso scomparve dal suo volto e lei distolse gli occhi, mescolando il suo caffè. Salutai William con la mano e sorrisi. Lui mi sorrise per un attimo.

Rivedere Mia mi ricordò che avevo sprecato l'occasione per scusarmi. Da allora avevo perfezionato le scuse nella mia testa, provando diverse variazioni. Aspettavo da un po' l'occasione ma ero troppo spaventata per forzare le cose.

Ma le parole di Jordan del giorno prima... non avevo mai smesso di pensarci. Più mi penetravano nella mente, più invadevamo i miei pensieri.

Avevo permesso a Cari di togliermi l'occasione per parlare con Mia e scusarmi per il mio comportamento rude e scortese. Adesso avrei potuto rimediare, se non mi fossi tirata indietro un'altra volta. Almeno a *questo* potevo porre rimedio, anche se non avrei mai potuto riparare il torto che avevo fatto a Falco. Quindi, feci un respiro profondo, raccolsi tutto il mio coraggio e andai al loro tavolo.

«Buongiorno, Mia, William...»

Alzarono entrambi gli occhi, sorpresi. «Buongiorno» disse William.

«Perché qualcuno sano di mente è qui a quest'ora?» chiesi.

«Questa è la nostra mattina per fare colazione insieme» spiegò William. Non mi guardò. Non guardava nemmeno Mia.

Mia si schiarii la voce e disse: «Era una tradizione per noi pranzare insieme quando lavoravo qui. Ma comincerò l'università tra breve, quindi non sarò più in grado di farlo, a meno che ci incontriamo veramente presto, prima che comincino le lezioni. Stiamo provando a farlo per abituarci.»

«Bello sapere che qualcuno è qui di sua volontà. Io devo solo accompagnare la Bestia a una riunione.»

Mia quasi sputò il caffè e William mi guardò di sottecchi, sorridendo. Mi sedetti di fronte a lui. «Vi dispiace se mi siedo un attimo prima che arrivi?»

«Prego. William mi stava raccontando dell'incidente al bar.»

Arrossii di colpo. «Uhm, che incidente?»

«Sul fatto che Jordan pensava che fosse una bella idea "educare" William su come incontrare delle donne in un bar.»

Mi strappò un sorriso. «Ah, è quello che stava facendo?» Mi rivolsi a William. «Ti ha dato dei buoni suggerimenti?»

William fece una smorfia. «Avrei dovuto sapere che non era il caso di chiedere a Jordan di prendere sul serio qualcosa.»

Mia scoppiò a ridere. «Già, che cosa diavolo stavi pensando quando glielo hai chiesto? Specialmente quando si tratta di donne. Lui non ha *mai* relazioni serie. Vuole solo rimorchiare modelle sexy.»

Sbattei gli occhi, pensando a ciò che era successo a casa di Jordan e al bar qualche sera prima. Era stato solo quello anche con me? Era solo annoiato o arrapato o entrambe le cose? Cercai di non pensarci. Comunque non ero lì per Jordan.

«Detesto intromettermi nel vostro tempo insieme» dissi a bassa voce. «Ma mi chiedevo se… mi stavo chiedendo se…»

Mi fissarono entrambi come se stessi avendo un attacco di qualche tipo. A me sembrava che fosse così.

Mi schiarii la voce. «Mia, potrei parlarti per un minuto?»

Mia sembrò sorpresa per un momento e diede un'occhiata a William. Lui fece una smorfia e guardò l'orologio. «Abbiamo ancora cinque minuti della nostra colazione…» cominciò a dire.

«Oh, non voglio interrompervi» dissi, cercando di nascondere la mia delusione.

Mia spinse una scatola chiusa verso il cugino di Adam. Conteneva frutta e yogurt e un pasticcino. «William, potresti farmi un favore e passare questi ultimi cinque minuti mettendo la scatola sulla scrivania di Adam? Dovrebbe arrivare da un momento all'altro. Sono uscita prima di lui in modo che non pensasse che stessi seguendolo su quella maledetta motocicletta, anche se avrei voluto farlo.»

William scosse la testa. «Continuo a non capire perché l'abbia comprata.»

«Nemmeno io.» Sospirò. «Se arriverà tutto d'un pezzo prima che abbiamo finito, digli che lo raggiungerò tra poco.»

William si alzò, raccolse i rifiuti e andò a buttarli. Poi prese la scatola di cibo e salutò Mia.

Mia mi rivolse un'occhiata incuriosita mentre guardavo William allontanarsi e poi si raddrizzò. Mi morsi il labbro e mi voltai verso di lei. Il cuore mi batteva così forte che mi sembrava volesse uscire dal petto e volare via.

Rivissi per un attimo quel momento di tre mesi prima. Eravamo a un evento di beneficenza a casa di Adam e Cari ed io eravamo nel portico ad adocchiare Adam, l'attività preferita di Cari, notando che stava chiacchierando con una modella di costumi da bagno mentre la sua ragazza non si vedeva da nessuna parte.

Scoprimmo poi che Mia era in casa, probabilmente a raccogliere il coraggio di farsi vedere. Nessuno l'aveva vista molto da quando si era ammalata e probabilmente era a disagio per il suo aspetto. Immaginai che i nostri commenti sconsiderati avessero solo peggiorato la situazione.

«Mhmm...»

«So che cosa hai intenzione di dire» mi fermò Mia.

«Tu... tu lo sai?»

Lei annuì. «Non ce n'è bisogno.»

«Io *ho* bisogno di dirlo. Mi sono sentita una merda dal quel giorno del ricevimento...»

Lei mise le braccia conserte. «Perché vi ho sentito?»

Sbattei gli occhi. «Sì. In parte. Ma anche perché mi ha fatto sentire una merda dire quelle cose.»

Accennò un sorriso. «Ha senso. Presumo che la gente che dice quelle cose lo faccia perché ha i suoi problemi.» Alzò una mano. «Non sono perfetta nemmeno io. Ho odiato parecchio anch'io.»

«Mia. Mi dispiace veramente. Eri malata e... semplicemente non era giusto parlare in quel modo.»

Mia strinse le labbra. «Scuse accettate. Non hai più bisogno di sentirti da schifo.»

Feci un respiro profondo, un po' sollevata ma non del tutto.

«Voglio che tu sappia... beh, a volte è veramente difficile tener testa a quel gruppo, sai?»

Lei annuì. «Cari è un po' una forza della natura.»

«Sinceramente, a me spaventa a morte.»

Mia rise. «Penso che spaventi a morte tutti quanti.»

Sorrisi e poi tornai seria. «È sempre stato difficile per me tener testa alla gente. Quando ero più giovane, ero *io* quella presa di mira. So come ci si sente. Mi... mi dispiace. Mi dispiace di aver pensato che fosse più facile seguire l'onda invece di fare quello che dentro di me sapevo essere giusto.»

Mia piegò la testa, guardandomi come se avesse notato qualcosa di diverso e di nuovo. «Mhmm, ed io che per tutto questo tempo ho pensato che fossi come lei.»

Arrossii e alzai una spalla, distogliendo lo sguardo. «Avevi un buon motivo per pensarlo. Era così che mi stavo comportando.»

Mia aggrottò la fronte. «Non essere troppo severa con te stessa, April. Fa conto di aver imparato una lezione. Sì è stata una cosa orribile da dire, e sì, il fatto che voi ragazze facciate gli occhi dolci ad Adam ventiquattr'ore su ventiquattro è irritante. Ma so che non potete farne a meno. Lui è maledettamente sexy» finì con un sorriso.

Io scoppiai a ridere. «Sì, è sexy. Ma è tuo. Quindi basta occhiate da parte mia. Ma non posso parlare per le altre.»

«Sì, non dovresti parlare per loro.» Sorrise. «E non dovresti più permettere loro di parlare per *te*.»

Ricordai le parole di Jordan e mi sentii rincuorata. Sentivo una sensazione di calore in petto. Mi sentivo forte. «Lo so.»

«Le donne sono più forti quando si sostengono l'un l'altra invece di cercare continuamente di farsi a pezzi.»

Tirai il fiato ed espirai lentamente. Oddio, lo sapevo, e bene anche. Mia non conosceva mia madre. Se l'avesse conosciuta, probabilmente mi avrebbe capita meglio.

Tutte le volte che andavo a fare shopping con lei, ero o troppo bassa, o troppo grassa o i miei colori erano sbagliati perché non ero una bionda alta e flessuosa come lei. *L'aspetto di tuo padre e il mio cervello, hai proprio pescato la paglia più corta nel pool genetico.*

«Siamo a posto, allora, spero…» le chiesi.

Mia annuì. «Sì, siamo a posto. Solo, stai attenta a Cari, okay?»

Ero impressionata da quanto fosse accurato il suo consiglio, nonostante fosse arrivato troppo tardi per me. «Grazie. Sto tentando di evitarla.»

«Probabilmente è la cosa più saggia da fare.»

Le sorrisi di nuovo, un po' agitata. «Posso chiederti un favore?»

Lei alzò le sopracciglia, annuendo.

«Jordan mi ha assegnato un progetto e spero che lo approvi. Voglio documentare com'è per un non-giocatore entrare in un gioco, per esempio Dragon Epoch, che cosa lo interessa inizialmente e che cosa lo spinge a continuare a giocare. Ovviamente sono io il soggetto… e so che sei una giocatrice, quindi mi piacerebbe sapere che ne pensi.»

Mi sorrise. «Certo.» Prese un foglietto dalla borsa e scrisse qualcosa. «Mandami una mail e chiedi pure.»

Presi il foglio. «Grazie. Grazie per tutto.»

Lei si spostò per prendere la sua roba. «Credo che sia ora che tu vada» disse indicando con la testa l'entrata della caffetteria dove Jordan aleggiava come una nuvola nera… alto e peccaminosamente bello in un completo grigio scuro con una cravatta color ambra come unica macchia di colore. Un tre pezzi, addirittura, con un gilè che aderiva al suo corpo solido e snello.

Mi ritrovai a cercare di riprendere fiato quando il mio cuore mancò un battito. Lui alzò le sopracciglia, impaziente. Mi alzai, gettai il resto del caffè (quella roba era veramente schifosa) e ringraziai Mia. Andammo insieme verso l'uscita.

«Eccoti qui» disse Jordan quando arrivai accanto a lui.

Mia e Jordan si salutarono mentre lei usciva.

«Che cosa avevate da parlare?» mi chiese mentre andavamo insieme verso il parcheggio.

Alzai le spalle. «Solo una cosa che era rimasta in sospeso.»

Lui non disse niente ed io studiai il suo bel profilo con la coda dell'occhio, con la stessa sensazione di calore che mi avvolgeva. Ero fiera di me stessa, ma anche grata per le sue parole, che mi avevano dato il coraggio di chiedere scusa. Mi sentivo sollevata e leggera come l'aria. E se non avessi pensato che mi avrebbe risposto con un commento sarcastico, avrei anche potuto ringraziarlo.

Ma ringoiai le parole. Non ancora. Avevamo un lungo viaggio davanti a noi e non era il caso di cominciarlo a disagio. Ci volevano due ore e mezza per arrivare a Santa Barbara, traffico permettendo.

Andammo verso il suo posto al parcheggio, in prima fila, dove, come mi aspettavo, c'era una motocicletta dall'aspetto vintage nel posto dell'AD, proprio di fianco a quello di Jordan. L'auto di Jordan era una Range Rover nuova di zecca con tutti gli accessori conosciuti dall'uomo. Mi stupiva che non si guidasse da sola.

Ci fermammo a uno Starbucks drive-in accanto alla superstrada, per fare il pieno di caffeina. Io sorseggiai il mio caffelatte con una dose extra di caffè, senza zucchero. Il sapore forte, amaro, insieme alla dose extra di caffeina mi aiutarono a restare sveglia.

Discutemmo del mio progetto per qualche minuto e lui approvò che documentassi il mio percorso da "babbana" a una geek fatta e finita, suggerendomi di dargli un taglio di marketing fornendo informazioni su come attrarre nuovi giocatori. Presi qualche appunto e poi restammo in silenzio, quindi presi il cellulare.

Lessi il resto di *Orgoglio e Pregiudizio* mentre avanzavamo a scatti nel traffico di LA. C'era un'atmosfera tranquilla tra di noi mentre lui ascoltava la parte sull'economia del notiziario del mattino.

Ma da qualche parte vicino a Thousand Oaks, quando il traffico cominciò a scorrere, il telefono di Jordan fece blip, indicando che aveva ricevuto un messaggio

«Controllalo, per favore. Voglio assicurarmi che non sia quel coglione del banchiere che annulla l'appuntamento.»

Presi il telefono, un po' timorosa, e vidi il testo che apparve nella finestra di notifica. Le mie sopracciglia arrivarono fino al cielo mentre lo leggevo.

«Non è il banchiere» dissi.

«Ah? E chi è?»

«Mhmm… beh. Nei tuoi contatti appare come Superdeliziosa Sondra.»

Jordan sbuffò, ma non sembrò volere che gli leggessi il messaggio. Lo feci comunque. Era troppo succulento per non condividerlo.

«Vuole sapere se ha lasciato le sue manette rosa a casa tua l'ultima volta che è stata là.»

Mi godetti il lento salire del rossore dal colletto della camicia. Senza guardarmi, allungò il braccio e tese la mano per avere il telefono. Glielo appoggiai sul palmo.

«Non dovresti leggere mentre stai guidando.»

«Non ho intenzione di farlo.» Infilò il telefono nello scomparto progettato apposta per contenerlo.

«Sei sicuro che non vuoi che risponda? Puoi sboccarlo con la tua impronta e farle sapere se hai o no le sue manette. Ed io posso dirle dove ha lasciato il vibratore, già che ci sono.» Cominciavano a farmi male le guance tanto stavo sorridendo.

«È tutto a posto» disse Jordan a denti stretti.

«Mostra che hai anche altri cinque messaggi, ma erano già scomparsi dalla finestra...»

«Va bene, Weiss. Ho capito. Ti stai divertendo. Adesso possiamo farla finita?»

«Beh, non vorrai far aspettare le tue amiche. Sono preoccupata, potrebbero sentirsi trascurate.»

In verità, l'idea di Jordan con un'altra donna mi faceva ribollire. Strinsi i denti a quel pensiero. Ero... ero gelosa? Mi dissi immediatamente di non fare la stupida e mi obbligai a ignorare quell'idea.

«E perché dovrebbero essere affari tuoi?»

Alzai le spalle, cercando di ignorare il bruciore che quelle parole mi stavano causando. «È nel mio interesse. Se dovesse mancarti una regolare... compagnia, potresti diventare ancora più scorbutico di quanto non sia già.»

Jordan digrignò i denti, ma tenne gli occhi sulla strada. «Ti preferivo quando stavi leggendo.»

Alzai le spalle. «Okay. Torno a leggere, allora.»

«Tu leggi un sacco.» Era una dichiarazione, non una domanda. Jordan mi diede un'occhiata, prima di riportare gli occhi sulla strada.

«Era un'osservazione o un insulto?»

«Che cosa leggi? Romanzi?»

«A volte romanzi. A volte saggistica. Ultimamente mi sono data alla teoria economica.»

«*Freakonomics*?»

«Quello mi è piaciuto.»

«Era ovvio.»

«E con questo che cosa vuoi dire?»

«Quelli che amano la teoria economica sono tutte persone a cui piacciono i giochetti mentali.»

Alzai le spalle perché in effetti non avevo niente da dire. Diavolo, non sapevo nemmeno che cosa diavolo volesse dire. Voleva dire fare giochetti mentali sugli altri? O che mi ero incasinata da sola con i miei giochetti mentali?

Viaggiammo in silenzio per alcune miglia, passando la città di Ventura. L'autostrada svoltava e correva parallela all'oceano sulla nostra sinistra. Mi trovai a guardare il sole che si rifletteva sull'acqua dal suo lato del parabrezza. La nebbia mattutina stava cominciando a sollevarsi e sarebbe stata un'altra favolosa giornata di sole nella California del Sud.

Ed io ero lì, ingabbiata in un'auto con il Capo Più Scorbutico Al Mondo. Il capo sexy, scorbutico, con le mani più magiche di qualunque cosa JK Rowling potesse inventarsi in uno dei suoi libri di Harry Potter. *Orgasmo Patronum*. Non aveva nemmeno bisogno di un incantesimo… solo di quelle mani. Il pensiero delle sue mani mi riportò quella sensazione di farfalle che svolazzavano nello stomaco.

Smisi di guardare l'oceano e abbassai gli occhi per osservare le sue mani sul volante. Erano grandi, con una leggera spolverata di peli e vene prominenti. Ricordavo com'erano quelle mani mentre mi scivolavano tra i capelli, tenendomi ferma la testa mentre mi baciava. Sentii una vampata di caldo e, quasi come se avesse letto i miei pensieri, Jordan voltò la testa. «Hai caldo? Vuoi che accenda l'aria condizionata?»

Allungò la mano e abbassò la temperatura verso il mio sedile.

Scossi la testa, gli diedi un'occhiata e poi mi voltai verso il mio finestrino, a guardare le colline brulle sul lato destro dell'auto.

«Allora, mhmm, dobbiamo parlare di quello che è successo l'altra sera nel vicolo?» mi sentii chiedere. Era una domanda che mi girava per la testa da quando era successo. Ma francamente non avevo avuto l'intenzione di dirlo a voce alta.

Lui rimase in silenzio ancora per un po', mentre la Range Rover divorava i chilometri viaggiando tranquilla sull'autostrada. Non osai guardarlo, e nemmeno muovermi. Avevo troppa paura che mi staccasse la testa.

Alla fine Jordan sospirò. «Non sarebbe dovuto succedere e non succederà più. Ti chiedo scusa.»

Feci una smorfia. Non era quello che avrei voluto sentirmi dire. Forse qualcosa tipo «Sei così bella e sexy che non riesco a non metterti le mani addosso.» Oppure, «Ti odio perché sei bella.» Oppure «Invano ho lottato. Non è servito. I miei sentimenti non possono essere repressi. Dovete permettermi di dirvi con quanto ardore voglio scoparvi.» Sorrisi alla mia versione moderna delle classiche parole del signor Darcy. Sì, quelle parole sarebbero andate benissimo.

Invece avevo ottenuto delle secche scuse. Come se avesse ruttato in mia presenza invece di avermi procurato, di sua mano, un orgasmo incredibile. Quel pensiero mi fece ridere. E quando la risata risalì in gola, non poté essere repressa, proprio come i sentimenti del signor Darcy. La risata gorgogliò e poi eruppe come lava che sgorgasse da un vulcano.

In un attimo, stavo ridendo talmente forte che mi scendevano le lacrime e più la mia ilarità cresceva, più lui diventava scontroso. Cominciò con una smorfia, poi strinse il volante, spostandosi sul sedile. Nel frattempo, io stavo asciugandomi le lacrime con il dorso della mano. Quando finalmente riuscii a calmarmi, il suo cipiglio era al massimo.

«Allora è questo che ottengo per le mie scuse?»

«Oh, erano delle scuse? *"Signora, le chiedo scusa per l'orgasmo. Non succederà più."* È il tuo solito Modus Operandi? Superdeliziosa Sondra ha ricevuto delle scuse dopo che l'hai ammanettata al letto e le hai fatto urlare il tuo nome?»

Ora Jordan aveva la faccia rossa e mi stava guardando storto con la coda dell'occhio. «*Non* è quello che intendevo. Intendevo dire che non è stato appropriato, visto il nostro rapporto di lavoro.»

«Sì, signor Fawkes. È stato veramente inappropriato. E ora, grazie al training di Essie, so anche come dirtelo.»

«Siamo arrivati. Grazie a Dio.»

Alzai gli occhi e vidi il cartello per le uscite di Santa Barbara, poi mi morsi il labbro prima di scoppiare a ridere di nuovo.

«E adesso che c'è?» disse mentre metteva la freccia per cambiare corsia.

«Devi ancora restare seduto in auto con me per tutto il viaggio fino a casa. Magari riceverai qualche altro messaggio che ti posso leggere.»

Fissai di nuovo fuori dal finestrino, cercando di controllare la risata. Santa Barbara era una cittadina pittoresca che si stendeva curvando intorno a una scintillante baia azzurra. Le case si arrampicavano sulle colline dietro, che qui chiamavano "morrows". Era un luogo pieno di cultura, sofisticato e un posto favoloso per chi voleva allontanarsi dalla città per un fine settimana. Ma noi non eravamo lì per una vacanza romantica, anche se il solo pensiero di fare una cosa simile con l'altro occupante dell'auto poteva avermi fatto sentire tutta calda dentro.

No. Noi eravamo lì per una noiosa riunione di lavoro.

Qualche minuto dopo eravamo nel parcheggio dell'ufficio del banchiere d'affari. Jordan scese e prese la giacca da dove era appesa su un gancio nel sedile posteriore perché non si stropicciasse. Poi se la infilò sulle spalle ampie e la allacciò, raddrizzandosi la cravatta.

«Devo aspettare in auto o…»

Fece una faccia come se avessi detto che intendevo andare a ballare sul marciapiede come una di quei cartelloni pubblicitari umani. «No. Tu entri con me, come mia assistente. Vuoi imparare questa roba o sei solo una marmocchia con il fondo fiduciario che fa finta finché il paparino le darà una bella fetta di quattrini con cui vivere?»

Strinsi gli occhi con le guance di fuoco. Questo era un colpo basso. Jordan fece un sorrisetto, come se fosse soddisfatto di se stesso perché era riuscito a provocarmi. Gli avevo permesso di vedere come mi sentivo. Di solito ero più brava a nasconderlo, ma lui sembrava tirar fuori il peggio da me, apparentemente senza sforzo, ed era quello che mi scocciava di più.

Ringoiai l'irritazione e lanciai dei missili termoguidati (i pugnali non sarebbero bastati) nella sua schiena mentre lo seguivo oltre le porte di vetro.

Qualche minuto dopo Jordan mi presentò al banchiere, Wallace Holden, uno della squadra di banchieri che avrebbe finanziato la prima quota di azioni per la IPO della Draco. Mentre mi sedevo, guardai Jordan che si sedeva e si slacciava la giacca con un movimento sciolto. Presi il taccuino, lo aprii a una pagina nuova e fui pronta a prendere appunti, o a creare un elenco puntato, o fare qualunque cosa potesse farmi apparire un'assistente ufficiale.

Nonostante l'abito formale, Jordan teneva una postura rilassata, appoggiato allo schienale, con una caviglia sul ginocchio dell'altra gamba. Con un sorriso cominciò a chiacchierare con Wallace, che lui chiamava Wally.

«Allora, ho visto che la squadra del tuo ragazzo è arrivata alle statali. Deve sentirsi al settimo cielo. Ci sono già degli scout in giro per una possibile borsa di studio? Ho sentito che ha un ottimo braccio.»

Jordan sapeva delle cose sui figli di Wally, su sua moglie, perfino sulla sua ultima partita a golf. Lo guardai tenendo gli occhi bassi. Ci sapeva veramente fare. Passarono venti minuti a parlare di Wally e della sua vita e Jordan sembrava veramente interessato a tutto. Alla fine, passarono solo dieci minuti a parlare di lavoro.

«Allora, qual è lo stato della vostra offerta pubblica iniziale?» si decise a chiedere Wally.

«Stiamo andando avanti» rispose Jordan, illuminandosi. «Il mio AD non potrebbe essere più entusiasta.»

Le sopracciglia di Wally si contrassero per la sorpresa. «Avevo sentito dire che al vostro AD piace tenere strette le redini. Ci darà qualcosa di più di una fettina di azioni da mettere sul mercato?»

Jordan respinse l'osservazione con un cenno della mano. «Adam è entusiasta della IPO e non vede l'ora. Ha grandi programmi. Programmi formidabili. Quel ragazzo è un genio e non solo perché lascia che mi occupi io della parte finanziaria delle cose» disse ammiccando. «È un visionario e, lascia che te lo dica, è anni luce avanti rispetto al resto di noi.»

Lo guardai lisciare le piume al banchiere e non potei evitare di chiedermi se la sua reputazione con le donne non si basasse sullo stesso principio con il quale lavorava. Dire alla gente ciò che voleva sentirsi dire poteva essere un'arte, come qualunque altra cosa.

Alla fine, le paure di Wally sembrarono fugate e uscimmo dopo avergli stretto la mano e scambiato i soliti convenevoli. Nel parcheggio, Jordan si tolse la giacca, la riappese, si tolse la cravatta e si slacciò il colletto.

Lo guardai incerta. Si fermò e mi diede un'occhiata, con il sopracciglio alzato. «Che c'è?»

«Come facevi a sapere tutte quelle cose su di lui? I suoi figli… la sua famiglia?»

Jordan fece spallucce. «I social media. E ho della gente…» Smise di guardarmi. «Raccogliere informazioni di questi tempi non è difficile. Ma non sono un cyberstalker.»

«Tu hai della *gente*, no?» Sembrava mio padre, e mi sentivo un po' a disagio paragonandoli. Meno pensavo a mio padre in quei giorni, meglio era.

Mi rivolse un sorriso astuto e aprì la portiera, scivolando sul sedile. Salii anch'io, mi voltai e incrociai le braccia sul petto. «Hai raccolto informazioni su di me?»

Quel sorriso frivolo si congelò e nei suoi occhi vidi la paura per un secondo netto, prima che si voltasse verso il volante, ridendoci su.

«Lo hai fatto, vero?»

«Tu hai creato una complicazione per le pubbliche relazioni della mia società, Weiss. Ti sorprende?»

Mordendomi il labbro, alzai le spalle. «Sono sicura che non abbia trovato molto, visto che sono piuttosto noiosa. Sono certa al cento percento che non ne valesse la pena.»

Aggrottò la fronte per un momento prima di guardare l'ora e sospirare. «Beh, è stata una gran rottura di coglioni dover guidare fin qui per sparare cazzate per mezz'ora con un banchiere ombroso. A volte detesto questo lavoro.»

«Avresti potuto prendere il treno e noleggiare un'auto con autista per portarti qui dalla stazione. In quel modo avresti anche potuto lavorare un po'.»

Jordan mi guardò storto. «L'ultima volta che ho controllato, qui siamo in California. Noi andiamo in auto dappertutto, e guidiamo noi. Anche quando siamo ricchi e abbiamo gli autisti. Fa parte della nostra cultura. Inoltre dovevo portar fuori il culo da quell'ufficio. E avevo anche bisogno di portar via il *tuo* culo dall'ufficio.»

«Il *mio* culo? Perché...» Smisi di parlare quando cominciai a capire. «Oh, temevi che andassi da Adam per confessare tutto mentre tu non c'eri.»

Lui si picchettò il naso e ammiccò.

«Dobbiamo fare uno stop prima di dirigerci a sud. Lo avevo in programma prima di sapere di doverti portare con me. Quindi dovrai semplicemente assecondarmi perché se dovessi cancellare succederebbe il finimondo.»

Lo guardai incuriosita. Stava andando a trovare una delle sue amichette? Perché, se era così, proprio non ci stavo.

Il mio stomaco brontolò. «E il pranzo è incluso» aggiunse Jordan ridendo.

Entrammo in città e attraversammo il centro elegante prima di dirigerci verso la zona residenziale del ceto medio, in periferia. Svoltammo nel vialetto di una casa stile bungalow di aspetto modesto. Continuavo a farmi domande mentre scendevo dall'auto e lo seguivo alla porta.

Jordan bussò forte e poi abbassò la maniglia, chiamando. «Pop? Sono Jordan.»

Sentii chiamare dal retro della casa e Jordan mi aprì la porta indicandomi di precederlo. La casa era arredata con uno stile sobrio, un po' datato e aveva un tocco femminile, accogliente. Mi guardai intorno, guardando i grandi paralumi color pastello, uno specchio in stile liberty, qualche pezzo di antiquariato e un grande divano di pelle scamosciata.

Apparve un uomo alto e magro. Sembrava la versione di Jordan a sessanta o settant'anni e indossava un maglione e pantaloni di velluto a coste. Abbracciò immediatamente Jordan.

«Bene, era ora che venissi a trovarmi» disse. L'uomo anziano mi vide oltre la spalla di Jordan e spalancò gli occhi. «Non mi avevi detto che avresti portato una bella donna con te.»

Jordan si tirò indietro e si voltò verso di me, imbarazzato. «È la mia assistente, Pop. April, questo è mio nonno, il reverendo Gerald Fawkes.»

Reverendo? Il nonno di Jordan era un pastore? Com'era... strano e ironico. Mi chiedevo se sapesse che razza di donnaiolo fosse suo nipote. Mi feci avanti e gli rivolsi il mio miglior sorriso mentre gli stringevo la mano. «È un piacere conoscerla, signore. Sono April Weiss.»

«Ha fame, signorina Weiss? Perché ho preparato il pranzo ed è un mucchio di roba, anche per Jordan.»

«Non ho più sedici anni. Non mangio più come una volta.»

«Nemmeno se si tratta del mio pasticcio di carne?»

Jordan sorrise. «Okay. Allora mi sa che ci sei. Sto già sbavando.»

«Dammi qualche minuto. Sedetevi a tavola. E per favore, sii un gentiluomo e tira indietro la sedia per miss April.»

Jordan sbuffò e suo nonno gli diede un'occhiataccia. Quell'uomo era adorabile e ridacchiai quando Jordan fece esattamente quello che gli aveva chiesto il nonno, con un lungo sospiro di sopportazione. «Quindi tuo nonno vive qui? Susan mi aveva detto che sei cresciuto a San Luis Obispo.»

«È così. I miei genitori abitano ancora a SLO. Mio nonno ha avuto la sua chiesa qui fino a quando è andato in pensione.» Pronunciò SLO come se fosse slow, lento, come facevano molti in quella zona.

«Che bel posto per vivere e lavorare. Qual era la sua confessione?»

«Metodista. E giuro che se provi a scherzarci su, Weiss...» Aveva un sorriso scherzoso sulle labbra sexy.

Mantenni la faccia impassibile il più possibile. «Significa che non posso chiedergli che cosa pensa della fornicazione con annesse manette rivestite di pelliccia rosa? C'è in ballo la mia educazione religiosa.»

Lui si limitò a stringere gli occhi, ma si capiva che stava cercando di non ridere.

«Va tutto bene. Puoi ridere. Non intaccherai comunque la tua reputazione di Capo Più Scorbutico Al Mondo. Ma non pensare che non cercherò di farmi raccontare qualcosa di succoso su di te da tuo nonno.»

Jordan scosse la testa. «Non otterrai niente.»

«Oh, ma io *sono* per metà ebrea. Abbiamo i nostri sistemi per ottenere la verità dalle fonti più inaspettate.» Non che io fossi molto in sintonia con la mia metà ebraica. Era praticamente tutto ciò che avevo in comune con quella parte della famiglia.

Non potevo negare di aver provato una piccola fitta d'invidia guardandolo abbracciare suo nonno. O quando vedevo altra gente avere un buon rapporto con i membri della loro famiglia. Francamente non sapevo come fosse. Quindi scherzavo sugli stereotipi ebraici e me la cavavo ridendo, perché mettere gli altri a loro agio era più importante di come mi sentivo io.

Gli diedi un'occhiata di sottecchi. Ora che le avevo in testa, le sue parole sembravano colorare la mia percezione di tutte le mie interazioni. Feci un respiro profondo e lo guardai negli occhi. *Per favore, potresti uscire dalla mia testa?*

Jordan si alzò per aiutare suo nonno a portare i piatti e il cibo. Riapparve quasi subito con una teglia profumata e la appoggiò sul sottopentola.

Lo shepherd's pie, un pasticcio di carne, patate e formaggio era delizioso e la compagnia piacevole, dato che la presenza di suo nonno aveva l'effetto di ammorbidire Jordan. Il reverendo Fawkes disse che era una vecchia ricetta di famiglia, che veniva dall'Inghilterra. La leggenda era che fossero discendenti del famigerato Guy Fawkes, quello della Congiura delle Polveri. L'uomo che aveva tentato di far saltare in aria il parlamento qualche secolo fa.

Jordan alzò gli occhi al cielo quando suo nonno ne parlò.

Il reverendo si rivolse a me. «Non dargli retta. A lui non piace sapere che si chiama come lui.»

«Cosa?»

Jordan fece una smorfia. «Il mio secondo nome è Guy. L'idea di mio padre di uno scherzo divertente.»

«Non bruciano l'effigie di Guy Fawkes in Inghilterra?» chiesi, felice di aver fatto attenzione durante le lezioni di storia europea.

«Il cinque di novembre» disse il reverendo Fawkes. Poi si chinò verso di me, sussurrando in tono da cospiratore. «Manco a farlo apposta è il suo compleanno.»

Mi tirai indietro e scoppiai a ridere mentre la faccia di Jordan diventava scura. «Okay, devi ammetterlo, avere il cognome Fawkes e nascere il cinque di novembre… riesco a capire perché tuo padre abbia pensato che era un segno.»

Jordan mi guardò storto e ricordai le parole di Susan. *Eccetto il padre. C'è qualcosa in ballo con suo padre.*

Quel richiamo scherzoso aveva risvegliato un sentimento o un ricordo sgraditi. Avrei voluto allungare la mano, toccargli il braccio, ma mi trattenni, con la mano che si muoveva di scatto sul tavolo.

Il reverendo sembrò accorgersi del subitaneo cambio d'umore. «Vado a prendere la caraffa del tè freddo. I vostri bicchieri sono vuoti.» Si alzò e andò in cucina.

Sorrisi, cercando di farlo tornare di buonumore. «Avresti dovuto pensarci due volte prima di portarmi da tuo nonno. Conoscerò tutti i tuoi segreti in men che non si dica.»

Lui aprì la bocca per rispondere quando suonò il campanello. Dalla cucina, il nonno di Jordan gli disse di andare ad aprire. Jordan si alzò, ma prima che potesse arrivarci, la porta si aprì. «Pop, siamo arrivati» disse una ragazza.

Jordan rimase di sasso e si guardarono. Lei era sui diciotto anni, alta e snella, con lunghi capelli castano chiaro e un bel faccino. Vedendo Jordan, lanciò un urletto e gli saltò addosso. «Che cosa ci fai qui? Ci stavamo chiedendo di chi fosse la macchina nuova di fuori!»

Jordan era rigido e stava guardando la porta che la ragazza aveva lasciato aperta. Le mise un braccio intorno baciandole la guancia. «Vi stavate chiedendo? Chi c'è con te?» disse in tono secco.

Lei fece un passo indietro, irritata. «Beh, ciao anche a te, fratellone. Sono la mamma e il papà, ma nessuno mi aveva detto che saresti stato qui.» Mi diede un'occhiata curiosa, prima che Jordan voltasse sui tacchi e si precipitasse verso la cucina.

Restammo lì, inchiodate, a fissarci per un lungo, imbarazzante momento, prima che mi decidessi ad alzarmi e facessi il giro del tavolo. «Salve, sono April Weiss, l'assistente di Jordan.»

Ci voltammo entrambe e guardammo verso la porta chiusa della cucina, da dove proveniva la voce infuriata di Jordan. Povero nonno.

«Sono Hannah Fawkes. La sorellina del tipo scontroso. E scommetto che mio nonno non sapesse che saresti venuta anche tu altrimenti non avrebbe mai cercato fare una cosa simile.»

Aprii la bocca per farle la domanda quando entrarono altre due persone. Riconobbi i suoi genitori dalla fotografia sulla scrivania di Jordan. Sua madre era snella, di media statura, con i capelli rossi tagliati corti. Il padre di Jordan assomigliava a lui, o viceversa, ovviamente. Aveva un aspetto distinto e mi stupii per la forte rassomiglianza famigliare tra le tre generazioni di Fawkes. Era come guardare Jordan tra venticinque anni e oltre.

Hannah li indicò con la mano. «Quelli sono i miei genitori» disse. Poi si voltò verso suo padre. «C'è Jordan.»

L'uomo fece una smorfia. «Questo spiega quell'auto inquinante tracanna benzina sul vialetto» brontolò.

Jordan era rientrato mentre diceva le ultime parole e diede un'occhiata a suo padre prima di alzare le chiavi. «È stato un piacere vederti.» Poi si rivolse a me. «Andiamo.»

Io restai inchiodata sul posto, a disagio in mezzo a quel dramma famigliare. Jordan andò verso la porta senza più guardare suo padre. Sua madre si voltò e lo seguì, prendendogli il braccio mentre era ancora all'interno, accanto alla porta aperta. Il reverendo Fawkes uscì dalla cucina con un'enorme torta al cioccolato su un'alzata di vetro e la mise in mezzo al tavolo.

«Vuoi spiegarmi questo scherzetto?» chiese il padre di Jordan al nonno.

«Datti una calmata e siediti» rispose affabilmente il reverendo. «Sedetevi tutti. Forse Carol può convincere Jordan a tornare a tavola.»

Guardai Jordan che stava parlando con sua madre accanto alla porta. Le voci erano tese. Jordan era rigido, teneva le mani in tasca. Sua madre aveva ancora una mano sul suo braccio e con l'altra gesticolava, come a cercare di sottolineare il concetto. Mi chiesi se erano stati lei e il nonno a organizzare l'imboscata per far incontrare padre e figlio. Forse era come un intervento su un drogato, o roba simile.

Ed io ero lì, nel bel mezzo della riunione di una famiglia problematica. Come se non avessi già la mia parte di problemi familiari.

Raccolsi in fretta i piatti sporchi e le posate dal tavolo e li portai in cucina. Mi fermai per un momento prima di notare una pila di piatti e forchette da dolce. Li presi e li portai al tavolo.

Prima avessimo tagliato e servito la torta, prima avremmo potuto congedarci, se necessario. O magari Jordan e suo padre si sarebbero parlati. Forse.

Erano quasi tutti seduti ora e Jordan stava tornando a tavola lentamente, con riluttanza, con un'espressione cupa sul volto. Il reverendo tagliò la torta come se non fosse successo niente d'insolito. Probabilmente stava cercando di ristabilire una parvenza di normalità. Una frattura familiare come quella era dolorosa non solo per le due persone coinvolte. Faceva a pezzi un'intera famiglia. Dato le occhiatacce che Jordan stava lanciando a suo nonno, quell'uomo aveva rischiato parecchio, e probabilmente aveva perso.

Mangiammo la torta in un silenzio teso per qualche minuto. Poi, quando tutti quanti non riuscirono più a sopportare la tensione, trovarono un argomento sicuro, *me*, a quanto pareva.

«Allora, April, da quanto tempo lavori alla Draco?» chiese il reverendo.

«Oh, beh, ho passato sei mesi nel marketing e adesso sto lavorando come assistente di Jordan, da un mese.»

Hannah sembrò stupita. «È lungo come stage. Sei lì per fare un'esperienza lavorativa o speri di ottenere un lavoro nella società?»

Le sorrisi. «Spero di riuscire a frequentare la facoltà di economia. A parte quello, m'interessa veramente l'economia teorica.»

Il padre di Jordan, che avevo saputo si chiamava Grant Fawkes, sbuffò. «Il mondo non ha bisogno di altri droni aziendali. Faresti meglio a evitare di studiare la teoria e scrivere articoli che nessuno leggerà.»

Jordan alzò gli occhi dalla torta per un attimo per dare un'occhiataccia a suo padre. Wow, quei due veramente non si sopportavano. Che storia c'era dietro?

«Che lavoro fa, signor Fawkes?» gli chiesi, per cercare di togliermi dalla rotta di collisione su cui erano quei due.

«Sono il dottor Fawkes. Sono professore associato di ingegneria ambientale al Cal Poly e ho una ditta di consulenze.»

Questo spiegava il commento sull'auto. Tirai il fiato ed espirai.

«Dove sei andata a scuola, April?» chiese la madre di Jordan.

«Mi sono laureata alla UCI lo scorso giugno. Vorrei andare alla UCLA per la laurea specialistica.» Cadde nuovamente il silenzio ed io spilluzzicai il mio dolce. Era delizioso, ma troppo ricco e ne avevo avuto abbastanza dopo qualche boccone. «Allora, uhm... dovete essere veramente fieri di Jordan, del fatto che parlerà alla conferenza del TED.»

Le teste si alzarono di colpo, e le facce si voltarono verso l'uomo in questione. La sua forchetta si fermò a mezz'aria mentre si stava portando il boccone alla bocca.

«Parlerai al TED?» chiese sua madre per prima. «Quando?»

Jordan respirò a fondo e poi mi lanciò un'occhiata che avrebbe potuto uccidermi.

«Tra qualche settimana» dissi quando Jordan non rispose. Ero sorpresa che non lo sapessero.

Hannah si schiarì la voce. «È favoloso, fratellone. Sarai, beh, famoso e tutto il resto. Di che cosa parlerai?»

«Di come essere un mega-consumatore superficiale e materialistico, immagino» disse suo padre.

«In effetti, parlerò di come vivere la propria vita con l'unico scopo di fare dispetto a mio padre» s'inserì Jordan senza una pausa.

Imbarazzante.

«Potremo guardare la conferenza?» chiese sua madre come se nessuno dei due avesse parlato.

Quando Jordan non rispose, lo feci io. «La daranno in streaming su Internet con solo un lieve ritardo, credo. Sarete in grado di vederla il giorno stesso. Sono sicura che il programma sia sul loro sito web.»

«Ed io che pensavo che fossi tutto preso dal colpaccio a Wall Street» disse suo padre con un sorriso sardonico.

«Grant» disse il reverendo. «Basta.»

Il padre di Jordan arrossì e poi si rivolse al reverendo. «Che cosa ti aspettavi da questa manovra, papà? Unicorni felici che danzano nei boschi scoreggiando arcobaleni e farfalle?»

«Già» s'intromise Jordan facendo un verso di derisione. «Non è possibile ragionare con i fanatici.»

Grant voltò la testa di scatto, dando un'occhiataccia al figlio. «L'etichetta di fanatico è solo il modo degli indecisi di giustificare la propria vigliaccheria.»

«Niente indecisione, qui. Tu ed io siamo decisamente ai lati opposti» ringhiò Jordan in risposta.

Oddio. Lo scontro frontale mi stava facendo tornare in mente i miei genitori che urlavano lanciando accuse, praticamente ogni volta che li avevo visti insieme

Tremando, mi alzai e presi il mio piatto, dirigendomi un'altra volta in cucina. Mi sarei nascosta lì finché non fosse finito. Un minuto dopo la madre di Jordan era accanto a me davanti al lavandino con il suo piatto.

«Mi dispiace. Nessuno di noi aveva immaginato che Jordan avrebbe avuto qualcuno con lui.» Ah, quindi era coinvolta anche lei. «Non è stato gentile esporti in quel modo al loro fuoco incrociato.»

Mi schiarii la voce. «Deve essere *veramente* stancante alle riunioni di famiglia durante le feste.»

Lei annuì. «Sono troppo simili ed entrambi molto testardi. Si sono sempre scontrati, ma è stato particolarmente difficile da… beh, probabilmente non t'interessano le nostre dinamiche familiari.»

«Ho a che fare con parecchie dinamiche distorte di mio.»

«Tu sei qui per fare il tuo lavoro e sei capitata in un dramma familiare, senza preavviso.» Mi mise una mano sulla spalla. «Mi dispiace veramente. Spero che Jordan sia un buon capo per te.»

«Uhm, sì. Mi sta insegnando molto. C'è…»

M'interruppi quando si aprì la porta della cucina. Con la stessa perpetua espressione corrucciata, Jordan entrò in cucina e venne diritto da me. «Ce ne andiamo, adesso.»

«Jordan» cercò di dire sua madre.

«Non adesso, okay? Possiamo parlarne più tardi.»

«Sei sconvolto.»

Jordan si massaggiò la mascella. «Sono parecchio incazzato, sì.»

«Io... mhmm... vi do qualche minuto. Aspetterò in macchina.»

Uscii dalla stanza, poi salutai gli altri famigliari di Jordan. Il reverendo mi accompagnò alla porta ed io andai immediatamente a rifugiarmi nel nuovo, luccicante SUV di Jordan, senza che me ne fregasse niente dal fatto che tracannasse benzina o causasse il riscaldamento globale.

Capitolo Quattordici
Jordan

CI TROVAMMO PER STRADA PROPRIO IN TEMPO PER L'ORA di maggior traffico. Trovammo ingorghi per tutta Santa Barbara, poi di nuovo a Ventura finché ci trovammo nel gigantesco parcheggio che era la San Fernando Valley. Mi assicurai che ci fosse musica per tutto il viaggio. *Non* ero dell'umore giusto per parlare di quell'enorme casino di riunione famigliare cui mancava solo mio fratello, Seth, per renderla completa. Dato che era al college a tre stati di distanza, immagino che non fosse pratico convocarlo. Ma a quanto pareva, mettermi in imbarazzo davanti alla mia assistente *era* giusto.

April passò la maggior parte del tempo fissando il cellulare, presumibilmente leggendo un libro. Ma a un certo punto appoggiò la testa e chiuse gli occhi. La luce stava scomparendo e il traffico stava lentamente riprendendo a scorrere. Le diedi qualche rapida occhiata mentre alternativamente rimuginavo e mi compativo. E mi sentivo in imbarazzo. C'era anche quello.

Dopo un po', April gravitò verso la mia spalla, appoggiando la testa mentre continuava a sonnecchiare. All'inizio fui tentato di spingerla via, ma il suo profumo, quell'inebriante odore di miele che faceva cose strane al mio autocontrollo, mi costrinse a darle una bella annusata di tanto in tanto. Ogni volta era come avere le vertigini.

L'insieme del suo profumo e quei piccoli, deliziosi suoni che emetteva mentre dormiva mi stavano rendendo difficile concentrarmi sulla strada, o su qualunque altra cosa eccetto lei. Mi ricordavano i suoni che emetteva quando veniva, e quel pensiero mi portò un'ondata di calore in tutti i posti giusti. Ero tentato di portarla a casa mia e nel mio letto.

Sbattei gli occhi, tornando sobrio. *Volevo* veramente portarla a letto. E non era perché fossi in crisi di astinenza a causa del mio autoinflitto periodo di castità. Ero talmente allupato in quei giorni che avrei probabilmente scopato chiunque. Okay, non *chiunque*. Ma con questa particolare ragazza dovevo lottare di ora in ora per impedirmi di toccarla.

No, meno contatti ci fossero stati tra di noi, meglio sarebbe stato. Mancava solo poco più di un mese e poi il suo stage sarebbe finito. Ancora poco più di un mese di purgatorio e poi… poi…

A volte pensavo che cosa sarebbe successo se le avessi detto che ero io il Falco della Comic-Con. Come avrebbe reagito? Sarebbe stata sorpresa, furiosa, eccitata? Avrebbe cambiato le cose tra di noi? Aveva un bel ricordo di quell'incontro adesso che era stato sporcato dal video virale? Lei *aveva* ammesso, in un momento di stress, che era stato il miglior sesso della sua vita. Mi ero dato il cinque da solo quando se l'era lasciato sfuggire. Jordan Fawkes non rinunciava mai, *mai*, all'opportunità di dare una lucidata al suo ego.

Conclusi che era una buona cosa che non sapesse che ero io, che non potesse *mai* scoprire che ero io. E, viste le circostanze, non potevo portarla a letto. Quindi il puro fatto che lei non lo sapesse impediva a lei, e a me, di fare qualcosa che avremmo probabilmente finito per rimpiangere. Non avrei nemmeno dovuto *prendere in considerazione* la possibilità di portarla a letto.

Quei pensieri non avrebbero dovuto girarmi in testa, ma un uomo ha i suoi limiti. Fintanto che restavano pensieri e desideri andava tutto bene. Lei era al sicuro.

Anche se sarebbe stato meglio che non avesse avuto la testa sulla mia spalla, gli occhi dalle lunghe ciglia chiusi, i suoi capelli profumati che mi ricadevano sul braccio. Mi voltai per annusarli di nuovo e mi bloccai quando vidi i suoi occhi aperti.

Lei si acciglió ed io tornai in fretta a guardare la strada. Sentii il peso della sua testa scivolare dalla spalla, accompagnato da una lieve fitta di senso di perdita. Non mi sarebbe dispiaciuto se avesse dormito ancora per un'ora.

April si stiracchió accanto a me, arcuando la schiena, spingendo quel bel seno contro la blusa di seta. Io guardai, più a lungo di quanto avrei dovuto, maledizione. Fra' Jordan, il futuro monaco, non se la stava cavando molto bene con il suo voto di castità.

«Mi sono addormentata addosso a te? Mi dispiace.» Si portò una mano alla bocca. «Spero di non aver sbavato.»

«No, niente bava.» Solo quel favoloso profumo...

April allungò il collo come per capire dove fossimo, avevamo quasi attraversato LA e mancava meno di un'ora sulla Santa Ana Freeway per arrivare a casa. Sulla sinistra si vedevano le luci brillanti del Citadel Outlets, appena fuori dalla City of Commerce.

«Dovrei chiederti scusa» dissi, sapendo che era necessario. E non c'era un momento migliore per farlo.

Lei si voltò a guardarmi con un'espressione sorpresa. «Per che cosa?»

«Per la mia famiglia incasinata. Immagino che mia madre e mio nonno si siano messi d'accordo per farmi quella piccola imboscata.»

«Almeno a tua madre importa qualcosa di te. Dovresti esserne contento.»

«Difficile essere contento quando tutto quello che provo adesso è un forte imbarazzo.»

April mi diede un'occhiata di sottecchi, mettendo le braccia conserte. «A causa mia? Non preoccuparti. La mia famiglia è molto più incasinata della tua, te lo posso garantire.»

«Ho sentito che tuo padre è una brava persona. Ad Adam piace, perlomeno.»

«Piace a tutti quelli che lavorano con lui. È severo, ma ci tiene alla sua gente. E quelli che lavorano per lui sono più la sua famiglia che non...» smise lentamente di parlare e poi alzò le spalle, guardando fuori dal suo finestrino.

«Che non la sua stessa famiglia?»

«Ha anche una di quelle. Una famiglia tutta nuova.»

Sbattei gli occhi. «E tu che posto hai nel quadretto?»

«Nessuno.»

La guardai e vidi che la sua espressione era completamente vuota. Da quanto sapevo di April, e da ciò che il mio tizio che controllava i social media aveva raccolto per me, paparino era piuttosto ricco e parecchio generoso. Lei guidava una Lexus compatta e sportiva, indossava abiti firmati e viveva in un appartamento pagato e arredato da lui. Ma non sembrava una marmocchia viziata, almeno per come la conoscevo.

«Lui non è per niente una cattiva persona. Solo che... solo che io... semplicemente non ci capiamo, immagino.»

«Mi sembra familiare.»

Lei piegò la testa, guardandomi. «Quindi tuo padre è arrabbiato perché non condividi le sue ideologie?»

Lasciai andare il fiato. «Diciamo che sono la sua grande delusione. Ha fatto tutto il possibile per crescere una copia di se stesso e invece ha ottenuto me.»

«Ed è per quello che è incazzato con te? Perché sei diventato un adulto e hai le tue idee?» Scosse la testa.

Sentii una fitta di senso di colpa perché era arrivata a quella conclusione, con il mio aiuto, quando non era proprio così che era andata.

«In parte è giustificato e in parte è tutta roba sua. Gli ho mentito e si è incazzato.»

«Immagino che fosse una bugia grossa?»

Strinsi i denti. Quello stesso senso di colpa… mio padre che inveiva il giorno della mia laurea, le lacrime di mia madre. Non avrebbe nemmeno partecipato se lei non avesse insistito. Mi si strinse il petto. «Sì.»

April mi stava osservando e quando tolsi gli occhi dalla strada, vidi che stava rimuginando qualcosa di profondo dietro quegli occhi… come se mi stesse studiando.

«Bisogna essere in due per tenere vivo un astio familiare come quello… spero che non si trasferisca anche a tua madre e tuo nonno.»

«Che cosa vuoi dire?»

«Voglio dire che non riesco a biasimarli per aver fatto quello che hanno fatto, se per loro è difficile fare in modo di farvi sedere entrambi alla stessa tavola.»

Strinsi le labbra ma non dissi niente. Facile dirlo per lei. Lei non aveva dovuto sopportare tutte le stronzate di mio padre.

«Mi dispiace, non intendevo offenderti.»

«Potrei offendermi se me ne importasse.»

Silenzio. Sapeva che stavo mentendo.

Lei si voltò a guardare la strada davanti a noi.

«L'ostilità tra due membri di una famiglia coinvolge più dei due interessati, lo sai. È come due genitori divorziati che non si sopportano e non riescono ad andare d'accordo, nemmeno per il bene dei figli. So perfettamente come ci si sente.»

Sbattei le palpebre e tenni gli occhi fissi sul mare di luci rosse davanti a me. Non avevo una risposta da darle, perché aveva ragione. Ero parecchio stupito di non averci mai pensato. Tutto ciò che riuscivo a vedere e sentire tutte le volte che pensavo alla situazione con mio padre, erano le sue costanti critiche, la sua continua disapprovazione, la smorfia che aveva fatto il giorno della mia laurea, *"Sei una delusione."*

Sentii il calore salirmi dal colletto ricordando quell'insulto, ma non sapevo se ero più arrabbiato con lui per le sue parole dure o con me stesso per averlo deluso.

Lei mi stava guardando di nuovo. Mi sentivo quasi prudere, sotto il suo scrutinio. Come se mi stesse penetrando sotto la pelle. E quella sensazione non mi piaceva per niente.

«Forse dovresti fare più attenzione alla tua vita e ai tuoi casini invece di essere così pronta a indicare quelli degli altri» dissi con la voce dura.

Lei si tirò indietro, colpita. Io tirai il fiato per riprendermi ma non la guardai. Mi sentivo una merda per averlo detto. Ma era più sicuro così. Non potevo permettermi di lasciarmi andare ai sentimenti. Non potevo permettermi di lasciarla avvicinare.

Si strinse forte le braccia intorno al petto e tornò a guardare fuori dal finestrino. Era furiosa, ferita. Era piuttosto ovvio. La parte più terrificante era che sapevo esattamente quali erano i suoi punti deboli e come suscitare quella reazione in lei. Avevo un vero talento.

E lei non mi avrebbe tenuto testa. Sapevo anche quello. Quindi sarebbe rimasta lì al buio, furiosa, sentendosi di merda, esattamente come avevo programmato.

A volte mi facevo schifo da solo.

La lasciai accanto alla sua auto, nel parcheggio dell'ufficio appena dopo l'ora di cena. Lei prese la borsa e la giacca e borbottò un "grazie" poco sincero.

Non risposi e andai verso casa.

Allora… niente sesso. Niente alcol. Non potevo ricorrere ai miei due passatempi preferiti per far fronte ai problemi. Non ne fumavo uno da tempo, ma devo ammettere che ero tentato di accendere uno spinello. Invece mi cambiai, andai in palestra e mi allenai per ore fino a essere insensibile e pronto a crollare per la stanchezza.

CAPITOLO QUINDICI
APRIL

ENTRAI NEL MIO APPARTAMENTO SENTENDOMI A TERRA. Era stata una giornata lunga e nonostante l'allegria e il buon umore con cui era cominciata, era sicuramente finita con una nota stonata. Jordan aveva detto ben poco dopo essersi scagliato contro di me. Mi ero avvicinata troppo… adesso lo capivo. Le sue difese erano pronte e impenetrabili e quando aveva capito che avevo visto un punto debole, mi aveva allontanato in fretta.

Proprio quando pensavo di aver cominciato a fare progressi verso… qualunque cosa fosse. Capo/impiegata? Reciprocamente attratti? Amici che si baciavano e si regalavano occasionalmente un orgasmo? O forse, da parte mia, solo una cotta non corrisposta per quel musone.

Sapevo che avrei dovuto fare del mio meglio per restare professionale. Che avrei dovuto ricordarmi per l'ennesima volta di mantenere le distanze.

E non dovevo… *decisamente* non dovevo ricordare com'era stato svegliarmi con la testa sulla sua spalla. La sua spalla solida, dura, e che aveva un odore meraviglioso.

Ero in una pozza di merda fino al collo e stavo avviandomi nel punto dov'era più alta.

Andai in camera e trovai Sid già a letto, con il suo iPad appoggiato sulle ginocchia, collegata su FaceTime con uno dei suoi tanti parenti che vivevano sull'altra costa.

Mi tolsi i vestiti e mi preparai per andare a letto.

Finita la conversazione, Sid mise da parte il tablet. «Ehi, sembra che tu abbia avuto una giornata lunga. Hai fame?»

Sospira. «No, in effetti no. Volevo giocare per un po' a DE. Ti ho detto che sono quasi arrivata al quinto livello?» Lei mi lanciò un cuscino. «Novellina!»

Le mostrai la lingua e feci una pernacchia.

«Com'era Santa Barbara?»

«Troppo maledettamente lontana.» Cercai di ignorare il bruciore che sentivo ancora per la sfuriata di Jordan. Sapevo che non avrei dovuto prenderla sul personale. La sua famiglia gli aveva teso un'imboscata e lui era sconvolto e imbarazzato. Ma era così permaloso e imprevedibile a volte. Era irritante.

«Allora, te lo devo dire. Sto ancora tentando di risolvere il mistero di come il tuo video sia finito in Internet.»

Mi lasciai cadere sul mio letto, fisandola. «Probabilmente non riuscirai mai a risolverlo. Penso che dovremo semplicemente addebitarlo alla mia manifesta idiozia.»

«Potresti prestarmi il tuo telefono domani? Voglio dare un'occhiata a tutto ciò che è entrato e uscito, per vedere se riesco a riprodurre quello che è successo.»

«Dio no! Perché diavolo vorresti riprodurre quello che è successo?»

«Non con il tuo raccapricciante video porno, oca! Con un video vuoto. Voglio ricreare le condizioni in cui è successo. Ho fatto un video vuoto circa della stessa durata.»

Aggrottai le sopracciglia. «È un metodo molto scientifico.»

«Beh, io sono una scienziata, o spero di diventarlo, se riuscirò a superare questo semestre. Ma ho questa strana sensazione che non sia stato un incidente.»

La guardai sorpresa. «Vuoi dire che qualcuno mi ha hackerato?»

Sid alzò le spalle. «Non lo so. Voglio vedere che cosa riesco a scoprire.»

«Okay... lo lascerò sul caricatore. *Non* rispondere se mi chiama qualcuno.»

Sid agitò le sopracciglia. «Stai ancora evitando la carissima mammina?»

«Diavolo, sì!»

Sid soffocò uno sbadiglio e tolse dal letto i libri e il tablet. «Io mi metto a dormire.»

«Ti dispiace se gioco per un po'? Non sono stanca.»

Lei ridacchiò. «Ti ha agganciato.»

«Non è vero. È solo ricerca.»

«Confessa che ti ha agganciato. Quanto ti manca per il prossimo livello?»

Sospirai, alzando pollice e indice, quasi uniti. «Tanto così.»

«Niente da fare, sei diventata dipendente. E d'ora in poi peggiorerà sempre.»

Sid spense la sua luce, io mi misi gli auricolari ed entrai nuovamente nel mondo di Yondareth. La mia Bestia raggiunse facilmente il livello cinque ed io mi dissi, solo qualche altro minuto... solo qualche altro minuto.

Esaurii i minuti alle tre del mattino.

Stava diventando ridicolo.

Almeno quella volta quando andai a dormire non rimasi sveglia per ore a pensare a *lui*. Ero talmente stanca che mi addormentai subito.

La mattina seguente avevo gli occhi rossi ed ero sveglia solo grazie alla caffeina. I miei capelli erano orribili quindi mi feci in fretta una treccia, per tenerli lontani dalla faccia. Indossai un abito blu scuro per andare a lavorare perché non avevo avuto il tempo di fare il bucato durante il fine settimana.

Finito un pranzo veloce alla scrivania, stavo lottando contro un cervello confuso e un mucchio di lavoro da evadere. Sospirando e lamentandomi tra me e me, avevo le braccia piene di rapporti e stavo andando alla fotocopiatrice quando, nella fretta, quasi mi scontrai con due uomini che si avvicinavano dalla direzione opposta. Con la mia solita fortuna, erano il mio capo e il *suo* capo. Metà delle cartelle cominciò a scivolarmi dalle mani e stavo cercando di recuperarle prima che finissero sul pavimento.

«Attenta, ti serve una mano?» disse Adam, tenendo ferme le cartelle in cima. Jordan non fece niente per aiutarmi. Lo guardai brevemente negli occhi prima di distogliere in fretta lo sguardo. Sentii un colpo, qualcosa, al petto, come se mi avessero dato un pugno.

«Mi dispiace. Scusate. Ero un po' di fretta. Sembro avere troppo da fare oggi.»

Jordan alzò un sopracciglio, ma non disse niente.

Adam gli diede un'occhiata. «Stai di nuovo facendo schioccare la frusta?»

«Oh, no, è solo colpa mia» intervenni prima che Jordan potesse rispondere. «Mi sto muovendo un po' lentamente oggi.

Ho dormito poco la notte scorsa.» E quasi aggiunsi: *tutto a causa di quel vostro maledetto gioco.*

Avevo un personaggio in DE che adesso era a *tanto così* dal sesto livello. Così vicino che potevo sentirne l'odore. Una, forse due missioni ancora e sarei arrivata al prossimo livello. Stranamente, pensandoci, mi sentivo sempre più eccitata all'idea di tornare a giocare. Non mi meravigliava che i giocatori spesso si riferissero al gioco come Dragon Dipendenza.

«Mi dispiace che sia così stanca» disse Adam con un sorrisetto. «Forse potresti chiamare le tue creature del bosco per aiutarti.»

Lo guardai senza capire mentre mi sistemavo le cartelle tra le braccia, notando Jordan e Adam che si cambiavano un'occhiata prima che mi voltassi e me ne andassi. Sembravano condividere uno scherzo privato a mie spese. Arrossii violentemente, ingoiando l'irritazione e passai in mezzo a loro per entrare nella stanza della fotocopiatrice. Jordan non mi disse niente, né mi guardò in faccia.

Non mi aveva quasi detto una parola in tutto il giorno, dicendomi solo succintamente di farmi dare da Susan l'elenco delle cose da fare. A quanto pareva, lui era troppo occupato.

Quando tornai alla scrivania, Susan riappese, tirò la sua sedia accanto alla mia scrivania e si sedette accanto a me.

«Sembra che tu stia male come me, oggi» disse. Quel giorno, grandi foglie autunnali dorate ondeggiavano dai suoi lobi tutte le volte che muoveva la testa.

«Considerando che tu sei incinta ed io no, direi che è piuttosto grave. Sono solo stanca.»

«Mi piacciono i tuoi capelli in quel modo... con la treccia. E quel vestito... sembri un'innocente ragazza dei boschi.»

La guardai perplessa. «Che cosa hai bisogno che faccia oggi?»

Sul volto le apparve un debole sorriso. «Sono stata piuttosto trasparente, immagino. Ho un grosso favore da chiederti.»

Mi preparai, immaginando qualche lavoro mostruoso che non avevo nessuna voglia di fare. Qualcosa che mi avrebbe impedito di lavorare sul mio progetto.

«Mhmm. Bene. Sei mai stata a Vancouver?»

«In Canada?» Mi si chiuse lo stomaco e il mio sguardo andò alla porta chiusa dell'ufficio di Jordan. Aveva quella conferenza del TED tra due settimane. L'acronimo significava: Technology, Entertainment and Design. Era una prestigiosa conferenza globale che serviva a riunire le grandi menti. Che Jordan, un direttore finanziario così giovane, fosse stato invitato a parlare al TED, era un fiore all'occhiello per lui e un enorme vanto per la società.

La conferenza principale TED aveva luogo a Vancouver, nella British Columbia. Di colpo capii. Andare a Vancouver con Jordan, viste come stavano le cose tra di noi? Mhmm, no. Niente da fare. Io dovevo mantenere le distanze. Scossi la testa.

«*Per favore,* April. Sei la mia unica speranza.»

«Mhmm, perché?»

Susan si massaggiò la pancia, anche se ancora non si vedeva niente. «L'anno scorso ho avuto un aborto spontaneo. Erano dieci mesi che tentavamo, e anche se il medico dice che non c'è motivo di credere che sia ancora a rischio… non riesco a sopportare l'idea di salire su un aereo, viaggiare per parecchie ore, lavorare col jet lag…»

«Sono sul nostro stesso fuso orario.»

Susan m'implorò con gli occhi.

Sospirai. «Che cosa dovrei fare?»

«Sarai lì come sua assistente. Dovrai gestire il suo programma, facilitare i suoi incontri, fare da intermediaria tra lui e i coordinatori della conferenza. Aiutarlo in qualunque cosa gli serva.»

Distolsi gli occhi, con il rossore che mi macchiava le guance, non volevo che la mia mente andasse in *quella* direzione. Ma, a quanto pareva, lo aveva già fatto perché il mio corpo si stava già scaldando al pensiero di assisterlo in *tutti* i suoi bisogni… e viceversa.

«Che ne dici?»

Scossi la testa. «Dubito che accetterebbe, Susan. Sono solo una stagista e lui pensa che sia una casinista.»

Lei mi guardò come se le avessi detto che le nuvole erano fatte di panna montata e la luna di gorgonzola. «In che universo lo ha mai detto? Io ho sentito solo cose belle da lui su di te. Normalmente è piuttosto scarso di elogi, quindi capisco che potresti pensare che non ti abbia notato. Ma non è così.»

Deglutii il nodo che si era formato in gola. «Non credo che voglia che vada a Vancouver con lui.»

«Gliel'ho chiesto e mi ha risposto che se fossi riuscita a farti dire di sì, sarei stata libera. *Per favore*, April. Per il mio bambino?» Si massaggiò nuovamente lo stomaco. Non aveva ancora nemmeno un accenno di pancia e già stava sfruttando il bambino a suo vantaggio.

Emisi un lungo sospiro e distolsi lo sguardo. «Quanto dura?»

«Quattro giorni. E avrai una stanza nella suite dell'attico al Fairmont Pacific Rim. È un albergo *meraviglioso*. Ho qui il sito web…»

Alzai una mano per farla smettere, un po' a disagio e allo stesso tempo in fiamme al pensiero di condividere una suite, non importa quanto fosse grande, per quattro giorni con Jordan.

Avrei voluto dire di no. O, meglio, avrei voluto *voler* dire di no. Ma non *volevo* veramente dire di no. Perché anche se si era infuriato con me ed era completamente imprevedibile, pensavo comunque continuamente a lui. E mi stava facendo impazzire. *Non* potevo avere una cotta per il mio capo. Non sarei *mai* stata una di quelle donne che andava a letto con il suo capo.

Mai. *Mai.*

***

Passarono i giorni. Le cose erano tranquille. Sid continuava con le sue indagini, poiché non aveva trovato niente di conclusivo quando aveva esaminato il mio cellulare. Jordan ed io ci evitavamo accuratamente, discutendo solo superficialmente dei programmi per andare a Vancouver. Tutte le volte che avevo una domanda, mi indirizzava in fretta a Susan, senza nemmeno guardarmi negli occhi.

Bruciava, ma era anche un sollievo. Le cose avrebbero potuto continuare in quel modo se non fosse stato per quella fatidica mattina, meno di un giorno prima di partire per Vancouver.

Poi, cambiò tutto.

Dato che era lunedì, la mattina arrivò con il suo solito carico di brutalità. Ero rimasta alzata di nuovo fino a tardi a giocare a DE. Avevo imprecato le solite mille canoniche volte prima di ingurgitare abbastanza caffè da mettere in moto il cervello mentre mi preparavo per andare al lavoro.

Mi sistemai i capelli e il trucco, come al solito, scegliendo uno chignon disordinato e lasciando ricadere alcune ciocche intorno al viso. Scelsi un eyeliner intonato all'azzurro dei miei occhi, cercando di non farmi troppe domande sul motivo per il quale stavo facendo più attenzione del solito al mio aspetto per andare in ufficio.

Nella mia testa probabilmente volevo evitarlo, ma sotto sotto, e in altri posti, volevo disperatamente che mi notasse ancora.

Era stupido, dato che probabilmente nel frattempo aveva già scopato qualche modella sexy e, al confronto, io probabilmente non ero niente. Sentii il solito nodo in gola a quel pensiero e finii di prepararmi.

Arrivai in ufficio con qualche minuto di ritardo con il caffè di Jordan, alla temperatura della lava, nella mano coperta dal guanto. Mi assicurai di togliermi le sneakers più in fretta che potevo prima di entrare nel suo ufficio. Jordan aveva lasciato la porta accostata, un segnale che preferiva che la gente entrasse senza bussare. Quando era chiusa, era meglio bussare o andarsene in silenzio. Normalmente io sceglievo la seconda opzione quando potevo farla franca.

Lui non alzò nemmeno gli occhi dal monitor quando gli appoggiai il caffè sulla scrivania. «Sei in ritardo» grugnì.

«C'era la coda da Starbucks. Mi...» le scuse mi pendevano dalle labbra, mezze pronunciate, quando lui alzò gli occhi, inchiodandomi con quei begli occhi tra il verde e il marrone.

«Mi servono i rapporti finanziari di oggi.»

Mi bloccai. «Uhm. Certo, dammi qualche minuto.»

«Non *hai* qualche minuto. Hai passato quei minuti in fila al bar.»

Aprii la bocca, sentii il calore salirmi alle guance e la richiusi in fretta. Chi diavolo aveva pisciato nei suoi Cheerios quella mattina?

Era come se le ultime settimane non ci fossero mai state. Mi guardava con una sfida negli occhi. Sembrava sfidarmi a reagire, con un mezzo sorriso sarcastico sul volto.

Deglutii. «Sissignore.»

Tornando alla scrivania, borbottai sottovoce tutto quello che avrei voluto dirgli. *Non m'interessa se hai degli addominali favolosi, signor Fawkes, o delle spalle eccezionali o una bella faccia o se baci come un fottuto dio greco. O che mi fai venire voglia di chiamarti signor Fox invece di signor Fawkes. Non m'interessa.*

Resti comunque un colossale stronzo.

Qualcuno si schiarì forte, e maleducatamente, la gola ed io alzai gli occhi trovando Charles davanti alla mia scrivania. Non sapevo da quanto era lì.

Tutto quello che sapevo era che non avevo tempo per quel coglione condiscendente. «Mi dispiace, sono già stata da Starbucks e ora il capo è sul sentiero di guerra.»

Charles sogghignò e mi guardò di nuovo da capo a piedi. Finsi di non notarlo. Era diventato un po' troppo ovvio con le sue occhiate lascive, e il suo strano modo di flirtare era insopportabile. Non aveva partecipato anche lui a quel training contro le molestie sessuali, come il resto di noi? Che cosa lo rendeva diverso dagli altri?

«Allora, pranziamo insieme oggi?»

Io presi una pila di carte dalla stampante e mi alzai. Invece di dirgli la verità, che non ero interessata, presi una scusa da imbranata. «Ho già preso accordi per andare a pranzo… con le altre stagiste del marketing.»

«Ah, okay. Se ti serve qualcosa fammelo sapere.»

Certo, pensai sogghignando mentalmente. Il tuo culo tronfio sarà il primo a cui penserò se avessi un problema!

Gli sorrisi. «Grazie. Sei molto gentile.» Come sempre, April la codarda non diceva che cosa stava *veramente* pensando. Sorrideva e tirava avanti.

Trattenni il fiato mentre tornavo nella tana della Bestia. Lui questa volta mi guardò, dandomi un'occhiata più lunga, come se avesse notato gli sforzi extra che avevo fatto col trucco e i capelli, non per *lui*, ovviamente. Misi i rapporti sulla sua scrivania. «Eccoli. Tutti in ordine, con il NYSE in cima.»

«Come dovrebbero essere.»

Mi voltai nel momento in cui prendeva il caffè, per spostarlo e far posto ai rapporti, che normalmente sparpagliava su tutta la scrivania per poter incrociare velocemente i dati. Vidi, come al rallentatore, il coperchio della tazza saltar via quando la afferrò e il caffè che schizzava dappertutto, sulla scrivania e su di lui.

Restai paralizzata, mettendomi una mano sulla bocca e guardai, con gli occhi spalancati per l'orrore, le macchie di caffè che esplodevano sulla sua camicia e sui pantaloni.

«Cazzo!» urlò, saltando in piedi.

«Oh, merda» dissi io nello stesso momento. «Ti prendo degli asciugamani.» Mi precipitai intorno alla scrivania, verso il suo bagno privato, dove afferrai una pila di asciugamani dall'armadietto. Tornando di corsa nel suo ufficio, vidi che si era già sfilato la camicia e ora si stava strappando di dosso la maglietta.

Stavo per dare ancora un'altra occhiata a quel torace magnifico? Qualcuno lassù si stava vendicando per qualcosa di brutto che avevo fatto.

Gli passai un asciugamano e lui tamponò la pelle umida e lucida. «Non ti sei scottato? Visto la temperatura a cui vuoi il caffè, mi meraviglia che non ti stiano già venendo le vesciche.»

Era arrossato in alcuni punti, ma sembrava si fosse tolto la camicia in tempo.

Scosse la testa. «Come diavolo è successo? Quel coperchio era messo bene?»

Mi fermai, sul punto di asciugare il caffè che si era versato sulla sua scrivania. Aveva intenzione di dare la colpa a me?

«Il coperchio era a posto quando te l'ho dato» dissi a voce ferma. Presi un documento per volta e asciugai le gocce di caffè prima di rimetterlo a posto.

«Beh, evidentemente *non* era a posto, altrimenti perché sarebbe saltato via in quel modo? Non l'ho tolto e rimesso. Perché avrei dovuto farlo?»

«Non lo so. Forse stavi controllando se per caso non avessi incasinato il tuo ordine in modo da potermi rimproverare? O forse avevi il termometro pronto per controllare se era dieci gradi meno del punto di fusione!»

Mi guardò con le sopracciglia alzate, chiaramente sorpreso che gli avessi risposto male. Fino a quel momento avevo accettato tranquillamente ogni pezzo di merda che mi aveva scagliato addosso. Ma era finita. Ne avevo avuto abbastanza!

Misi le braccia conserte, pronta per la sua sfuriata... che non arrivò. Cercai di non guardare il suo torace, i suoi muscoli sodi, quel tatuaggio così sexy. Dio, era troppo strepitoso per essere vero. Era un requisito indispensabile avere un aspetto da modello per gestire quella società? Ed essere maledettamente ricchi e intelligenti, oltre a tutto?

Oh, ed essere così perfetti tanto da essere arrogantemente e insopportabilmente pieni di sé. Mi rammentai di non dimenticare *quel* requisito.

Jordan stava parlando ed io stavo prestando attenzione solo a metà, guardandolo mentre si tamponava il torace con l'asciugamano morbido e bianco. «... Ho bisogno che vada a prendermi una camicia, una maglietta e un vestito puliti. Ho un appuntamento a pranzo, a mezzogiorno.»

Scossi la testa. «Uhm... cosa?»

Jordan schioccò le dita a due centimetri dalla mia faccia ed io sbattei gli occhi. «Terra a Weiss... quaggiù non c'è vita intelligente... fatemi risalire!»

Strinsi i denti e lo guardai storto. *Fottiti* voleva urlare il mio cervello.

«Ho bisogno che vada a casa mia e mi prenda dei vestiti puliti.»

«Uhm. Sei sicuro di non preferire andare a casa e cambiarti?»

«Ne sono assolutamente sicuro, dato che aspetto tra mezz'ora la chiamata di un sottoscrittore e un'altra con l'avvocato che si occupa della IPO dopo quella. E ho quell'importante incontro a pranzo e non posso presentarmi tutto sporco di caffè. Quindi devi prendere le mie chiavi, andare nel mio armadio e prendermi una camicia, una cravatta e un vestito. Ricordi dov'è la mia stanza?»

«Uh, certo» mormorai, ricordando l'ultima volta che ero stata nella sua stanza, e mi aveva beccato a spiare. Irritata, allontanai quel pensiero.

Lui scribacchiò in fretta alcuni numeri e mi diede le istruzioni per disinserire l'allarme. Presi le sue chiavi e andai alla porta, riuscendo a malapena a non dire a voce alta gli epiteti che stavo pensando.

«Oh, eh Weiss» mi chiamò proprio mentre stavo uscendo. Mi voltai e aspettai la sua battuta finale. «Prendimi un altro caffè quando torni.»

Non mi fidai a rispondere, quindi strinsi i pugni e mi voltai, furiosa perché mi aveva incolpato anche per *quello*.

Rammentandomi di fare respiri profondi e togliermi dalla mente le fantasie di omicidi efferati, corsi fuori dall'edificio e andai al parcheggio, verso la mia auto.

Andai a tutta velocità fino a casa sua, rischiando una multa per arrivare il più in fretta possibile. Sembrò strano entrare a casa sua. Comunque, essere lì mi riportò alla mente quella notte in cui mi aveva tenuta prigioniera, qualche settimana prima. La notte in cui mi aveva baciato… e qualcosa di più… sul suo divano.

Ignorando le fitte di piacere che mi procurava ricordare le sue mani, deglutii e mi misi all'opera. Salii le scale due gradini per volta, ed ero senza fiato quando arrivai nella sua stanza. Nel panico, andai al suo armadio, aprii le ante e scelsi velocemente una camicia bianca, quello era facile. Poi localizzai gli appendiabiti con le cravatte, e le stesi accuratamente sul letto. Dovevo pensarci attentamente e non prendere solo una cravatta qualsiasi, altrimenti mi avrebbe fatto il culo un'altra volta. Dovevo prendere quella marrone chiaro o quella verde, per intonarsi al colore dei suoi occhi? *Ma erano* veramente verdi o marroni? O forse erano marroni con delle pagliuzze verdi. O verdi con le pagliuzze marroni.

A volte, quando li guardavo, sembravano due globi terrestri in miniatura, come si vedono dallo spazio, azzurro, verde e marrone… erano belli come il resto di lui.

Scossi la testa... *terra a Weiss*, già, decidendo invece di abbinare la cravatta con il vestito. Tornai all'armadio e controllai la fila di vestiti: marrone scuro, marrone chiaro, praticamente tutte le sfumature di grigio. C'erano perfino dei vestiti neri, che pensai fossero troppo severi per i suoi colori. I suoi capelli erano una sfumatura di castano troppo chiaro per star bene con il nero.

Ponderai un po' troppo a lungo, immaginandolo mentre parlava in teleconferenza in mutande, controllando l'orologio e ribollendo di rabbia repressa.

Feci scorrere tutti i vestiti, perfino roba che era chiaro che non indossava da un po'. Stavo per scegliere un bel vestito color caffè, che sarebbe stato a meraviglia con una cravatta rosso scuro, quando posai la mano su un tessuto di lucida lycra.

Tirai indietro la mano, sorpresa. Aveva un costume da Superman lì dentro o cosa? O forse qualche strano costume per quando lui e le sue modelle facevano le orge. Devo ammettere che vinse la curiosità, quindi presi quella cosa dall'appendiabiti per esaminarla.

E la lasciai immediatamente cadere, scioccata. Avevo già visto quel costume. Teso sulle spalle ampie e la figura solida di Falco, il cacciatore di taglie.

Che. Cazzo?

Spinsi da parte in fretta gli altri vestiti nell'armadio per dare un'occhiata a quello che c'era sui ripiani ed eccolo, gettato in un angolo: l'elmo di Falco. Il famigerato elmo.

Barcollando, ricaddi contro il letto, senza nemmeno curarmi di non stropicciare la camicia. Quel costume non era in vendita. Non era qualcosa che si potesse acquistare nel supermercato locale o comprare per Halloween o ordinare su Amazon premendo un tasto. Era fatto su misura, specificamente per il cosplay. E avevo visto un solo Falco al Comic-Con. Il *mio* Falco.

Jordan era venuto al Comic-Con. Lo avevo visto abbastanza volte al bar dell'albergo, dove stavamo con uno sciame di donne intorno a lui, a spassarsela come un playboy. Ma non sapevo che cosa avesse indossato il giorno della festa in costume.

A quanto pareva, era un costume da Falco.

Ma no, doveva sicuramente essere un vecchio costume, probabilmente dell'anno prima o della convention della Draco dello scorso novembre? Sicuramente lo aveva prestato a un amico. L'amico che avevo...

Ma se quello fosse stato il caso, se Jordan fosse stato visto col costume da Falco, tutti avrebbero saputo che era lui il proprietario del famigerato indumento che avevano visto nell'involontario video porno geek.

Sentivo la testa pulsare, pensando a tutte le possibilità.

Perché l'unica che aveva senso era che Jordan avesse indossato il costume alla Comic-Con per la prima e unica volta e che lo avesse fatto senza che gli altri dipendenti che erano lì lo sapessero. Era una cosa comune, perfino attori famosi e altre celebrità geek se la cavavano gironzolando per la Comic-Con, irriconoscibili dietro una maschera. O un elmo.

L'unica spiegazione che aveva senso era che Jordan e Falco fossero la stessa persona. E per tutto quel tempo... lui mi aveva fatto credere...

I pezzi del puzzle adesso stavano andando a posto. Il vero motivo per cui non mi aveva licenziato non era la sua bontà d'animo, era per tenermi d'occhio, per assicurarsi che non facessi due più due e lo smascherassi. E, oddio, quel commento sul fatto che fosse stato il miglior sesso della mia vita... era sembrato *veramente* contento di sentirlo. Avevo alimentato il suo ego già esagerato ogni volta che veniva tirato in ballo l'argomento.

Oh. Porca. Puttana. Quell'orribile cazzone!

Mi mancò il fiato. Beh, in realtà non poi così orribile...

In realtà era proprio bravo. Se ricordavo bene. Strinsi forte gli occhi e mi ritenni un'idiota completa per non averlo capito prima. Il modo in cui mi aveva toccato, sia sul divano e poi quella sera al bar. Com'era stato incredibile. E non era stata la prima volta!

E lui lo sapeva. Lo aveva sempre saputo...

Ma che cosa potevo fare adesso? La tentazione era di correre a casa e nascondermi sotto le coperte e piangere. Dimenticare di aver mai lavorato in un posto che si chiamava Draco o di aver mai incontrato una testa di cazzo di nome Jordan Fawkes.

Ero molto tentata dall'idea di lasciarlo là, in mutande, a girarsi i pollici e a chiedersi dov'ero finita.

Presi la camicia, il vestito e la prima cravatta che riuscii ad afferrare, un affare orribile, rosa carico con tanti pois multicolori. Aveva ancora il cartellino del prezzo e immaginai che fosse un regalo scherzoso. Bene, gli sarebbe servita di lezione. Lasciarlo andare a parlare con il banchiere d'investimento con una cravatta con gli Smarties.

Avevo il cervello in fiamme mentre chiudevo e reinserivo l'allarme.

Dovevo affrontarlo?

Volevo farlo. Volevo *veramente* farlo. Ma la mia parte codarda si rifece viva. Avrei dovuto pensarci... magari trovare un momento o un modo per vendicarmi.

Cacciai i vestiti sul sedile posteriore della mia auto, stropicciandoli per bene. Tenni stretto il volante per tutta la strada, ribollendo di rabbia e chiedendomi quanto tempo mi ci sarebbe voluto per raccogliere il coraggio di farlo.

O mi sarei tirata indietro ancora una volta?

No. Lo avrei fatto più tardi, dopo la sua riunione. Allo Starbucks, versai una tazza di ghiaccio nel suo fottuto caffè. E se avesse osato dire qualcosa... o se mi avesse sventolato un'altra volta quella raccomandazione sulla faccia... avrei... avrei... beh, non ero ancora sicura di che cosa avrei fatto, ma mi sarei assicurata che fosse una cosa grossa.

Arrivai in ufficio con i vestiti dentro una borsa portabiti drappeggiata sulla spalla e la sua tazza di caffè nell'altra mano. Spinsi la porta senza preoccuparmi di bussare.

Jordan era seduto alla scrivania con la maglietta macchiata. Si alzò quando entrai.

Ero così furiosa che non riuscii nemmeno a guardarlo, invece, stesi il portabiti sulla scrivania e appoggiai il caffè.

Prima che potessi scappare, abbassò la cerniera del portabiti e disse: «Ci hai messo una vita. Almeno questa volta hai fatto la cosa giusta. Questo è il mio vestito preferito.»

«Ah, davvero? È il tuo vestito preferito?» E a quel punto persi la testa. La rabbia era troppa. Non potevo più aspettare. Mi sentivo come un vulcano un attimo prima di eruttare. Il Vesuvio non era niente in confronto a me.

Afferrai la sua merdosa tazza di caffè, tolsi il coperto e lo versai tutto sul suo vestito. Forse, dopotutto, non avevo voglia di aspettare.

Lui fece un balzo indietro, scioccato. Gettai la tazza vuota sul pavimento e mi precipitai verso la porta.

Ma lui fu più veloce di me. L'avevo aperta solo di qualche centimetro quando lui la richiuse, tenendola chiusa con la mano appoggiata sopra la mia testa. Io tirai la maniglia, ma non si mosse.

«Che diavolo pensavi di fare?» disse digrignando i denti.

«Vado a casa, mi dimetto.»

«Fai un respiro profondo e calmati, Weiss. Tu non vai a casa.»

«Se togliessi quelle zampacce dalla porta, sarei fuori in un attimo.»

«Zampacce?»

Si appoggiò alla porta, bloccandomi ed io arretrai, evitando di guardarlo in faccia. Lui mise le braccia conserte. Dovetti ignorare il modo in cui la maglietta macchiata di caffè tirava sui muscoli.

Fece un respiro profondo. «È così allora? Hai intenzione di andartene da qui e non dire la tua?»

Incrociai le braccia, imitando il suo atteggiamento e raddrizzai le spalle, dicendo a denti stretti. «Apri questa fottuta porta, Jordan.»

«No.»

«Voglio uscire» sibilai.

«Non te ne andrai. Non scappare. Di' qualcosa. Non lasciarmi all'oscuro.»

Lasciai cadere le braccia, stringendo i pugni. Non avevo mai avuto il desiderio di commettere un omicidio prima di quel momento.

«*Sono io* quella che era all'oscuro.» Lo indicai col mento. «Tu hai sempre saputo esattamente che cosa stava succedendo.»

Jordan sbatté le palpebre. Ci guardammo negli occhi e vidi il momento esatto in cui capì a che cosa mi stavo riferendo perché nei suoi ci fu un lampo di paura che non avevo mai visto prima.

Ciò nonostante, piegò la testa a un angolo spavaldo, scrollando le spalle. «Beh, allora, sputa l'osso.»

«Fanculo, Jordan!» dissi a denti stretti. «O dovrei dire, *Falco?*»

Lui non si mosse. Non disse una parola. Io mi morsi il labbro e per un momento dubitai di me stessa. Forse mi ero sbagliata? Forse non era veramente lui Falco. Il pensiero mi portò una fitta di sollievo e rimpianto su cui non volevo pormi domande.

«Che cos'hai da dire in tua difesa?»

«Io non devo dire niente.»

Sentii le guance scottare di nuovo e lo caricai, afferrando la maniglia nonostante il fatto che lui fosse fermamente piantato contro la porta come una grossa, massiccia quercia.

«Lasciami uscire!»

Lui non voleva saperne di spostarsi, quindi divenni violenta, e presi a pugni il suo grosso torace. Non si spostò nemmeno. Mi infuriai ancora di più, quindi gli diedi un altro pugno.

Era come colpire un muro di mattoni.

Poi cominciai a trattarlo come un sacco da pugile e lui sembrò non sentirlo nemmeno. Maledizione! Frustrata, emisi un ringhio e continuai a tempestarlo di pugni. Lui alzò un sopracciglio, leggermente divertito. «Sinceramente è come essere aggredito da un moscerino.»

Pugno. «Fai schifo!» Pugno. «Ti odio» Pugno. «Sei disgustoso.» Pugno.

Poi Jordan mi mise a ridere. «Non è quello che dicevi quella notte alla Comic-Con.»

«*Tu...*» Mirai all'inguine con il ginocchio. Lo presi in alto sulla coscia. Detesto essere così piccola.

Spalancò gli occhi, allarmato. *Quello* aveva attirato la sua attenzione.

«Whoa. Calmati.»

Ohhh, avrei voluto picchiarlo a sangue! Non ero una persona violenta ma quello... alzai di nuovo il ginocchio, questa volta arrivando molto più vicino al bersaglio.

Lui si spinse via dalla porta, con un'espressione veramente furiosa sul volto. Io feci un passo indietro, questa volta veramente intimidita e rendendomi conto che era *un bel po'* più grosso di me.

«Dacci un taglio, Weiss.»

«Preferirei dare un taglio *a te*. Se riuscissi a immaginare un modo per nascondere il cadavere, starei già progettando la tua morte.»

Lui alzò le sopracciglia. Con lui distratto e lontano dalla porta, mi lanciai. Prima ancora che riuscissi ad avvicinarmi, mosse il braccio e mi afferrò intorno alla vita. Mi tirò indietro contro di lui e gli diedi una gomitata nello stomaco.

Che non gli fece niente perché era come colpire il predetto muro di mattoni. All'improvviso, lui si spinse in avanti ed io mi trovai premuta contro la finestra a tutta altezza che dava su un piccolo, grazioso cortile privato. Jordan mi aveva inchiodato contro il vetro, con la mia schiena appoggiata al suo corpo. Riuscivo a malapena a contorcermi.

Il suo fiato caldo mi stava bruciando la nuca.

«Sto per mettermi a urlare» dissi, sapendo perfettamente che c'era poco altro che avrei potuto fare a quel punto.

«Davvero? E poi quando arriveranno correndo, che cosa dirai per spiegare perché sei così incazzata?»

Non avevo niente da dire, quindi rimasi zitta.

Dopo qualche minuto, Jordan allentò lentamente la stretta. «Prenditi un minuto per calmarti, per favore, così possiamo parlarne.»

«Non ho niente di cui parlare con te. Bastardo.»

«In effetti, è fottuto bastardo.»

«Ti sembra che sia dell'umore giusto per scherzare? No. Quindi stacca quel corpaccione da gorilla da me.»

«Non…»

«Se dici che non è quello che dicevo quella notte alla Comic-Con, sarà meglio che dica addio alle tue palle.»

Sentii il suo corpo scuotersi contro di me. Stava ridendo.

«Non è per niente divertente, Jordan.»

Lui continuò a ridere. «Se lo dici tu.»

Strinsi i pugni e le mascelle e aspettai. Mi lasciò andare lentamente, ma non si tirò indietro. Mi voltai per affrontarlo…

E avrei voluto non averlo fatto. La sua faccia era a pochi centimetri dalla mia e il mio corpo stava reagendo di conseguenza. Il suo odore, i suoi meravigliosi occhi, la sensazione del suo corpo… a quanto pareva il mio corpo era parecchio contento di essere di nuovo *così vicino* al miglior sesso della mia vita.

Ma il mio cervello era ancora oltremodo incazzato con lui.

«Sei pronta a parlarne, adesso?» mi chiese Jordan.

«Non sono sicura che sarò *mai* pronta. E tu hai quella maledetta riunione tra mezz'ora. Ho in programma di dar fuoco al tuo ufficio mentre sarai via.»

«Mhmm. Potrebbe rendere difficile ottenere quella raccomandazione.»

M'irrigidii. «Se proverai a ricattarmi con quella raccomandazione ancora *una* volta, io…»

«Che cosa farai, April? Mi registrerai mentre faccio sesso con te e caricherai il video su Internet?»

Strinsi le labbra per la frustrazione. Okay, non aveva tutti i torti. Ero comunque ancora la responsabile del porno cosplay in onda su Internet. Ma, accidenti, una persona *decente* mi avrebbe fatto sapere già da settimane di essere l'altro.

Ma stavo imparando che Jordan Fawkes non era una persona decente.

Però era comunque ancora a qualche centimetro dalla mia faccia. Con ogni respiro che usciva dalla mia bocca, lui inspirava, e la nuvola d'aria tra di noi divenne bollente in pochi secondi, con nostri petti che si alzavano e si abbassavano. La tensione tra di noi aumentò.

Ero nei pasticci. Parecchio. Perché avevo giurato che non sarei mai e poi mai stata la ragazza che andava a letto con il suo capo.

E avevo avuto tutte le intenzioni di mantenere quel giuramento. Finché non avevo scoperto di averlo già fatto… una notte entusiasmante di sesso non poi così anonimo. Ora mi avevano tolto il tappeto da sotto i piedi e stavo correndo il rischio di dimenticare quell'importantissimo giuramento.

Capitolo Sedici
Jordan

OSSERVAI IL COLORE DEFLUIRE DALLA SUA FACCIA, GLI occhi che saettavano in giro. Abbassai lo sguardo sulle sue mani. Si stringevano e si allentavano, per poi ricominciare. Era l'immagine dell'ansia e della paura.

Se fossi stato una persona migliore, avrei fatto qualcosa per aiutarla. Ma ero il primo ad ammettere di non essere una brava persona. E, sesso bollente o no, curve morbide e irresistibili, profumo dolce e pelle morbida o meno, mi aveva comunque fatto un terribile torto.

«È stato un incidente, te l'ho già detto.»

Strinsi le mascelle «Che cosa è stato un incidente? Caricare il video perché tutto il mondo potesse vederlo o premere registra sulla sua app video e puntare la telecamera su di noi mentre io non ne avevo idea?»

April deglutì, ansimante, con gli occhi sgranati. «Mi... mi dispiace.»

Mi raddrizzai, allontanandomi dal suo profumo inebriante. Ne avevo avuto abbastanza di sentire il suo odore e di sapere com'era morbida la sua pelle, senza poterla toccare. Nei giorni scorsi avevo fatto uno sforzo valoroso per evitare la sua presenza al lavoro e tenerla fuori dalla mia testa.

In quel momento, il mio corpo non era completamente d'accordo con quel piano.

«Ma non avresti nemmeno dovuto torturarmi per l'ultimo mese, rinfacciandomelo.»

«Davvero? Vogliamo proprio parlarne? Dovrei fare salti di gioia perché quel tuo piccolo *oops* ha minacciato una cosa a cui stavo lavorando da anni?»

April impallidì, stringendo forte gli occhi. Invece di rispondere, scosse la testa.

Divenni teso, aspettando che parlasse. Quando finalmente lo fece, avrei voluto non l'avesse fatto. «Non ne vale la pena, Jordan. Dovresti semplicemente lasciare che me ne vada.»

«Avrei dovuto farlo, davvero.»

Ma non avevo *voluto*.

Mi massaggiai il collo. «Come diavolo ti è venuto in mente di farlo?»

«Registrarlo o caricarlo?»

«Entrambe le cose.»

Lei distolse gli occhi, schiacciandosi contro la finestra. C'era gente nel cortiletto appena fuori, ma non potevano vederci grazie al vetro unidirezionale. Riportò gli occhi su di me.

«Mi sono lasciata prendere dal momento e non stavo ragionando» disse con la voce che tremava e gli occhi spalancati, che m'imploravano di crederle.

La stessa stronzata che mi aveva già raccontato. Mi chiesi se ritenesse che anche venire a letto con me fosse da addebitare al fatto di non ragionare.

Ma non me ne fregava un accidente se lo rimpiangeva. Era stata una scopata eccezionale per entrambi, una scopata da urlo che avrebbe potuto restare saldamente nei nostri ricordi se lei avesse tenuto il telefono in tasca, al suo posto.

Come se avesse percepito la mia irritazione, tese una mano verso di me, per poi abbassarla. «Non ho intenzione di entrare nei dettagli della vecchia, incasinata storia per cui sono un coacervo d'insicurezze, ma se vuoi proprio saperlo, pensavo di dimostrare qualcosa a me stessa.» Spostò nuovamente lo sguardo, sbattendo gli occhi ed io mi sentii stringere il petto vedendo quanto era avvilita. «Alla fine non ci sono riuscita. Caricare il video è stato un puro incidente.»

Addolcii il mio tono. «Come fa un video a diventare virale senza che tu te ne renda conto?»

«Devo aver fatto un casino, in qualche modo. Non sono un genio tecnologico come tutti gli altri qui. Ma, per favore, credimi quando ti dico che nessuno saprà mai che eri tu. Me ne andrò oggi stesso e nessuno saprà mai perché me ne sono andata. Possiamo sistemare le cose in modo pulito.»

Feci un versaccio. «Non c'è niente di "pulito" a questo punto. E sai una cosa? Non ho intenzione di lasciarti uscire da qui e prendere la via d'uscita più facile. Devi restare qui e affrontare ogni singola maledetta giornata, proprio come devo fare io.»

Lei sibilò come se l'avessi colpita allo stomaco. «Non è quello che cercavo di fare. Mi sento malissimo...»

«Allora continua a sentirti malissimo. È così che dovrebbe essere. Ma fallo mentre fai il tuo lavoro.»

Ci guardammo, con la tensione che si faceva sempre più forte tra di noi. Finalmente feci un passo indietro, obbligandomi a mettere un po' di distanza tra di noi.

«Chi altri sa che sei tu quella nel video a parte la bionda?» chiesi.

Lei abbassò gli occhi. «La mia coinquilina lo sa perché il costume da elfa era il suo. Ma nessuno sa chi eri tu. Nessuno sapeva che c'eri tu nel costume da Falco. Nemmeno io, fino a poco fa...»

Uno stupido, fottuto errore da parte mia. Mi chiesi se mandarla a prendermi i vestiti non fosse un tentativo inconscio da parte mia di farle trovare il costume. Da qualche parte, in fondo, pensai che forse avevo ancora una coscienza, anche se riuscivo a tenerla imbavagliata e legata per la maggior parte del tempo.

Girai il polso per controllare l'ora. Avrei dovuto essere fuori dall'ufficio entro dieci minuti o avrei fatto tardi per l'appuntamento. Spostai gli occhi sulla scrivania, ora coperta dal mio vestito e da pozze di caffè.

«Dovremo continuare a parlarne dopo. Devo andare.»

Ogni muscolo di April si rilassò visibilmente. Sentivo il sollievo emanare da lei a ondate. «Vado a vedere se è possibile trasferire il biglietto a Charles. Sono sicuro che sarà felicissimo di avere quell'opportunità.»

«Cosa?» Sbottai mentre prendevo la cravatta che avevo indossato quella mattina. Fortunatamente era marrone scuro quindi non avrei dovuto indossare quella mostruosità rosa.

«Mancano ventiquattr'ore al volo. Penso che ci sia abbastanza tempo per cambiare tutto.» Sembrava meno sicura di sé man mano che passavano i secondi.

«Ti ho già detto che non te ne andrai.»

April fece un passo verso di me, controllando i danni che aveva fatto il suo assalto alla caffeina. «Non ho intenzione di mollare. Sto parlando del viaggio a Vancouver. Penso di riuscire a convincere Charles a venire al mio posto.»

Prima di tutto, il pensiero che lei cercasse di "convincere" quel fessacchiotto a fare qualunque cosa mi faceva bollire il sangue e, secondo, che cosa le faceva pensare che potesse liberarsi da quel viaggio? La volevo dove potevo tenerla d'occhio. Era sempre stato quello il piano e non era cambiato niente sotto quell'aspetto. Sapevo benissimo che la sua coscienza avrebbe potuto avere la meglio e che da un momento all'altro poteva decidere di andare da Adam, pronta a confessare i suoi peccati, e chiedere la penitenza.

La seguii con gli occhi mentre spariva nel bagno ed io prendevo la camicia macchiata. Era ancora umida, ma ero riuscito a sciacquare la maggior parte del caffè. Che fare per il vestito... cazzo! Avevo una giacca sportiva nello spogliatoio. Non era l'abbigliamento tipico per un appuntamento con un banchiere ma meglio di niente. Se solo me ne fossi ricordato subito avremmo evitato tutto quel casino. April avrebbe continuato a vivere nella sua beata ignoranza, e sarebbe stato meglio per entrambi.

Tornò dal bagno e cominciò a tamponare l'eccesso di caffè con gli asciugamani bianchi.

«Tu verrai a Vancouver» dichiarai, mentre mi annodavo la cravatta.

Mi lanciò un'occhiata e poi si allontanò nervosamente. «Mhmm, viste le circostanze...»

«No. Non ci sono "circostanze". L'unica cosa che è cambiata è che hai un'informazione che prima non avevi. Non è cambiato nient'altro. Tu verrai.»

Lei si fermò, guardandomi mentre annodavo in fretta la cravatta senza guardarmi allo specchio. Qualcosa in quel gesto sembrava affascinarla, non aveva mai visto un uomo mettersi una cravatta? Poi i suoi occhi azzurri scivolarono lungo il mio corpo con ovvia ammirazione. Distolsi lo sguardo e cercai di pensare a qualcos'altro. Sapevo che cosa le stava passando per la testa. Stava pensando alla notte in cui eravamo stati insieme alla Comic-Con.

Bene, eravamo in due perché stavo trovando parecchio difficile anch'io dimenticare quella notte. Presi il portafogli e gli occhiali da sole. «Sarò fuori per il resto della giornata, Weiss. Dopo l'incontro a pranzo, dovrò nascondere la faccia dalla vergogna per essermi fatto vedere in pubblico conciato così. Fai le valigie e sii pronta a partire domani.»

Lei sbuffò ed io mi voltai per uscire.

«Aspetta, hai un filo che pende» disse, muovendosi dietro di me. Mi fermai senza voltarmi e la sentii che mi sfiorava la schiena. Mi appoggiò le mani sulle spalle e la pressione del tuo tocco mi stava eccitando, anche attraverso la giacca.

Mi voltai, alzando le sopracciglia.

«Verrò a Vancouver» disse alla fine, dopo essersi schiarita la voce. «Ma questo non significa che devo essere gentile con te.»

«Allora non farlo. Ora vai a finire il tuo lavoro» brontolai prima di aprire la porta e uscire.

✳✳✳

Il giorno seguente prendemmo il volo del primo pomeriggio da Orange County a Vancouver. April si era rifiutata di parlare con me in ufficio e durante il breve tragitto verso l'aeroporto. Quando le facevo qualche domanda, rispondeva a monosillabi e si rifiutava di guardarmi, ancora visibilmente incazzata.

Oh beh, mi dissi. Dovrà farsene una ragione, no? Come avevo dovuto fare io in quei primi giorni dopo aver scoperto che la mia notte di sesso cosplay bollente era finita su Internet, sotto gli occhi di tutti.

Da allora, a parte tutti i problemi e le rotture di palle in ufficio, avevo cominciato a vedere la faccenda in modo più filosofico. Perlomeno i poveri geek solitari che non riuscivano mai a scopare potevano farsi un'idea di come funzionavano le cose. Se qualcuno di loro potesse mai riuscire ad avere una ragazza sexy come April, beh quella era tutta un'altra faccenda.

Mi sedetti in prima classe, godendomi il mio drink pre-volo, acqua minerale. Ero ancora deciso a rispettare il mio inferno proibizionista autoimposto, o la mia autoflagellazione, la definizione variava secondo la giornata. Mentre saliva il resto dei passeggeri, una bella hostess chiacchierava con me. Aveva un bel sorriso e rideva a tutto quello che dicevo, che fosse divertente o meno. La adocchiai per un po', pensando a quando risaliva l'ultima aggiunta di un membro al mio personale mile-high club, ma i miei pensieri volarono immediatamente alla visione di me e April aggrovigliati in un bagno minuscolo.

La hostess mi rivolse un'occhiata invitante con i suoi grandi occhi azzurro baby, ma ero distratto dal pensiero di occhi seri, di un azzurro più scuro, che nascondevano tutta una serie di pensieri profondi e segreti. A un certo punto April mi passò accanto, diretta al suo sedile in classe turistica. Diede una bella occhiata all'impiegata della compagnia aerea prima di rivolgermi un'occhiata gelida.

Io le feci l'occhiolino. Non riuscii a resistere. Distolse lo sguardo con la velocità di un sasso che rimbalzasse sull'acqua di un lago. Risistemò la tracolla della borsa, con il dito medio che spuntava in fuori, come aveva fatto quella sera al bar.

Risi prima di respirare a fondo e distogliere gli occhi. Cercai di sopprimere il senso di colpa che si era aggiunto al complesso minestrone di emozioni che provavo per quella donna. Era furiosa, e allora? Ero arrabbiato anch'io. Ma al contempo la desideravo, eppure dovevo rammentare a me stesso che ero il suo capo e che quindi non potevo averla.

Maledizione, sarebbe stato più facile una volta che il suo stage fosse finito e lei se ne fosse andata. Solo qualche altra settimana…

Ma dovevo ammetterlo, lei aveva accettato tutto quello che le avevo scaricato addosso con tranquilla dignità e aveva perso il controllo una sola volta, il giorno prima. Oh, e com'era stato incandescente quel crollo. Sapevo che c'era fuoco sotto quella superficie serena, e una parte di me, la parte spericolata, voleva rivederlo. E continuare a rivederlo.

E una parte ancora più temeraria di me voleva prendere il fuoco che sapevo esserci, imbrigliarlo e tenerlo tra le mie mani. Solo quel pensiero astratto, il pensiero di *lei*, mi stava eccitando di nuovo.

Merda, ero nei guai. Avrei dovuto trovare un po' di autocontrollo *alla svelta* o restare ben lontano da lei prima di perdere anche quel minimo di padronanza che mi restava.

***

In meno di tre ore arrivammo all'aeroporto internazionale di Vancouver. Passammo la dogana ed eravamo seduti insieme sul sedile posteriore di un taxi mentre l'autista ci portava al nostro albergo, sul lungomare della città, vicino al centro congressi. All'arrivo, il portiere ci accompagnò nella suite.

La Owner's Suite occupava l'intero ultimo piano di una delle torri dell'albergo. Era su due piani, con finestre a tutta altezza che permettevano di vedere il panorama della città a 360°, dal Coal Harbout e l'English Bay alle North Shore Mountains, fino allo Stanley Park e al centro moderno, tutto vetro e acciaio di Vancouver, come ci fece notare il portiere.

April ascoltò l'intero discorsetto con interesse ma non disse molto mentre seguiva le sue istruzioni. Lui la scortò nella piccola stanza nel corridoio al piano inferiore della suite. Era la stanza riservata all'assistente dell'occupante dell'Owner's Suite. Era attigua alla suite ma non ne faceva parte e sembrava semplicemente una normale stanza d'albergo.

Prima che potessi dire una parola, lei sparì nella stanza chiaramente mediocre, almeno se paragonata alla mia. Io passai quasi cinque minuti a chiedermi se fosse o meno il caso di andare a parlarle e farle notare che c'era un'altra stanza nella suite. Forse sarebbe stato meglio, però… più muri e serrature c'erano tra di noi durante quel soggiorno, meglio sarebbe stato.

Perché non avevo *veramente* idea di come avrei fatto a tenere le mani a posto. E se lei fosse rimasta incazzata con me, ancora meglio. Un'altra barriera tra di noi sarebbe stato un buon deterrente. Ma mi sembrava sbagliato lasciare che si rintanasse là dentro quando avevo questo posto enorme tutto per me.

Sospirai. Contro ogni buon senso, bussai leggermente alla sua porta e dopo un bel po', lei mi disse sottovoce di entrare. Aprii la porta ma restai sull'uscio, lei ed io da soli in una stanza da letto, insieme, non avrebbe portato a belle cose.

Beh… belle cose di sicuro, ma non le cose giuste.

Mi guardai intorno e fissai gli occhi su una valigia appoggiata al suo sostegno. Intravidi della biancheria di seta e pizzo che faceva capolino, come se mi stesse facendo l'occhiolino e mi tormentasse. La guardai negli occhi.

«Sì?» chiese seccamente. «Posso fare qualcosa per te?»

Sospirai. «Non è necessario che stia qui, sai. C'è un'altra stanza al piano di sopra.» Quella proprio accanto alla mia. Perché no? A quanto pareva mi piaceva farmi del male.

«Va tutto bene. È qui che stanno gli assistenti ed io so bene qual è il mio posto.»

Si voltò per mettere un maglione nel cassetto accanto al letto. Quando si piegò, sbattendomi in faccia il suo bel sedere, il primo pensiero che mi venne in testa fu, *Sì, il tuo posto è nuda e sudata sotto di me.*

Sbuffando irritato, staccai gli occhi prima che lei potesse voltarsi.

«Possiamo dichiarare una tregua, per favore? Siamo entrambi in un paese straniero. Non conosciamo nessuno...»

Lei sghignazzò. «Non direi che il Canada sia proprio un paese straniero.»

«Beh, lo è. Qui parlano in modo strano. Io mi sento già solo. Per favore, compatriota americana, puoi essere mia amica?»

Lei strinse le labbra, ripiegando le braccia sul petto. Io mi sforzai di non pensare al sapore di quelle tette. Cazzo. Che cosa diavolo mi aveva preso? Ero più assatanato di un quindicenne cui avessero proibito di farsi le seghe.

Mi allontanai dalla porta. «Dai... andiamo a goderci la vista. E non hai fame? Dai, Weiss. Rilassati e concediamoci una tregua.»

April strinse gli occhi ma curvò la bocca in un sorriso. «Sì, mi piacerebbe dichiarare una tregua, dopo averti pestato per bene.»

«Molto divertente. Mi accerterò di dormire con un occhio solo stanotte. Adesso, dai, vieni.» Mi voltai sperando che mi seguisse. Ma in fondo sapevo che sarebbe stato meglio per entrambi se non lo avesse fatto.

Capitolo Diciassette
April

SEGUII QUELL'UOMO PECCAMINOSAMENTE SEXY… mhmm… malvagio lungo il corridoio, attraverso la suite e verso il patio sul retro, che era in cima a una delle torri.

Lui si voltò a guardarmi, con un sorriso mozzafiato sul volto. Sulle guance aveva un accenno di barba e mi chiesi se volesse adottare un look da hipster per il suo intervento. Sentii le guance bruciare e distolsi gli occhi. Se fosse stato possibile per lui diventare ancora più fottutamente splendido di quanto fosse già, avrei aggiunto "accenno di barba" all'equazione. La barba corta era un po' la mia erba gatta, mi faceva venire le ginocchia molli. Oh, Dio. Dovevo cercare di tenere puliti i miei pensieri e concentrarmi su quanto lo detestavo, ma quella barba non mi aiutava proprio.

Rendeva ancora più sexy il mio odiato ma sexy capo, che era l'amante più impressionante che avessi mai avuto. Sbattei gli occhi. Erano passate trentasei ore da che avevo scoperto l'identità di Falco, il dio del sesso della Comic-Con e da allora stavo continuando a rivivere quella notte. Ma quando pensavo a me, seduta sulle sue cosce muscolose, con le gambe aperte e le sue mani che mi stringevano i fianchi, adesso vedevo il bel volto di Jordan invece dell'elmo di Falco.

E quando pensavo a come mi aveva fatto stendere sul letto e poi mi aveva schiacciato contro il materasso con il suo corpo duro, solido, ricordavo il suo odore come quello di Jordan. E quando pensavo al notevole pene di Falco che si muoveva dentro di me...

«Ordiniamo la cena.» Jordan si fermò accanto al telefono, dove c'era il menu del servizio in camera.

Ah, già, la cena. Bene.

Mi passò il menu ed io scelsi quello che volevo, un'insalata di pollo alla cinese e Jordan ordinò bistecca e patate. Talmente prevedibile che quasi sbadigliai.

Mentre aspettavamo che arrivasse il cibo, aprii la porta scorrevole e uscii su uno scintillante patio di marmo, dove c'erano una piscina privata, una jacuzzi, una sauna e un camino. Guardai il cielo, grigio di nuvole scure. Le previsioni parlavano di pioggia, come ci si poteva aspettare nel Pacific Northwest, conosciuto per il verde, e a buon motivo. Fortunatamente era solo settembre, quindi il tempo non era ancora troppo freddo. Stare a mollo per un po' nella Jacuzzi sarebbe stato bello, purché non dovessi gelarmi il culo per rientrare nella stanza.

Qualche minuto dopo, Jordan mi seguì, restando a una breve distanza, con le mani in tasca. Cercai di non notare come quel gesto facesse aderire i jeans al suo sedere sodo. Uffa. Dovevo smettere di guardarlo e, *decisamente*, dovevo piantarla di sbavare per lui.

Probabilmente io ero solo un puntino sul suo radar. Quell'uomo si era portato a letto donne a destra e a manca, ereditiere, attrici, modelle di tutti i tipi. Di me, al contrario, avevano detto che a letto ero una noia. E la mia presenza non sembrava aver alcun effetto su Jordan.

Certo, mi aveva baciato a casa sua e aveva fatto qualche altra cosetta dietro il bar. Ma immaginai che fosse perché si annoiava, e non aveva cercato di fare un accidente di niente da allora.

Parlai per interrompere quel silenzio imbarazzato. Ero ancora incazzata, ma immaginai che non mi avrebbe fatto male essere civile con il bastardo. «Allora, hai ripetuto il tuo discorso? Sei pronto per i tuoi diciotto minuti di gloria?»

Lui alzò una delle sue grandi spalle. «Sono pronto da un bel po'. Sono tre settimane che ripeto quella maledetta cosa nel sonno.»

«Quindi non hai bisogno di fare altre prove?» Guardai il panorama. Vancouver era veramente una bella città, situata in una baia ampia, tutta luce e oceano e macchie verde scuro di foresta lussureggiante.

«Devo rivedere le slide prima della prova di domani, ma non stasera. Sono troppo stanco.»

Arrivò la cena e ci sedemmo a tavola. Mangiammo in silenzio per un po', uno davanti all'altro. L'unico rumore era quello delle sue posate mentre tagliava la bistecca e il mio mentre masticavo le verdure della mia insalata.

Jordan guardava con sospetto la mia insalata. «Non hai molta fame.»

«Va bene così. Non sono mai stata troppo patita dei voli. Mi fanno venire la nausea.»

«Mhmm. Puoi ordinare qualcosa più tardi, se ti viene fame.»

«L'insalata va bene. Non è il pasticcio di carne di tuo nonno, ma è buona.»

Jordan sorrise pensando al pasticcio. «È il mio piatto preferito, tra quelli che cucina lui. Mia nonna lo faceva sempre e lui ha cominciato a prepararlo quando lei è morta.»

Strinsi le labbra e abbassai gli occhi. «È un uomo così gentile. Spero che non gli terrai il muso per troppo tempo per quello che è successo a casa sua.»

Lui si agitò per un momento, sembrando a disagio perché ne avevo parlato. Aprì la bocca per rispondere ma il suo telefono fece uno squillo e lui lo prese. Gli apparve un sorriso sul volto e scrisse un messaggio prima di rimetterlo giù. Mi guardò, notando che lo stavo fissando.

«Che c'è?»

Alzai le spalle. «Niente, mi stavo solo chiedendo se era un'altra supermodella che ti stava mandando messaggi sexy. Se ti sentirai solo stanotte avrai del materiale fresco per farti una sega.»

Mi diede un'occhiataccia. «Era la mia sorellina che mi augurava in bocca al lupo per il mio discorso, dicendo che si sarebbe collegata e mi avrebbe guardato su Internet appena postato.»

Feci una smorfia. «Oh.» Mi schiarii la gola e poi masticai qualche altra foglia di lattuga e fette di mandarino acidule con un condimento allo zenzero. «È veramente un tesoro. Sei fortunato.»

«Non hai una sorella?»

Tirai il fiato e poi espirai piano. «Sì. Una sorellastra, almeno. La figlia di mio padre con la sua seconda moglie. Hanno anche un figlio. Come ho detto, la famiglia perfetta, anche i due virgola cinque figli. Io sono il "virgola cinque."»

«Sono molto più giovani di te?»

«Mio fratello, David, ha sei anni e mia sorella, Sarah, nove.»

Fece una smorfia e poi tagliò la bistecca, assorto.

«Che c'è?»

«Mi stavo solo chiedendo... quindi tuo padre ha voltato pagina e si è risposato dopo il divorzio. E tua madre?»

Cercai di non fare una smorfia all'idea della *sua* esistenza. Erano mesi che cercavo di cancellarla. Lei mi mandava messaggi e mi chiamava e mi mandava email e mi contattava sui social media praticamente tutti i giorni. Io mi ero rifiutata di rispondere. Non avevo niente da dire a lei o al suo nuovo *maritino*.

Aggrottai la fronte, scegliendo accuratamente le foglie di lattuga, con la stessa cura con cui stavo cercando di scegliere le parole. Il silenzio si dilungò e poi divenne imbarazzante.

«Scusa, non cercavo di ficcare il naso» disse Jordan.

Mi decisi a parlare. «I miei genitori si sono sposati per un capriccio ed erano completamente sbagliati l'uno per l'altro. Lui era già un uomo di successo e lei era giovane e carina. Il matrimonio è stato un disastro fin dal primo giorno. Lei lo tradiva mentre lui lavorava tutto il tempo. Ero talmente giovane quando hanno divorziato che quasi non li ricordo insieme.»

«Ah, quindi tua madre non è il tipo che si sposa.»

Scoppiai a ridere. «Oh, al contrario, è proprio il tipo che si sposa. Solo non è il tipo che *resta* sposata. Al momento è al marito numero quattro.»

«Allora, con chi sei cresciuta?»

Lo guardai facendo una smorfia. «Cos'è, l'ora delle cinquanta domande su April? Se vuoi delle risposte da me, devi tirar fuori qualcosa anche tu.»

Lui smise di masticare per un momento e mi guardò con quegli occhi seri. Sembravano più marroni che verdi in quel momento.

«Mhmm, okay. Allora chiedimi qualcosa.»

Io continuai a mangiucchiare le mie foglie di lattuga. Sapevo esattamente che cosa volevo chiedergli, ma non potevo spiattellarlo come avrei voluto fare nelle settimane che erano seguite al viaggio a Santa Barbara. Dovevo almeno fingere cercare qualcosa da chiedergli.

«È quel commento che hai fatto su tuo padre... che è arrabbiato con te perché gli hai mentito. Su che cosa gli avevi mentito?»

Lui sbuffò. «È una storia lunga e complicata.»

«Beh, se vuoi altre risposte da me, dovrai pagarle con la tua storia lunga e complicata.»

Jordan strinse gli occhi. Capivo che stava riflettendo su che cosa dire e come dirlo. Poi si decise. «Grant Fawkes è ossessionato dalla sua eredità culturale, vuole tramandare la sua enorme saggezza e conoscenza alle generazioni future. Ed è stato molto attento a formare la sua prole...»

Io bevvi qualche piccolo sorso d'acqua e lo guardai da sopra l'orlo del bicchiere. Stava diventando interessante. I problemi tra Jordan e suo padre. Ero curiosa fin da quella folle riunione di famiglia.

Lui continuò. «Studiavamo a casa. Io ho finito le superiori a sedici anni e ho cominciato il college prima di compierne diciassette...»

«Wow. Sapevo che eri un cervellone, ma qui si esagera!»

Lui spinse da parte il piatto e alzò le spalle. «Non è tutto oro quello che luccica. Ero troppo giovane per cominciare il college. E lui avrebbe dovuto saperlo.»

Annuii. Capendo perfettamente che cosa significava essere più saggi dei propri genitori. Sapendo che cosa significava essere alla loro mercé quando avrebbero dovuto essere loro a proteggerti. Mi venne in mente per un attimo il secondo marito di mia madre, Cliff, che mi dava un manrovescio perché avevo accidentalmente rotto il suo prezioso trofeo di golf. Avevo otto anni e dopo quell'episodio andai a vivere a tempo pieno con mio padre per anni. Mia madre non aveva detto una parola... non aveva voluto disturbare la sua vita comoda o la promessa di futuri alimenti.

Sì. Capivo che cosa significava avere un genitore che riteneva che i suoi interessi fossero più importanti di quelli di un figlio.

«Probabilmente lui lo sapeva» mi decisi a dire. «Ma i suoi obiettivi per lui erano più importanti.»

Lui piegò la testa, guardandomi come se volesse studiarmi da un'angolazione diversa. «Già... mi aveva destinato a diventare un ingegnere ambientale, come lui. Per come la vedeva lui, era quello il mio unico scopo nella vita.»

«È una pressione notevole per qualcuno così giovane.»

Jordan strinse la mascella per un momento. «È il motivo per cui sono andato al Caltech. Lui pagava i miei studi e non costavano poco. Doveva fare parecchi sacrifici, anche con la mia parziale borsa di studio. Allora, a un certo punto... cambiai indirizzo senza dirglielo.»

Passai il dito sull'orlo del bicchiere, non volendo guardarlo perché avrei potuto spezzare l'incantesimo e lui avrebbe smesso di parlare.

Lui giocherellò con il piatto come se fosse la cosa più interessante al mondo. «Come puoi immaginare, era parecchio incazzato quando, una settimana prima della laurea, lo informai che avrei sfilato con la facoltà di economia e non con quella d'ingegneria per ritirare la pergamena.»

«Deve essere stata un'esplosione epocale.»

«Mio padre è il tipo che evita i conflitti, è passivo-aggressivo. È il tipo che serba rancore. Non esplode, continua a bruciare piano.»

«Quindi ti serba rancore da quando ti sei laureato? Adesso hai venticinque anni. Quanti anni sono passati?»

«Cinque anni.»

Ah, già, Jordan e Adam, i ragazzi prodigio della Draco che erano arrivati così in alto così giovani. Le loro biografie e le loro facce favolose stavano per essere diffuse su tutte le riviste economiche ora che la IPO era quasi una realtà. Erano giovani, sexy, brillanti e presto sarebbero stati ancora più incredibilmente ricchi di quanto non fossero già. Avevano il mondo nelle mani.

«È parecchio tempo per serbare rancore.»

«Già. C'è dell'altro, però.» Sembrò sul punto di dire qualcosa e poi alzò le spalle. «È parecchio che non vediamo le cose allo stesso modo.»

A me sembrava una cosa che venisse direttamente da un romanzo di Steinbeck...

Jordan prese il bicchiere e fece ruotare il liquido. «Gesù, quest'acqua proprio non aiuta...»

«Ancora astemio?»

«Sì, e tu?»

«Diavolo, sì. Perdo tutte le funzioni cerebrali quando bevo.»

Qualcosa in quella frase sembrò preoccuparlo. Si guardò intorno e poi tornò a guardare me. «Allora, per quanto riguarda te...»

«Che cosa vuoi sapere?»

«I tuoi genitori. Se si sono separati quando eri una bambina, dove sei cresciuta?»

«I miei genitori avevano la custodia congiunta, quindi andavo avanti e indietro tra di loro. Poi mia madre ha trovato un altro paparino ed io le davo fastidio. Ho vissuto con mio padre e una bambinaia, a volte con mia nonna.»

«Ma hai detto che tu e tuo padre non siete vicini... eppure hai passato la maggior parte del tempo con lui crescendo, no?»

«Beh, c'era la mia matrigna.» Bevvi un po' d'acqua.

Vidi dalla sua espressione che aveva capito... forse male. Non è che io fossi una principessa delle favole con la necessaria matrigna cattiva. No. Non ero Cenerentola.

«Non è quello che pensi. La mia matrigna è una brava persona, ma io ero una preadolescente quando ha sposato mio padre e lei ha solo quattordici anni più di me. Io non ero la persona più facile al mondo con cui andare d'accordo. A quel punto mia madre era rientrata in scena perché voleva qualcuno con cui andare a fare shopping o a fare la manicure. Allora ero più interessante per lei, specialmente perché era senza un uomo.»

«Rebekah, la mia matrigna, era pronta a metter su la sua famiglia con mio padre e non sapeva che cosa fare con me. Inoltre è piuttosto religiosa ed io non interessata. Aveva tentato, ma i modi dei Gentili erano troppo radicati in me, o roba simile. Quindi è stato più o meno a quel punto che andai in collegio.»

«Accidenti, ed io che pensavo che fossi *veramente* Biancaneve, con tanto di matrigna cattiva.»

Lo guardai a occhi stretti. «Cosa?»

Lui sorrise. «Devi promettermi di non dirglielo, ma quando Adam non sapeva il tuo nome, ti chiamava Biancaneve.»

Lo guardai perplessa. «Perché?»

Jordan mi guardò come se fossi un'idiota. «Sarà perché le assomigli?»

«Non è vero.»

«Sì che è vero.»

Poi ricordai il commento che aveva fatto Adam, sul chiamare le creature del bosco ad aiutarmi e tutto mi fu chiaro. «Oddio, è così che mi chiamano tutti?»

Jordan si mise a ridere. «No. Solo lui.»

Alzai le sopracciglia: «Tu no?»

Il sogghigno sparì dalle sue labbra sexy e di colpo si concentrò intensamente sul suo piatto quasi vuoto. Lo guardai mentre sorseggiavo l'acqua.

Si appoggiò allo schienale con un sospiro, strofinandosi le guance ruvide di barba. Quella peluria decisamente aumentava il suo fascino già alle stelle, con quella spolverata di peli dorati sulla mascella squadrata. Mi calarono le palpebre per un attimo quando immaginai come sarebbe stato sentire quella barbetta ruvida contro le mie guance e il collo mentre mi baciava. La sua bocca che si muoveva più in basso, la sensazione di cartavetrata sul petto, lo stomaco…

Deglutii. Le mie mutandine cominciavano a essere umide. Dovevo smettere di fantasticare in quel modo. Avrei dovuto essere ancora incazzata con lui! Perché stava rendendomi così difficile restare arrabbiata?

Lui aveva smesso di agitarsi sulla sedia e ora mi stava osservando. In effetti, stava guardando la mia scollatura, poi gli occhi risalirono lentamente verso il collo, stringendosi quando la mia gola si mosse perché avevo deglutito. La temperatura o la tensione sessuale stavano salendo un po' troppo per il mio livello di comfort.

Mi alzai. «Io, mhmm, ho ancora delle cose da fare per il programma di domani e altro lavoro da fare. Tu hai l'incontro con il tutor di oratoria, poi il direttore e anche la prova generale.»

Lui non si alzò.

«Sono le nove. Non dirmi che vai a letto così presto.»

Mi schiarii la voce. Non avevo pensato ai pericoli di dormire sotto lo stesso tetto fino a quel momento, e arrossii quando me ne resi conto.

Feci un cenno indifferente con la testa per coprire il rossore. «Non ho intenzione di restare alzata "fino a mezzanotte". A quanto pare sono Biancaneve, non Cenerentola.»

Jordan si alzò, gettando da parte il tovagliolo. «Dai, Weiss, un po' di vita. Abbiamo una Jacuzzi.»

Oh no... lui ed io nella Jacuzzi, insieme, con solo un costume da bagno? E lui con quegli addominali? No, proprio no. Non potevo fidarmi di me. Avrei cominciato a bere e poi a leccarlo come dessert in dieci secondi netti.

«Oppure questo bel caminetto.» Jordan andò verso la parete e accese un interruttore. Il gas si accese e l'intera parete in fondo si illuminò all'interno di una gigantesca cornice di legno, con il fuoco che appariva sopra le rocce dipinte. Spettacolare.

«È impressionante.»

Jordan mi sorrise contento. «Siediti... mettiti comoda. Resta per un po'.»

Storsi la bocca, facendo una boccaccia. «Ho un posto tutto mio. Lo sgabuzzino del maggiordomo.»

Lui si lasciò cadere sul divano e mi guardò, speranzoso. Con un sospiro, mi sistemai in una poltrona accanto al divano. Mi appoggiai e fissai le fiamme. Meglio così che non guardare le fiamme che danzavano nei suoi begli occhi. Quando mi soffermavo su quelle cose troppo a lungo cominciavo ad avere pensieri peccaminosi.

«Ora voglio che ammetta il vero motivo per cui vuoi tanto tornare nella tua stanza» disse Jordan abbassando la voce.

Contro ogni logica, mi voltai a guardarlo. «Oh, e perché?» Non vedevo l'ora di sentire la sagra dell'ego che sarebbe uscita dalla sua bocca, come lo trovassi così irresistibilmente sexy che il solo pensiero di baciare quella bocca faceva muovere il pavimento sotto i miei piedi, mi faceva venire la bocca secca, mi faceva dimenare sul sedile per via delle strane sensazioni nelle mie parti intime.

«Di' la verità, il gioco ti ha agganciato, vero?»

«Cosa?»

«Mi sono collegato per controllare la chiave che ti avevo dato. Il tuo personaggio è già al diciannovesimo livello.»

Tirai il fiato, ebbra di sollievo. «Sì, sì, mi hai beccato. Quel gioco dà veramente dipendenza. Ora so perché voi ragazzi siete così schifosamente ricchi.»

Jordan sorrise. «E sembra che tu non sia l'unica che è stata chiamata con il nome del personaggio di una favola.»

Mi sentii la faccia in fiamme e distolsi gli occhi. Merda. Aveva capito che avevo preso lui come modello per la mia Bestia. Ed ero sicura che mi avesse sentito riferirmi a lui come "Bestia" almeno una volta.

«Beh, sei bestiale *la maggior parte* del tempo.»

Lui si sistemò meglio, allargò le braccia muscolose sullo schienale del divano, e fissò il fuoco, con un sorrisetto che gli danzava sulle labbra. «Mi hanno chiamato in modi peggiori.»

«Te l'eri meritato?»

Lui sogghignò, continuando a fissare il fuoco. «Sì, la maggior parte delle volte.» I suoi occhi tornarono su di me. Avevano il colore dell'ambra fusa alla luce del fuoco. «Come ho detto prima, i bravi ragazzi arrivano ultimi. L'ho imparato nel modo peggiore, dato che sono un ex bravo ragazzo e tutto il resto.»

Lo guardai mentre mi massaggiavo un braccio con la mano. «Mhmm, allora non c'è proprio nemmeno la traccia di un cuore sotto quella pelle di bestia?»

Strinse gli occhi fissando il fuoco. «Quell'organo è stato rimosso anni fa.»

Ah... qui doveva esserci una storia. Così almeno sembrava. O forse ero io che speravo fosse qualcosa di più di un ragazzo geniale che aveva fatto un mucchio di soldi e che ora sfruttava a sua ricchezza e il suo aspetto per vivere una vita da rock star, ogni settimana una donna diversa nel suo letto. E mi venne da pensare, era già passato quasi un mese dalla nostra avventuretta anonima alla Comic-Con. Nel frattempo era uscito con la sua serie di modelle e attrici? Ed era andato a letto con loro?

Sapevo già che gli mandavano messaggi sexy a tutte le ore del giorno. Il pensiero di quelle donne, chiunque fossero, mi faceva ribollire il sangue, anche se continuavo a ripetermi che non avevo nessun diritto su di lui. Eravamo stati assieme una volta, ed era stato fuori dal mondo, ma probabilmente lui se n'era pentito.

Beh, eravamo in due. Dispiaceva anche a me. A volte.

«È per quello che continui a cambiare donne?»

Quegli occhi si spostarono su di me. «Cos'è, continuiamo con le confessioni?»

«Penso che tu mi debba qualche risposta per tutte quelle che ti ho dato io.»

«Non voglio parlare della mia vita sociale.»

«Oh, perché no?»

«Perché non voglio.»

Lo guardai a sopracciglia alzate. Mi faceva solo venir voglia di continuare a insistere.

«Okay, allora ho un'altra domanda che mi brucia.»

«Spara.»

«Sapevi che ero io alla Comic-Con, la sera che siamo tornati nella mia stanza?»

Strinse le labbra senza guardarmi. Il silenzio quasi rimbombava nell'aria e stava diventando denso per la tensione, come prima. Dopo qualche minuto, fu chiaro che non aveva intenzione di rispondermi, né di ammettere di aver sentito la domanda.

E, francamente, la faccenda mi faceva arrabbiare. Mi alzai dalla poltrona e i suoi occhi, intensi come un laser, trovarono i miei. Con un'alzata di spalle mi diressi agli alloggi della servitù. «Bene, se non hai le palle per rispondermi... io vado.»

Mi voltai e percorsi il corridoio, conscia che lui si era alzato e mi stava seguendo. Prima di afferrare la maniglia, mi voltai a guardarlo. Aveva il volto a pochissima distanza dal mio, con gli occhi che ardevano nei miei.

Ed io non riuscivo a respirare. Jordan fece un altro passo avanti finché fui contro la porta e il suo fiato caldo mi bruciava le guance. Quegli occhi bruciavano di emozioni fortissime, rabbia, passione, perfino bramosia. Non riuscii a distogliere lo sguardo. Ero come un animale in trappola, che fissava il suo predatore, con l'adrenalina che mi scorreva nelle vene.

Jordan mise una mano sul muro a entrambi i lati della mia testa. Quell'odore... cuoio e salvia. Si chinò in avanti e mi sentii stringere il petto, sentivo il cuore che mi batteva debolmente nella gola.

«Sì» disse lui alla fine.

Ero sorpresa e nel contempo non lo ero. Lo avevo sospettato nel momento in cui aveva rifiutato di rispondermi, e furiosa per un altro tradimento.

«Sapevo che eri tu» continuò. «E sapevo che saresti stata la mia stagista.»

Sentii tutti i muscoli irrigidirsi per l'ira. «Bene. Veramente meraviglioso. La storia sta migliorando sempre di più.»

Dovevo lottare contro la direzione che stavano prendendo le mie emozioni, notando en passant che c'era poca differenza tra la rabbia e il desiderio. Erano entrambe emozioni forti, che minacciavano di prendere il controllo di ogni pensiero e azione, e non necessariamente nel tuo interesse.

«È stata una mancanza di giudizio. Non avrei dovuto farlo. Mi dispiace.»

«Ti dispiace di aver fatto sesso con me?»

Lui scosse la testa, con lo sguardo che scendeva verso le mie labbra.

«Non mi dispiace per il sesso. Mi dispiace non averti detto prima che ero io.»

Cercai di decidere come prendere quell'informazione, senza riuscire a pensare a niente da dire o perfino a decidere come mi faceva sentire.

«Non lo rimpiango, comunque. Ho deciso che non mi sarei mai pentito del sesso bollente.»

«Hai pensato che fosse bollente?» Eccomi qua di nuovo, a cercare disperatamente una conferma. Il mio passato mi aveva resa veramente un tale relitto?

Lui sembrò sorpreso dalla domanda. «Ovviamente.»

Abbassai lo sguardo sulla sua bocca e mi leccai le labbra. Qualcosa avvampò nei suoi occhi. I secondi passavano e lui non si muoveva. Piegai la testa, portando la bocca più vicino alla sua. Dio, volevo sentire quelle guance ruvide contro la mia pelle. «Beh, sai già come la penso io al proposito…»

Jordan abbassò le palpebre. Io alzai una mano e infilai le dita tra i suoi capelli, come volevo fare da giorni oramai. Tracciai il contorno del suo orecchio con il polpastrello. Lui chiuse di colpo gli occhi e sospirò, tremante.

«Dovrei… probabilmente andare…» sussurrò.

I secondi che seguirono sono un po' confusi. Per quanto mi sforzi, non riuscirei a dire chi si avvicinò per primo, ma un attimo dopo le mie braccia erano intorno al suo collo e le sue labbra erano sulle mie e mi stavano divorando. Le sue dita si avvolsero intorno ai miei capelli, che usò per tirarmi completamente contro di lui. La sua lingua dardeggiava disperatamente dentro e fuori dalla mia bocca e poi stavo muovendo le mani sul suo torace duro, aggrappata alla camicia.

Sotto la camicia, il suo corpo sembrava di granito. Dio, era così bello, il suo odore era magnifico, il sapore delizioso. Avrei voluto togliermi i vestiti, per lui. La barba corta mi graffiava la pelle mentre mi baciava, sul viso, le orecchie, il collo. La sua bocca andò più in basso, fermandosi sulla scollatura.

«Sei così maledettamente bella» mormorò e dentro di me esplose qualcosa… potere? *Gioia*? Non riuscivo a tirare il fiato. Gli passai le dita tra i capelli, che si scomposero disordinati e attraenti. C'era qualcosa in quell'uomo che non fosse da urlo? Scommetto che si alzava con un aspetto disgustosamente sexy di prima mattina. Sentii un fiotto di calore in mezzo alle gambe al pensiero di svegliarmi accanto a lui, i nostri corpi coperti solo dal lenzuolo, il ricordo di quella barba corta che grattava sulla mia pelle.

«Jordan» sussurrai.

La sua mano andò dietro la mia testa, raccogliendo i capelli sulla nuca. Sentii le sue dita stringersi e poi tirare forte i miei capelli. La lieve fitta di dolore mi fece risucchiare il fiato, mentre il mio desiderio esplodeva. Con uno strattone, la mia testa si piegò all'indietro, esponendo il collo ai suoi deliziosi baci di carta vetrata. La sensazione delle guance ruvide contro la mia pelle mi stava facendo impazzire.

«Non riesco a togliermi quella notte dalla testa» disse Jordan a denti stretti mentre mi baciava il collo e la parte nuda del petto. «Ci penso continuamente.» Strinse nuovamente il pugno intorno ai miei capelli, come fosse di nuovo frustrato. «Com'era sexy scoparti. Tutto quello a cui riesco a pensare è quanto voglio rifarlo.»

Le mie labbra trovarono il lobo del suo orecchio e lo succhiarono all'interno della mia bocca, sfiorandolo con i denti. Lui espirò di colpo. Infilò la mano sotto la mia maglietta, passandomela sullo stomaco e lasciandosi dietro una scia di fuoco. Abbassò la bocca sul mio seno afferrando un capezzolo attraverso la maglia. Contrassi i muscoli della schiena e l'arcuai, spingendomi contro di lui, con il desiderio che mi percorreva le vene e che bruciava più caldo di quel fuoco a gas nel soggiorno.

Tutte le terminazioni nervose su ogni centimetro della mia pelle erano vive e volevano il suo tocco. Ma non potevo... non potevamo.

La sua bocca adesso era alla base del mio collo, mordeva e succhiava e le mani erano sotto la maglietta e mi tenevano contro di lui. Le mie erano premute contro il suo torace duro, e la sensazione dei suoi muscoli sodi mi fece rovesciare gli occhi nella testa. Ero delirante di desiderio per lui. Eppure...

«Jordan...»

Lui continuò a passarmi quella bocca stregata sulla clavicola. Sopra il reggiseno, i suoi pollici accarezzavano i miei capezzoli, facendoli diventare due biglie dure, dolenti.

«Che c'è?»

«Dobbiamo fermarci.»

Lui premette la sua enorme erezione contro il calore bruciante tra le mie gambe. «Il tuo corpo non è d'accordo con la tua dichiarazione.»

Io gemetti quando intensificò la pressione dei pollici contro i miei capezzoli. «No. È vero» mormorai. «Vuole decisamente che mi scopi di nuovo.» Lui emise una specie di grugnito in risposta a quell'ammissione calorosa. «Ma io sono ancora arrabbiata con te.»

Lui s'irrigidì contro di me, poi tolse le mani da sotto la mia maglietta. Restammo premuti uno contro l'altro, respirando affannosamente, senza riuscire a guardarci negli occhi. Chiusi lentamente gli occhi. Lo desideravo tanto da star male.

Lui fece un passo indietro, staccandosi. L'espressione sul suo volto si sarebbe facilmente potuta descrivere come... confusione. A ogni secondo che passava vedevo una nuova emozione che si mischiava: desiderio, riluttanza, ambivalenza.

«Hai ragione. Non possiamo farlo.» Sembrava che stesse cercando di convincersi da solo, più che convincere me. Cominciò a passarsi il palmo della mano sulla guancia, pensieroso.

Io respirai a fondo, fiera di avergli tenuto testa, nonostante fossi così eccitata. Ma poi le vecchie insicurezze mi tornarono in mente tutte insieme e potei praticamente sentire i contraccolpi di tutte le volte in cui avevo tentato di farlo in passato. *A essere sincero, non è un gran problema per me. Il sesso non è mai stato così eccitante*, aveva detto Gunnar, qualche mese prima di saltare nel letto di mia madre.

Mi mancò il fiato. *April, dovresti assicurarti di trovare un uomo mentre sei ancora giovane e ti mantiene ancora tuo padre. Io ho sempre avuto il mio aspetto su cui basarmi, ma tu sei fortunata, non ti devi preoccupare per quello.*

Mia madre e i suoi nauseanti, condiscendenti consigli su come catturare e tenere un uomo. Come sempre, sembrava provare risentimento nei miei confronti perché avevo ancora accesso ai soldi di mio padre e lei no.

Tutti quei gremlin nella mia testa… perfino Cari, alla Comic-Con. *Sei solo una miss perfettina, April. Non giocherai mai duro, non sarai mai avventurosa.*

Di colpo, mi stavo sentendo male.

E Jordan aveva osservato tutto. Preoccupato, mi accarezzò una guancia. Voltai la testa, per staccarmi, chiudendo gli occhi. Non volevo vedere la sua pietà.

«Ehi, che razza di pensieri ti stanno frullando in quella testa?»

Scossi la testa e risi di me stessa, sbattendo gli occhi per impedire alle lacrime di umiliazione di scendere. «Niente di diverso dal solito.» Mi voltai per andare nella mia stanza. Lui mi fermò afferrandomi per un braccio.

«Mi dispiace di aver cominciato. E mi dispiace che tu sia ancora arrabbiata con me. Ma hai fatto la cosa giusta. Mi sono lasciato prendere la mano. Solo che non voglio approfittare… più di quanto non abbia già fatto.»

Nonostante tutto, sentii un sorriso nascermi sulle labbra. «Sono un'adulta. So bene quando qualcuno cerca di approfittare di me.»

Lui si strofinò la nuca, guardandosi attorno. «Buona notte, April.»

Evitammo di guardarci negli occhi e tentammo di ignorare la tensione pesante nell'aria tra di noi che, se fosse stata una coperta, ci avrebbe soffocato entrambi.

Mi schiarii la voce e parlai di nuovo. «Allora, ricorda che domani mattina hai l'orientamento, l'incontro con il tutor di oratoria e poi la prova generale. Per quest'ultima sarò lì anch'io.» Ero fiera di essere riuscita a parlare in tono professionale, senza nemmeno un tremolio nella voce. Avevo sentito mio padre usare quel tono abbastanza spesso da essere facilmente in grado di imitarlo.

Mi ritirai nella mia stanza, chiusi in fretta la porta e sbrigai la mia solita routine serale. Cercai di ignorare il fatto che il corpo era ancora tutto un fuoco per i suoi baci, il tocco fermo e sicuro delle sue mani e la ruvidezza della barba sulla mia pelle.

La sua magia mi aveva attirato senza sforzo ed ero una prigioniera senza speranza del suo incantesimo.

Avrei dovuto riprendere il controllo in fretta, altrimenti sarei stata intrappolata come Raperonzolo nella torre, incapace di fuggire.

CAPITOLO DICIOTTO
JORDAN

DEVO AMMETTERE CHE FU DIFFICILE DORMIRE QUELLA notte. Tormentarsi per qualcuno ha quell'effetto. Il suo profumo, ancora nelle narici, era ricco e allettante, come si potrebbe immaginare fosse l'odore di una principessa come Biancaneve. Come avreste potuto immaginare il suo sapore. Dolce, morbido, succulento. Avrei voluto continuare ad assaporarla. E quei pensieri continuarono a girarmi per la testa fino alle ore piccole.

E l'erezione, dura come il marmo non mi aiutava certo.

A quel punto, avevo troppa dignità per strisciare in un angolo e cominciare a masturbarmi. Quindi me la tenni, e da lì l'insonnia. Era un po' che non facevo sesso e smettere di colpo mi stava facendo diventare matto.

Ero arrivato a tanto così dal dimenticare tutte le mie buone intenzioni. Finché lei non aveva tirato il freno e mi aveva riportato alla realtà.

Almeno mi aveva tenuto testa. Era stato difficile, lo avevo capito. Anche quando era furiosa con me, il giorno prima, quando aveva scoperto che ero io l'amante misterioso, aveva cercato di scappare invece di affrontarmi. Perché aveva sempre paura di parlare per se stessa? Perché? Avrei proprio voluto saperlo.

E volevo prendere a botte chiunque fosse stato a renderla così insicura, a farla sentire indegna di battersi per sé. Perché chiunque fosse stato, era un bastardo, figlio di puttana, o un coglione. Probabilmente tutte e tre le cose insieme. Restai sveglio per ore a pensarci, a pensare a *lei*, finché presi il tablet e scaricai un film da guardare. Intorno alle tre del mattino, finalmente mi addormentai.

La sveglia arrivò troppo presto il mattino seguente. Mi tolsi il sonno dagli occhi con una doccia e mi preparai. La rividi in una stanza dietro le quinte, mentre gli altri oratori provavano i loro discorsi. Indossava una blusa bianca fine che aderiva alle sue curve e un paio di pantaloni neri stretti che la facevano apparire attraente, come sempre. Sforzandomi di concentrarmi, aprii il laptop, pronto a consegnarlo al tizio dell'AV, che si sarebbe occupato di copiare il mio file sul computer di presentazione, per poter mostrare le mie slide.

Ma quando aprii la presentazione, mi sentii stringere lo stomaco. «Cazzo» mormorai.

April mi fu accanto in un attimo e fui assalito dal suo profumo. «Che c'è? Qualcosa non va?»

Chiusi di colpo il mio laptop perché non vedesse. «Ho copiato le slide sbagliate.»

Lei aggrottò la fronte, continuando a fissare il mio laptop. «Le slide sbagliate? Che cosa significa?»

«I miei segnaposto, per raccogliere le idee e roba simile. È una versione precedente della stessa presentazione.»

Lei fece spallucce e mi guardò. «È la prova generale. Possiamo far copiare le slide definitive una volta collegati con la VPN della Draco in albergo.»

«Non posso usare queste slide.»

«Tu sai già che cosa devi dire, no? Usa i segnaposto.»

Soffiai fuori il fiato e mi passai una mano tra i capelli. Poi, a mo' di spiegazione, aprii il laptop e indicai lo schermo.

Che s'illuminò, mostrando la prima slide.

April spalancò gli occhi. Si raddrizzò, guardandosi intorno in fretta. «Perché hai le foto di donne nude come segnaposto?»

Strinsi i denti. «Era solo per raccogliere le idee. Mi aiutavano a pensare.»

Ci fu un momento in cui sembrò che stesse per scoppiare in una grossa risata, ma si contenne. «Sono sicura che tutti gli uomini qui *amerebbero* vedere quelle slide. Sono le tue amichette?»

La guardai storto. «No.»

«Allora, dov'è archiviata nella rete della Draco la vera presentazione?»

«Nella mia cartella di lavoro.»

«Vuoi dire la stessa cartella dove ho salvato tutto il lavoro di merda che mi assegnavi da fare?»

«Già. Ma ho lasciato in albergo il dongle con il codice per entrare nella VPN.»

April lo guardò con gli occhi stretti.

«Sai che cosa ti servirebbe?»

«A parte un bicchiere di whisky?»

Lei sorrise e frugò nella sua borsa. «No, un'assistente veramente in gamba che ha preventivamente copiato la tua cartella di lavoro dalla rete della ditta prima del viaggio, giusto nel caso tu facessi qualcosa di stupido, come portare delle slide porno per la prova generale.» Brandì trionfante una chiavetta e me la mostrò.

Sentii la tensione allentarsi per il sollievo. «Potrei baciarti.»

Qualcosa passò in quei begli occhi azzurri, ma la sua bocca si strinse. «Signor Fawkes, lei è inappropriato.» Mi sorrise e mi ricordai di quell'orribile seminario sulle molestie sessuali. Il nostro piccolo scherzetto privato, allora.

«Che ne dici di un aumento?»

«Sono una stagista non retribuita» mi rispose senza fare una piega.

«Esattamente» dissi sorridendo. «Non mi costerà niente.» April fece una smorfia e finse di darmi un uppercut nello stomaco. «Prova con un pugno alle reni, Weiss, è molto più efficace.»

Infilai la chiavetta nella porta USB per aprire i file. Lei si piegò sul computer proprio accanto a me, troppo vicina perché mi sentissi a mio agio o per il mio equilibrio mentale. Stava cominciando il secondo mese della legge sulla castità di Fra' Jordan, e voleva dire che ero allupato come il diavolo e concentrato su tutti i favolosi attributi fisici di ogni donna che incontravo, in particolare di *quella* donna.

Notai che stava silenziosamente ridendo accanto a me.

«Continua a ridere delle mie disavventure, Weiss, e te la farò pagare più tardi.»

I suoi occhi azzurro scuro si fissarono nei miei e c'era qualcosa lì dentro… calore forse? «Promesse, promesse» disse a voce bassa. Sì, decisamente calore.

Riportai a forza gli occhi sullo schermo del computer, richiamando i file corretti dalla sua chiavetta e poi copiandoli. Lei mi stava provocando. Facile da riconoscere, facile da ignorare. *Di solito.*

Come se già non la desiderassi tanto che avrei potuto urlare. E sotto la cintura, il mio corpo stava gridando *"Sfida accettata!"*

Feci un respiro profondo, attraverso la bocca per non sentire il suo profumo, aprii il file e poi consegnai il computer al tizio degli audiovisivi perché potesse trasferire il file sulla sua attrezzatura.

Qualche minuto dopo mi chiamarono sul palcoscenico per la mia relazione. Proprio come sarebbe successo il giorno successivo, durante la vera conferenza, un timer cominciò a contare all'indietro cominciando da 18.00. Avevo quel tempo, e *solo* quel tempo, per raccontare le mie "idee che valeva la pena diffondere".

Chiusi con meno di trenta secondi di avanzo. Data la quasi tragica disavventura con le slide, finì per essere una prova sorprendentemente liscia. Quando uscii dalla stanza, April mi seguì mentre andavamo verso il corridoio.

«È andata veramente bene» disse sottovoce.

Mi sistemai la cinghia della borsa del laptop sulla spalla e mi misi le mani in tasca. «Ma...»

«Niente ma. È stato un discorso affascinante.» Le diedi un'occhiata, per verificare se per caso non mi stesse prendendo in giro. Non era così. Aveva le sopracciglia aggrottate, che indicavano un intenso interesse. «Quindi DE ha un'economia virtuale che si comporta esattamente come le economie del mondo reale?»

«Come la maggior parte di questi tipi di gioco. E i migliori usano esperti di economia per suggerire come dovrebbe funzionare nel gioco.»

April scosse la testa. «È impressionante. E, oltre a quello, mi sorprende che gli economisti possano studiare come funziona l'economia in un gioco e imparare effettivamente qualcosa sull'economia teorica.»

Parecchie persone venivano verso di noi nello stretto corridoio ed eravamo in rotta di collisione. Erano così assorti nella loro conversazione che non stavano prestando attenzione. Presi April per un braccio e la tirai via, facendola quasi scontrare con me. Lei mi mise una mano in vita per riprendere l'equilibrio e anche quel tocco fece risvegliare il mio corpo, che cominciò a chiedere di più. Diavolo, perfino un venticello sarebbe riuscito a risvegliarlo in quei giorni. I miei occhi andarono alla bella struttura ossea del suo volto, la pelle perfetta, di porcellana che assomigliava a quella di una certa principessa Disney e al suo corpo minuto, che comunque aveva tutte le curve al posto giusto. April era molto più interessante di un venticello.

«Grazie» mormorò mentre si staccava lentamente da me. Controllai l'orologio, deglutendo. «Che altro abbiamo da fare oggi?»

«Per la cena sei libero, ma c'è un cocktail con la stampa stasera. Non c'è bisogno che ci sia io, ma avevo intenzione di fare una capatina nel caso in cui avessi bisogno di cambiare qualcosa nei tuoi programmi. Ho la sensazione che dopo la prova generale di oggi sarai un soggetto piuttosto popolare da intervistare.»

Aggrottai la fronte. Avevo pensato di aver parlato abbastanza bene e che la relazione fosse adeguata, ma lei sembrava molto più impressionata di quanto avessi potuto sperare.

«E poi, ovviamente, devi fare una bella notte di sonno. Suggeriscono di ripetere il discorso prima di andare a letto, quando ti svegli e poi di nuovo in camerino prima di andare in scena.»

«Bene, meno ne parliamo meno mi sentirò nervoso. Andiamo a mangiare qualcosa.»

«Tu, ah, vuoi che venga con te?»

«Perché no? Mi puoi fare altre domande sulla mia relazione, se vuoi ed io ti posso chiedere perché vuoi fare economia aziendale quando è ovviamente l'economia teorica che ti appassiona.»

Lei mi diede un'occhiata, poi abbassò la testa e continuò a camminare in silenzio. Mi procurai un autista per portarci in uno dei più bei ristoranti di Vancouver, sperando che le piacesse la cucina Hong Kong Fusion. Era originale, deliziosa ed evidentemente le piacque, anche se rifiutò i vini abbinati a ognuno dei piatti quando li consigliarono.

Mangiammo e parlammo, godendo della compagnia reciproca, e lei sembrò affascinata, continuando a tempestarmi di domande sul mio discorso.

«Che cosa ti ha fatto decidere per la facoltà di economia aziendale se ti piace tanto la teoria economica?»

Lei fece spallucce. «Sembra più pratico.»

«L'idea di essere in grado di entrare in un'economia virtuale come quella di Dragon Epoch non ti eccita? Se studiassi economia teorica potresti fare l'intera tesi sull'economia di DE.»

Lei prese un cucchiaino di dessert, mousse alla vaniglia. Mi fissò per un momento prima di rispondere. «Ci sono parecchie cose che mi eccitano.» La lingua rosa scuro uscì per leccare il cucchiaino.

Non avevo la cravatta, ma, se l'avessi avuta, avrei dovuto allentarla. Quel nodo familiare di desiderio si stava stringendo, avvitandosi e rendendo pesanti e un po' doloranti le parti sotto la vita.

Mi schiarii la voce e guardai l'orologio. «Bene, vediamo di sbrigarcela con quel cocktail party.»

«Abbiamo abbastanza tempo per tornare in albergo e cambiarci. Il ricevimento è in albergo.»

Sorrisi. «Meglio ancora. Se diventa noioso posso semplicemente svignarmela.»

«Oppure puoi fare la tua mossa e ottenere la chiave della stanza della pupa sexy.» Le scintillarono gli occhi. «Non ti aspetterò alzata.»

Ho già la chiave della stanza di una pupa sexy... ed è la stessa della mia. Mi frenai e non lo dissi, ma, oh, quanto lo pensavo. April non sapeva della Nuova Legge sulla Castità di fra' Jordan, quindi ogni tanto mi lanciava una piccola battuta sarcastica.

Beh, si poteva giocare in due a quel gioco. «Beh, sai, ho sempre dei preservativi in tasca... non si sa mai.»

Non avevo portato preservativi. La tentazione sarebbe stata troppa se li avessi avuti. Con quei fottuti cosi a portata di mano, c'era sempre la possibilità di usarli. Non averli mi avrebbe aiutato a restare sulla retta via.

«Ovvio.» April si pulì cerimoniosamente la bocca con il tovagliolo e si alzò.

Tre quarti d'ora dopo, mi stavo versando dell'acqua minerale dal minibar nella stanza dell'albergo quando April uscì dal suo sgabuzzino, pronta. Si fermò quando mi vide, squadrandomi da cima a fondo. Cercai di ignorare quanto mi eccitasse vederla guardarmi in quel modo. E, ovviamente, lei era elegante e sofisticata nel suo abito da cocktail.

Indossava un abito azzurro chiaro che le arrivava appena sopra le ginocchia, aveva una sola spallina e ricadeva in morbide pieghe sul seno e sui fianchi, come una toga romana, solo tagliato in modo esperto per mostrare le sue curve femminili. Aveva sandali color argento col tacco alto e gioielli in tinta. I capelli erano sciolti e splendevano sulle spalle e lungo la schiena. Stava veramente da Dio e avrei dato non so cosa per stare con lei.

Respirai a fondo per calmarmi e distolsi l'attenzione, bevendo un lungo sorso d'acqua prima di cominciare effettivamente a sbavare.

«Sei elegantissimo» mi disse April.

«Grazie» grugnii. Lei probabilmente si aspettava un complimento in risposta, ma non volevo correre rischi. Avevo già voglia di far scivolare quella toga dalla spalla e assaggiare ogni centimetro di quello che copriva. *Merda.* Perfino il pensiero mi stava facendo diventare duro. Non avevo nemmeno bisogno di guardarla. Maledizione. Fra' Jordan era in difficoltà.

«Bene, vediamo di finire con tutte queste stronzate» dissi e April annuì, infilando il telefono nella pochette luccicante. «Devi tornare prima di mezzanotte altrimenti la tua carrozza si trasformerà in una zucca.»

Lei mi diede un'occhiata di sottecchi, prima di uscire davanti a me. «Principessa sbagliata. Io dovrei essere quella che mangia la mela e cade in un coma profondo finché il mio principe non arriva a svegliarmi con un bacio.»

«È sempre un bacio che le sveglia... hai notato? Biancaneve, la Bella addormentata. Perché un bacio?»

«Perché il bacio giusto dalla persona giusta può risvegliare chiunque.» April premette il tasto dell'ascensore per andare al piano del salone da ballo, dove si teneva il ricevimento. «Un tocco delle labbra è una cosa tanto semplice... ma "dove il cuore e l'anima e i sensi si muovono di concerto, e il sangue è lava e il polso è in fiamme, ogni bacio è un terremoto".»

Io guardavo *le sue* labbra, quelle labbra piene, come frutta matura, mentre recitava ogni parola. «Viene da uno dei tuoi libri?»

«*Don Juan*, un poema» rispose April semplicemente, come se tutti dovessero saperlo.

Quando entrammo nella sala del ricevimento, April m'incoraggiò a circolare, anche se ero riluttante a lasciarla. Sapevo che ci si aspettava che socializzassi con i partecipanti alla conferenza, i dipendenti del TED e i giornalisti, ma non ne avevo veramente voglia quella sera. Inoltre, quella non era propriamente la mia scena. Troppo posata.

Non mancavano le belle donne, comunque, lo avevo notato. Alcune gravitarono in fretta verso di me e cominciarono a conversare, ma nell'attimo in cui April si staccò dalla mia spalla e andò a mettersi ai bordi della stanza, mi trovai a cercarla regolarmente con gli occhi, non importa con chi stessi parlando o di che cosa.

Rifiutai i bicchieri di vino e i cocktail che i camerieri passavano in giro sui vassoi e feci il mio dovere resistendo al desiderio di controllare l'orologio. Ciò a cui non potevo resistere era osservare April, che aveva trovato un gruppo di persone con cui stare, una delle quali sembrava avere lo stesso problema che avevo io.

E non potevo nemmeno arrabbiarmi con il tizio che le stava parlando, accarezzandola con lo sguardo. Perché chi avrebbe potuto biasimarlo? Quell'abito azzurro ghiaccio, i capelli scuri lucenti, quelle labbra rosa, piene... era uno schianto.

E la superficie era gradevole all'occhio, certo, ma ciò che mi stava attirando irrimediabilmente era ciò che c'era sotto. Come stare in acqua vicino alla costa quando un'onda sta per rompersi, la corrente più profonda che minaccia di toglierti l'equilibrio è molto più formidabile dell'acqua turbolenta che ti bagna le spalle. Quella risacca ti può trascinare a fondo e non lasciarti risalire finché non è troppo tardi.

April era così, e la parte più seducente era quella in fondo. E dovevo continuare a rammentarmelo, perché altrimenti, come nel caso di ogni altra potente risacca, c'era il pericolo che venissi risucchiato e annegassi... in *lei*.

Capitolo Diciannove
April

DAL MARGINE DELLA STANZA, GUARDAI JORDAN CHE s'intratteneva con la gente, specialmente donne, senza mai passare molto tempo in un posto solo. Notai anche un aperto scambio di biglietti da visita, che lui s'infilò nella tasca della giacca del completo grigio scuro. Mi regalai qualche minuto ancora per ammirarlo. Quando ero uscita dal mio sgabuzzino e l'avevo visto che si versava dell'acqua, mi era sembrato così splendido nell'abito dal taglio perfetto che mi aveva tolto il fiato.

E poi quella barba corta... quella deliziosa barba ruvida che mi stava facendo impazzire. Era il terzo giorno che non si rasava e sembrava così appetitoso che avevo voglia di mangiarlo. E non ero l'unica. Praticamente ogni altra donna nella stanza lo stava seguendo con lo sguardo famelico e mi faceva venire voglia di prendere a schiaffi ciascuna di loro.

Ero così presa a osservarlo e continuavo a dimenticare di socializzare anch'io. Dopotutto chi c'era che volesse parlare con me? Stavo chiacchierando del più e del meno con un altro assistente quando una donna si fece avanti, cercando di attirare la mia attenzione.

«Mi scusi» disse. Mi voltai a guardarla. Era carina, anche se sembrava un po' sciupata, come se sembrasse più vecchia di quanto era in realtà, anche se non avevo idea di quanti anni avesse effettivamente. Qualcuno più di me, pensai. Aveva i capelli biondo chiaro e un'abbronzatura piuttosto accentuata palesemente non naturale, specialmente per qualcuno che viveva in un posto come la British Columbia e, secondo il suo badge, la sua città di residenza era Vancouver.

«Ehi. Sono April Weiss, l'assistente di Jordan Fawkes. Posso fare qualcosa per lei?»

«Cynthia Nolan, assistente coordinatrice dei media del TED. Ho un paio di giornalisti che vorrebbero programmare un'intervista con il signor Fawkes.»

«Certo. Posso occuparmene io. Vuole che glieli presenti adesso? Poi potremmo decidere a che ora farle.»

Lei spalancò gli occhi e lanciò un'occhiata in direzione di Jordan. «Mhmm...»

La donna accanto a lei, con un badge che la identificava come una giornalista di *USA Home Weekly*, si ringalluzzì. «Sarebbe splendido, grazie.»

Scortai il gruppetto verso il punto dove Jordan stava conversando con un altro tizio in completo scuro, con un badge del TED che pendeva dal cordoncino. Era un assistente che parlava per il direttore della conferenza.

«Jordan, ho alcune persone che vorrebbero parlare brevemente con te domani. Pensavo di presentartele adesso e poi programmare le interviste dopo il tuo discorso?»

Jordan annuì ed io cominciai attirando la sua attenzione sull'assistente coordinatrice dei media. «Questa è Cynthia...»

«*Cyndi?*» disse Jordan, spalancando gli occhi. Nello stesso istante, notai che Cynthia indossava un vestito a maniche corte. Intorno al braccio, in alto, appena visibile sotto l'orlo della manica, c'era un tatuaggio che sembrava *molto* familiare, il disegno stilizzato di onde in tre diverse tonalità di azzurro. Ne avevo visto una versione identica sul braccio sinistro di Jordan. Questo era sul braccio destro di Cynthia.

Da come quei due si stavano guardando, era ovvio che si conoscevano. Cynthia impallidì sotto l'abbronzatura, ma sorrise, con le labbra che si curvavano tremanti.

«Ehi, Jordan. È bello rivederti.»

Jordan era visibilmente a disagio. Gli ci volle un minuto per riaversi dalla sorpresa e, a giudicare dalla sua espressione, non era una bella sorpresa. Quindi intervenni. «Questi sono i giornalisti di *USA Home Weekly* che vorrebbero incontrarti domani. Ti va bene?»

Jordan stava ancora fissando la bionda. «Uhm, sì. Okay.» Finalmente spostò gli occhi su di me e sembrava ci fosse un'ombra di disperazione. Un cameriere passò accanto a noi con un vassoio e Jordan gli fece segno di avvicinarsi, prese un bicchiere di vino e lo svuotò in un sorso.

«Uhm... come sta tua madre?» le chiese Jordan.

Cynthia, che sembrava a disagio quanto lui, annuì e disse: «Sta bene, tutto sommato. E i tuoi genitori? Li ho visti l'anno scorso... l'ultima volta che sono venuta giù.»

Io mi rivolsi ai giornalisti, indicando loro di seguirmi al margine della stanza dov'eravamo prima, prendendo il telefono dalla borsetta. «A che ora vorreste parlare con il signor Fawkes? Lui sarà libero dalle tre in poi.»

Riportai lo sguardo su Jordan, che adesso aveva la testa china verso la bionda e la stava scrutando con gli occhi stretti, come se stesse concentrandosi. Prese un altro drink dal vassoio, rimettendo a posto il bicchiere vuoto. Continuai a osservarlo mentre fissavo un appuntamento con i giornalisti e aspettai pazientemente che l'imbarazzante conversazione finisse. Quando Jordan mise la mano sul braccio della donna, sotto il tatuaggio identico al suo, lei gesticolò con l'altro braccio e annuì. Jordan sorrise e si staccò.

La loro conversazione era sembrata piacevole, anche se un po' imbarazzata. Jordan si allontanò. Il suo sorriso rigido evaporò nell'attimo in cui voltò la schiena, dirigendosi verso di me.

«Andiamocene da qui» borbottò mentre mi superava. Cynthia guardava Jordan allontanarsi, con un'espressione di profondo rimpianto negli occhi. *Che diavolo stava succedendo?*

Seguii Jordan fuori dal salone, correndo per raggiungerlo mentre lui andava a lunghi passi verso l'ascensore.

«Aspettami» lo chiamai.

Senza voltarsi a guardarmi, Jordan tenne aperte le porte dell'ascensore finché entrai. Mi seguì e premette il tasto per l'attico. Appena le porte si chiusero, si lasciò andare contro la parete in fondo, lasciando andare il fiato e passandosi una mano tra i capelli, mentre fissava i numeri cambiare mentre salivamo. Io lo guardavo.

«Stai bene? Mi sembri un po' scosso.»

La guancia si gonfiò quando strinse i denti. Si ficcò le mani in tasca ma non mi disse niente, come se non avessi parlato.

Irritata, mi voltai verso le porte. Chiaramente non voleva parlarne. Bene. Come voleva. Era la Bestia, dopotutto. E per bello, affascinante che fosse, non si poteva mai sapere quando una bestia si sarebbe rivoltata contro di te. Giurai che non sarei diventata un danno collaterale per l'esplosione che stava probabilmente per arrivare.

L'ascensore si fermò e le porte si aprirono. Lo precedetti verso la nostra porta, frugando nella pochette per cercare la tessera magnetica. Lui si avvicinò e passò la sua.

Lo sorpassai ma esitai accanto alla porta. Forse avrei dovuto fermarmi un momento per accertarmi che stesse bene e poi andare a barricarmi nella mia stanza. Non lo avevo mai visto così sconvolto, eccetto forse il giorno in cui avevo cominciato a lavorare per lui, il giorno in cui era andato tutto a puttane a causa del video sexy.

Jordan mi passò davanti deciso e andò diritto al minibar. Non esitò nemmeno un attimo prima di aprire una bottiglietta di Jack Daniel's e versarla in bicchiere. Whiskey liscio. Oh, cazzo.

«Jordan...» dissi mentre si portava il liquido ambrato alle labbra. Si voltò a guardarmi e si fermò con il bicchiere alle labbra. «Vuoi parlarne?»

Lui esitò solo un minuto prima di sbattere il bicchiere ancora pieno sul tavolo più vicino e spostarsi verso il soggiorno, dove si ficcò nuovamente le mani in tasca, cominciando a camminare avanti e indietro.

«No, non proprio.»

«Okay. Vuoi provare il discorso?»

«No, non proprio» ripeté nello stesso tono monotono. Restò lì a fissare il bicchiere come se contenesse le risposte a tutti i problemi del mondo.

«Bere probabilmente non ti aiuterà. Non proprio.»

Alzò le sopracciglia. «Sì, in effetti mi aiuterà. E dopo questo, ne voglio un altro.»

Andai lentamente verso di lui che mi guardava meditabondo. «Ma avevi giurato di non bere. E anch'io. Ed io vorrei veramente un drink in questo momento.»

«Cristo, sembra di essere a una riunione degli alcolisti anonimi. Avevo anche giurato di non essere più un puttaniere seriale, ma tutto quello che sto ottenendo è essere fin troppo sobrio e sessualmente frustrato.»

Sentii una fitta di qualcosa nel petto, forse di felicità, sentendo il voto di Jordan. Mi ero chiesta più volte se aveva dato seguito ai messaggi sexy che aveva ricevuto. O alle proposte via Snapchat, o in uno degli altri modi in cui le donne non esitavano a proporsi. Rifiutarle doveva aver richiesto una gran forza di volontà e determinazione da parte sua.

Lo guardai sorpresa.

«Che c'è?»

«Sono solo curiosa riguardo ai tuoi voti di sobrietà e castità. Stai cercando di unirti a un ordine monastico o roba simile?»

Lui strinse i denti. «A volte mi sembra che sia così.»

Andò a prendere il bicchiere di whiskey e poi accese il camino, buttandosi sulla poltrona. Il silenzio era pesante, ma non volevo infastidirlo con un'altra domanda. Ma non volevo nemmeno lasciar perdere.

Lui teneva il bicchiere di whiskey tra le ginocchia aperte, facendolo roteare e osservando il gioco di luci nel liquido. Mi avvicinai lentamente e mi sedetti accanto a lui.

Non alzò gli occhi ma fece un respiro profondo e cominciò a parlare. «Dopo il casino con il video, ho avuto un'illuminazione, immagino. Quello e... in effetti è un po' strano, e se mai glielo riferirai lo negherò decisamente, ma guardare tutto quello che Adam ha passato con Mia è stata una lezione per me. L'ha cambiato. Penso sia stato un cambiamento in bene.» Tirò il fiato e poi piegò di lato la testa, alzando le spalle. «All'inizio lei non mi piaceva. Mi ricordava... qualcuno.»

«Cynthia» suggerii.

Lui mi diede un'occhiata di sottecchi e si portò lentamente il bicchiere alle labbra. Sembrò annusarlo, ma non bevve e poi lo abbassò di nuovo. I suoi occhi che fissavano il fuoco avevano il colore di una caramella mou.

«Le brave ragazze non restano sempre brave ragazze. Fanno delle cose schifose...» borbottò. Lo avevo già sentito fare commenti simili, ma non sapevo che cosa significassero. Mi tolsi i sandali e mi misi comoda, infilando i piedi sotto il sedere.

«Voi due dovevate fare sul serio. Avete due tatuaggi uguali.»

Silenzio teso. Il whiskey che roteava. Non sentivo altro che il sibilo del gas e il ronzio distante e onnipresente degli apparecchi elettrici dell'attico. Era tutto buio e silenzioso, eccetto la nostra piccola bolla di luce color ambra.

Jordan era l'immagine della tensione, con le larghe spalle rigide. Continuava a giocherellare con il bicchiere. «La conosco da tutta la vita. Siamo cresciuti insieme» cominciò a voce bassa. «I nostri genitori erano amici, lo sono ancora in effetti. Facevamo tutto insieme, scuola, surf, la spiaggia, i compiti. *Tutto.*» Scosse la testa. «Ci sono state parecchie prime volte tra di noi: il primo bacio, la prima ragazza, la prima...» la voce morì e poi Jordan alzò le spalle. «Non la vedevo da anni. Avevo una vaga idea che si fosse trasferita al nord da qualche parte.»

Mi schiarii la voce. «Che cosa successe?»

Jordan roteò le spalle, come per obbligarle a rilassarsi. «Le chiesi di sposarmi prima di andare al college. Avevamo la stessa età ma io avevo finito un anno e mezzo prima per via dell'indottrinamento e per aver studiato in casa. Il vecchio mi aveva spinto verso il programma d'ingegneria che voleva assolutamente che cominciassi. Cristo, avevo sedici fottuti anni.

Che ne sapevo? Lei ovviamente rispose di sì ed io la lasciai indietro. Tornavo a SLO tutte le volte che potevo, praticamente tutti i fine settimana. E quando lei andò all'UCLA ero entusiasta. Eravamo a solo mezz'ora di distanza.»

«Poi hai incontrato qualcun'altra?»

La sua espressione si fece gelida e lui appoggiò lentamente, deliberatamente il bicchiere sul tavolino accanto a lui. Strinse la mano libera, facendo il pugno. «Quindi ritieni che sia stato io a tradire, vero?»

Deglutii, arrossendo. «Oh, mi dispiace. È quello che ho pensato, date le tue abitudini e il tuo harem…»

«Perfetto, Weiss. Quindi, dato che sono l'uomo, naturalmente sono stato io a tradire.»

«Immagino sia stata una supposizione sessista da parte mia.»

«Già.»

«Beh, a voler essere sincera non è perché sei un uomo. Il tuo comportamento nei suoi confronti stasera era un po'… non so… come se ti sentissi in colpa.»

I suoi occhi trovarono i miei, con un'espressione così intensa che mi trovai a trattenere il fiato. «È così. Ho parecchio per cui sentirmi in colpa quando si tratta di Cyndi. Ma non l'avevo tradita. No. Le feci una sorpresa un venerdì pomeriggio, arrivando al suo dormitorio per portarla fuori. Entrai dalla porta e trovai un pezzo di merda di motociclista tatuato sopra di lei nel suo letto.»

«Oh mio Dio» dissi, ricadendo contro il divano. «Cazzo, mi dispiace.»

Lui fece una smorfia e distolse gli occhi. Spostandosi verso il bordo, si tolse la giacca e la cravatta. «È successo sei anni fa. Storia vecchia.» si slacciò i polsini e arrotolò le maniche della camicia. Io non riuscivo a togliere gli occhi dai suoi avambracci muscolosi, con le vene in rilievo sotto la pelle.

«Ma le storie vecchie trovano il modo di restarti appiccicate... e di tornare a perseguitarti.»

«Davvero?» sbottò Jordan. La sua voce aveva un tono amaro. «E *tu* che cosa ne puoi sapere? Il tuo boyfriend della confraternita ha pomiciato con la tua migliore amica?»

«No, non lo ha fatto, e fanculo Jordan. Ha sposato mia madre.»

Lui soffiò fuori il fiato, finendo in una risata tremante. Ma quando i suoi occhi si posarono sul mio volto, capì che non stavo scherzando. Tornò immediatamente serio. «Davvero?»

«Va tutto bene. Puoi ridere. So che è un casino ed è assurdo. Mia madre ama una sola persona al mondo: se stessa. Quindi sono sicura che Gunnar sia solo il marito numero quattro in una lunga sfilza di otto o nove, magari anche una dozzina.»

Mi guardò assorto. «È successo di recente?»

Mi voltai a guardare il fuoco. «Immediatamente prima della Comic-Con.»

«Quindi la mammina cougar si è fatta sotto e ti ha rubato il boyfriend?»

«No, ci eravamo lasciati. Per quanto ne so, lui non è andato a letto con lei finché io non ho rotto con lui. Lei flirtava con tutti i miei boyfriend, quindi chi lo sa? A quanto pare, a letto io lo annoiavo.»

Jordan sbatté gli occhi. «*Cosa?*»

«È quello che ha detto quando ho rotto con lui.»

«È un fottuto bugiardo, Weiss. Spero che tu non abbia creduto a quella stronzata.»

Io alzai le spalle, fissando il fuoco. Dovevo ammettere che gli *avevo* creduto. Ma la reazione di Jordan era incoraggiante, almeno un po'.

Jordan si spostò per guardarmi, allungando una mano. Mi sfiorò la guancia con il dorso delle dita. Il suo tocco mi bruciò immediatamente dentro, come *tutte* le volte che quest'uomo mi toccava. Io deglutii. Lui mi afferrò il mento e mi voltò la faccia verso di sé. «Se lo pensava veramente, allora è l'uomo più ottuso di questo pianeta. Sul serio. O forse era *lui* che annoiava *te*.»

Tenni gli occhi inchiodati ai suoi. Che sembravano più scuri dato che la maggior parte del suo volto era in ombra. Mi leccai le labbra. I suoi occhi seguirono il movimento e vidi il suo pomo d'Adamo andare su e giù. Ma invece di togliere la mano, lui me la passò sulla guancia, spingendomi una ciocca di capelli dietro l'orecchio. Non riuscii a controllare il brivido che mi percorse la schiena.

«Allora… allora tu non hai pensato che fossi noiosa?» la mia voce era appena un sussurro.

Jordan scosse lentamente la testa, con gli occhi che non mi lasciavano. Ero incantata da ogni suo movimento, ogni gesto. Mi passò di nuovo le dita lungo il contorno del viso, con il pollice che accarezzava la guancia. A ogni respiro sentivo il petto che si stringeva per la tensione, e ogni respiro sembrava più difficile di quello precedente.

Mi lisciò il labbro inferiore con il polpastrello. Il tocco era leggero, lento, deliberato. Erotico. Sentivo ogni cresta dell'impronta sulla mia pelle, che mi marcava in permanenza.

«Sei stata tutt'altro che noiosa» mormorò a voce così bassa che dovetti tendere l'orecchio per sentirlo. Il suo pollice spinse contro le mie labbra ed io le strinsi, baciandolo.

I suoi occhi si scurirono, il pollice scivolò tra le mie labbra ed io lo afferrai delicatamente tra i denti. «È stato così poco noioso che devo lottare con me stesso per cercare di dimenticarlo.» La punta della mia lingua uscì e si avvolse intorno al pollice che invadeva la mia bocca. Jordan mosse la testa, con il volto a pochi centimetri dal mio, talmente vicino che non riuscivo a vederlo chiaramente. «Tu non combatti lealmente, Weiss.»

Chiusi le labbra e succhiai. C'era una sensazione nuova in tutto il mio corpo, fuoco sulla pelle e un gelido vuoto dentro di me. Ero un guscio vuoto e avevo bisogno che mi riempisse.

Mi tirai indietro per poter parlare. «Perché non voglio più lottare» dissi.

Le sue labbra furono sulle mie in un istante.

Sapeva un po' del vino che aveva ingurgitato al ricevimento, ma a parte quello, aveva esattamente lo stesso sapore della sera prima. Le sue labbra calde coprirono le mie, si fusero insieme, con le lingue che si univano allo stesso tempo. Mi mise una mano intorno al collo, tenendomi la testa contro la sua. Non avrebbe dovuto preoccuparsi. Non avevo intenzione di andare da nessuna parte.

Lo desideravo troppo.

Dopo qualche minuto, con le bocche unite, mi sentii come se dovessi ricordarmi di respirare. Mi si chiusero gli occhi e riuscivo a pensare a poco altro oltre alla sensazione delle sue labbra che mi percorrevano la mascella, la ruvidezza della barba contro la guancia e il collo. Adesso stavo respirando troppo in fretta ed ero troppo incurante per cercare di riprendere il controllo.

Le mie labbra trovarono il polso sul suo collo ruvido e lo succhiai e lo leccai lì. «Mi stai rendendo le cose molto difficili, Weiss» disse Jordan.

«Anche tu.»

La sua bocca scese lungo il mio collo, baciandomi lungo la scollatura. Rabbrividii. La mano che teneva il mio braccio si strinse. «Vorrei veramente toglierti questo vestito.»

Intrecciai le mani nei suoi capelli morbidi e lui disseminò di baci la pelle scoperta, e ogni tocco della sua bocca finiva come una freccia giù, nel mio intimo. Dio, la pressione era così feroce, adesso, che quasi mi faceva piangere.

«Non mi dispiacerebbe per niente se lo facessi.»

«Ma non posso, non dovrei. Tu sei il frutto proibito.» La sua lingua si tuffò tra i miei seni, e continuò a leccare fino allo sterno. Ansimai. «Ma accidenti se non sai di buono. Ciò che voglio veramente è averti nuda sotto di me.»

«Un'altra cosa su cui non farei obiezioni.» La mia voce tremava. La tensione dentro di me stava salendo a livelli epici. La sua bocca e le sue mani stavano evocando sortilegi peccaminosi, e mi stavano incantando. Ed io lo desideravo. Era fin troppo bravo.

Ed io stavo dimenticando ogni briciola del buon senso con cui ero nata. Era il mio capo. La mia raccomandazione per la facoltà di economia dipendeva da lui. Se qualcuno avesse scoperto quello che stava succedendo, lui avrebbe potuto perdere il lavoro.

«Non dovremmo farlo» disse, come leggendo i miei pensieri. Ma, allo stesso tempo, le sue dita si stavano infilando sotto il vestito, sulla schiena.

Nonostante le sirene di allarme che mi risuonavano nel cervello, la mia mano salì a slacciargli la camicia. Sembrava avessimo entrambi il grosso problema di avere le mani e i corpi che funzionavano indipendentemente dai nostri cervelli. Infilai la mano dentro la sua camicia, accarezzando quel duro petto scolpito. Era talmente bello che avrei potuto...

In due secondi, la sua mano si chiuse sul mio polso, strappandolo fuori dalla camicia. L'altra mano aveva trovato l'altro polso. L'attimo dopo, mi aveva spinto bruscamente sul divano, stesa sulla schiena e lui mi stava inchiodando con il suo corpo, con le mie mani strette in una delle sue sopra la testa.

«Se andiamo oltre non sarò in grado di smettere. Non stiamo solo giocando» sibilò tra i denti, con gli occhi che brillavano di irritazione e desiderio. «Ho talmente voglia di scoparti che riesco a sentirne il sapore, riesco a sentire il *tuo* sapore. E, cazzo, non riesco a sentire nient'altro che te.»

Deglutii, con la gola stretta. Voleva che gli dessi una via d'uscita. Voleva che lo facessi ragionare. E aveva ragione. Si sentiva vulnerabile in quel momento e sedurlo in quel modo era approfittare di lui. Il pensiero sembrava ridicolo perché dubitavo che Jordan fosse mai stato sedotto contro la sua volontà.

Ma... forse io avevo il potere, almeno un po', di fargli cambiare idea. Forse ero io ad avere la responsabilità di tenere la testa a posto.

«Non dovremmo perché... lavoriamo insieme. Potrebbe mettere in pericolo il tuo lavoro.» La mia voce non sembrava molto sicura, ma continuai lo stesso. «Mhmm. Forse... forse la volta scorsa ti sei pentito.»

Lui strinse più forte i miei polsi. «Smettila» ringhiò, abbassando la testa e appoggiando la fronte sulla mia. «L'unica cosa che rimpiango è il tuo maledetto video.»

Deglutii ancora. «Forse non lo vuoi veramente.»

Lui si spostò, premendo il rigonfio nei suoi pantaloni contro la mia coscia. «Ti sembra che io non lo voglia veramente?»

Il mio respiro stava diventando nuovamente affrettato. Lo volevo dentro di me talmente tanto che i miei pensieri e il mio buonsenso adesso stavano turbinando nella mia testa, ribollendo come nel calderone delle fiabe. Il desiderio stava bruciando attraverso le sinapsi, le vene, i nervi. Spostai i fianchi e mi strofinai contro di lui.

«Jordan» mormorai. «Ti voglio.»

Ricominciò immediatamente a baciarmi, con la lingua che duellava con la mia. Mi stringeva così forte i polsi che cominciavo a perdere la sensibilità nelle mani. Di colpo si tirò indietro e si sedette diritto, lasciandomi andare.

Merda.

Avrei voluto urlare per quel suo improvviso accesso di autocontrollo. Ma mi stava guardando in un modo tutt'altro che controllato. Sembrava un animale selvaggio, con il petto che si alzava e si abbassava.

Strinse la mascella. «Alzati, April.»

Ero sicura al cento percento che non mi sarebbe piaciuto quello che stava per dire. Mi rimisi seduta e lo guardai.

«In piedi» ripeté, allungando la mano per aiutarmi. Lui si alzò con me. «Ci sono un mucchio di cose indecenti che vorrei fare con te, adesso, e in parecchi modi diversi, ma nonostante ciò che ho detto prima, non ho portato con me i preservativi.»

Feci una smorfia. «È un peccato.»

«Già.»

«Forse allora è una tentazione troppo grande, se ti dico che i preservativi erano inclusi nel cestino di benvenuto della suite.» Indicai il ripiano dove c'era il cestino, ancora intatto da quando lo avevo controllato il giorno prima.

Lui diede un'occhiata al cestino, con il fiato che gli usciva sibilante dal petto. Si passò le mani sul volto. «Cazzo, Weiss. Non avresti dovuto dirmelo.»

Ci fissammo per un lungo, teso minuto. Io cercai di regolare la respirazione. I suoi occhi si abbassarono sul mio petto, probabilmente notando la predetta difficoltà a immettere abbastanza aria nei polmoni.

Si voltò di colpo e andò al bar, dove prese una bottiglia d'acqua, la aprì e bevve un lungo sorso. Con un sospiro, gli voltai la schiena e guardai il fuoco. Non ero ancora pronta a lasciar perdere. Comunque bisogna essere in due per ballare il valzer e il mio partner stava scappando dal ballo. Sbattei le palpebre, frustrata.

Potevo forse biasimarlo? C'erano tanti motivi per cui non avrebbe dovuto interessarsi a me, tra cui qualcuno che non avevo nemmeno nominato. Numero uno, l'infernale video virale; numero due, ero una stagista e a lui piaceva il suo lavoro; numero tre, avrebbe dovuto prepararsi per il suo intervento del giorno dopo, ripetendolo e facendo una buona nottata di sonno; numero quattro... aggrottai la fronte, massaggiandola tra le sopracciglia. Non riuscivo a immaginare quale potesse essere il motivo numero quattro. Ma ero sicura che doveva esserci.

Poi lo sentii dietro di me e mi bloccai. Il suo corpo era così vicino, così caldo, più caldo del calore del fuoco davanti a me perché era a qualche centimetro, forse perfino qualche millimetro, di distanza. E c'era qualcos'altro... come avere una bussola che puntava verso la fonte del magnetismo, sentii qualcosa che mi tirava forte tra le scapole. Mi stava attirando nel suo incantesimo, semplicemente restandomi vicino.

Quando sentii il suo fiato caldo sulla nuca, i brividi mi corsero per la schiena. Le sue dita forti mi scostarono i capelli e lentamente... molto lentamente, le sue labbra si posarono nel punto in cui il collo si univa alla schiena. Con quella barba corta e quelle labbra morbide, mi sfiorò le spalle. Ansimai, senza riuscire a controllarmi.

Una delle sue mani mi premette sulla pancia, tirandomi verso di lui mentre mi baciava. Mi stava facendo impazzire. Un altro incantesimo nel suo arsenale di stregone.

Mi si bloccò il fiato ed ero acutamente conscia del battito del mio cuore, dappertutto, specialmente nel punto sulla nuca dove le sue labbra erano appoggiate sulla pelle sensibile.

«Bene, bene, bella Biancaneve. Sembra che il grande lupo cattivo sia qui per mangiarti tutta» mormorò contro la mia pelle, con la bocca che si muoveva con le parole.

«Favola sbagliata» gli risposi tremando.

«Beh, di certo non sono il principe azzurro perché dubito che lui le abbia mai fatto quello che ho intenzione di farti io» ringhiò.

Le sue dita s'infilarono tra i miei capelli, poi li afferrarono e, tirando di colpo, mi spostò di lato la testa, per avere accesso a una parte maggiore del collo. La sua mano si strinse e respirava forte. Sentii il cuoio capelluto pizzicare per il dolore che servì solo a eccitarmi ancora di più. L'unico suono era la cerniera del mio vestito che si apriva con uno strappo lungo e deciso.

«Sì?» gli chiesi «Che cosa hai intenzione di farmi?»

«Niente che non ti godrai completamente.»

La pressione stava aumentando, irradiava dal centro del mio essere e cresceva a ogni minuto che passava mentre lui tesseva attentamente la sua tela. Con un movimento rapido del polso, lasciai cadere il vestito in una pozza azzurro ghiaccio ai miei piedi. Mi sentivo come la dea che nasce dall'acqua nel famoso quadro di Botticelli *La nascita di Venere*. E Jordan con le sue labbra di fuoco, era un devoto che pregava al mio altare.

«Sono mesi che voglio vederti nuda.»

Conoscevo bene quella sensazione. Mi voltai verso di lui e lui mi lasciò andare i capelli. Scavalcai il vestito e mi abbassai a raccoglierlo, poi lo appoggiai sullo schienale di una sedia. Aspettai finché si voltò verso di me per mettere le mani dietro la schiena e sganciare il reggiseno senza spalline. Poi lo lanciai in modo che ricadesse sulla stessa sedia. Poi, prima di perdere il coraggio, mi sfilai le mutandine e le scalciai nella stessa direzione. Ora ero vestita solo del riflesso delle fiamme del camino e del suo sguardo bollente che scivolava su di me.

Jordan, d'altra parte, era completamente vestito. La camicia bianca parzialmente slacciata, i pantaloni del completo, con tanto di rigonfiamento davanti. Perfino le scarpe. Come se mi avesse letto nella mente, se le tolse. Poi finì di slacciare la camicia e la posò sopra i miei vestiti sulla sedia. I suoi bicipiti si contrassero col movimento e i piani del suo torace brillarono nel bagliore ambrato. Immaginai di sentire il suo torace duro e nudo contro il mio. Pelle su pelle. I miei capezzoli si contrassero, e anche se aveva portato la mano alla cintura, Jordan venne invece verso di me, tirandomi fermamente contro di lui.

«Sei così maledettamente bella» disse. Alzai le mani sul suo petto, sentendo ogni duro muscolo, accarezzando ogni avvallamento. Abbassai la testa per fare quello che bramavo da quando lo avevo visto sull'uscio della sua casa sulla spiaggia con il solo costume da bagno. Lo leccai, con la bocca che tracciava la linea della clavicola, e lui sibilò emettendo il fiato. Lo sentii premere contro il mio stomaco e abbassai la mano alla cintura.

«Non voglio che te ne penta...» sussurrò.

Quasi gli risi in faccia. *Come se fosse possibile.* L'unica cosa che avrei rimpianto quella sera sarebbe stato *non* avere un orgasmo. Ed ero piuttosto sicura che lui non avrebbe permesso che accadesse.

«Cazzo, no» dissi. In quel momento ero talmente carica che avrei potuto spezzarmi se non avesse continuato.

«Ma, April... può essere solo questa volta... non possiamo continuare dopo stasera.»

Sentii un nodo in gola. La cosa non mi entusiasmava, ma ne capivo la necessità. Jordan si stava dando una via d'uscita, dicendomi che era solo sesso.

«Capisco.» Gli slacciai la cintura e feci scorrere la mano sulla patta, accarezzandolo attraverso il tessuto liscio dei pantaloni. Il suo pene pulsò sotto il mio tocco ed io lo afferrai. «Ti voglio un'altra volta dentro di me, Jordan.»

In un istante, mi spinse contro la parete, senza i pantaloni e i boxer. Era nudo ma era troppo vicino perché potessi ammirarlo come volevo. Aveva il necessario pacchettino in mano, cortesia dell'albergo. Avrei dovuto mandare un biglietto di ringraziamento al personale per la loro premura.

Quasi senza sforzo, mi sollevò e mi premette contro la parete fredda, con le nostre facce allo stesso livello. Gli strinsi le gambe intorno alla vita e la sua lingua invase la mia bocca con una tale ferocia che quasi non riuscivo a respirare. Mi dimenai contro di lui e lui emerse per respirare, annaspando prima di abbassare la testa e risucchiare un capezzolo in bocca. Porca puttana, era così bello. Gli infilai le unghie nelle spalle, con gli occhi che si rovesciavano nella testa.

La sua lingua e i suoi denti stavano massaggiando la punta sensibile del mio seno, e mi stavano portando diritta all'oblio. Strusciai i fianchi contro di lui e lui grugnì in risposta, passando all'altro capezzolo.

«Oh mio Dio, mi stai facendo impazzire» ansimai.

«Bello restituirti finalmente il favore. Tu mi stai facendo impazzire da oltre un mese.»

«Tu stavi solo facendoti odiare da me» dissi, strisciando le unghie sulle sue spalle e sul petto.

«Mhmm, sono stato veramente cattivo. Dovrei farmi perdonare.» Lentamente mi lasciò scivolare lungo la parete finché fui di nuovo in piedi, ma lui continuò ad abbassarsi finché fu in ginocchio e poi seduto sulla moquette. Io mi mossi per seguirlo, ma lui mi tenne ferma con le mani sui fianchi. Cominciò ad applicare quei celestiali baci ruvidi di barba sulla pelle tenera dell'interno delle mie cosce. Io mi appoggiai alla parete, allargando le gambe quando le spinse e chiudendo gli occhi per assaporare la sensazione. La sua bocca bollente viaggiò su per una gamba e poi passò all'altra, ripetendo lo stesso percorso. Tirò dolcemente, facendomi spostare il peso sull'altra gamba per poterne appoggiare una sopra la sua spalla, aprendomi per lui.

«Non vedo l'ora di sapere che sapore hai, Weiss.»

Deglutii. Nessuno dei miei boyfriend aveva mai fatto sesso orale con me. O non si erano offerti o, le poche volte che il ragazzo che avevo alle superiori aveva tentato, era stato così imbarazzante che l'avevo fermato prima che cominciasse. Avrei quasi voluto fermare anche Jordan. Non avevo mai fatto quell'esperienza e non ero sicura se dovesse essere quella la prima volta, ma non ebbi il tempo di pensare o reagire prima che la sua bocca fosse tra le mie gambe, e le sue dita mi aprissero per lui.

Sporse la lingua per toccare il mio clitoride e dovetti mordermi l'interno della guancia per evitare di guaire. Appena riuscii a respirare di nuovo, emisi un lungo gemito e la sua spalla si tese sotto la mia gamba. Si chinò in avanti, premendo più forte ed io mi persi in lui e nei movimenti inebrianti della sua lingua contro la mia carne. Ogni passata della sua lingua sembrava aumentare la pressione di ogni cellula del mio corpo, poi cominciò a risucchiarmi nella sua bocca, consumandomi, come aveva minacciato di fare. E con quella barba e quei muscoli, riuscivo facilmente a immaginarmelo come il grande lupo cattivo che mi stava divorando.

Ogni terminazione nervosa del mio corpo era viva e cercava l'attenzione sua e della sua lingua incantata. Doveva aver capito che ero vicina perché la sua bocca spinse più forte contro di me e i suoi movimenti divennero più veloci. Poi un dito entrò dentro di me, spingendosi a fondo e curvandosi verso l'alto, premendo il punto più sensibile, come se fosse un interruttore, ed esattamente ciò che io stavo aspettando.

In un attimo, stavo venendo in ondate strabilianti di puro, urlante piacere. Non riuscii a trattenermi. La mia gamba cedette e Jordan mi tenne in piedi mentre continuava a succhiare, estraendo da me ogni ultima goccia di piacere finché divenni così sensibile che cominciò a far male.

«Per favore» ansimai, spingendolo via. «Oh, Dio...»

Lentamente, Jordan mi lasciò andare, mentre lottavo per riprendere il controllo. Si tolse la mia gamba dalla spalla e mi lasciò andare i fianchi. Avevo gli occhi chiusi e tutto il corpo coperto di sudore. Formicolavo dappertutto. Invece di soddisfarmi, quell'orgasmo mi aveva reso famelica, volevo di più. Volevo sentirlo muoversi dentro di me, riempiendomi. Volevo sentirlo gemere, con il suo bisogno, volevo che trovasse il suo piacere nel mio corpo.

Quando aprii gli occhi, lui era steso sulla schiena e mi guardava con gli occhi di un predatore. Io mi lasciai cadere cautamente sulla moquette accanto a lui, tempestandogli il petto di baci.

«Sei incredibilmente sexy» mormorò.

«Stavo per dire la stessa cosa di te.»

Le nostre bocche si unirono e quando si tirò indietro, mormorò: «Se non sarò dentro di te entro due minuti, credo che perderò il controllo.»

Afferrò il pacchetto dal pavimento accanto a lui, strappò la confezione e poi si mise il preservativo. Era la prima volta che avevo la possibilità di vederlo nudo ed era bello, scolpito, snello, gambe muscolose grazie agli anni sulla tavola da surf, addome sodo, la cresta sopra i fianchi. Potei anche dare la mia prima occhiata al suo pene, ed era magnifico come il resto di lui. E grosso, proprio come ricordavo. Se la volta precedente avessi saputo che cosa mi aspettava sarei corsa via urlando.

«Dovresti veramente ripetere il tuo discorso, sai» scherzai quando finì di infilarsi il preservativo.

«Avrò tempo di farlo quando avrò finito questi preservativi.» Rotolò sul fianco e allungò le mani verso di me. Io andai volentieri.

«Non li ho contati… quanti ce n'erano nel cestino?»

Lui sorrise come il lupo a cui si era paragonato. «Lo scoprirai.»

Con una leggera spinta, rotolammo insieme e lui mi inchiodò sotto di sé con il suo torace ampio. Con una mano mi allargò le ginocchia ed io mi aprii per lui.

Scivolò tra le mie gambe e con un movimento rapido si spinse dentro di me. Io ero bagnata, pronta per lui e anche se era grosso, entrò facilmente. Trattenni il fiato, godendo della sensazione di averlo dentro di me, con il suo peso che mi spingeva sulla moquette. Lui si chinò in avanti, premette la bocca sul mio collo e cominciò a muoversi.

Trovò in fretta il suo ritmo, appoggiandosi ai gomiti, tenendomi la testa tra le mani mentre continuava a baciarmi il collo. Io strinsi le gambe intorno ai suoi fianchi, tenendolo stretto contro di me senza lasciarlo andare.

«Gesù, Weiss, mi stai uccidendo» borbottò con la voce roca.

«Più forte, Jordan.»

Con un ringhio, lui si spinse sulle braccia e fece come gli avevo chiesto, sbattendo dentro di me con colpi forti, veloci. La forza mi tolse il fiato e mi fece quasi male, ma era anche intensamente bello. Di colpo cambiò il tempo e l'angolazione con cui era entrato in me ed io risucchiai il fiato, con il corpo che si arcuava sotto di lui. Lui mi scrutò con attenzione, probabilmente per giudicare quanto fossi vicina. Io riuscivo a malapena a respirare. Doveva essere abbastanza palese che ero vicina.

«Lasciati andare, April» disse a denti stretti. «Vieni di nuovo.»

Chiusi gli occhi, concentrandomi solo sulla sensazione di lui che si muoveva dentro e contro di me, la frizione del suo torace contro i miei capezzoli, la sensazione delle sue mani che mi stringevano i fianchi, il suo fiato caldo sulla faccia e sul collo. Esplosi di colpo, venendo, ansimando, completamente sbalordita per quel secondo orgasmo così vicino al primo.

Ma poi ricordai... quella notte, la notte del video. Anche allora ero venuta più di una volta. Era stata la prima volta che succedeva e tutto perché ero nelle mani di un amante molto abile. Nelle mani di Jordan.

Lui si stava ancora muovendo sopra di me e il suo respiro era più affrettato, finché lo sentii irrigidirsi contro di me, dopo un'ultima profonda spinta.

Dietro le palpebre chiuse, stavo ancora vedendo le stelle. Era stato fottutamente fantastico. Bollente proprio come la notte della Comic-Con, no, perfino migliore. Questa volta avevo potuto guardare la sua bella faccia e vedere il suo desiderio per me. Avevo sentito la sua bocca calda che si muoveva sul mio collo, la mia faccia.

Porca pupazza.

Mentre fluttuavo lentamente verso terra, cominciai a ripensare con timore alle sue parole. *April... può essere solo questa volta... non possiamo continuare dopo stasera.*

Mi sentii invadere da un'ondata di freddo vuoto e nascosi un brivido, il dolore di una perdita.

Perché ero già assuefatta.

Capitolo Venti
Jordan

INVECE DI RIPETERE IL MIO DISCORSO PER IL TED E ricordarmi la nuova legge sulla castità di fra' Jordan, passai la notte a scopare la mia stagista sexy. E anche se mandò all'aria tutti i miei nuovi ideali, non c'era la benché minima possibilità che lo rimpiangessi.

Dopo la prima volta sul pavimento di fronte al camino la portai di sopra nella mia stanza. Avevo un altro preservativo e intendevo usarlo. Se doveva essere la cosa di una notte, come *doveva* veramente essere, allora ne avrei ricavato tutto il possibile.

Dopo due orgasmi, lei appariva stanca, con un velo di sudore che faceva luccicare la sua pelle di porcellana in un modo talmente bello da apparire ultraterreno. C'era un altro camino nella mia stanza, quindi, invece di accendere le luci, accesi quello. Poi la feci stendere dolcemente sul letto, lei mi sorrise con quegli occhi soddisfatti e non riuscii a resistere. Mi piegai, la bocca sulla sua, a baciare quelle labbra piene e rosa che mi ricordavano una principessa delle favole. Una principessa delle favole veramente peccaminosa.

«Hai sete? Fame?»

Con un sorriso, April scosse la testa, poi si spostò nel letto, battendo sul posto accanto a lei.

Andai in fretta in bagno prima di raggiungerla. Lei si era voltata sullo stomaco, con un cuscino sotto il mento e guardava intensamente il fuoco dai piedi del letto. Io mi sdraiai sulla schiena e ammirai le curve del suo favoloso sedere e delle sue gambe.

Il suo corpo era diverso da quello delle donne con cui uscivo normalmente. Di solito erano modelle, quindi erano tutte alte, magre e allampanate. Tutti muscoli sodi e poche curve. Erano belle donne, senza dubbio, ma c'era qualcosa in questa…

«Il tuo corpo è bello» dissi, passando una mano sulla pelle morbida, accarezzandole il sedere.

Lei voltò la testa per guardarmi, corrugando le sopracciglia scure. Era chiaro che non mi credeva. «Non uscivi con quella modella di Victoria's Secret l'anno scorso? E le attrici. In confronto a loro…»

Mi fermai un attimo mentre esploravo la sua pelle, il suo sedere, le sue gambe. Ero già quasi completamente eretto solo toccandola. E volevo penetrarla ancora, presto. Speravo che la seconda volta sarebbe bastata per quella sera perché il conteggio dei preservativi sarebbe tornato a zero dopo quello. Anche se avrei potuto chiamare il servizio in camera per averne altri, se fossi stato abbastanza disperato.

«Non dovresti paragonarti a loro. Tu sei diversa. Tu sei una donna. Una donna vera. Il loro lavoro è fare in modo che i vestiti cadano bene.» Alzai le spalle. «Ma comunque non le caccerei dal letto per così poco…»

Lei mi diede un'occhiataccia.

«Potrei cacciare *te* dal mio letto, comunque. Per poterti scopare di nuovo sul pavimento, ovviamente.»

«Wow, le cose che dici a una donna solo per fartela…»

Fermai il movimento della mano sul suo braccio e glielo strinsi intorno… un po' troppo forte. Me ne resi conto quando la sentii tirare di colpo il fiato. Allargai la mano e lei si voltò, fissandomi negli occhi. «Io non mento alle donne. Mai. Né con te, né con tutte le altre.»

«Potrei fare in modo che mi menta.»

Strinsi gli occhi guardandola, ma non ebbe l'effetto desiderato. Lei sorrise, scaltra.

«Quante amanti hai avuto?»

Esitai, tirandomi indietro. «Non ho intenzione di dirtelo.»

Lei alzò la testa dal cuscino e mi guardò. «E se ti dicessi quanti ne ho avuti io?»

«Dimmelo, allora.»

«Vediamo… avevo diciassette anni la prima volta… il ballo del penultimo anno. Era il mio boyfriend, alle superiori…»

Il pensiero di lei con altri uomini mi stava irritando per qualche motivo, anche se era storia antica. «Solo un numero, Weiss, non la storia sessuale completa.»

Lei alzò le spalle. «Sei il numero sei.»

Mi appoggiai di nuovo al cuscino e la guardai, continuando a passarle la mano sulla gamba.

«Beh» disse lei dopo un minuto. «Dai… dimmi il tuo numero.»

«Vuoi la verità?» Sospirai. «Non ne ho idea.»

Le sopracciglia di April partirono verso l'alto. «Cosa?»

Alzai le spalle. «Non è che le conti.»

«Okay, ma… potresti contarle se ti ci mettessi d'impegno e ci pensassi?»

Io fissai il soffitto, evitando i suoi occhi… e la domanda. Probabilmente era disgustata.

«Stiamo parlando di dozzine, ventine, *centinaia*? Dammi una cifra grosso modo.»

Le sorrisi malizioso. «Di sicuro meno di un migliaio.»

Lei mi diede una pacca sul braccio e scoppiò a ridere. «Somaro.»

Io mi misi a ridere, alzando le spalle. «Ma comunque è solo un numero. In effetti, penso che il sesso diventi più bollente più a lungo stai con qualcuno. La conosci meglio, conosci il suo corpo, sai che cosa le piace...»

Continuai ad accarezzarla. Avevo mai toccato una pelle così morbida? E anche dopo tutto il sudare che aveva fatto dal nostro incontro bruciante al piano di sotto, aveva ancora un profumo meraviglioso.

April spalancò gli occhi. «Wow, non è qualcosa che mi aspettavo dicesse un playboy milionario.»

Già, se avessi continuato così, avrei corso il rischio di danneggiare la mia reputazione. Ma avevo già comunque cominciato a stancarmi di quello stile di vita.

E vedere Cyndi quella sera mi aveva ricordato quel senso di vuoto. Come non sarei probabilmente mai stato appagato se avessi continuato con quelle superficiali, insoddisfacenti liaison. Certo, era stato divertente spassarmela in quel momento. Ma alla fine della giornata, andavo a casa da solo. E la ragazza poteva perfino non essere qualcuno con cui avrei voluto guardare un film, o mangiare qualcosa, o avere una lunga conversazione.

Era parecchio che non succedeva, fino a... la mia mano si fermò di colpo in cima allo strano tatuaggio di April in fondo alla schiena, proprio sulla curva sopra quel sedere che mi faceva impazzire. Mi alzai su un gomito per guardarlo meglio, passandovi e ripassandovi sopra la mano.

«Eccolo qui, il tatuaggio maledetto.»

Lei s'irrigidì sotto la mia mano. «Intendi dire il marchio della mia vergogna? La mia lettera scarlatta?»

«La tua cosa?»

Lei voltò la testa per guardarmi. «Oh, per favore non dirmi che non hai mai letto il romanzo *La lettera scarlatta*? Nathaniel Hawthorne?»

«Ho studiato in casa. A mia madre non piaceva la letteratura classica. Però ho visto il film. Una ragazza puritana che resta incinta fuori dal matrimonio e le fanno portare una lettera "A" rossa sui vestiti.»

Le apparve sul viso la stessa espressione sognante che aveva sempre quando parlava di libri. «Hester Prynne. Era una donna meravigliosa. Avevano cercato di svergognarla, ma lei si era elevata al di sopra delle loro provocazioni e derisioni. Aveva sopportano il peso del loro orribile trattamento, era rimasta in piedi, fiera, su quel patibolo e aveva affrontato l'umiliazione di fronte all'intero paese. La lettera scarlatta avrebbe dovuto essere il marchio della sua vergogna. Alla fine divenne una medaglia al valore.»

Io passai il dito sul tatuaggio del teschio e del serpente in fondo alla schiena. «E questo è il marchio della tua vergogna?»

Lei scrollò le spalle. «A volte mi sembra di sì.»

«Che diavolo ti era venuto in mente per fartelo fare, Weiss?»

«La stessa cosa che mi ha fatto fare tutte le cose stupide che ho fatto nella mia breve vita. Un mix tra i miei genitori, una rapida diminuzione della mia autostima e tanto alcol.»

«Quindi tua madre aveva fatto qualcosa che ti aveva fatto incazzare?»

April scosse la testa. «No, quella volta era stato mio padre. Avevo sedici anni. Avevamo avuto un grosso litigio. Io volevo lasciare il collegio dov'ero perché lo odiavo e stavo passando un momento difficile. Lui non mi diede retta. Io uscii con alcuni amici poco raccomandabili, mi ubriacai, usai una carta d'identità falsa e mi svegliai la mattina seguente con il tatuaggio. Praticamente era uno schiaffo a mio padre. E lui fu addolorato quando scoprì che mi ero fatta fare un tatuaggio, anche se non l'ha mai visto. Voglio farmelo togliere, un giorno o l'altro.»

«Fino ad allora, è una maledetta prova del tuo incontro con la notorietà cosplay» dissi ridendo.

Lei si voltò a guardarmi con gli occhi seri e capii che non mi sarebbe piaciuto quello che aveva da dire. «Parlando di prove maledette, credo che tu abbia un tatuaggio che dimostra che una volta sei stato follemente innamorato di qualcuno.»

Deglutii forte e distolsi gli occhi. Quello stesso nuovo dolore mi colpì forte al petto. Strano che dopo tutti quegli anni, quando pensavi di aver superato la faccenda… la persona. Ma quella sera… guardandola di nuovo in faccia, vedendola tanto più vecchia. E completamente diversa che quella sorridente, spensierata surfista con la quale ero cresciuto… la donna che aveva praticamente sbriciolato per sempre la mia fiducia in tutte le donne. Perché se non avevo potuto fidarmi di lei, di chi diavolo potevo fidarmi?

Mi strofinai la radice del naso. Non volevo parlare di Cyndi. Non in quel momento né mai. Ma dubitavo che April avrebbe lasciato perdere e stava entrando in acque pericolose. Quindi mi chinai e la baciai sulla spalla, passandole le mani lungo la schiena; anche se era una classica tattica per distrarla, ero veramente pronto a ricominciare. Le mordicchiai l'orecchio e lei si staccò da me per guardarmi con quei begli occhi azzurri. Feci un respiro profondo e poi espirai lentamente con un sospiro.

La sua espressione seria si trasformò in un sorriso e poi in una risata. «Mhmm. Sai, dovresti *veramente* provare il tuo intervento e fare una buona notte di sonno.»

«Grazie, signore e signori, per l'opportunità che mi avete dato di rivolgermi a voi questo pomeriggio» cominciai senza esitare, scostandole i lunghi capelli dal collo. Quei capelli... quel collo. Piegandomi per assaporarla, abbassai la testa, aprii la bocca e risucchiai in bocca la sua pelle morbida e profumata. April ansimò e tremò sotto di me.

Rotolai per finirle sopra, con il suo sedere rotondo che mi premeva contro l'inguine, infilai sotto la mano per accarezzare quei seni pieni e sodi mentre le baciavo la schiena.

«E...» April mi invitò a continuare, mormorando appena.

«Per decenni, l'integrazione tra videogiochi ed educazione ha rivoluzionato il modo di insegnare e imparare...» Le aprii le gambe con la mia. Feci scivolare la mano dal seno verso il basso tra il suo corpo e il materasso e la trovai già bagnata e pronta per me. *Oh, diavolo, sì.* Premetti il mio cazzo contro la sua apertura, facendola ansimare.

«Ho intenzione di scoparti, Weiss. Questa volta ci metterò tanto, tanto tempo e sarà bellissimo.»

«A me è sembrato maledettamente bello anche l'ultima volta.»

«Voglio vedere quante volte riesco a farti venire in una notte.» Strappai la confezione del preservativo con i denti e me lo misi. Cazzo, sì. Avrei fatto in modo di farlo fruttare.

«Il tuo piano non mi dispiace.»

«Hai voglia di lasciarti andare e permettermi di portarti dove voglio?»

Tenendo la mano sotto di lei, la tirai verso di me e la penetrai con una spinta rapida e fluida. Una delle mie mosse preferite. Avrei voluto sentirla gridare, magari urlare, almeno ansimare o gemere. Invece, lei risucchiò il fiato. Giurai che l'avrei fatta piangere prima di finire di sbatterla. Quella ragazza aveva bisogno di lasciarsi andare e ci sarei riuscito.

Ma per il momento, mi accontentai di godere della sensazione di April che si chiudeva intorno a me, che mi afferrava così stretto che quasi non riuscivo a respirare. Affondai il naso nei suoi capelli fragranti, coprendo il suo corpo con il mio e cominciai a muovermi. Mi sollevai sulle ginocchia, tirandola con me e sbattei dentro di lei con impeto. Lei si teneva al bordo del letto ed io raccolsi con una mano i suoi capelli, tirandole gentilmente indietro la testa. Lei mi ricompensò con un grugnito.

L'altra mano scivolò sotto per accarezzarle il clitoride. Era una sensazione meravigliosa, ma era troppo silenziosa questa volta. Dopo qualche minuto, mi piegai per appoggiarle la bocca sull'orecchio. «Ti piace così, April?»

Almeno il suo respiro era pesante. «Sì.»

«Voglio sentirti dire che è bello.» Diedi un'altra tiratina ai suoi capelli continuando a sbattere dentro di lei.

Questa volta il grugnito fu accompagnato da un gemito.

Spostò le mani dal bordo del letto, spingendosi verso di me mentre mi sollevavo e ricadevo sopra di lei. Il mio desiderio aumentò. «Bene così.» Aumentai la velocità.

«Oh Dio» gemette April. Lo sentivo spesso. Con un ringhio, mi piegai in avanti e trovando la sua nuca con la bocca, affondai i denti. Lei reagì muovendosi di scatto.

«Ti piace.»

«Sì» grugnì di nuovo, un suono selvaggio.

«Vuoi di più?» Lei non rispose. Io rallentai, dandole solo spinte brevi, superficiali. «Dimmelo, April.» Lei si spinse indietro contro di me, come protestando ed io le afferrai i fianchi e la tenni ferma. «Voglio sentirti perdere il controllo.»

«Più in fretta» m'implorò.

«Ti avevo detto che sarei andato piano.» Mi fermai e continuai ad accarezzare il suo punto magico. Lei cercò di spingersi verso di me ed io la fermai, aspettando finché fu vicina un'altra volta. Usai la mano libera per accarezzarle il seno, strofinando il capezzolo finché la sentii ansimare e venire, stringendomi con il suo orgasmo. Adoravo la sensazione di lei intorno a me, stretta e calda.

Spingendomi dentro di lei ancora un paio di volte, aspettai che finisse. Poi mi tirai fuori e la feci rotolare.

«E sono tre.»

Lei mi guardò con gli occhi soddisfatti. «Tu conti gli orgasmi ma non le partner?»

Abbassai la bocca sulla sua, pronto a riprendere, quando lei mi allontanò con una spinta sul petto.

«Che c'è?»

Lei sorrise maliziosa mentre mi spingeva di nuovo ed io mi tiravo da parte. «È il mio turno di cavalcare» disse, spingendomi sulla schiena e mettendosi a cavalcioni.

Oh Dio, sì. Le mie mani andarono dai fianchi, in vita e più su per coprirle il seno mentre lei spostava i fianchi ed io la penetravo di nuovo. Fui dentro con una spinta, fino in fondo. Questa volta, invece di inspirare forte, lei gemette, con gli occhi che si spalancavano per la sorpresa.

«Lentamente, April» la avvertii quando cominciò a muoversi, ma c'era una luce di sfida nei suoi occhi. Si leccò le labbra e si spostò velocemente contro di me. Le pizzicai forte i capezzoli. Lei gettò indietro la testa e guaì, con le unghie che affondavano nella mia pelle.

Alzai le braccia e le presi la testa tra le mani. Lei continuò a muoversi ed io a spingermi contro di lei. Le tirai giù la testa, sia per baciarla sia per farla rallentare. Il suo seno strusciava contro il mio torace ed era incredibile. *Lei* era incredibile, mi circondava, afferrandomi stretto.

«Apri gli occhi» le ordinai. Lei ubbidì continuando a muoversi contro di me. I suoi lunghi capelli di seta sparsi su di me erano paradisiaci. Ma quando spostò lo sguardo, le tirai vicino la testa. «Guardami. Non staccare gli occhi da me.»

Mentre ci fissavamo negli occhi, la pressione saliva lentamente. Ogni movimento le causava un dolce gemito acuto. E ogni suo gemito faceva qualcosa a me, nel mio profondo. Ma erano i suoi occhi che guardavano fissi nei miei che stavano penetrando quello strato che nemmeno sapevo esistesse. Era molto più intimo di quanto avessi immaginato. A un certo punto, fui io quello che voleva distogliere gli occhi, temendo che mi guardasse troppo in profondità.

Cominciò presto ad ansimare con un altro orgasmo, con la schiena che si arcuava. Io mi tirai su e risucchiai un capezzolo in bocca mentre lei si dimenava e mugolava contro di me. Il suo corpo scivoloso era appiccicato al mio e feci rotolare entrambi, continuando a spingere dentro di lei finché anch'io venni, con un orgasmo caldo che pulsava dentro di me. April aveva la bocca sul mio collo, le unghie contro la mia schiena e le gambe avvolte intorno a me, che mi tenevano stretto.

Porca. Puttana. Ci vollero parecchi minuti prima di riuscire a ricominciare a pensare, per non dire poi di parlare o perfino ricordarmi di respirare. L'ultima volta era stata meravigliosa. Questa volta aveva superato tutti i limiti, e spazzato via qualunque altro rapporto avessi mai avuto.

Mi tirai indietro e guardai il suo volto arrossato, raggiante. Che cosa diavolo mi stava facendo questa donna?

Sentendomi a disagio e un po' troppo esposto, rotolai via e andai in bagno a ripulirmi. Lei era ancora sdraiata sulla schiena e fissava il soffitto quando tornai nella stanza. Mi lasciai cadere sul letto e la tirai contro di me. Era fredda per il sudore quindi mi appoggiai a lei da dietro, abbracciandola. Lei voltò la testa e mi baciò il braccio.

«Credo che il conteggio finale sia quattro» dissi.

«Sei se conti i tuoi.»

«No, contiamo solo i tuoi. Potrei tentare di farti arrivare a mezza dozzina.»

April scoppiò a ridere. «Mi sarò addormentata molto prima. Mhmm, è stato bello. E ora credo veramente nella barba.»

«Ti piace la barba?»

Lei alzò una mano verso la mia guancia, accarezzando la peluria. «"Mi piace" è dire poco. Specialmente quando mi stai baciando e strofinandomela su tutto il corpo.»

La accontentai baciandole la spalla e dandole una bella strofinata con il mento, facendola ridere. Poi la tirai indietro e lei si sistemò contro il mio petto. Era bello. Una metà di me avrebbe voluto avere un altro preservativo. L'altra metà mi stava dicendo di darmi una calmata e dormire un po'. Mi sentivo bene, soddisfatto. Per il momento almeno.

«Allora, mhmm...» disse April esitando.

Le passai una mano sul fianco rotondo. «Sì?»

«Stavo solo controllando che le cose andassero meglio... non te la stavi cavando molto bene quando siamo tornati dal ricevimento.»

Mi bloccai mentre accarezzavo la pelle morbida e piantai il naso nei suoi capelli, annusandola liberamente. Lei piegò la testa per potermi vedere in faccia, poi mi passò la mano sulla guancia, strofinando la barba corta.

«Mi hai decisamente fatto sentire meglio. Molto meglio di quanto avrebbe potuto fare il Jack Daniel's.» Sogghignai.

April rise e poi si voltò per guardarmi. «Voglio solo dire... beh. Ti ha sconvolto parecchio vederla questa sera. Ma non capisco una cosa che hai detto. Che ti sentivi in colpa. Se è lei quella che ti ha tradito, perché dovresti sentirti in colpa tu?»

M'irrigidii e cercai di ignorare la vecchia sensazione di agitazione che cresceva tutte le volte che pensavo a Cyndi. «Ti ho detto che i bravi ragazzi arrivano ultimi. Ero un bravo ragazzo e sono stato fottuto, letteralmente. Quindi quella fu l'ultima volta che fui un bravo ragazzo. Decisi che chiunque mi avesse fregato lo avrebbe rimpianto amaramente.»

April passò il dito sul tatuaggio sul mio braccio. «Quindi ti sei vendicato?»

Io strinsi le labbra e poi cercai di rilassarmi. Stando sdraiato, fissai il soffitto, sentendo il vecchio senso di colpa. Cristo.

«Adesso non sono fiero di quello che ho fatto, ma di certo è stata una bella sensazione in quel momento. Io conosco della gente, che fa delle cose per me... non è una novità. Era lo stesso quando ero al college. Scoprii chi era quel tizio che lei stava scopando e feci in modo che incontrasse una rossa molto sexy. Non ci volle molto perché lui scopasse anche lei. E... beh, Cyndi finì per avere un assaggio della sua stessa medicina. Finii per rovinare anche lui, dopo il fatto.»

Silenzio. Trattenni il fiato e poi lo lasciai andare lentamente. Poi le diedi un'occhiata. April stava fissando nel vuoto, pensierosa. Era una che pensava parecchio, lo avevo notato. C'era tutto un mondo di pensieri in quella testa.

Alla fine si decise a parlare. «Ti ho fregato anch'io, di brutto, con quel video, anche se è stato solo un incidente. Significa che ti vendicherai di me?»

Mi voltai verso di lei, appoggiandomi al gomito. «Penso che dopo stanotte tu possa considerarti completamente fottuta.» Le rivolsi un sorriso feroce. «Ma in un modo molto più piacevole.»

Quando mi guardò, c'era più del desiderio nei suoi occhi. C'era anche un po' di paura. E maledizione se non mi eccitò parecchio vederla. Forse avrei dovuto chiamare il servizio in camera per avere un altro preservativo, dopo tutto.

La tirai per una spalla per farla rotolare sulla schiena e poi presi possesso della sua bocca, ferocemente. La reclamai con le labbra, i denti e la lingua finché cominciò ad annaspare, senza fiato.

«Si potrebbe pensare che dopo due volte ne avrei avuto abbastanza» borbottai contro il suo collo. «Invece ti voglio solo di più.»

«Oddio, sai sempre come dire la cosa giusta.»

«Non sono stronzate, April.»

Le sue mani morbide scivolarono lungo la mia schiena e sentii una nuova fitta di desiderio.

April si staccò e mi guardò, con quegli occhi azzurri che sembravano frugarmi nell'anima. «Dovresti parlarle.»

Mi tirai indietro di colpo. «Cosa? A chi?»

«Cynthia.»

Sospirai, distogliendo lo sguardo. Wow, sapeva veramente come rovinare l'atmosfera.

«Voglio dire, il senso di colpa ti sta divorando.»

M'irrigidii. «Non saprei che cosa dirle.»

«Dille che ti dispiace. Ti farà sentire meglio.»

«Quello che mi farebbe sentire meglio sarebbe dimenticare che ci siamo visti e andare avanti con le nostre vite.»

Lei si guardò attorno, alzando una spalla. «È solo un suggerimento, Jordan. Non sei obbligato ad ascoltare l'umile stagista, se non vuoi.»

Non risposi. Non avevo niente da dire, nemmeno correggerla sul commento dell'umile stagista. Quindi lasciai che restasse lì in sospeso tra di noi.

April mi premette la bocca sul torace, mormorando: «Dio, sei bello». Poi si sistemò accanto a me, tra il mio braccio e il petto. La stanchezza mi cadde addosso come una coperta.

Mi si chiusero gli occhi e passai le dita tra i suoi capelli morbidi. L'agitazione per la discussione su Cyndi stava svanendo di nuovo. Era… confortante. «Sei fortunata che non abbia dormito bene la notte scorsa, altrimenti ti salterei addosso di nuovo» mormorai.

«Promesse, promesse» disse April, passandomi un dito sullo stomaco.

Restammo così a lungo. Scivolai in quella terra di nessuno tra il sonno e la veglia, dov'ero conscio della sua pelle contro la mia, del suo odore, dei suoi capelli morbidi. Nel mio posto felice, la sentii spostarsi, sedersi e tirare la coperta sopra di me.

Aprii un occhio quando mi resi conto che si stava alzando per andarsene.

«Dove stai andando?»

Lei si chinò a baciarmi la fronte. I miei occhi si puntarono sul modo in cui il suo seno oscillava con i movimenti del suo corpo.

«Torno nella mia stanza» sussurrò.

Tirai fuori una mano e la presi per la vita, tirandola giù sopra di me. «No. Tu dormirai qui.»

Con una risata stanca, April cercò svogliatamente di liberarsi della mia mano. «La Bestia ha espresso la sua volontà.»

«Sì, è così. La Bestia ha bisogno che la sua Bella si sdrai proprio qui e dorma accanto a lui.»

«Quindi adesso sono Bella?»

«Sempre» mormorai, tirandola vicino a me. Poi scivolai nel sonno con la visione delle principesse delle favole nella mente e ognuna di loro aveva la faccia della ragazza che avevo tra le braccia.

CAPITOLO VENTUNO
APRIL

MI SVEGLIAI PRIMA DI JORDAN LA MATTINA SEGUENTE e sgattaiolai fuori dal letto prima dell'inevitabile imbarazzante "lo facciamo ancora o no?". Comunque sembrava non ci fossero più preservativi nella stanza. E anche se mi sarebbe piaciuto rifare quello che avevamo fatto la sera prima, lui era stato chiaro… era per una sola notte.

Ed era così che doveva essere, ma non mi piaceva.

Lo studiai alla luce grigia del mattino. Era nudo, avvoltolato nelle lenzuola, con il suo bel corpo maschile muscoloso, tutto piani e spigoli. Per quanto il suo sonno fosse stato tormentato, tanto che avevo dovuto stargli alla larga durante la notte, la sua faccia ora era l'immagine della pace. Avrei voluto sapere che cosa stava sognando.

Andai al piano di sotto, mi feci la doccia, mi vestii e ordinai la colazione dal servizio in camera, tutto prima di sentirlo muovere al piano di sopra. Doveva partecipare al seminario di apertura e poi aveva il suo intervento subito dopo pranzo.

Jordan apparve al piano di sotto in jeans, con una maglietta che tirava sul torace ampio. I suoi occhi andarono al cibo, un piatto di uova strapazzate, bacon, un vassoio di dolci e caffè caldo bollente. Se ne versò una tazza senza dire una parola, caldo e nero. Lo osservai mentre se lo portava alle labbra, soffiava sulla superficie e poi lo sorseggiava con cautela.

Spostò lo sguardo su di me. «Buongiorno» disse dopo un po' con la voce roca. «Dormito bene?»

Se dormire accanto a un uragano umano significava dormire bene... «Certo» dissi poco convinta.

«Sono stato così orribile?»

«La parte sul dormire o il resto?»

Si mise a ridere. «Dormire.»

«Beh, diciamo solo che si capiva che eri nervoso per oggi. Tu, mhmm, hai mormorato parti della relazione mentre dormivi.»

«Stai mentendo.»

Sorrisi. «No. Lo giuro su Dio. Ho potuto sentire tutto sulla microeconomia dei videogiochi, anche se sussurrato e un po' biascicato.»

Jordan sorrise, andò alla finestra e guardò il cielo coperto, bevendo il caffè. Rubai un'occhiata a quel magnifico sedere nei jeans. *Proprio una bella vista.*

«Hai anche sognato lei» aggiunsi a bassa voce.

Lui si bloccò, tirò indietro la testa e finì il caffè. Voltandosi, i suoi occhi scivolarono su di me, freddi e duri. «Beh, che cosa ci fai ancora lì seduta? Non hai qualche cosa da fare? Sistemare i miei programmi o roba del genere?»

Alzai talmente le sopracciglia che quasi arrivarono all'attaccatura dei capelli. Lavoro, come al solito... mi aveva avvertito, no?

«Certo, come vuoi, *capo*.» Mi schiarii la gola e mi alzai da tavola, poi mi tolsi le briciole dalle dita, evitando il suo sguardo mentre lui mi guardava pulirmi e voltarmi per andarmene.

Un'ora dopo eravamo pronti per andare. Lui aveva un blazer grigio tortora sopra i jeans e una polo nera. Con quella spolverata di barba sul viso e un po' di gel nei capelli, in modo che fossero disordinati ad arte, sembrava abbastanza appetitoso da mangiarlo.

Presi il telefono, ignorando i suoi occhi che squadravano il mio twin set verde scuro. «Mhmm, dobbiamo essere al centro congressi tra venti minuti.»

Lui indicò la porta. «Fai strada.»

La mattina continuò com'era iniziata. Jordan non mi disse molto. Non sapevo se fosse ancora arrabbiato per il commento che avevo fatto a colazione o se stesse cercando di prendere le distanze, per rinforzare il concetto che la nostra avventura di una notte sarebbe rimasta solo quello.

Una notte. Probabilmente ne aveva avute parecchie di notti simili tra le *innumerevoli* donne con cui era stato. Probabilmente per lui non significavano niente... eccetto per il fatto imbarazzante di dover continuare a lavorare insieme per un altro mese. Forse non pensava che il sesso tra di noi fosse stato trascendentale in due diverse occasioni, ma io trovavo difficile ignorarlo.

Nell'attimo in cui avevamo finito, avevo cominciato a desiderarlo ancora con un bisogno sempre crescente. Perfino stare seduta accanto a lui nell'auditorium, sentire il calore del suo braccio accanto al mio... diavolo, perfino il suo odore era una tortura. Avrei voluto salirgli sulle ginocchia per farmi coccolare, e magari per fare altre cose.

Che cosa diavolo avevo che non andava? Perché stavo permettendogli di influenzarmi in quel modo? Ogni tocco, ogni promemoria della sua presenza erano un flashback all'elettricità generata dai nostri corpi nudi e sudati che si muovevano l'uno contro l'altro.

Jordan non mangiò molto a pranzo e si ritirò nel camerino subito dopo qualche boccone e un'altra tazza di caffè. Mi dissi che quel comportamento freddo era dovuto al nervosismo. Cercai di non sentirmi ferita. Cercai di dirmi che non era così importante.

Ma, maledizione, avvertimento o no, faceva male. E stavo già cominciando a sentirmi troppo coinvolta... dai demoni che lo tormentavano tanto da non permettergli di fare una bella dormita, da chi c'era sotto quel perfetto, magnifico aspetto esteriore.

Sì, in superficie era uno stronzo arrogante. Un insopportabile stronzo arrogante. Ma sotto? Sotto quella scorza arrogante c'era qualcosa di elusivo, prezioso e raro. Qualcosa che teneva nascosto, eccetto nei momenti in cui non ci riusciva, come quando gli guardavo diritto nell'anima durante il sesso.

Oh merda. Più tempo passavamo insieme, più la situazione diventava complicata.

Restai dietro le quinte in una stanza separata, a guardare il suo intervento su un monitor mentre lui parlava in un auditorium buio pieno di gente. Anche se sapevo che era nervoso, ben poco di quel nervosismo trasparì nella sua presentazione. Sembrava abbastanza intellettuale ma anche un po' hipster, con la barba e il blazer che rimarcavano la sua gioventù. Ed era eloquente e intelligente. Per me, quelle caratteristiche rendevano molto più sexy la sua bellezza fisica.

Non molto dopo la sua presentazione, mi resi conto di una presenza accanto alla mia spalla. Voltando la testa, vidi che era Cynthia, che aveva gli occhi incollati allo schermo. Indossava una blusa con le maniche lunghe, e il tatuaggio incriminante che la collegava a Jordan era nascosto.

Mi guardò sorridendo e indicò lo schermo. «È brillante. Sapevo che sarebbe stato perfetto per il TED. È quello che ho detto al comitato quando l'ho suggerito come oratore.»

La guardai, chiedendomi se Jordan sapesse che era lei la responsabile dell'invito a parlare che gli avevano rivolto. «Ti piacerebbe...» feci per dire.

Lei si guardò attorno e poi si avvicinò un po', indicandomi di abbassare la voce. «Ti piacerebbe avere la possibilità di parlargli, da sola?»

Lei si tirò indietro un po', aggrottando la fronte. Si mise una ciocca di capelli biondi dietro l'orecchio ed esitò. «Non credo proprio che lui lo vorrebbe.»

«Ma se lo volesse... tu lo faresti?»

Cynthia strinse le labbra e poi scosse la testa. «Lui non vorrà» ripeté. «Jordan crede nella sua forma di karma.»

Sono sicura che lei volesse essere criptica, ma io la capii comunque. Sapeva della vendetta di Jordan per averlo tradito. Mi chiesi se Jordan lo sapesse.

Fissammo il monitor per il tempo che restava dei suoi diciotto minuti. Jordan finì la sua relazione con un sorriso carismatico, autoironico e un luccichio negli occhi che avrebbe potuto far cadere molte mutandine. Le mie erano sicuramente più calde del normale.

Cynthia si voltò per andarsene proprio mentre vedevo Jordan lasciare il palcoscenico, in mezzo agli applausi. La fermai, chiedendole dell'incontro con i giornalisti che volevano parlare con lui tra poche ore. Prima che avesse il tempo di rispondermi, Jordan era entrato nella stanza, sicuro di sé e sorridente. Aprì la bocca per dirmi qualcosa prima di notare Cynthia che era rimasta pietrificata accanto alla mia spalla. Il sorriso svanì dal suo volto.

Io andai verso di lui. «Ehi, hai un appuntamento tra un'ora con la giornalista di *USA Home Weekly*. Fino ad allora, sei… mhmm… libero» dissi dando un'occhiata significativa a Cynthia.

Jordan strinse gli occhi, senza parlare mentre uscivo dalla stanza. Probabilmente era furioso con me, ma quando avrebbe avuto un'altra occasione per chiarire le cose con lei?

Era facile vedere che la faccenda lo tormentava dalla sera prima, quando l'aveva vista. Probabilmente lo tormentava ancora da più tempo. Non riuscivo a togliermi dalla mente l'immagine di lui con quel bicchiere di whiskey. Ero convinta di aver fatto una buona azione e che Jordan avrebbe capito e probabilmente mi avrebbe ringraziato. Forse. Prima o poi.

Ma quando lo sentii qualche ora dopo… beh, non era proprio così.

Era incazzato. La sua faccia sembrava una nuvola temporalesca quando tornò nella suite. Non disse niente prima di salire le scale e quello che vidi mi fece sgattaiolare immediatamente nel mio sgabuzzino. Mi sarei messa un pigiama e rannicchiata sotto le coperte con uno dei miei libri preferiti. Forse sarebbe uscito ancora. Dato che evitare i problemi era il mio metodo per affrontarli, ero diventata un'esperta.

Mi ero tolta il top e il reggiseno ed ero sul punto di prendere la camicia da notte, quando sentii bussare. Prima che potessi dire che non ero vestita, Jordan aveva aperto la porta. Mi coprii con quello che avevo a disposizione: le mani.

Jordan si era cambiato, indossando una felpa e una giacca e ai piedi aveva stivali da boscaiolo. Aveva ancora gli stessi jeans che aderivano alle cosce muscolose.

«Uhm, scusami!» sbuffai, coprendomi il seno con le mani.

Lui abbassò lo sguardo sul mio petto, si soffermò per un attimo e poi mi guardò negli occhi. «Weiss, ieri notte ho messo la bocca e le mani dappertutto. Qual è il problema?»

Arrossii e sentii un formicolio al ricordo di quanto era stato bello.

Alzai la testa. «Ieri sera non avevi negli occhi lo sguardo omicida che hai adesso.»

Jordan strinse i denti. «Mettiti qualcosa di caldo. Ci vediamo all'ascensore tra cinque minuti.»

Gli avrei rivolto uno scherzoso saluto militare, ma lui si era già voltato e aveva chiuso la porta. Per non dire che stavo ancora usando le mani per coprirmi.

Mi misi un paio di jeans, le mie Doc Martens, un maglione, la sciarpa e una giacca leggera, che era tutto ciò che avevo portato oltre agli abiti formali. Non avevo pensato che sarei uscita molto e la mia idea della British Columbia in autunno a quanto pareva era ben diversa dalla realtà. Dato che vivevo da tutta la vita nella California del Sud, non ero preparata per un clima invernale a settembre. Ma sembrava che settembre a Vancouver assomigliasse all'inverno a casa.

Jordan era silenzioso, austero e si rifiutò di rispondermi quando gli chiesi dove stavamo andando. Nel parcheggio, prese dal parcheggiatore le chiavi di un SUV che era stato consegnato da una società di noleggi locale. Era una Land Rover, anche se non bella come quella che guidava a casa.

C'erano delle coperte e una scatola sul sedile posteriore. Dopo pochi minuti eravamo in autostrada diretti a nord, l'autostrada *Sea to Sky*, dal mare al cielo, così si chiamava.

«Mi stai portando fuori città così sarà più facile nascondere il mio corpo?»

Lui sorrise cupo ma non rispose, armeggiando invece con il GPS. Aveva impostato la destinazione su un posto chiamato Porteau Cove Provincial Park, che sembrava sulla strada per Whistler, a un'ora circa a nord della città.

Viaggiammo lungo una piccola baia oltre West Vancouver, lungo la Horseshoe Bay e il suo massiccio porto traghetti e le scure, minacciose sagome delle grandi isole al largo della costa. La tensione tra di noi era palpabile e non era di grande aiuto il fatto che Jordan non facesse nessuno sforzo per cominciare una conversazione. Io fissavo fuori dal finestrino, tamburellando con le dita e chiedendomi perché diavolo ci stava portando in giro nella notte buia come la pece.

Un'ora dopo, seguì le istruzioni del GPS e svoltò in una strada per entrare in quel benedetto parco. Attraversammo le rotaie ed entrammo in un grande parcheggio praticamente vuoto che dava sulla Sound. Non c'era una sola luce lungo la linea costiera e con la luna ridotta a una falce sottile, tutto quello che avevamo per illuminarci la strada erano le stelle.

Così tante stelle. Non ne avevo mai viste tante tutte in una volta. Mi chinai in avanti, per guardare oltre il parabrezza, con la bocca aperta. Con la coda dell'occhio vidi che Jordan voltava la testa e mi guardava. Ero a disagio. Non c'era nessun altro lì, eccetto noi. Un lungo molo si stendeva nella baia scura e silenziosa. Secondo i segnali, c'era un traghetto che a volte arrivava lì, ma che adesso non c'era. Avrebbe tranquillamente potuto strangolarmi e poi lasciarmi cadere dal bordo del molo...

Mi voltai a guardarlo.

I suoi occhi brillarono nella luce scarsa. «Vieni.»

Misi le braccia conserte e sbuffai. «Come faccio a sapere che non hai intenzione di scaricarmi come un cane che non vuoi più o roba simile?»

Con una risata rauca, Jordan scese dall'auto e sbatté la portiera. Per riluttante che fossi a seguire il suo ordine che era suonato parecchio come qualcosa che avrebbe detto al suddetto cane, lo seguii. Stava camminando verso il molo e trotterellai per raggiungerlo. Faceva freddo lì fuori. Anche con la giacca imbottita e la sciarpa di lana infinity alla moda, l'aria della notte mi pizzicava le guance.

«Sei incazzato con me?»

«Tu che ne dici?» rispose lui con la voce priva d'intonazione.

«Perché mi hai portato qua se sei così arrabbiato?»

«Perché lo avevo programmato prima che tu facessi il tuo merdoso giochetto.»

Rimasi in silenzio per un po', cercando di stargli dietro, dato che lui non stava facendo niente per adeguare il suo passo al mio. Faceva un passo ogni tre dei miei. Si fermò di colpo e si voltò verso la ringhiera di lato al molo, dove lo raggiunsi. Eravamo circa a metà della lunghezza, proprio prima che cominciasse la salita verso la rampa di carico.

Jordan aveva le mani nelle tasche della giacca e gli occhi fissi sul terreno davanti a sé. Una brezza fredda mi afferrò i capelli e mi fece venire le lacrime agli occhi. Lui tolse dalla tasca un cappello di lana e dei guanti e me li passò. Lo ringraziai e me li infilai.

In quel momento, i miei occhi colsero qualcosa lungo l'orizzonte. Si era alzata una fascia di nebbia verdastra. Era carina. Ma... nebbia verde?

«Che diavolo è? L'apocalisse degli zombie?»

«L'aurora boreale» borbottò Jordan.

«Le luci del nord? Si vedono così a sud?»

«A volte. Ho visto che erano previste per stasera, quindi ho chiesto al portiere qual era un buon posto per vederle. Un posto abbastanza buio e lontano dalla città. Mi ha procurato l'auto a noleggio.»

Guardai mentre le luci si arcuavano lentamente verso l'alto dall'orizzonte, come dita che afferrassero i gioielli celesti che scintillavano. Le strisce di luce diventarono viticci di smeraldo che si curvavano attraverso il cielo stellato, trasformando tutto in una gigantesca cattedrale di luce che si stendeva per l'eternità. Si muovevano come fantasmi lontani e si riflettevano sulle acque immobili della Sound.

«Sono bellissime.»

Jordan si chinò in avanti, appoggiando i gomiti sulla ringhiera senza distogliere gli occhi dallo spettacolo di fronte a lui. «È come... se la magia esistesse veramente» disse in tono riverente.

Mi sentivo confortata dal suo atteggiamento, lieta che sembrasse meno arrabbiato di quanto aveva dichiarato. Feci un respiro profondo e decisi di correre il rischio. Appoggiai una mano sulla sua. «Non avrei veramente dovuto farlo.»

«Ci sono un mucchio di cose che non avresti dovuto fare» rispose lui a denti stretti, togliendo di scatto la mano. Quel gesto mi fece male e ingoiai la sensazione, sapendo che probabilmente me lo meritavo.

«Servirebbe dire che mi dispiace?»

«Forse. Ma solo se ti dispiacesse veramente, cosa che non è.»

«È stato tanto brutto?»

Lui s'irrigidì, senza rispondermi. Nella notte silenziosa c'era solo il lento sciabordio dell'acqua della baia contro la riva.

«Tu... tu l'ami ancora?»

Jordan scoppiò in una risata, e dalle labbra sfuggì una nuvoletta di vapore. «Per favore, non dire idiozie.»

«Allora...»

«Lei si meritava quello che ho fatto. Okay? Mi ha distrutto. Tu non ne hai idea. Non c'era nessun altro su questo pianeta di cui mi fidassi di più.»

Lo osservai con attenzione. «Quindi ne deduco che non avevate niente da dirvi?»

Jordan si strofinò la fronte. «No, non è quello che intendevo dire.»

«Non l'ho fatto per ferirti... spero che lo sappia. Stavo cercando di aiutarti...»

«Tu non hai una fottuta idea di cosa mi aiuterebbe e cosa no. Da ora in poi tieni il naso fuori dai miei affari.»

Le sue parole facevano male. Ovvio. Ma non riuscivo a distogliere gli occhi dal modo in cui stringeva le mani sulla ringhiera del molo. Qualcosa nel suo confronto con Cynthia lo aveva angosciato profondamente. Per quello che aveva detto, o per quello che non aveva detto.

«Capisco. Quindi nessuno deve curarsi di te. Non tuo nonno. Non tua madre. Non io.»

«Non ti ho mai chiesto di interessarti.»

Allungai il collo per dargli un'occhiata. «Non avevi bisogno di chiedermelo.»

Lui si curvò per avvicinare il volto al mio. «Non farlo, Weiss. Era sesso. Bello. Non illuderti che fosse qualcosa di diverso. Non sei la mia ragazza. Non sei nemmeno un'amica. Capito?»

Mi vennero le lacrime agli occhi e mi tirai indietro di scatto. Una sberla sul viso sarebbe stata più accettabile. Era stato duro, troppo. Ma a lui non interessava. Sbuffai, guardandolo. «Forte e chiaro. Nessuno deve curarsi di te.»

«*A te* non deve interessare. Tu sei solo un'altra che mi ha fottuto.»

Sbattei gli occhi. Adesso si stava riferendo al video. Corsi con la mente alle cose che mi aveva detto… che non era una brava persona. Mi aveva detto che si vendicava della gente che lo fregava.

«Capisco. Allora era quello la notte scorsa. Vendetta?»

«La notte scorsa era sesso. Te l'ho già detto.»

«Quante volte ti devo dire che caricare quel video è stato un incidente?»

I suoi occhi bruciarono nei miei. «Perché ti dovrei credere? Mi hai incastrato, no? Se non ti scrivo un'ottima raccomandazione, puoi andare dal mio capo e…»

Ansimai e alzai la mano per fermarlo. «Non provare nemmeno a finire quella frase. Non ti ho mai minacciato e non lo farò mai.»

«Non avevi bisogno di farlo. Mi avevi già preso per le palle prima ancora di diventare la mia assistente.»

Non aveva senso che lo pensasse. Fino a due giorni prima, io non avevo idea che fosse lui Falco! Ma era così teso in quel momento che ovviamente non stava ragionando.

«Non mi meraviglia che abbia paura che la gente si avvicini troppo. Che tu ci creda o no, Jordan, non pensiamo e non ci comportiamo tutti come te. Alcuni di noi si rifiutano di lasciarsi avvelenare da quell'oscurità.»

«Quindi adesso sei il Dalai Lama? Smettila di comportarti come se sapessi tutto di me, perché non sai un *cazzo*. Su di me o su come funziona il mondo vero là fuori.»

Le sue parole mi colpirono come sassi in mezzo al petto. Il mio primo istinto fu di tirargli qualcosa anch'io. Ma non lo feci. «Come lo vedi tu, questo mondo è un posto buio e inquietante. Se tutti sono pronti a fotterti, allora devi cavartela da solo, perché l'unica persona di cui ti puoi fidare sei tu. Finirai per essere molto solo.»

Jordan non disse niente, scosse solo la testa, con una risata sprezzante. Le lacrime adesso stavano scendendo e le asciugai rabbiosamente mentre non mi stava guardando.

Aveva ragione. Era colpa mia se m'importava. Ma non è che io fossi una macchina. Non potevo semplicemente abbassare un interruttore.

«Mi dispiace per te.»

Lui si voltò, con la faccia contorta, furiosa. «Sentiti triste per te quanto vuoi. Se la gente mi caga addosso, gliela faccio pagare, il doppio. E ne sono *fiero*. Vuoi sapere il vero motivo per cui mio padre non mi vuole vedere? Perché ho dato la caccia al bastardo che aveva fottuto *lui*. Il suo socio e, aggiungo, amico di famiglia, aveva derubato mio padre di milioni. *Io* gli diedi la caccia perché Grant Fawkes era troppo vigliacco per farsi valere. Quindi, quando trovai gli scheletri che quel coglione aveva nel suo armadio e lo costrinsi a risputare i soldi, il vecchio non volle toccarli. Diceva che erano soldi sporchi.» Fece una risata amara. «Io presi quei soldi sporchi e li investii nella mia società. Peggio per lui, meglio per te. Il karma è per gli smidollati. Io me lo faccio da solo.»

Ansimai sentendo le sue parole che riecheggiavano quelle di Cynthia. Lei aveva ragione. Mi tirai indietro, stringendomi nelle braccia nell'aria fredda, ma sentendomi ancora più fredda dentro. Non volevo che vedesse la mia reazione emotiva. Perché gli permettevo di influenzarmi in quel modo? Voltai sui tacchi e tornai all'auto.

Qualche secondo dopo sentii il suono dei suoi passi veloci che arrivavano dietro di me. Accelerai, sapendo che non sarei stata in grado di distanziarlo, ma sperando che capisse che non m'interessava continuare quella conversazione. Non avevo intenzione di essere il suo sacco da boxe.

Feci il giro dell'auto per salire quando Jordan mi mise un braccio intorno alla vita fermandomi. Mi tirò contro di lui, e ancora una volta sentii l'aria lasciarmi i polmoni e riuscii a malapena a deglutire perché il cuore mi pulsava in gola, enorme e intrusivo.

Mi premette il volto sui capelli e borbottò aspro: «Chi diavolo credi di essere, la mia coscienza?»

«Sono solo una persona a cui importa di te» sussurrai.

«Non farlo. Non ne hai il permesso.» La sua voce era dura, come sassi che sfregassero insieme.

«Non posso farne a meno.»

«Sì che puoi.»

«Non tutti al mondo stanno cercando di fregarti.»

«Che cosa vuoi, Weiss? Vuoi curarmi? In bocca al lupo. Cerca di curare te stessa prima.» Si avvolse i miei capelli sulle dita, tenendomi ferma la testa.

Deglutii. «Sei un bastardo.»

«Ma sono il bastardo che vuoi.» Mi premette le labbra sulla nuca ed io mi sarei scostata di colpo se non mi avesse immobilizzato.

«Purché sia *solo sesso*» dissi sarcasticamente.

«La vena che pulsa sul tuo collo mi dice una di queste due cose.» Aveva completamente ignorato quello che avevo detto, come al solito. «O che mi vuoi o che hai una paura matta di me. Quale è quella giusta?»

Mi sforzai di inspirare. «Entrambe.»

Il suo fiato mi scaldava i capelli, l'orecchio, la nuca, mandandomi fitte di desiderio lungo la spina dorsale. «Bene.»

Anche se non aveva fatto nient'altro, le sue parole furono sufficienti per farmi sfuggire il fiato dai polmoni. Premette la bocca sul mio orecchio mentre le sue mani scivolavano sotto la giacca, sotto la felpa e scendevano sul mio stomaco. Ci spostò verso il paraurti anteriore della sua auto mentre la sua bocca calava sul mio collo, facendo girare il mondo intorno a me. Le sue mani su di me erano dure mentre mi toccavano il seno. Premette la bocca, aspramente, mordicchiando e succhiando. Il desiderio m'inondò i sensi. Ogni mia cellula era sintonizzata su di lui. Il modo in cui la sua erezione premeva contro di me attraverso i jeans, il modo in cui le sue mani mi toccavano, mi accarezzavano, il modo in cui scivolarono sotto il reggiseno, spingendolo in alto, via dal mio seno, per liberarlo per il suo piacere.

In un attimo eravamo piegati sul cofano, una mano che lavorava furiosamente per slacciare il bottone dei miei jeans. Avevo intenzione di lasciare che mi usasse per il sesso? Diavolo, perché dovevo pensarci? Era *lui* quello che aveva insistito che era solo sesso... sesso fuori dal mondo. Potevo usarlo anch'io per il sesso. Il sesso era un buon modo per sfogare la rabbia, o il desiderio.

«Jordan…»

«Che c'è?» chiese abbassando la cerniera, e infilando la mano nelle mie mutandine, senza perdere tempo. Le sue dita si curvarono verso l'alto, trovandomi perfino negli stretti confini dei jeans. Ansimai mentre le sue dita lavoravano su di me. «Sei così maledettamente bagnata, per me. Hai intenzione di dirmi che non mi vuoi? Perché so che è una bugia.»

«Sono arrabbiata con te» dissi ansimando, furiosa con me stessa per la mia intensa reazione automatica. «Non mi piaci molto in questo momento.»

«Non c'è bisogno che io ti piaccia. Purché ti piaccia quello che ti sto facendo.»

Chiusi gli occhi e li strinsi forte quando la sua mano cominciò a muoversi, scivolando sopra il mio clitoride. «Dipende da quanto sarai bravo.»

«Oh, credo che tu sappia già quanto sono bravo. Ma se non lo vuoi, dimmelo, altrimenti ti scoperò forte e in fretta, proprio come piace a te. Lo desideri, vero, April?»

Ansimai di nuovo, con il piacere delle sue dita che premevano contro quel nodo di terminazioni nervose che si estendeva verso lo stomaco, le gambe. A ogni carezza il suo controllo sul mio corpo aumentava. Stava nuovamente lanciando il suo incantesimo e mi attirava per fare quello che voleva. Ed era. Così. Maledettamente. Bello.

«Signor Fawkes» mormorai. «Lei è inappropriato.»

Una delle sue mani si appoggiò sul mio seno, l'altra continuò a spingermi verso l'orgasmo. Premette la bocca contro il mio orecchio. «Ti piace quando sono inappropriato.»

Ero vicina, così vicina. Tutto in me si contrasse quando si fermò e tolse la mano dai miei pantaloni. Con uno strappo deciso, i miei jeans e le mutandine scesero fino alle ginocchia. Cominciai a tremare. Jordan si tolse la giacca e la appoggiò sulla macchina davanti a me. Tratteneva ancora il calore del suo corpo e mi lasciai cadere mentre lo sentivo abbassare la cerniera dei suoi jeans e armeggiare con la confezione di un altro preservativo, cortesia del portiere, presumo.

Non m'interessava, purché ne avesse uno e purché lo usasse bene come la notte prima.

«Beh, non è stato granché impressionante» dissi quando si spinse dentro di me con un colpo deciso. «Avresti almeno potuto lasciarmi venire.»

«Chi se ne frega» disse, agganciando un braccio muscoloso intorno ai miei fianchi mentre con l'altro si sorreggeva al cofano dell'auto. «Avrai il tuo orgasmo. Quando penserò che lo meriti.»

«Stronzo.»

«Giusto. Sono lo stronzo che ha il suo cazzo dentro di te. Proprio adesso.»

Si spinse ancora dentro di me, poi mi sbatté ripetutamente con una ferocia che non aveva mostrato la notte prima. L'auto ondeggiava sotto i nostri movimenti.

Era così bello sentirlo dentro di me. Era grosso, mi allargava a ogni spinta, affondando più profondamente dentro di me e ci volle poco perché cominciassi a gemere e a chiedere di più. I miei gemiti echeggiarono nella notte scura e sembrarono spronarlo.

Con una mano di nuovo tra le mie gambe, l'altra mi afferrò i capelli. Con la voce resa roca dal desiderio, disse: «Tieniti forte. Dio sei meravigliosa.»

Feci come mi chiedeva e lui aumentò il ritmo con il quale mi stava sbattendo, con la mano che mi stringeva i capelli, tirandomi indietro la testa per poter appoggiare la bocca contro la mia tempia e sussurrarmi all'orecchio come fosse bello essere dentro di me e come volesse fottermi fino a farmi perdere i sensi.

Era quasi sul punto di vedere realizzato quel desiderio. Il mondo sembrava girare intorno a noi, ma non riuscivo a dare un senso a niente eccetto alle sensazioni che mi stava facendo provare in quel momento.

Finché non vidi una luce brillante lampeggiare sotto le palpebre chiuse. Nello stesso momento Jordan si bloccò. Aprii gli occhi e vidi un veicolo che faceva il giro del grande parcheggio. Eravamo nascosti dalla nostra auto, ma da come l'autista stava puntando un faro, sembrava che fosse un ranger di pattuglia. Quando fece un altro giro, vidi le luci di emergenza sopra l'auto.

«Merda» mormorai.

«Non muoverti. Non dire niente. Se ne andrà tra un minuto.»

Jordan poteva anche aver smesso di muoversi, ma non la sua mano. Aveva continuato ad accarezzare il mio clitoride e mi stava facendo impazzire. Strinsi la mano sul suo polso.

«Smettila» dissi. «Non riesco a concentrarmi.»

«Ssst» rispose lui quando l'auto rallentò. Maledizione. Aveva intenzione di scendere ed io ero sul punto di essere colta senza mutande, *letteralmente*.

Chiusi la bocca mentre Jordan continuava a stimolarmi. Strinsi forte gli occhi. Lui premette la bocca contro il mio orecchio. «Ssst» ripeté. Come se fosse necessario ricordarmelo.

La mano di Jordan si mosse più in fretta ed io dovetti reprimere un gemito, mordendomi forte il labbro. Lui stava osservando l'auto che faceva lentamente il giro, allontanandosi finalmente da noi. Sentivo il cuore battermi in petto come se avessi fatto una corsa nei boschi per sfuggire a un serial killer. L'emozione era inebriante e, guardando l'auto allontanarsi, fui sul punto di venire di nuovo. Grazie al cielo, invece di essere uno stronzo e fermarsi come prima, Jordan ricominciò a muoversi.

E non so se fosse per il pericolo di essere scoperti, la ferocia con cui mi stava prendendo o solo il fatto che cominciavamo a conoscere meglio i nostri corpi, ma l'orgasmo che seguì fu incredibile. Lasciai ricadere indietro la testa ed emisi un piccolo urlo che echeggiò intorno a noi mentre ogni muscolo del mio corpo si contraeva. Stavo venendo in ondate che mi toglievano l'aria, senza nemmeno riuscire a tirare il fiato. Probabilmente le stelle avevano cominciato a roteare in cielo, mischiandosi alle luci del nord come in un gigantesco caleidoscopio nel cielo notturno.

Ricaddi contro il cofano dell'auto cercando di riprendere fiato, col piacere che mi squassava. Stavo ancora venendo anche mentre lui si muoveva lentamente dentro di me, come se anche lui volesse assaporare la sensazione.

«Oh, Dio, è stato... cazzo, sì» ansimai.

«Cazzo sì è giusto» disse Jordan a denti stretti e poi ricominciò a sbattere dentro di me. Irrigidii i gomiti, tenendomi contro l'auto mentre lui grugniva dietro di me. «Cazzo, sì» mormorò prima di fermarsi, irrigidendosi contro di me. Espirò a lungo mentre sentivo il suo orgasmo pulsare in profondità dentro di me. Appoggiai la guancia arrossata contro il cofano freddo dell'auto e mugolai, adorando la sensazione di averlo dentro di me.

Jordan non si mosse per parecchio tempo, restò lì fermo, tenendomi, mentre il suo respiro roco tornava normale. Mi lasciò andare lentamente, con cautela, e uscì. Ne sentivo già la mancanza.

Lo sentii che si toglieva il preservativo e lo ficcava in quella che sembrava una busta di plastica.

Dopo essersi allacciato, si chinò e mi tirò su i pantaloni e le mutandine, dandomi un bacio sul fianco. Io chiusi in fretta la cerniera e abbottonai i jeans, poi mi voltai a guardarlo. Lui mi prese per le spalle.

«È stato molto più divertente che litigare» mormorò.

«È stato quasi un incidente internazionale. E non avevo nemmeno il passaporto.»

«Oh, calmati. Gli orsi lo fanno nel bosco. Perché noi non possiamo?»

Gli diedi una manata sul petto. «Non sto scherzando. Che cosa sarebbe successo se la guardia canadese fosse scesa dall'auto?»

«Allora?» Jordan alzò le spalle. «Inoltre non ci sarebbe un motivo migliore per finire in prigione. E siamo in Canada. Quanto possono essere brutte le prigioni, qui? *Sono veramente dispiaciuto di avervi dovuto arrestare, signore. È stato veramente maleducato da parte mia, eh?*» disse con un falso accento canadese. Non potei fare a meno di ridacchiare.

Jordan si staccò e mi aprì la portiera. Salii in macchina e lo osservai mentre faceva il giro e saliva dalla sua parte. Tremavo sul gelido sedile di pelle.

«Prendi la coperta.» Jordan la prese dalla scatola sul sedile posteriore e me la passò. Io me l'avvolsi attorno. «Il portiere ha messo anche qualcosa da mangiare. Hai fame?»

«Non lo so. L'hai avvelenato?»

«Solo le mele.» Mi fece l'occhiolino e sorrise, quel suo sorriso diabolicamente bello.

Presi dalla scatola una confezione di formaggio e cracker, glielo porsi e poi ne presi una per me.

«Alla faccia di "una sola notte", eh» gli dissi alzando un sopracciglio.

«Tecnicamente, tutte e tre le volte sono successe nel periodo di ventiquattro ore.»

«Ah» sbuffai. «Immagino che allora siamo al sicuro.»

Lui mi guardò negli occhi. «Tu non sei al sicuro, Weiss. Credimi sulla parola.»

Abbassai la fetta di formaggio che stavo per mangiare. «È avvelenato anche il formaggio?»

«Il formaggio va bene, ma il grande lupo cattivo non è affamato solo di cibo.» I suoi occhi vagarono sul mio volto.

«E se tu continuassi a non piacermi?»

«Non c'è bisogno che ti piaccia. Deve solo piacerti quello che voglio farti.»

Deglutii, eccitata un'altra volta per le sue parole. «Beh… siamo all'estero. Forse non conta se siamo oltre i confini nazionali.»

«Mi piace come pensi. Penso che dovremmo approfittare al massimo della nostra *carte blanche* canadese.»

Mangiucchiai il formaggio e i cracker e guardai attraverso il parabrezza le luci del nord che continuavano a danzare sul cielo nero come l'inchiostro.

Le nostre divergenze non erano risolte, nemmeno lontanamente, ma avevamo silenziosamente accettato di rinviare la discussione.

E le rinviammo. Facemmo sesso sul tavolo in soggiorno appena tornati nella suite. Seguito dal letto.

A quanto pareva, era tutto ciò che avrei mai avuto. Quindi se dovevo andare a casa camminando con le gambe arcuate come un cowboy, allora amen. Per lo meno ci eravamo divertiti.

L'unico problema era che... non ero pronta a vederlo finire. Ma sarei stata l'ultima persona al mondo a dirglielo. Perché, che mi piacesse o no, lui *era* pronto.

Capitolo Ventidue
Jordan

Un autista ci portò a casa dall'aeroporto con la limousine. Era pomeriggio tardi ed entrambi dovevamo essere al lavoro la mattina seguente. Ero deciso ad attenermi ai miei propositi, cioè niente più sesso con April una volta tornati negli Stati Uniti. Ciò che era accaduto in Canada doveva restare in Canada, almeno era quello che speravo.

Ero un bel po' preoccupato perché avevo già cominciato a desiderare il profumo dei suoi capelli, la sensazione della sua pelle morbida in fondo alla schiena, il sapore del suo collo e dei suoi lobi. La sensazione delle sue gambe avvolte intorno a me.

Cristo. La osservai mentre lavorava, piegata sul laptop. L'auto avanzava lentissima sulla superstrada 405, nell'ora di punta del traffico. Finsi di controllare il telefono. Avevo una fottuta tonnellata di mail da guardare, ma in quel momento non riuscivo a concentrarmi sul lavoro.

«È un peccato che tu non sia potuto restare per il resto della conferenza» disse April senza alzare gli occhi dallo schermo.

Immaginai che avrei potuto ascoltare alcune delle presentazioni, ma avrei sicuramente preferito godermi *lei*, ancora per qualche giorno. Perché, sinceramente, il nostro tempo insieme era stato fottutamente fantastico. Non riuscivo ad averne abbastanza di lei. E di sicuro non ne *avevo avuto* abbastanza di lei.

«Allora… uh…» dissi schiarendomi la voce.

Lei alzò gli occhi dal laptop e fissò i suoi occhi azzurro scuro nei miei. «Sì?»

«Va tutto bene tra di noi?»

Lei aggrottò le sopracciglia.

«Intendevi dire se so qual è il mio posto? Oh, signor Fawkes, non l'ho mai dimenticato.»

Strinsi le labbra. «Non è quello che intendevo dire.»

«Sei preoccupato che abbia intenzione di spifferare tutto? Perché…»

La guardai in malo modo. «Non intendevo dire nemmeno *quello*.»

April sorrise. «Allora immagino che sia meglio che mi dica che cosa intendevi.»

«Spero che non ti senta usata o niente di simile… che capisca perché…»

April sospirò e voltò la testa, guardando fuori dal finestrino e chiudendo allo stesso tempo il laptop. «Capisco. Non hai bisogno di dire nient'altro.»

«Quindi domani, in ufficio…»

«Lavoro, come al solito. Capito.»

Deglutii. L'idea non piaceva molto nemmeno a me. E se le circostanze fossero state diverse… forse dopo il suo stage, quando non avrebbe più lavorato per me, le avrei chiesto di uscire. Oppure era passata troppa acqua sporca sotto i ponti, oramai?

Viaggiammo in un silenzio teso prima che April si spostasse, chinandosi verso di me, in modo complice. «Non credi che sarebbe meglio se…»

«Cosa?»

«Beh, stavo solo pensando al video. C'è sempre la possibilità che le nostre identità siano scoperte, giusto?»

Non dissi niente ma ero quasi sicuro di sapere dove stava parando.

«E se informassimo Adam? Solo nel caso che il caso esploda di nuovo? Voi potreste ideare un piano e averlo pronto nel caso subentrino problemi di pubbliche relazioni. E se andrai tu da Adam non sarebbe brutto come se venisse a saperlo in un altro modo.»

Rimasi in silenzio per parecchio tempo. Lei si sentiva in colpa. Era solo naturale, e non è che anch'io non mi sentissi di merda per tutta quella faccenda. Forse il suo suggerimento aveva un senso in qualche modo, ma la maggior parte di me voleva credere che la faccenda fosse finita nel dimenticatoio e per sempre.

«Capisco che cosa vuoi dire, ma non conosci Adam come me. Gli scoppierebbe una vena se lo scoprisse. Sarebbe un disastro.»

«Non hai paura che si venga a saperlo, allora?»

«Non proprio.» Alzai le spalle. Era una bugia bella e buona. Lei mi fissò con gli occhi stretti ed io cercai di non agitarmi.

«So solo che me lo sento dentro, che se avesse quell'informazione…»

«Lascia che me ne occupi io.»

«Significa che glielo dirai?»

«No, significa che me ne occuperò io. Non preoccuparti, okay?»

April fece una smorfia. «Più facile da dire che da fare. Me ne preoccupo continuamente.»

Non riuscii a resistere. Le accarezzai i capelli morbidi. «Non preoccuparti. Me ne occuperò io.»

Ma lei sembrava ancora dubbiosa, preoccupata. Di colpo, appoggiò la testa sulla mia spalla, ed io quasi non riuscii a respirare. Mi travolse la sensazione inconsueta di volerla proteggere. Volevo occuparmi della faccenda… prendermi cura di *lei*. Pensiero ridicolo, lo sapevo, perché lei era in grado di prendersi cura di se stessa. Ma…

Che cos'erano quei sentimenti che mi stava tirando fuori? Appoggiai la testa sulla sua per forse un secondo prima che quella sensazione diventasse più pressante e più scomoda dentro il mio petto. Era troppo difficile pensare a qualunque cosa non fosse lei. Mi staccai lentamente, pensando che era forse una delle cose più difficili che avessi mai fatto.

Respirando appena, mi obbligai a voltarmi dall'altra parte, a pensare a qualcos'altro. Con la coda dell'occhio la vidi raddrizzarsi, osservarmi mentre mi appoggiavo e fissavo fuori dal finestrino dalla mia parte, giocherellando con la barba sulla guancia. Era finalmente lunga esattamente come la volevo, e avrei dovuto rasarla di nuovo dal giorno dopo. Quei banchieri erano tradizionalisti e mi ero tolto l'orecchino, lasciando che il buco si richiudesse già da un anno, prima di entrare in quel mondo convenzionale. Mi chiesi di nuovo perché avessi voluto tanto far parte di quel mondo, un mondo che non era veramente il mio.

Che cosa stavo cercando di dimostrare, e a chi?

Come sempre tornai a quella figura indistinta, il mio vecchio, che mi fissava da sopra la spalla. Sbuffai a quell'idea.

Quando arrivammo a casa di April, avevo già deciso che non sarei sceso per accompagnarla alla porta. Avevo già permesso a quella faccenda di andare troppo oltre. Ma non potei resistere a rassicurarla ancora una volta. «April...» dissi prima che scendesse dall'auto.

Lei si voltò verso di me, afferrando la maniglia. Ci guardammo negli occhi.

«Mi occuperò io di tutto, okay? Fidati di me.»

April alzò appena gli angoli della bocca e chiuse gli occhi e quell'espressione mi fece male, perché capivo che era divisa, riluttante a riporre tanta fiducia in me. Si chinò in avanti e mi baciò, un bacio affettuoso, innocente.

«So che farai del tuo meglio.» Non mi guardò più quando si voltò per andarsene.

La guardai mentre l'autista l'aiutava con i bagagli, portandoli fino alla porta. Mi odiavo un po' per averla lasciata andare in quel modo, ma non mi fidavo abbastanza di me stesso per avvicinarmi a casa sua. Se l'avessi fatto, sapevo che non avrei voluto andarmene.

Stranamente, dopo aver passato quelle giornate con lei, mi sentivo improvvisamente perso e più solo che mai. Chiusi gli occhi, strofinandoli con il palmo delle mani. Le avevo detto di non affezionarsi a me. Che non aveva il permesso di farlo. Avrei dovuto mandare lo stesso promemoria anche a me stesso.

Ero stato via solo per quattro giorni, ma quando arrivai a casa, quel posto sembrava vuoto. Dovetti lottare contro il desiderio di prendere il telefono e mandare a Weiss qualche messaggio scherzoso. Per togliermela di mente una volta per tutte... sì, giusto... presi la tavola per catturare qualche bell'onda prima che il sole calasse. Ma non ci stavo mettendo il cuore.

***

La mattina seguente arrivai in ufficio un'ora prima, pronto ad affrontare la giornata e a lavorare per programmare il nostro tour promozionale per l'IPO. Avremmo fatto una serie di presentazioni ai direttori di grossi fondi d'investimento in tutto il paese. Avevamo una finestra di due settimane per presentare al meglio la nostra società, e convincerli a sottoscrivere le nostre azioni. Le presentazioni dovevano essere perfette e a quello scopo avevo assunto un regista professionista e una troupe che avrebbe intervistato Adam, me e altri dirigenti.

Avevo anche il servizio fotografico per la rivista *Entrepreneur Weekly,* tutto nell'ottica della nostra campagna di stampa per spingere l'IPO. Arrivai in ufficio con il mio secondo abito preferito, e un altro di scorta gettato sulla spalla in un sacco portabiti, giusto nel caso che la mia assistente facesse qualche pazzia con il caffè. Sorrisi un po' a quel pensiero.

Non c'era quasi nessuno in giro. Gli stagisti e gli assistenti stavano entrando lentamente e notai che la porta di Adam era socchiusa. Bussai e poi entrai.

Il capo aveva una donna attaccata alle sue labbra. Quando mi sentirono entrare si staccarono di colpo e mi fissarono con gli occhi sgranati, come adolescenti colti a pomiciare nella stanza da letto dei loro genitori. Quasi scoppiai a ridere. Quasi.

«Ehi, Mia» dissi. «Un po' presto per una sveltina, no?»

«Stavo solo... ero solo passata per un po' di supporto morale» disse Mia, con le guance rosse.

Adam mise un braccio intorno alla vita della sua fidanzata. Erano così carini insieme che quasi stomacava. No, togliete il quasi. E la palese beatitudine di Adam non migliorava le cose.

«È il primo giorno di scuola oggi per Mia» mi spiegò. Sembrava stesse parlando di una bambina al suo primo giorno di scuola materna. Immaginai che ad Adam piacessero veramente giovani…

«Ah, già, la facoltà di medicina. Avrai un cadavere tutto tuo su cui lavorare e tutta quella roba raccapricciante. Dottor Frankenstein, perché non chiedi al tuo fidanzatino di portarti i libri?»

Mia sbuffò. «Non fargli venire altre idee. Voleva già accompagnarmi lui in auto, ma siamo scesi a un compromesso e siamo venuti qui prima. Prenderò io l'auto per andare all'università e poi tornerò a prendere lui stasera.»

Resistetti al desiderio di sogghignare. Stavano facendo i pendolari insieme, probabilmente perché Mia era ancora irritata per il recente acquisto di Adam: una favolosa motocicletta Indian vintage. Perfino io ero invidioso.

Mia si rivolse a me. «È stata una presentazione eccezionale la tua, Jordan. Sono rimasta impressionata, anche se ho capito solo la metà di quello che dicevi.»

«Mi dispiace di non aver potuto fare qualche commento sui bikini di maglia metallica che indossano i personaggi nel gioco. So che è il tuo argomento preferito. Inoltre a me piacciono e voto per tenerli.»

«Ovvio che ti piacciano.» Sorridendo, si staccò da Adam e si abbassò a prendere la felpa e la borsa. «Devo andare. Non voglio fare tardi proprio il primo giorno.»

Adam l'accompagnò alla porta, dove Mia si fermò per salutarlo con un bacio. «Mandami un messaggio più tardi. Fammi sapere come va» disse Adam, tirandola di nuovo contro di sé. Mia lo baciò di nuovo.

«Mhmm. Devi smetterla, altrimenti non avrò più voglia di andare.»

«Hai scoperto il mio malefico piano.»

Dio, ancora un po' di quella roba e avrei cominciato ad avere conati di vomito. Tossicchiai deliberatamente. *«Prendete una stanza.»*

Adam mi guardò storto. «Noi *avevamo* una stanza, prima che qualche stronzo decidesse di fare irruzione.»

Alzai le sopracciglia. «Farà tardi, amico.»

Adam fece una smorfia ma la lasciò andare, poi la baciò di nuovo sulla guancia. «In bocca al lupo. Ti amo.»

«Lo so.» Mia si voltò, agitando la mano per salutarmi quasi come per un ripensamento, e se ne andò.

Adam si prese un minuto per guardarla andar via, come se non dovesse vederla per mesi o un anno, invece che solo fino quella sera. Era irritante. Eppure, sotto quello strato d'irritazione c'era l'invidia, anche se non mi permettevo di ammetterlo.

Distolsi lo sguardo, infastidito da quel pensiero. *Amore. Chi diavolo aveva bisogno di quella stronzata?* Mi rivolsi ad Adam. «Devo uscire? Darti un momento per ricomporti?»

«Fanculo, Jordan» disse con un sorriso bonario, venendo a raggiungermi alla finestra.

«Andrà tutto bene. I suoi medici le hanno dato l'OK per frequentare l'università, giusto?»

«Sta bene.» Fece spallucce, imbarazzato, ma capivo che era ancora preoccupato.

«Non ti lascia ancora guidare la moto?»

Adam indicò il vestito che portava, senza la giacca. «Come se avessi potuto venire in moto vestito così.»

«Devi essere carino per le foto, oggi.»

Adam sbuffò. «Parlando di essere carini… abbiamo guardato la conferenza del TED un paio di volte. Sei stato veramente bravo. Ben fatto.»

Sorrisi. «Grazie. È andata bene. Ho qualche intervista in ballo, con dei giornalisti che volevano saperne di più.»

«Ci serve tutta la pubblicità positiva che possiamo raccogliere. Ho anch'io una buona notizia. Ho chiamato qualcuno che penso sarà la figura chiave per la formazione del nostro consiglio di amministrazione.» Adam si voltò a guardarmi, con un sorriso soddisfatto sulle labbra.

Uh-oh. Conoscevo quel sorriso. Stava per dirmelo a cose fatte. Diede un'occhiata all'orologio. «Dovrebbe arrivare a minuti. Si fermerà per un momento per dare un'occhiata in giro.»

«E questa persona è qualcuno che non conosco?»

«Non l'hai mai incontrato, ma ha sempre sostenuto me e le mie iniziative. Gli devo molto.»

«E quali sono le sue qualifiche?» dissi seccamente, cercando di nascondere la mia irritazione senza riuscirci del tutto. «Avrei preferito che ne discutessimo prima.»

«Ne stiamo discutendo adesso. E lui non ha idea di che cosa ho intenzione di chiedergli. Pensavo di presentarti prima. So che sarò un buon…»

L'interfono sulla scrivania di Adam suonò e si sentì la voce del suo stagista. «Adam. Hai un visitatore… il signor David Weiss?»

Invece di rispondere all'interfono, Adam andò alla porta, indicandomi di seguirlo. Avevo sentito lo stomaco stringersi appena avevo sentito il nome dell'uomo. *Non va bene, non va bene per niente.*

Seguii Adam, a un metro di distanza, sentendomi come un cane trascinato verso la vasca per fargli il bagno. Adam si fermò quando arrivò davanti a un uomo sui cinquant'anni, media altezza, medio peso, capelli sale e pepe, pelle olivastra. Non assomigliava per niente ad April, o, meglio, lei non assomigliava per niente a lui.

Adam gli stava stringendo entusiasticamente la mano. «Ehi, David. È bello rivederti. Sono lieto che sia potuto venire.»

«Beh, grazie per avermi invitato, *finalmente*.» Aveva un accento dell'est, Boston pensai.

«Devo stare attento a non far entrare la concorrenza. Sai. Hai firmato un accordo di riservatezza, giusto?» Adam sogghignò.

Davis Weiss scoppiò a ridere. «Sei sempre stato un ragazzo spiritoso.»

Adam si voltò verso di me. «Permettimi di presentarmi il mio braccio destro. Questo è Jordan Fawkes, il nostro direttore finanziario. È lui che gestisce tutta quella roba della IPO.»

«Ah, tu sei quello che sta seguendo la mia bambina.»

La mia mano quasi divenne molle nella sua, e cominciai a sudare. Oddio, era imbarazzante. «Sono lieto di conoscerla, signor Weiss. Sono contento di avere avuto sua figlia… voglio dire, sono contento di averla come assistente. È molto brava.» *Cazzo. Maledizione. Non era il momento giusto per avere un lapsus freudiano.*

Lui tirò indietro la mano alzando una spalla con nonchalance. «Beh, non dovrà fare quel lavoro per il resto della sua vita, quindi non è molto importante che sia una brava assistente.»

Mi misi a ridere. «Vero. È destinata a qualcosa di meglio, certo.»

David guardò me e Adam dalla testa ai piedi. «Voi due siete vestiti in modo terribilmente formale per essere due geek tecnologici.» Fui contento del cambio di argomento. «Quei ragazzi di Facebook vanno a lavorare in t-shirt. E non credo di aver mai visto Adam con una cravatta nei due anni in cui ha lavorato per me.»

«Abbiamo un servizio fotografico questo pomeriggio» disse Adam. «E tutta la roba per la stampa per la IPO.»

Gli occhi di David brillarono, scaltri. «E quello non ha niente a che vedere col motivo per cui sono qui, vero?»

Adam mi guardò per un momento prima di tornare a guardare David. «Potrebbe.» Controllò l'orologio. «So che hai degli impegni oggi, ma hai tempo per un piccolo tour?»

«Certo, mi piacerebbe. Vorrei anche rubarvi mia figlia per portarla a pranzo, se è possibile. Non le avevo detto che sarei venuto, e mi piacerebbe farle una sorpresa.»

Mentre i due parlavano, stavo cercando di pensare a tutte le ramificazioni della sua presenza lì. Sospettavo che Adam volesse nominarlo presidente ad interim per organizzare un nuovo consiglio di amministrazione, necessario una volta che la società fosse stata quotata in borsa. Mi diedi dello stupido per non averlo previsto e averlo capito solo nel momento in cui me lo aveva scaricato addosso come un camion di mattoni. Adam aveva avuto i suoi motivi per spostare April nel mio ufficio, motivi che non aveva ritenuto di condividere con me.

Ma ora sapevo che faceva tutto parte del suo piano generale di coinvolgere David perché ci aiutasse con la IPO. Diedi un'occhiataccia al mio miglior amico, con il risentimento che mi faceva ribollire dentro. Ero incazzato perché mi aveva nascosto quell'informazione fino a quel momento. Era così tipico da parte sua.

Eppure, se lo avessi saputo fin dall'inizio, sarebbe cambiato qualcosa? Sapevo che April era off-limits *prima* di darmi da fare con lei, più o meno una mezza dozzina di volte.

Anche se avessi avuto in programma di tentare di avere una relazione con April dopo il suo stage, adesso sarebbe stato impossibile. Come dirigente della società, non c'era un limite ai disastri potenziali se fossi uscito, e poi avessi rotto, con la figlia del presidente del CDA. Mi si strinsero le budella.

Ma il mio cervello diceva alle mie budella di piantarla. Avere quell'uomo nel consiglio era una cosa positiva. Aveva esperienza nel nostro settore ed era un dirigente in una società concorrente. Apriva la possibilità, ad Adam e magari anche a me, di far parte del loro CDA, dato che il *quid pro quo* era una pratica comune negli affari. Oltre a tutto, Adam si fidava di quell'uomo che, a quanto pareva, lo aveva aiutato agli inizi della sua carriera. Che cosa avrei potuto fare?

Avere David Weiss nel nostro CDA era una mossa brillante. Non potevo negarlo.

Ma...

No, non c'erano ma. La cosa tra April e me doveva finire. *Una volta per tutte.*

Adam e David stavano discutendo dove cominciare il giro quando intravidi un movimento con la coda dell'occhio. April era seduta alla sua scrivania accanto a Susan e stava fissando suo padre e Adam con gli occhi sgranati. Guardò dalla mia parte e i nostri occhi s'incrociarono. Io deglutii, scuotendo la testa. Il colore sparì del tutto dal suo volto già pallido. Adesso era veramente del colore della neve, o ci andava vicino. Mi ricordai di respirare e le feci segno di raggiungerci, ma lei scosse rigidamente la testa.

David doveva aver visto il mio gesto perché si voltò per vedere a chi stavo facendo segno.

«Eccola!» disse, andando verso di lei. April fece il giro della scrivania, dando un'occhiata imbarazzata alla gente intorno a noi nell'atrio.

«Papà. Che cosa ci fai qui?»

«Sono contento anch'io di vederti» disse David, dandole un bacio sulla guancia che, a giudicare dal lampo nei suoi occhi azzurri, April tollerò a malapena. «Com'è andata in Canada?»

«Bene. Sono stata molto occupata.»

Già. Molto occupata con me tra le sue belle gambe morbide. Deglutii di nuovo, allentandomi la cravatta improvvisamente stretta.

Adam li guardava con un'espressione preoccupata. Quando si voltò a guardarmi gli diedi un'occhiata significativa, sperando di riuscire a superare quel casino infernale e farla finita il più presto possibile.

«Cominciamo nel reparto sviluppo, okay?» dissi quando il saluto impacciato tra padre e figlia sembrò non voler diventare meno imbarazzato. «April, puoi venire anche tu. Sono sicuro che a tuo padre piacerebbe.»

«Sì, grazie, mi piacerebbe» disse David sorridendo.

Ma gli occhi di April, duri e azzurri come ghiaccio artico, mi dicevano tutta un'altra storia.

Adam ed io andammo avanti mentre David rimaneva apposta indietro accanto alla figlia. «Rebekah si stava chiedendo come mai non avessi ancora risposto alla sua ultima email.»

«Te l'ho detto. Sono stata presa con il lavoro.»

Io aumentai il passo, sentendomi un ficcanaso. Adam m'imitò, ma loro rimasero accanto a noi. «Vuole sapere se hai intenzione di venire per lo Yom Kippur.»

«Io, mhmm, ve lo farò sapere. Ho parecchio da fare.»

Adam voltò la testa e disse: «Puoi avere il giorno libero, April. Non è un problema.»

Politica... ovvio che avrebbe avuto la giornata libera se l'avesse chiesta. Ma sospettavo che non volesse chiederla. Diedi un'occhiata e vidi April fissare la schiena di Adam stringendo le labbra. «Okay. Grazie.»

«Le posso dire che verrai, allora?»

«Vedremo. Allora, perché sei qui?»

«Mi ha invitato Adam. Penso che stia escogitando un qualche piano. Lui ha sempre dei piani segreti. Come quella volta che mi ha mollato per fondare la sua ditta...»

«Ehi» disse Adam con un sorriso. «Ricordo bene che mi hai dato la tua benedizione.»

E sospettavo che David vi avesse anche investito un bel po' di soldi, o che avesse intenzione di farlo adesso. Giravano voci che la sua società, la Sony online, stesse per essere scorporata e venduta, anche se stavano lavorando alla loro "grande novità" che ci avrebbe dato filo da torcere, se mai fosse decollata. Era triste, perché la sua società era stata tra le più innovative nel settore, all'avanguardia dei giochi di ruolo multiplayer, meno di due decenni prima.

Ma il tempo, e il progresso, non si fermavano per nessuno. Sospettavo che David riconoscesse un brillante futuro quando lo vedeva e che probabilmente stava seguendo da vicino il progresso di Adam. Non c'erano altre ragioni perché qualcuno dovesse permettere a una persona brillante e di talento come Adam di andarsene per fondare una società concorrente, e con la sua benedizione.

Ovviamente non potevo chiedergli di quelle voci, ed erano giusto quello, delle voci. Ma leggevo quotidianamente tutto quello che pubblicavano sulla nostra industria, la comunità non era molto grande e spesso ci scambiavamo i dipendenti. Sostanzialmente, ciascuno sapeva tutto degli altri.

Come per confermare quel punto, una volta che fummo in una stanza privata fuori dal reparto sviluppo David fece un'allusione all'argomento proibito. «Allora, scusatemi se ne parlo, ma com'è la storia di quel video sexy che coinvolge la società?»

Il volto di Adam non fece trasparire niente, ma impallidì un po'. Io deglutii ed evitai studiatamente di guardare sua figlia. Lei era rimasta pietrificata accanto a suo padre.

Parlai io. «Un paio di dipendenti che facevano gli scemi, niente di più...» e nell'attimo in cui pronunciai quelle parole avrei voluto riprenderle e ringoiarle. Cazzo. Cazzo. Cazzo.

«In effetti, sappiamo solo che c'è *un* dipendente coinvolto» mi corresse Adam con calma, riuscendo, gliene devo dare credito, a non darmi una delle sue scure occhiate letali.

«E questa persona è stata licenziata, spero?»

Adam ed io ci guardammo nervosamente. «Non abbiamo ancora scoperto la sua identità» disse Adam.

April si agitava di fianco a suo padre ma teneva gli occhi bassi, senza parlare.

David sembrava scettico. «Ma la situazione è sotto controllo, vero? Ho già vissuto una volta il procedimento per la quotazione in borsa e quei banchieri sono un gruppo di donnette. Scapperebbero alla vista della loro ombra.»

«Mi sono già occupato dei banchieri e sono dalla nostra parte. Abbiamo limitato i danni e la situazione si è praticamente sgonfiata da sola» dissi.

David sembrò convinto e concludemmo il giro senza più parlarne, grazie al cielo. April sembrava voler evitare l'invito a pranzo di suo padre ma, non avendo molta scelta, prese la borsa e lo seguì con le spalle basse.

Appena furono fuori dalla mia visuale, tornai in ufficio, presi il telefono e le mandai un messaggio.

Possiamo parlare dopo il lavoro?

Un'ora dopo, mentre ero nell'ufficio di Adam e aspettavo che i fotografi sistemassero il fondale per la foto di copertina, arrivò il suo messaggio.

Sì.

Sentii qualche chiacchiera strana sul titolo dell'articolo, qualcosa come: "*I milionari tecnologici scapoli più ambiti.*" Ma Adam mise subito le cose in chiaro dicendo che non ne voleva sapere, specialmente perché non era più libero.

Potevo immaginare la faccia di Mia se avesse letto un articolo del genere. Speravo che Adam non mi desse in pasto ai lupi per tirarsene fuori lui.

Ma quella era l'ultima delle mie preoccupazioni.

Incontrai April nel parcheggio, accanto alla sua auto, alle cinque e mezza. Sembrava stanca e pallida ma non scontenta, e qualcosa mi si accese dentro quando la rividi. Mi fermai di fronte a lei.

«Allora, mhmm, dovremmo parlare. Vuoi andare a mangiare qualcosa?»

Lei sbuffò ma i suoi occhi sorridevano. «Assomiglia sospettosamente a un appuntamento, signor Fawkes.»

«No. Nooo. Se continui a chiamarmi signor Fawkes, allora è una cena d'affari, Ms Weiss. E penso che, dopo stamattina, non potrai negare che abbiamo un sacco di *affari* da discutere.»

Lei annuì. «Ti dispiace se lascio l'auto a casa prima di andare a cena? Posso sedermi sul sedile posteriore della tua auto. È comunque professionale, con me che so qual è il mio posto.»

«Piantala, Weiss. Ti seguo a casa.»

Viveva a meno di sette chilometri dal complesso, in un condominio lussuoso a Irvine. Parcheggiò l'auto e scese ed io abbassai il finestrino quando m'indicò che voleva dire qualcosa.

«Devo salire in casa un attimo. Vuoi venire? Tutto strettamente *professionale*, ovviamente» disse sogghignando.

«Come vuoi. Ma sarà meglio che faccia in fretta. Ho fame perché ho saltato il pranzo. La mia stagista mi ha scaricato per andare a mangiare con il suo paparino.»

«Parcheggia là, nel posto riservato ai visitatori.» Lo indicò con il dito medio. Risi e seguii le sue istruzioni.

Mi aspettò sul marciapiede, con le braccia conserte, gli occhi bassi. Pensierosa. Stava di nuovo rimuginando.

«Che c'è?»

Lei alzò le spalle, evitando di guardarmi. «Stavo solo pensando.»

«Già. L'ho fatto parecchio anch'io, oggi.»

Lei mi diede un'occhiata preoccupata. «Immagino che la chiacchierata che dobbiamo fare abbia a che fare con mio padre che è spuntato dal nulla?»

«Parliamone a cena.»

April sbuffò. «È sempre bello avere una nuova scusa per non digerire.»

Si voltò e prese le scale per salire al secondo piano. Io la seguii. «Voglio solo cambiarmi, molto in fretta e togliermi questi collant. Ti prometto che non ci vorranno più di cinque minuti.»

Mi appoggiai alla parete accanto alla sua porta mentre lei armeggiava con la chiave. Con tutte le distrazioni che c'erano state non avevo nemmeno avuto una possibilità di guardarla da vicino. Sembrava splendida come sempre, quei capelli scuri e lucenti, quegli occhi azzurri, il nasino all'insù elegante, quel collo bianco aggraziato.

Sono contento di aver avuto sua figlia. Feci una smorfia al ricordo del casino che avevo quasi fatto con suo padre, correggendo quella piccola, sporca dichiarazione nella mia testa. *L'ho avuta sul pavimento del soggiorno, sul tavolo da pranzo, contro un'auto e parecchie volte nel letto di una stanza d'albergo.*

April aprì la porta, entrò ed io la seguii da vicino. Poi le finii contro quando lei si fermò di colpo con un sussulto.

Capitolo Ventitré
April

RESTAI PIETRIFICATA, SOTTO SHOCK E POI MI TROVAI spinta in avanti dalla forza di un metro e novanta e novanta chili di uomo che mi sbatteva contro da dietro. Mani forti mi rimisero in equilibrio mentre una voce dolce mi faceva delle scuse che quasi non sentii. Perché seduti sul divano del mio soggiorno c'erano mia madre e il suo nuovo marito, lo stronzo conosciuto anche come il mio ex.

Che cosa diavolo era, la giornata dell'invasione dei genitori insopportabili? No, non era giusto nei confronti di mio padre. Il suo disinteresse non era malevolo. Mia madre, d'altro canto? Cattiveria pura, diavolessa uscita dall'inferno. Sentii di colpo il viso scottare e mi irrigidii.

«Che c'è?» sentii che diceva Jordan a bassa voce, dietro di me.

«Ehi, April, fiorellino!» Mia madre balzò in piedi, con le braccia in aria, il suo corpo snello in posa come una ballerina che eseguisse una routine. Anche a quarantacinque anni, mia madre era una bella donna. E lo sapeva. E lo usava a suo vantaggio in qualunque momento. Deglutii la bile che mi era salita in gola e gettai la borsa e le chiavi sul ripiano.

«Che cosa ci fai qui?» dissi senza preamboli. Vagamente conscia che avevo salutato mio padre quella mattina con quelle identiche parole.

Mia madre si avvicinò, ma i suoi occhi erano puntati sull'uomo dietro di me. *Tipico*. Rivolse a Jordan un sorriso radioso, poi continuò a parlarmi con quella sua voce falsa, sdolcinata. «Volevo vedere mia figlia. Non è sufficiente?»

Si portò i lunghi capelli biondi sopra la spalla, civettuola. La bile minacciava di tornare su di nuovo.

«Scusami» borbottai e mi voltai per attraversare la cucina e andare in corridoio. Sid era nella nostra stanza, che si mordeva l'unghia del pollice e fissava il suo cellulare.

«Avresti potuto mandarmi un messaggio per avvisarmi che erano qui» dissi a denti stretti.

Lei sobbalzò e mi guardò. «Ti ho mandato un messaggio dieci minuti fa. E poi un attimo fa. Sono arrivati all'improvviso e non sapevo che cosa fare!»

Tirai il fiato e poi espirai lentamente. Il messaggio doveva essere arrivato mentre guidavo e non avevo sentito l'avviso. «Suppongo che tu non voglia dirle per conto mio di andare a farsi fottere?»

Sid alzò di colpo le sopracciglia ed io le feci segno di smetterla prima che potesse ricordarmi che lei non usava le parolacce.

Sentii delle voci dietro di me. Jordan e mia madre stavano parlando. Ugh. Mi voltai e tornai in soggiorno. La mamma stava abbordando Jordan. Oh, *diavolo*, no.

«Allora tu e April lavorate insieme?»

Jordan, per quello che valeva, era più interessato al coglione seduto sul divano che a mia madre che sbatteva le ciglia.

«Mamma, lascialo in pace.»

Lei si voltò a guardarmi e il sorriso le sparì dalla faccia. «Lo fai sembrare come se lo stessi aggredendo o roba simile.»

Mi morsi il labbro. Beh, *era* la sua tipica modalità di attacco. Contai mentalmente fino a cinque, poi respirai a fondo. Non funzionava.

«Sto solo cercando di conoscere Jordan un po' meglio» continuò quando io non dissi niente. «Non mi ero resa conto che frequentassi qualcuno. E dato che mi eviti, non so niente di ciò che succede nella tua vita.»

Guardai Jordan in tempo per vederlo aggrottare la fronte davanti a quella dichiarazione.

«Tu avevi l'abitudine di sparire per mesi e mesi» le ricordai. «E se ricordo bene, prima del tuo *ultimo* matrimonio, credo di non averti sentito per sei mesi. Perché di colpo t'interessa la mia vita?»

Mia madre guardò verso il divano e scambiò una lunga occhiata con Gunnar. Poi raddrizzò le spalle e si avvicinò a me. «Mi dispiace se i tuoi sentimenti sono ancora così feriti. Non posso scegliere di chi innamorarmi.»

Perfette non-scuse. Così tipico. Sbattei le palpebre per togliermi la sensazione di bruciore dagli occhi. La sua insensibilità verso questa intera imbarazzante situazione riusciva a colpirmi tutte le volte. E, davvero, era colpa mia. Continuavo a sperare, perfino ora, che fosse diventata una persona migliore.

Ma lei era sempre la stessa di quando avevo quattordici anni, e non era venuta a prendermi dopo la festa di compleanno di un'amica, lasciandomi arenata per ore in un ristorante dopo che tutti se n'erano andati. Il suo terzo marito, il regista di Hollywood, l'aveva obbligata a cambiare i suoi programmi e lei non si era nemmeno presa la briga di avvisarmi. La mia povera matrigna aveva dovuto guidare per ore per venirmi a prendere.

Rebekah non era arrivata fin dopo mezzanotte e a quel punto io ero rimasta seduta, da sola e al buio, per ore.

Anche allora avevo ricevuto una delle non-scuse, un'alzata di spalle, da mia madre.

«Se ti sei fermata solo per salutarmi» cosa che dubitavo fortemente, «io devo andare. Ho delle faccende importanti di cui occuparmi, subito.»

Mia madre si acciglò e poi alzò la mano per togliermi qualcosa dalla faccia prima che le spostassi la mano con una pacca. «Dormi abbastanza? Sembri stanca e hai tutto il trucco sbavato. E quel mascara… credevo di averti insegnato a metterlo meglio.» Aggiunse un'altra risata sdolcinata alla dichiarazione e diede un'altra occhiata a Jordan, come per valutarlo.

«Non ho bisogno dei tuoi tutorial sul trucco, grazie tante.»

«Ovviamente no, tesoro.» sorrise e sentii risuonare i campanelli d'allarme. Voleva qualcosa. Lei non mi chiamava mai, *mai*, tesoro o con qualunque termine affettuoso. «Io, uh, in effetti volevo chiederti una cosa.» *Lo sapevo.*

Fece un passo verso di me e mi mise nuovamente la mano sul viso. Sentii distintamente l'odore dell'alcol nel suo fiato. «Gesù, April, questo mascara appiccicoso mi sta irritando a morte.»

Questa volta, mi ficcò il pollice nell'occhio.

Mi tirai indietro di colpo. «Ahi, merda! Mamma. Toglimi il dito dalla faccia e dimmi che cazzo vuoi.»

Lei fece quello stupido gesto esagerato, spalancando la bocca come se fosse inorridita, ma usò ancora la sua voce falsa, sdolcinata, a beneficio di Jordan, immagino. «Da quando mi parli in questo modo?»

Mi strofinai l'occhio dolorante. Con l'altro, notai che Jordan cominciava a sembrare furioso. Mi rivolsi a mia madre. «Hai bevuto?»

Con la coda dell'occhio vidi Gunnar che si alzava dal divano. Era alto e magro e una volta avevo pensato che fosse attraente. Ma ora, stando nella stessa stanza con Jordan, sembrava un ragazzino pre-pubescente.

Alzai una mano per bloccare la vista della sua faccia. «Stanne fuori, Gunnar» dissi, prima che avesse detto una parola.

«Chiedi scusa a tua madre» disse, ignorandomi.

«Vai a farti fottere» dissi, voltandomi verso di lui. Senza preavviso, mia madre si lanciò su di me.

Quasi fosse stato coreografato, Jordan si tuffò verso di me e Gunnar afferrò lei. «Jen, smettila» le disse.

Io le afferrai i polsi per prevenire l'insolito attacco. Aveva i lineamenti distorti per la rabbia e stava tremando in tutto il corpo. Sembrava aver raggiunto il limite. E, a quanto pareva, era ubriaca. *Che cosa stava succedendo?*

Mia madre non era un'ubriacona, almeno per quanto ne sapevo. Lei si divincolò, cercando di liberarsi e mentre cercava di tenerla ferma, il gomito di Gunnar mi sbatté sulla bocca.

Sentii il dolore esplodere nel mio labbro. Ricaddi all'indietro, ansimando e tenendomi la bocca, sentendo il sapore di rame del sangue che la riempiva. Gunnar mi aveva spaccato il labbro.

«Merda» disse Jordan, tirandomi in cucina.

«April! Merda! Mi dispiace» strillò mia madre dal soggiorno, Gunnar stava cercando di calmarla e lei cominciò a singhiozzare, forte.

Jordan mi portò verso il lavandino, dove sputai sangue e saliva. Sentivo il labbro che cominciava già a gonfiarsi e bruciava come… beh, come se mi avessero appena dato una gomitata in bocca. Jordan mi passò un tovagliolo di carta. «Tienilo contro il labbro e premi, poi dimmi dove sono i sacchetti di plastica.»

Indicai il cassetto e lo guardai estrarre un sacchetto prima di aprire il freezer e toglierne i cubetti di ghiaccio. Tornò in un attimo con una borsa di ghiaccio e un bicchiere d'acqua. Mi tolse il tovagliolo dalla bocca.

«Qui, fammi vedere.»

Abbassò la testa per controllare il danno, con la sua bella faccia a pochi centimetri dalla mia. Avrei voluto baciarlo, e pazienza se avesse fatto male. Avevo quel desiderio soverchiante di essere tra le sue braccia, di lasciarmi confortare da lui.

Era furioso. «Quel miserabile piccolo stronzo ti ha spaccato il labbro» disse a denti stretti. «Sciacquati la bocca e poi metti il ghiaccio. Hai il labbro gonfio.»

Feci come mi aveva chiesto. «Grazie» dissi dietro la borsa del ghiaccio.

Lui mi scostò i capelli dalla faccia, mettendoli dietro l'orecchio, e le sue dita mi fecero il solletico al lobo dell'orecchio. Rabbrividii involontariamente e i suoi occhi si scurirono quando lo notò. Deglutì in modo visibile, poi mi passò il pollice sulla guancia e quella fitta di affetto violento per lui s'infiammò. Avrei voluto che mi prendesse tra le braccia e mi stringesse a lui.

«Si fa viva spesso quando è ubriaca?» mi chiese.

«Mai. È stressata, credo. C'è qualcosa in ballo.»

Lui sembrò sorpreso e aprì la bocca per parlare di nuovo quando Gunnar entrò in cucina.

«Ehi, April. Posso parlarti, uh, da sola?»

Jordan s'irrigidì. Avevo la sensazione che se anche avessi voluto che se ne andasse, lui si sarebbe rifiutato di lasciarmi da sola con Gunnar. Grazie al cielo.

«Qualunque cosa tu debba dirmi puoi dirla davanti a lui.»

Gunnar guardò Jordan, un po' innervosito. «Sono affari di famiglia.»

«Divertente. Tu non sei la mia famiglia. Che cosa vuoi?»

«Noi, uh… abbiamo bisogno che ci presti un po' di soldi.»

Alzai le sopracciglia. Che *diavolo?* Era proprio l'ultima cosa che mi sarei aspettata di sentire da lui. Da lei, certo, ma non da lui. Gunnar era l'unico erede di una fortuna. Suo padre era a capo della sua società e sua madre era ricca di famiglia. Lui aveva accesso a un notevole assegno mensile dal suo fondo fiduciario. Non aveva bisogno dei miei soldi. Inoltre…

«Che cos'è successo al lavoro che tuo padre ti aveva promesso dopo la laurea?»

Lui spostò il peso da un piede all'altro, con gli occhi bassi. «Non è andata come previsto.»

Spostai la borsa del ghiaccio sul labbro. Con l'angolo dell'occhio vedevo Jordan che mi stava osservando attentamente.

«E non puoi chiedere i soldi ai tuoi genitori perché…?»

Lui si accigliò. «Per lo stesso motivo. Sono arrabbiati per il matrimonio.»

Quasi mi misi a ridere. Il padre di Gunnar mi adorava e aveva deciso che sarei stata sua nuora la prima volta in cui ci eravamo incontrati. Immaginai che non fosse entusiasta di mia madre, perché sembrava proprio che avesse tagliato fuori Gunnar quando l'aveva sposata.

Comunque volevo disperatamente che se ne andassero senza ulteriori drammi, tanto che ero disposta dar loro un po' di soldi.

Sospirai. «Quanto ti serve?»

«Cinquemila.»

Feci un passo indietro, scioccata. «*Cosa!* Ti ha malmenato uno spacciatore o cosa?»

Lui sbuffò. «Sono solo l'affitto e le provviste per il mese.»

Gesù. Non mi meravigliava che lei fosse piena d'alcol. Probabilmente aveva bisogno di bere per avere il coraggio di venire qua e chiedermi una somma simile. Era un minimo storico. Era un'abitudine per lei, passare al prossimo riccone nel momento in cui scadevano gli alimenti del divorzio precedente. Ed ero sicura che se Gunnar fosse stato un bel ragazzo senza un soldo invece del presunto erede, lei lo avrebbe scopato e sarebbe passata oltre, invece di correre a Vegas e sposarlo.

Ovviamente non aveva calcolato che la fonte della ricchezza di Gunnar potesse prosciugarsi. E adesso era chiaro che erano nel panico.

«Non ho una somma simile in giro.»

«Allora chiama tuo padre» disse, furioso.

Restai a bocca aperta. «Non posso farlo. Tu, *suo marito*, ti aspetti veramente che io chiami il suo *ex-marito* e gli chieda dei soldi per lei? Abbi un po' di orgoglio e non fare l'idiota.»

Lui strinse i pugni e fece un passo verso di me. «Non *osare* chiamarmi idiota.»

Jordan si mise parzialmente in mezzo a noi e Gunnar gli diede un'occhiata circospetta. «Dai, April. Fatti crescere la spina dorsale e chiamalo.»

Vidi che Jordan stringeva i pugni lungo i fianchi.

Gunnar lo guardò sprezzante. «Calmati. Tu sei solo il tizio che si sta scopando questa settimana. Io la conosco da anni.»

Jordan fece un passo verso Gunnar. «Questo non significa che puoi insultarla.»

Gunnar mi diede un'occhiata torva. «Fidati, lei proprio non ne vale la pena.»

Il pugno di Jordan si alzò. Oh, merda. Non avevo mai pensato a Jordan come a un tipo combattivo. E anche se erano più o meno alti uguali, Jordan pesava almeno venti chili più di Gunnar. Mi ero aggrappata a quei muscoli mentre ero tra le sue braccia e avevo la sensazione che potessero fare seri danni.

«Jordan, no. Non ne vale la pena» dissi con la voce che tremava.

Gunnar sorrise, trionfante. «Vedi, è d'accordo perfino *lei*.»

Gunnar non seppe nemmeno che cosa lo aveva colpito. Jordan gli diede un pugno in faccia. Il piccolo smidollato fu buttato indietro, stordito, mentre il naso gocciolava sangue come una fontana.

«Questo è per averle spaccato il labbro e non avere nemmeno avuto la decenza di scusarti, piccolo stronzo.»

Gunnar si mise una mano sopra il naso e si raddrizzò. «Gesù! Calmati. È stato un incidente!»

«*Questo* no.» Jordan lo colpì di nuovo. Dato che Jordan era mancino, Gunnar non si aspettava il gancio sinistro che gli arrivò, questa volta colpendolo sotto l'occhio.

Gunnar ricadde contro lo spigolo del ripiano, e doveva avergli fatto male, e scivolò a terra. «Chiamo la polizia!»

«Davvero? E che cosa succederà quando mostrerò loro la faccia di April e dirò loro che sei stato tu? Io potrò anche andare in prigione, ma tu ci verrai con me.»

Gunnar tirò su col naso, con il sangue che usciva copioso. Mia madre arrivò correndo e urlò quando lo vide. Io afferrai un rotolo di carta e lo gettai a Gunnar. Il rotolo rimbalzò sul pavimento prima che lo prendesse, ne strappasse una manciata di fogli e si premesse la carta sul volto.

Jordan scosse la mano e vidi che aveva le nocche scorticate. Mise la mano in tasca, prese il portafogli e ne tolse un mucchio di biglietti di cento dollari, gettandoli per terra davanti a Gunnar. Piovvero come una cascata verde-arancio. «Prendili. Vattene in silenzio e non tentare mai, *mai*, più di darle fastidio, capito?»

Mia madre restò a bocca aperta e sono sicura che lo fosse anche la mia. «Chi diavolo pensi di essere? Lei è *mia* figlia. Nessuno può dirmi che non posso vedere *mia* figlia.»

L'espressione di Jordan divenne gelida e si voltò verso di me, prendendomi un braccio. «*Lei* può.» Lasciai che mi spingesse verso la camera dove Sid era rintanata sul letto con un cuscino stretto a sé come fosse un orsacchiotto. Sobbalzò quando entrammo e poi spalancò gli occhi quando vide Jordan.

Lui fece un cenno a Sid prima di rivolgersi a me. «Prendi la tua roba, April. Ti porto a casa mia.»

Presi in fretta dei pantaloni, una maglietta, la trousse del trucco e lo spazzolino da denti e infilai tutto in un borsone vuoto. «Sid, mi dispiace tanto» dissi.

«Ciao… io sono Jordan. Ti senti al sicuro se ti lasciamo qui?»

Lei annuì. «Mio fratello sta arrivando a prendermi. L'ho già chiamato.» Si voltò a guardarmi. «*Vai*, Apes. Taglia la corda. Mi dispiace che sia successo.»

Jordan mi prese nuovamente il braccio e puntò verso la porta. «Andiamo.»

«Grazie» mormorai.

Lui mi mise un braccio sulle spalle e mi tirò a sé. «Non c'è bisogno di ringraziarmi.»

Quando tornammo in soggiorno, Gunnar aveva la faccia sepolta nei tovaglioli di carta. Mia madre era rannicchiata sul divano accanto a lui e gli accarezzava i capelli, piangendo.

Alzò gli occhi quando attraversai la stanza e presi la borsa. «Dove stai andando?» chiese con la voce flebile.

«Non ti riguarda. Per favore, fai in modo di non essere più qui quando tornerò a casa.»

«April» cominciò a dire, con una voce che era metà contrita e a metà di rimprovero.

Scossi la testa. «Non ora. Me ne vado.»

Jordan mi spinse fuori dalla porta prima che lei potesse aggiungere qualcosa.

Un quarto d'ora dopo, arrivammo a casa sua e lui ordinò la cena da un locale italiano che consegnava a domicilio. Non avevo appetito, ma non volevo che lui si perdesse la sua pizza. Se l'era guadagnata. Jordan aveva fatto quello che avrei voluto fare io un anno prima, prendere a botte quel verme bastardo, Gunnar.

Mentre aspettavamo che arrivasse da mangiare, ci cambiammo, togliendoci gli abiti da lavoro. Preparai due borse del ghiaccio, una per il mio labbro gonfio e l'altra per la sua mano, che era gonfia oltre a essere scorticata. Lui era seduto sul divano e leggeva le email sul suo telefono, quando mi sedetti accanto a lui, porgendogli la borsa del ghiaccio. Mi ringraziò e se la premette sulle nocche.

Durante tutta la cena, Jordan rimase in silenzio, pensieroso. Non ci volle molto prima che raggiungessimo quel momento imbarazzante in cui non sapevo se voleva che restassi o se avrei dovuto chiedergli di accompagnarmi a casa.

Nel silenzio imbarazzato, Jordan prese un altro laptop e mi disse di collegarmi al mio personaggio, la Bestia. Lui si collegò a un altro personaggio sullo stesso server, un'elfa slanciata e sexy con i capelli scuri, chiamata Biancaneve. Non dissi niente ma lo guardai da sotto le ciglia, sentendo il calore salirmi alle guance quando mi resi conto che aveva creato quel personaggio pensando a me. O forse, come me, aveva solo voluto vedermi morire qualche centinaio di volte? Sorrisi. *Mhmm.*

Passammo un'ora giocando a DE insieme. Lui mi diede dei consigli e sconfiggemmo orde di goblin, lavorammo su alcune missioni, ridendo finché cominciai a sbadigliare. A quel punto, Jordan chiuse il mio laptop e poi il suo. Immaginai di dovergli dare una via d'uscita. «Sid mi ha mandato un messaggio. Dice che a casa il campo è libero.»

Ci fu una lunga pausa. «Vuoi andare a casa?»

Trovavo difficile respirare. Mi voltai a guardarlo, lo fissai in volto e scossi la testa.

Lui mise una mano sotto il mio mento e mi alzò la testa, poi abbassò la bocca e la appoggiò sulla mia. Era un bacio gentile, tenero ed era ovvio che stava attento al mio labbro spaccato perché il suo tocco era lieve come una piuma. Anche quello bastò a farmi circolare più forte il sangue e a svegliare ogni terminazione nervosa. Appoggiai la testa allo schienale del divano e lo guardai negli occhi, che sembravano grigio-verdi in quella luce. Alzai la mano per accarezzargli la guancia, con quell'ombra di barba. «Grazie… nessuno mi hai mai difeso in quel modo.»

Continuai ad accarezzarlo lungo la linea della mascella e Jordan chiuse gli occhi, come assaporando il tocco. «Non era niente di più di ciò che meriti, April. Vorrei solo che te ne rendessi conto.»

Sentii gli occhi bruciare e sbattei le palpebre, sorpresa per l'emozione improvvisa che salì a chiudermi la gola. «Forse avevo bisogno che qualcuno me lo dimostrasse.»

Jordan scosse gentilmente la testa. «Deve venire da dentro. Devi essere convinta, in fondo al tuo cuore, che meriti di essere difesa. Ma temo che Biancaneve sia stata avvelenata per molto tempo.» Mi mancò il fiato… e non solo perché finalmente aveva azzeccato la favola.

Sapevo a che cosa si stava riferendo. Per tutta la mia infanzia e la mia adolescenza, mi era stato insegnato che l'amore di mia madre, se lo si poteva chiamare "amore", era condizionato e che i suoi sentimenti e i suoi bisogni erano più importanti dei miei, o di quelli di chiunque altro.

Era il motivo per cui non mi ero mai fatta rispettare né avevo mai espresso i miei sentimenti, e non le avevo mai fatto sapere quanto profondamente mi ferisse. Jordan aveva visto solo un accenno di com'era stato per me, ma a quanto pareva era stato sufficiente per capire che la nostra relazione disfunzionale era alla radice dei miei problemi.

«Come fai a conoscermi così bene? Ci conosciamo da così poco tempo.»

Jordan alzò le spalle e sospirò, con il suo fiato caldo che mi passava sul viso. «Diciamo che ti capisco perché… ci sono passato anch'io.»

«Tuo padre?»

Lui fissò a lungo il soffitto prima di accennare sì con la testa. «Già. Per lui valevo qualcosa solo finché seguivo esattamente le sue orme.»

Ma io avevo delle alternative che lui non aveva. Dato che la sua famiglia era intatta, lui doveva comunque cercare di far funzionare le cose con suo padre. Ma per me… io non avevo quel peso. Era allarmante quanto fossero simili le nostri situazioni familiari, anche se le personalità coinvolte erano così diverse.

«Non trovi strano che abbiamo entrambi dei membri della nostra famiglia che non ritengono sbagliato tenderci un'imboscata? Tua madre e tuo nonno… mia madre. Perfino mio padre con quel pranzo, oggi.»

Jordan piegò la testa. «Sì, è stato strano. Ma anche tu mi hai teso un'imboscata…»

Sospirai. «Vuoi dire con Cynthia… mi dispiace. Non avevo idea che sarebbe andata tanto male. Mi era solo sembrato che entrambi voleste parlarvi. E mi avete entrambi detto separatamente che l'altra persona non avrebbe mai voluto sentire quello che avevate da dire. Quindi ho pensato…» Scossi la testa. «Non ha importanza. Non avrei dovuto interferire.»

Jordan mi guardò con i suoi occhi seri, aggrottando le sopracciglia. Poi sbatté gli occhi e distolse lo sguardo come se fosse improvvisamente a disagio, ma in quel secondo netto vidi qualcosa che sembrava… gratitudine.

Si schiarì la voce. «Almeno tuo padre sembra un tipo a posto.»

Sospirai e appoggiai di nuovo la testa sul suo braccio, teso lungo lo schienale del divano. «Mio padre è un tipo in gamba. Solo che non sa praticamente niente di me come persona.»

«Beh, penso che finché hai un genitore decente… forse dovresti pensare a eliminare il veleno dalla tua vita.»

Lo guardai e lui sostenne il mio sguardo, forte e sicuro. Scossi la testa. «Non ho mai avuto il coraggio di farlo. Di ferirla in quel modo.»

«Ma invece è accettabile che lei ti calpesti in quel modo?»

Mi morsi l'interno della guancia ma non risposi, distogliendo lo sguardo.

«April, tu vali molto di più, certamente più di come li ho visti trattarti stasera. Ti hanno trattato come spazzatura. Hai il potere di farli smettere.»

«È vero.»

Restammo a lungo in silenzio e Jordan abbassò il braccio per stringermi contro di lui. Era così bello essere tra le sue braccia. Mi faceva sentire al sicuro… speciale. Mi faceva sentire come se io valessi in tutto e per tutto come mi aveva detto. Come se fossi troppo speciale per loro. Per *lei*.

Mi sedetti diritta e presi il telefono dal tavolino.

«Che cosa stai facendo?»

«Sto eliminando il veleno dalla mia vita.»

Jordan non disse niente mentre mandavo un messaggio a mia madre, dicendole di non contattarmi più. Che non avrei risposto né a lei né a Gunnar al telefono o per email e che se si fosse presentata nuovamente di persona avrei ottenuto un ordine restrittivo contro entrambi, fondato sulle sue molestie e sull'aggressione di Gunnar.

Poi mi feci un selfie in primo piano, che metteva in evidenza il labbro gonfio e spaccato. Poi andai nelle impostazioni e bloccai il suo numero e quello di Gunnar. Feci lo stesso con Facebook e l'email.

«Ecco. Fatto.» Mi sentivo coraggiosa, un'adulta. Avevo il cuore che batteva mille volte al secondo, ma era stata una tale scarica di adrenalina e mi sentivo forte per la prima volta da molto tempo. Forse da sempre.

Mi voltai verso Jordan e lo trovai che mi fissava con l'intensità a cui cominciavo ad abituarmi. Mi sistemai di nuovo contro di lui, appoggiandogli la testa sulla spalla. Lentamente, lentamente, spostai la mano sul suo petto fino ad avere il suo corpo muscoloso tra le braccia. Tirai indietro la testa.

«Farai meglio a stare attento, altrimenti potrei cominciare a pensare che ti stai affezionando a me. E quello va contro le tue regole, no?»

Jordan non s'irrigidì come mi ero aspettata, né si tirò indietro. Né mi sfidò o mi contraddisse, nemmeno con una battuta sarcastica. Invece mi passò la mano tra i capelli e poi si voltò a odorarli.

«Non sono capace di affezionarmi, April. Te l'ho già detto.»

Non ero d'accordo. Nemmeno per un attimo. Ogni singola azione di quel giorno, dal momento in cui avevo messo piede nel campus e avevo visto mio padre fino al momento attuale, diceva che a lui *importava*. Jordan poteva scegliere di illudersi, ma non poteva imbrogliare me.

«Che cos'è successo quando le hai parlato?»

La mano di Jordan si fermò ed io alzai la testa. Lui stava guardando la parete in fondo, pensieroso.

«Le ho detto che la perdonavo» disse sommessamente, senza fingere di non sapere di chi stavo parlando. «E le ho detto che mi dispiaceva.»

«Ti ha fatto sentire meglio?»

Jordan chiuse gli occhi. «Non proprio.»

Mi voltai verso di lui, premendo la faccia contro la sua spalla. Quell'odore, di salvia e sapone e un accenno del sale e dell'aglio della pizza. Ma sotto c'era un altro profumo. L'odore della sua pelle che mi riportava alla mente il piacere incredibile, inarrivabile che avevamo condiviso. Senza quasi che me ne accorgessi, gli appoggiai le labbra sul collo. Non riuscii a farne a meno. Probabilmente non avrei dovuto. Ma chi diavolo poteva resistere?

Sentii il pomo d'Adamo di Jordan muoversi sotto le mie labbra mentre deglutiva forte. S'irrigidì tra le mie braccia, ma io insistetti, mettendomi a cavalcioni mentre continuavo a baciarlo sul collo e lungo la linea della mascella.

«April...» La sua voce era un sussurro aspro.

Misi le mani sui bottoni della camicia. La mia bocca seguì il percorso dal collo, attraverso le clavicole, fino al torace. Jordan aveva le mani sulle mie spalle e stringeva forte, poi feci scorrere la lingua sul suo capezzolo. Lui sibilò e mi tirò in piedi, allontanandomi.

«Non possiamo» disse. Ma sentivo la sua erezione che cresceva contro di me.

«Per favore, non farlo finire, Jordan.» Mi chinai in avanti, premendo la fronte sulla sua. Lui chiuse di colpo gli occhi.

«È già finito. Ed è così che dev'essere.»

Gli accarezzai le guance ruvide. «Per ora... ma mi mancano solo sei settimane. Dopo non sarai più il mio capo.»

Sentivo il cuore che mi batteva in gola e morii mille volte aspettando la sua risposta. Jordan sospirò e sentii un enorme peso che mi cadeva nello stomaco aspettando il suo rifiuto. Mi appoggiò le mani sui fianchi e mi fece sedere nuovamente sulle sue ginocchia. «April...»

Chiusi lentamente gli occhi. C'eravamo...

«Sai perché tuo padre era al campus oggi, giusto?»

Lo guardai stupita. «Starà investendo nella società. L'ha già fatto in passato. E dato che Adam lavorava per lui e la società sarà quotata...»

Jordan strinse i denti. «C'è di più. Adam gli ha chiesto di aiutarlo a formare il nuovo CDA. Significa... significa che probabilmente finirà con diventare il presidente del consiglio di amministrazione dopo l'IPO.»

Mi si strinse la gola e mi sentii fisicamente male, con la pressione che si formava dietro ai miei occhi. Significava che non c'era speranza per noi, nemmeno tra sei settimane. Se mio padre era il presidente del CDA della Draco e il direttore finanziario usciva con sua figlia...

Aspetta, non è che fosse contro legge o roba simile. A meno che Jordan già stesse pensando che non saremmo durati...

«Non è impossibile» dissi, mettendo alla prova la mia ipotesi, per vedere se avevo ragione.

«Potrebbe causare un mucchio di problemi tra tuo padre e me.»

«*Potrebbe*, se le cose non finissero bene, ma perché stai presumendo che succederà?»

Jordan strinse le labbra. «Perché è sempre così che succede.»

Sbattei le palpebre. Sapevo che il passato gli aveva incasinato la testa, ma significava sinceramente che lui non aveva nemmeno un po' di speranza?

Giocherellai distrattamente con il colletto della sua camicia ed evitai di guardarlo negli occhi. «C'è... c'è una prima volta per tutto. Non vuoi correre il rischio?»

Jordan strinse le labbra, con gli occhi stretti. «Non è proprio giusto da parte tua chiedermelo.»

Respirare faceva male. Mi bruciarono gli occhi per l'emozione improvvisa. Non gli avrei permesso di vedermi piangere. *Non glielo avrei permesso.*

Mi spostai lentamente, sedendomi sul divano accanto a lui.

Jordan si passò una mano tra i capelli. «Mi dispiace…»

Quando ritenni che la mia voce sarebbe stata abbastanza ferma, mi decisi a parlare. «Anche a me.»

C'era un pizzico di profondo senso di perdita nel mio petto. Avevo permesso al mio stupido cuore di lasciarsi coinvolgere quando sapevo benissimo che quella storia non ci avrebbe portato da nessuna parte.

«April… vieni qui» disse Jordan, tirandomi tra le braccia e premendomi contro di lui. Non resistetti, lasciandogli credere che stava confortandomi, mentre in realtà non era così. Le lacrime stavano arrivando. Non sapevo per quanto sarei riuscita a tenerle a bada.

Mi faceva male dappertutto. Avevo la gola contratta. Mi faceva male la pancia. Sentivo la pelle bollente e arrossata, il polso era irregolare.

Le alternative erano solo due: avevo contratto il virus dell'Ebola o mi ero innamorata di Jordan Fawkes.

Capitolo Ventiquattro
Jordan

LE SETTIMANE SEGUENTI PORTARONO LUNGHE, FATICOSE ore di lavoro in ufficio mentre preparavamo lo show itinerante. Passavo in ufficio dalle dodici alle quindici ore al giorno, arrivando alle sette del mattino per uscire alle nove o alle dieci di sera tutti i giorni. Avevo già lavorato quel numero di ore in passato, ma ora era diverso. Sembrava vuoto e senza significato e più lavoravo, più mi rendevo conto che non ci stavo mettendo l'anima come una volta.

Anche April era lì per la maggior parte del tempo e questo rendeva tutto più difficile. Arrivava alla sua solita ora, avevo notato in Canada che non era una persona mattiniera, ma restava sempre fino a tardi ed era una delle ultime persone a uscire dall'edificio ogni giorno.

A volte c'era anche il caro paparino, ed era interessante guardarli insieme. Mi stupiva l'atteggiamento cauto di April nei confronti del padre. Mi chiedevo se lo avesse messo nell'elenco degli uomini della sua vita che l'avevano ferita, che l'avevano delusa. Non potevo fare a meno di chiedermi se ci fossi anch'io in quell'elenco.

Il suo atteggiamento nei miei confronti si sarebbe potuto definire freddamente educato. Basta scherzi, basta dito medio piazzato ad arte a indicare che non aveva intenzione di subire le mie cazzate. Perfino quando cercavo di farla uscire dai gangheri mi rivolgeva un cortese sorriso appena accennato.

E non lo sopportavo.

Una sera, una sera in cui avevo fatto particolarmente tardi prima che dovessimo cominciare il tour, Mia arrivò con una borsa di take-out del vicino ristorante messicano. Voleva che ci sedessimo tutti nella sala caffè e facessimo un pasto decente, insieme. E *tutti*, includeva Adam, Mia, David, sua figlia, me e un paio di altri dirigenti e i loro assistenti, insieme a Kat, l'amica di Mia che lavorava al collaudo.

Loro due stavano parlando di andare nel magazzino, prendere l'attrezzatura prototipo e giocare un po'. Mia si rivolse ad April, che era seduta accanto a me dicendo: «Vuoi venire? Ti mostreremo come funziona, potresti usarlo per il tuo progetto.»

April esitò mentre masticava, con gli occhi che s'illuminavano. «Sarebbe...»

«Sono sicura che hai del lavoro da fare, giusto?» intervenne suo padre. Come se volesse che lo confermassi i suoi occhi azzurri scuro, così paurosamente simili a quelli di April, guardarono verso di me. *Fanculo.* Ero io il suo capo e avrei giudicato *io* che lavoro doveva fare.

«April sta lavorando moltissimo. Una pausa le farebbe bene. Vai pure se vuoi, Weiss» le dissi.

Ma gli occhi di April erano puntati su suo padre e sul suo volto era sceso un velo. Sbatté le palpebre e poi si rivolse a Mia. «Forse se sarete ancora lì tra un'ora o due. Devo finire della roba per Jordan.»

Mia annuì, alzandosi da tavola. «Vieni quando vuoi, April. Staremo lì finché riuscirò a portar via questo testone dalla sua scrivania» disse, agitando la mano in direzione di Adam. «Spero prima di mezzanotte.»

«Un'altra ora» disse Adam, prendendole la mano e baciandone il dorso.

«Ci crederò quando lo vedrò» rispose Mia mostrandogli la lingua.

«Vorresti renderlo interessante?» le chiese Adam alzando le sopracciglia.

«Io lo rendo *sempre* interessante.» E con un sorriso malizioso, Mia si voltò per andarsene.

David le osservò allontanarsi con un sorriso. «È una giusta» disse ad Adam, facendo un cenno in direzione di Mia. «Mi piace.»

Adam sorrise ma non disse niente mentre si metteva in bocca l'ultima forchettata di riso alla spagnola.

«Allora, quando sarà il gran giorno?»

«Non abbiamo ancora deciso una data. Mia ha appena cominciato la facoltà di medicina.»

Guardai verso April, che stava osservando suo padre e Adam con una strana intensità. Mi chiesi che cosa le stesse passando per la testa in quel momento. Qual era la dinamica del loro rapporto genitore-figlia? Non sembravano particolarmente intimi, ma lei sembrava cercare disperatamente la sua approvazione. Era stata sul punto di alzarsi e andare a giocare con le ragazze prima che il commento di suo padre la fermasse. Mi chiesi quali fossero i loro trascorsi.

Un'altra donna con il problema della figura paterna, come Cyndi. Sembravo attirarle.

Ovviamente avevo anch'io un problema simile. Immagino li avessimo tutti.

«Donna intelligente, sa quello che vuole. Di successo, e anche bella. Hai il pacchetto completo. Devi renderlo ufficiale appena puoi, prima che si renda conto che è lei quella che ci perde» scherzò David.

Adam scoppiò in una fragorosa risata. «Sei sempre stato bravo a farmi abbassare la cresta quando cominciavo a essere troppo pieno di me.»

«Sono stato il capo migliore che abbia mai avuto, ammettilo.»

Adam si alzò e si pulì la bocca con un tovagliolo prima di gettarlo sul tavolo. «Sei stato l'unico capo che abbia mai avuto.»

David e Adam tornarono nel suo ufficio, continuando a ridere, mentre April li guardava, raccogliendo distrattamente i piatti di carta e i rifiuti dal tavolo e andando a gettarli. La aiutai a raccogliere gli avanzi e a metterli in frigorifero.

«Va tutto bene?»

Lei alzò le spalle. «Sì.»

Era particolarmente carina quel giorno, con una gonna nera a pieghe, corta, lunga appena a sufficienza da essere considerata professionale, che le arrivava una decina di centimetri sopra le ginocchia, una camicia bianca button-down che le fasciava il bel seno e scarpe Mary Jane di vernice lucida con il tacco abbastanza alto da mettere in evidenza i suoi favolosi polpacci.

Cercavo di non guardarla troppo da vicino in quei giorni. Era una pura tortura fissare quello che non potevo avere. Supposi che avrei potuto chiamare una delle mie donnine per una notte di divertimento, ma a che scopo?

Stavo di nuovo, automaticamente, osservando la nuova legge sulla castità di fra' Jordan, anche se avevo tradito quello stronzo, in diversi posti e posizioni, tra le morbide e lisce gambe di April.

Il ricordo mi procurò una semi-erezione mentre tornavamo in ufficio. E non mi aiutava molto il fatto che camminasse davanti a me, non dandomi altra scelta se non studiare l'ondeggiare di quella gonna a pieghe contro le gambe. Era così maledettamente ingiusto che non potessi averla di nuovo.

«Mi sembri... turbata» le dissi, più che altro per distrarmi dai pensieri impuri.

Lei guardò nella direzione dell'ufficio di Adam, dove la porta era aperta e Adam e suo padre erano curvi sullo schermo di un computer e stavano avendo una qualche intensa discussione su un piano aziendale.

«No, stai solo prendendo la mia frustrazione sessuale per qualcosa di diverso» rispose scherzosa mentre entrava nel mio ufficio. Io quasi inghiottii la lingua.

Esitai prima di seguirla, lasciando la porta spalancata. Giusto per stare al sicuro. Tornai immediatamente a quello che stavo facendo prima della cena, che era il controllo fotogramma per fotogramma, dell'ultima versione del video della presentazione itinerante, aggiungendo gli ultimi commenti per le modifiche da apportare.

April stava rivedendo le mie slide per la presentazione al banchiere, ma sembrava distratta, si dimenava sulla sedia e attirava costantemente la mia attenzione facendolo. Riuscivo a malapena a concentrarmi su quello che stavo facendo, troppo preoccupato per la mia erezione e per come risaltava il suo seno con quella camicia.

«Io ho caldo qui dentro, tu no?» mi chiese dopo un po' a voce bassa.

«Uh?» Alzai gli occhi giusto in tempo per vederla slacciare i primi due bottoni della camicia. Adesso riuscivo a vedere la parte superiore del reggiseno di pizzo. *Porca pupazza.*

«Forse se chiudessi la porta dell'ufficio, in modo che non entri l'aria calda dall'atrio… potrei anche abbassare il termostato.» Si alzò, e chiuse la porta a chiave. *Maledizione.*

Poi fece passerella (non c'era un altro modo per descrivere il passo che faceva ondeggiare e danzare quella gonna a pieghe contro le sue gambe sexy) per andare al termostato giocherellando poi per un momento. Io mi concentrai sullo schermo del mio computer, cercando disperatamente di pensare alla statistica finanziaria, o alla formula del valore di mercato… diavolo, perfino alle statistiche del baseball.

Lei tornò ancheggiando alla sua sedia, grazie a Dio, ma invece di sedersi mise un piede sul sedile, dandomi una visione bollente di tutta la lunghezza della gamba. *Santiddio.*

Poi infilò una mano sotto la gonna e tirò il bordo delle calze autoreggenti. Bordate di pizzo bianco, sembravano glassa delicata e deliziosa che abbracciava le sue cosce meravigliose. Aveva un neo all'interno della coscia sinistra. Lo avevo assaporato parecchie volte mentre eravamo a Vancouver. Volevo assaggiarlo di nuovo. Senza guardarmi, cambiò gamba, rifacendo la stessa cosa.

E ora ero ufficialmente dolorante per il rigonfiamento sotto la cintura, con il pene eretto che spingeva contro i pantaloni. Mi presi la faccia tra le mani, senza più riuscire a guardare.

«C'è qualcosa che non va?» mi chiese April con la voce falsamente innocente. «Hai il mal di testa?»

No. Decisamente non era quello il punto che doleva. A meno che stesse parlando di un'altra *testa*, quella sotto la cintura. Non dissi niente, passandomi il palmo delle mani sugli occhi, con la visione delle sue gambe tornite scolpita nella mente. Perché diavolo mi stava torturando in quel modo? O forse era il suo modo per mettere in atto il piano ben studiato per vendicarsi che aveva in mente fin dal principio?

Bel tempismo. Suo padre era nella stanza accanto, separato da una parete, per l'amor del cielo. Se voleva decretare la mia fine, non avrebbe potuto scegliere un momento migliore.

Quando alzai di nuovo gli occhi, quasi saltai fuori dalla sedia, vedendo che adesso era seduta sul bordo della mia scrivania, proprio accanto a me e mi guardava con un sorriso intrigante.

«Conosco una cura *eccellente* per il mal di testa e... quell'altro problema che sembri avere» disse, guardando significativamente il mio inguine.

Sospirai, esasperato. «Ti stai divertendo?»

April sorrise, facendo oscillare una gamba avanti e indietro. «È quello che ho intenzione di fare. E credo che piacerà anche a te.»

Respirai a fondo. Erezione, che tu sia maledetta. «No. Non ho intenzione di farlo.»

April alzò un sopracciglio e fece sporgere il labbro inferiore. «No? Non sembri molto sicuro.»

«Gesù, April, tuo padre...»

«Non ho intenzione di parlare di lui. È molto occupato di là, come tutti gli altri. E la porta è chiusa.» Si chinò in avanti e mi passò una mano dal ginocchio in su, all'interno della coscia, dandomi un'occhiata titubante, interrogativa.

Quando arrivò al mio sesso, che a quel punto aveva superato la soglia del semplice dolore, le presi il polso delicato e la tirai verso di me. Con un urletto, lei scivolò dalla scrivania e cadde contro il mio torace. Alzò la testa, con la bocca pronta da baciare.

«Miss Weiss, lei è inappropriata.»

«A te piace quando sono inappropriata.»

«Cazzo, sì che mi piace.»

Poi lei mi baciò. «Mhmm, pensavo che mi sarebbe mancata la barba. Ma mi mancava di più la tua bocca sexy.»

«Non combatti lealmente.»

«Nessuno ha mai detto che la vita è giusta.» Mi baciò di nuovo, con la lingua che dardeggiava nella mia bocca. Una mano scivolò lungo il mio stomaco per afferrare il mio sesso attraverso i pantaloni. Sibilai contro la sua bocca, infilando le dita tra i suoi capelli lucenti e la feci scendere dalle mie gambe finché fu in ginocchio davanti a me. *Cazzo, sì, così.*

April sostenne a lungo il mio sguardo, con lo shock che evaporava come schiuma di mare sopra una spiaggia di sabbia battuta. Poi capì e deglutì, leccando quelle labbra rosa e piene. Le tracciai il labbro inferiore con il pollice.

«Voglio quelle labbra meravigliose intorno al mio cazzo» dissi a denti stretti.

I suoi occhi si scurirono per il desiderio e annuì, allungando la mano verso la cerniera dei miei pantaloni. Slacciò la cintura e i pantaloni ed io mi appoggiai all'indietro guardandola metter la mano nei miei boxer per estrarre la mia erezione, rigida, dolorante. Deglutì di nuovo poi passò il pollice dal fondo fino in punta. Sentii il fuoco percorrermi le vene e il cuore battermi in gola.

Stavo pulsando per l'eccitazione. Lei mi guardò, come per rassicurarsi che mi piacesse. Come se fosse necessario. Il pensiero quasi mi fece ridere. «Sei così bello» mormorò. «Ogni parte di te.»

Le sue parole ebbero un effetto nuovo, potente su di me, mi accarezzarono in parti che le sue dita non potevano raggiungere. Dovevo averla, *adesso*. Mi chinai in avanti, le misi una mano sulla nuca tirandola più vicino, premendo il mio sesso contro le sue labbra. La sua bella bocca si aprì per accogliermi e mi sembrò che il petto potesse esplodere quando il suo calore mi avviluppò.

Abbassai la mano per accarezzarle il seno attraverso la camicia e lei emise un lieve gemito attutito. Feci scivolare le dita sotto la blusa, dentro quel reggiseno di pizzo, dove strofinai e feci ruotare il capezzolo finché la punta divenne una dura perla. Il mio cazzo s'impennò nella sua bocca.

Chiusi gli occhi, rabbrividendo e mi concentrai sui suoi lenti movimenti, mentre si abbassava, accettando una parte maggiore di me. Non facevo sesso da settimane e lavorare così vicino a lei mi aveva fatto sentire dolorosamente la privazione e la tensione. Ora ero così sovraeccitato che temevo di finire prima ancora di cominciare.

Quel momento mi trasportò alla prima volta che avevo posato gli occhi su di lei, l'anno precedente, durante l'orientamento degli stagisti, quando li avevano portati a fare un giro nell'edificio. Il gruppo aveva passato qualche minuto nel mio ufficio e ricordo distintamente che lei aveva fatto una domanda perché avevo guardato il suo bel volto. Proprio in quel momento quelle labbra piene me l'avevano fatta immaginare in ginocchio davanti a me, mentre mi faceva godere, proprio come stava facendo adesso. Aveva mostrato quel suo bel sorriso bianco che doveva essere costato migliaia di dollari di ortodontista. Avevo sentito qualcosa, una fitta di desiderio, di eccitazione. Le stagiste erano off-limits, ovviamente. Ma non mi aveva impedito di fantasticare di seppellirmi dentro di lei tutte le volte che la vedevo.

E ora era lì, che mi succhiava, con gli occhi che non lasciavano mai i miei mentre la sua bocca scivolava verso il basso, prima di risalire di nuovo, aumentando la suzione finché fui sul punto di mugolare per l'intensità.

Santiddio. Dove aveva imparato a farlo? Non sapevo se essere grato a chiunque fosse stato o dargli la caccia e ucciderlo per esserci stato prima di me. Piacere puro, gelido come il ghiaccio cominciò a spandersi dall'inguine, su verso lo stomaco e giù verso le gambe. Stavo respirando affannosamente, disordinatamente. Se avesse continuato così sarei venuto.

Tesi in fretta una mano, tenendole ferma la testa. «Rallenta…» borbottai e, ubbidiente, lei tenne ferma la testa. Ma la sua lingua, quella lingua peccaminosa, stava scorrendo su e giù nella parte inferiore del mio sesso, prodigandogli la sua attenzione bagnata e bollente.

Mi uscì tutta l'aria dai polmoni. Con la sua testa ancora inchiodata sul posto, premetti in avanti i fianchi, spingendomi nella sua bocca. April respirò dal naso, sorpresa, finché non riuscì più a respirare, a causa mia. Mi bloccai, osservandola, cercando di notare se non fosse troppo per lei. Ma quegli occhi continuarono a fissare i miei prima che abbassasse le palpebre e la sua mano si infilasse nei miei pantaloni, per massaggiarmi le palle. Lentamente mi tirai indietro e poi spinsi di nuovo. Ero a un attimo dal venire. Tolsi la mano dalla sua nuca per darle la possibilità di tirarsi indietro se lo avesse voluto.

Speravo veramente che non volesse.

«Sto per venire» grugnii. Un secondo dopo, la sua bocca scivolò nuovamente su di me, prendendomi dentro di sé più in profondità di prima. Lasciai ricadere indietro la testa e fissai il soffitto, poi chiusi gli occhi con quella famigliare sensazione che cominciava alla base della spina dorsale.

«April... cazzo!»

La sua bocca si chiuse su di me, succhiando più forte di prima ed io venni in ondate travolgenti, ansimanti. Non riuscivo a respirare, non riuscivo a pensare. Tutto ciò che potevo sentire era il piacere della sua bocca su di me, che succhiava. Che continuava a succhiare.

Mi tenne lì finché svanirono gli ultimi spasmi e poi si tirò lentamente indietro. Aprii gli occhi pesanti, sentendomi completamente esausto. *Porca puttana.*

«È stato... incredibile.»

Senza dire una parola, April si alzò e andò in bagno. La sentii aprire un cassetto e il rubinetto. Ma non riuscivo ancora a muovermi, quindi rimasi lì seduto, con l'uccello penzoloni all'aria, come un idiota. Mi sentivo rilassato, come se fossi senza ossa.

Tornò nell'ufficio e mi diede una lavetta per ripulirmi. La ringraziai e poi finalmente mi alzai per andare a mia volta in bagno. Quando tornai lei era sulla sua sedia, allacciata e impettita davanti al suo laptop, al lavoro come se niente fosse successo.

Andai alla porta e girai la chiave, lasciandola però chiusa. Quando mi voltai lei mi stava osservando, con un sorrisino sulle labbra.

«Che ti è preso?» le chiesi.

«Te l'ho detto, frustrazione sessuale» disse con un mezzo sorriso.

«E ti è servito?»

Un altro sorriso, malizioso. «Ha aiutato *te*, no?»

Sospirai e mi passai la mano sulla faccia, poi tornai alla mia scrivania e sprofondai nella mia sedia, pronto a continuare la conversazione. Ma prima che potessi immaginare che cosa dirle, bussarono alla porta e la aprirono. Il caro paparino mise dentro la testa.

Santo cielo. Se avesse tentato cinque minuti prima, l'avrebbe trovata chiusa a chiave e l'intera situazione sarebbe stata estremamente sospetta. E se fosse stato in grado di aprirla avrebbe trovato sua figlia in ginocchio davanti a me con il mio cazzo in bocca. Impallidii e April sembrò spaventata.

«April, io vado. Volevo solo salutarti. Ci vediamo a casa nostra per il fine settimana? Sarah e Daniel sono veramente eccitati.»

April inspirò ed espirò, lentamente, sostenendo lo sguardo di suo padre per un lungo momento prima di annuire. «Sì. Certo.»

Ci fu ancora silenzio tra di noi parecchi minuti dopo che era uscito. Cercai di concentrarmi sul lavoro che avevo da fare e anche April sembrava tutta presa dal suo. All'improvviso scoppiò in una risata.

Ed io non riuscii a farne a meno, cominciai a ridere anch'io.

Quando Adam entrò per dire che stava per chiudere e mandare tutti a casa, stavamo ancora ridacchiando e lui ci fissò come se fossimo impazziti.

«Non fare caso a noi. Siamo solo intontiti dalla stanchezza» disse April.

Adam sembrò sorpreso. «Ohhhkay. Ragione di più per andare a casa e a letto.»

Gli rivolsi uno scherzoso saluto militare e lui rispose facendo lo stesso, la variante con il dito medio.

«Tua cugina sarà contenta di arrivare a casa a un'ora decente.» April mi rivolse un'occhiata curiosa. Non sapeva della parentela acquisita tra Adam e Mia. Io non mi presi la briga di illuminarla.

«Fanculo» rispose lui.

Dopo aver chiuso bottega, uscii con il mio gruppo, canticchiando il motivo di "Dueling Banjos". Perlomeno Mia pensò che fosse divertente. Il capo non tanto.

***

Avevamo quattro giorni prima che cominciasse il tour promozionale. Sarebbero state due settimane frenetiche di incontri nelle maggiori città in tutto il paese, per presentare il nostro caso ai grandi banchieri e alle società di investimento e ottenere il loro sostegno. In soli quindici giorni avremmo messo sul mercato la Draco Multimedia Entertainment (con il nuovo simbolo della Borsa di New York, DME), e avevamo bisogno di averli dalla nostra parte quando fosse stato il momento di suonare la campana.

Non significava che tenessi le mani a posto, quando si trattava di April. Il pompino nel mio ufficio aveva riaperto un vaso di Pandora sessuale che non si poteva più chiudere, anche se lo avessimo voluto.

Il giorno dopo, appena prima di pranzo, April mi portò alcuni rapporti da controllare. Rimase in piedi un po' troppo vicina e aveva un profumo troppo buono. Io guardai il casino che c'era sulla mia scrivania e sospirai pensando a tutto il lavoro che mi restava da fare. Lei aspettò che dicessi qualcosa ed io brontolai qualcosa sul fatto che mi irritava che Charles andasse da lei ogni cinque minuti.

«Mhmm. Tu non sei... *geloso*, vero?»

La guardai fingendo sorpresa. «*No*. Solo non mi piace che ti distragga dal tuo lavoro.»

«Io faccio il mio lavoro, ma se vuoi, posso dirgli che tu mi ha detto di dirgli di stare alla larga.»

«Non ti ho detto di dirglielo.»

Lei si appoggiò alla mia scrivania, a braccia conserte. «Signor Fawkes, mi sembri un po' frustrato. Posso aiutarti in qualche modo?»

Io strinsi i denti e la guardai storto. Lei prese qualcosa dalla tasca, si chinò in avanti e me lo infilò nel taschino della camicia. «La mia pausa pranzo comincia all'una e potrei passare un po' di tempo nella toilette delle signore nel magazzino, quella che non usa mai nessuno.»

E con quelle parole si raddrizzò, voltò sui tacchi e uscì, con i miei occhi incollati al suo sedere. Quando si sedette alla sua scrivania, si batté sul petto con un dito, per indicare che dovevo controllare il mio taschino. Lo feci... e avrei voluto non averlo fatto.

Quel pacchettino rappresentava tutto quello che non avrei dovuto fare, ma che avrei probabilmente fatto.

Passai la mia pausa pranzo pensando che non fosse il caso di fare una doccia gelata nel mio bagno privato. All'una, il mio telefono fece un bip indicando che avevo un messaggio. Sapevo da chi veniva. Guardai la scrivania di April, constatando che se n'era andata.

Vieni a cercarmi.

Bastò quello. Ero duro come una roccia, di nuovo. Maledizione. Avevo del lavoro da fare. Un mucchio di lavoro da fare. Ma la desideravo tanto da far male.

La trovai che mi aspettava sull'uscio della toilette in questione. Senza una parola entrammo e passai la mezz'ora seguente con April inchiodata alla parete, a fare sesso con lei.

I giorni seguenti, prima che lasciassi la città, seguirono lo stesso copione. Trovavamo qualche posto privato e ci davamo da fare, perfino due volte al giorno, a volte nel mio ufficio, quando ci riuscivamo. Ne parlavamo raramente, ma il pericolo latente di essere scoperti bastava ad accendere entrambi i nostri motori, più o meno come la nostra avventura all'aperto nel parco in Canada.

La sera prima che partissi per cominciare il tour promozionale, per una volta uscii presto dall'ufficio. Sarei andato in volo verso la costa est e poi sarei tornato verso ovest tappa dopo tappa, a volte incontrandomi con Adam nelle città dove c'erano più banchieri. Io avrei presenziato a tutte le presentazioni; lui solo a quelle più rilevanti.

April mi portò la cena e fu lei il mio dessert. Ancora non stavamo parlando del significato di tutto quel fottere, o di che cosa *avrebbe* significato una volta che la società fosse stata pubblica e David fosse stato votato presidente del CDA.

Ma che discutessimo o meno di quello che sarebbe o non sarebbe successo, cominciavo a rendermi conto che le due settimane successive sarebbero state molto lunghe senza di lei.

E fu così. Ma non nel modo in cui mi aspettavo.

Fu chiaro quasi subito che lei stava seguendo il mio itinerario, e cominciava ogni giornata con un messaggio. Messaggi che divennero presto il momento clou della mia giornata.

Lei: Come ti sta trattando Boston?
Io: Non bene come te.
Lei: Sono sicura che avrai qualche vecchio messaggio sexy dalle tue ex... mhmm "amiche" per aiutarti a superare la giornata.
Io: Che ne dici di qualcuno nuovo da te?

Lei: Ehi, com'è Chicago?
Io: Fa schifo. A me piace il mio letto.
Lei: Anche a me piace il tuo letto. Preferibilmente se dentro ci sei tu.
Io: Weiss, SIN (l'acronimo che avevamo adottato per dire Sei Inappropriata)

Lei: Dallas! Woo hoo. Pronto per un po' di ballo in linea?
Io: Sono nato pronto... e allupato.
Lei: Tu sei nato inappropriato.

Lei: San Francisco... ti stai scaldando
Io: Io sono sempre bollente.
Lei: Fawkes, SIN
Io: Certo e ti piace.

Per tutta la durata del tour promozionale, ci furono parecchie sottoscrittrici che ci provarono con me, ma, e fu una sorpresa anche per me, non ero interessato. Non mi tentavano per niente. Mi trovai a pensare parecchio ad April, chiedendomi che cosa stesse facendo. Ciò nonostante, lottai contro il desiderio quotidiano di chiamarla al telefono.

Alla fine riemergemmo, trionfanti. Venerdì pomeriggio, appena dopo l'ora di chiusura degli uffici a New York, Adam ed io arrivammo da Seattle all'aeroporto John Wayne. Ricevetti la chiamata del nostro banchiere di investimenti, che ci informava che la società era stata valutata 8,3 miliardi di dollari. Le nostre azioni avrebbero aperto alla bella cifra di trentacinque dollari l'una il lunedì mattina seguente e noi saremmo stati lì, a suonare la campana che segnalava l'inizio. Sarebbe stato un delirio. E la realizzazione di un sogno tanto atteso.

Adam ed io eravamo accanto al nastro dei bagagli, a congratularci a vicenda, dopo che gli avevo riferito la notizia. Lui prese immediatamente il telefono per chiamare Mia e condividere la notizia. Ed io mi resi conto che la prima persona a cui volevo dirlo era April...

Presi il telefono e cominciai a scrivere un messaggio.

Valore di mercato 8,3 miliardi. 35$/azione. Tienilo per te per ora.

Lei rispose meno di un minuto dopo.

Lei: Oh mio Dio. Sono così contenta per te. Cancello subito il tuo msg.
Io: Il nostro autista è per strada, vero?
Lei: Dovrebbe essere già lì.

«A chi stai scrivendo?» chiese Adam quando riappese.

«Mi stavo solo assicurando che l'auto stesse arrivando. Mi irrita quando devo aspettare.» Era una bugia solo a metà.

«Domani pomeriggio c'è il party aziendale. Terremo tutto per noi adesso e poi lo annunceremo quando saremo tutti insieme.»

«Certo. Hai intenzione di informare David Weiss in anticipo?»

«Certo. Sarà il prossimo che chiamo.»

«Mia come ha preso la notizia che suo cugino, barra fidanzato adesso è un miliardario?»

«Non è stata molto sorpresa. Contenta per me, ecco tutto.»

«Certo che è contenta per te. Otterrà la metà di tutto col divorzio» sorrisi, senza nemmeno preoccuparmi di aggiungere "Scherzavo." Sapeva già che stavo scherzando.

Adam scosse la testa con un sorriso e si allontanò dall'area bagagli per andare fuori sul marciapiede. «Non so nemmeno perché ti dico qualcosa.»

«Io so tutto delle norme di legge. Per esempio, in California è legale sposarsi tra primi cugini.»

«Buono a sapersi.» Adam si avvicinò al nostro solito autista, che ci aspettava con il bagagliaio già aperto. Gettò dentro la sua borsa ed io feci lo stesso. «Oh, dai, non è divertente se non mi dici "fanculo".»

Tutto quello che fece fu rivolgermi un sorrisetto soddisfatto. *Guastafeste.*

Mentre viaggiavamo verso casa, presi il telefono per controllarlo e mi ritrovai a mandare ad April un altro messaggio.

Resta con me stanotte.

Lei non rispose per un bel po'. In effetti, ricevetti il suo messaggio solo due ore dopo.

Mi dispiace, ero in auto e stavo andando a La Jolla, da mio padre per il compleanno della mia sorellina. Verremo insieme al party. Ci vediamo lì.

Non riuscivo a credere alla delusione che provai. Volevo vederla. Certo, volevo anche strusciarmi su tutto il suo splendido corpo. Ma volevo anche parlare con lei, magari prenderla un po' in giro, annusare i suoi capelli. Avevo semplicemente pensato che fosse sempre a mia disposizione. E dopo due settimane senza sesso, la *volevo* a mia completa disposizione, accidenti.

***

Per smaltire un po' di frustrazione sessuale, uscii alle prime luci dell'alba, per cavalcare qualche onda. Le condizioni erano ottimali, non c'era quasi nessuno in giro e trovai alcune favolose onde A-frame, quelle che si frangono uniformemente a destra e a sinistra. Dato che era ottobre, l'acqua stava diventando fredda. Quindi indossai la muta. Ma dopo poco più di un'ora, mi annoiai e tornai in casa. Poi controllai un paio di volte il telefono, per vedere se mi aveva magari mandato un messaggio. Niente.

E comunque, che cosa diavolo mi stava succedendo, perché me ne importava tanto?

Quel pomeriggio c'era un party aziendale in piscina per festeggiare il prossimo passo nella nostra missione di dominare il mondo dei videogiochi. Avevamo affittato una parte di un country club oscenamente costoso nella South County, con cocktail e tartine.

I dirigenti e i possibili membri del CDA si erano incontrati prima per un pranzo in privato. David Weiss era seduto tra me e Adam a un grande tavolo rotondo ed io non potei fare a meno di controllare la zona intorno per vedere se c'era sua figlia. Sapevo che era venuta con lui, ma *teoricamente* non avrei dovuto saperlo e non volevo essere tanto esplicito da chiederlo.

Lui era molto interessato a sentire tutti i particolari del tour promozionale e lo ragguagliammo. Finalmente, con mio profondo sollievo, Adam gli chiese di sua figlia.

«Oh, è qui. È con alcuni degli assistenti, ad aiutare con i particolari del ricevimento.»

Adesso la mia missione era diventata quella di trovarla senza far vedere che cercavo di farlo. Era stupido, in effetti. Potevo semplicemente mandarle un messaggio. Ma lei non mi aveva messaggiato.

E che cos'era tutta quella stronzata, comunque? Erano quasi dieci anni che avevo finito le superiori. Che cosa avrei fatto adesso? Mi sarei chiesto se mi avrebbe baciato sotto le tribune al ballo della scuola? Fanculo. Stavo facendo un pessimo lavoro tentando di non farmi coinvolgere mentre *ero* coinvolto in qualunque cosa diavolo fosse. Colleghi con qualcosa in più? Qualcosa di molto, *molto*, carino.

Dopo il pranzo, andammo negli spogliatoi per cambiarci per il party. Anche se eravamo in autunno, il tempo era ancora abbastanza caldo per una festa in piscina. *Solo nella California del sud*, pensai, scuotendo la testa.

Un quarto d'ora dopo, la vidi dall'altra parte della piscina, che parlava con un gruppo di altre stagiste. Una di loro era quella mocciosa, Cari, che aveva tentato di ricattarla qualche settimana prima. Adesso sembravano in rapporti amichevoli.

April indossava un costume intero modesto, nero, bordato di azzurro brillante. La parte dietro era molto alta, probabilmente per nascondere il maledetto tatuaggio che qui tutti avrebbero riconosciuto all'istante.

Quando finalmente guardò dalla mia parte, incrociai il suo sguardo. Mi rivolse un sorriso incerto. Qualcosa s'illuminò dentro di me e sorrisi.

Lanciai un'occhiata significativa all'edificio, per farle capire che volevo incontrarla là. Lei fece una smorfia e distolse gli occhi. *Che diavolo stava succedendo?* Adesso ero piuttosto certo che stesse evitandomi di proposito e la cosa non mi stava bene. Pensai di mandarle un messaggio, ma probabilmente avrebbe ignorato anche quello.

Feci il giro della piscina e andai direttamente da lei e dal suo piccolo gregge. Lei alzò la testa, spalancando gli occhi. «Weiss, posso parlarti per un minuto, per favore? Ho un paio di domande da farti.»

«Certo» mormorò, tornando ad abbassare la testa. Mi allontanai mentre lei si scusava e poi mi seguiva sui gradini e verso l'edificio, rallentando man mano che ci avvicinavamo. Le tenni aperta la porta, ma lei esitò.

«Di che cosa volevi parlarmi?»

Guardai intenzionalmente la porta. «Dentro.»

Lei sospirò. Una volta dentro trovai lo spogliatoio vuoto di un bungalow e la tirai dentro con me. Proprio mentre stava per dirmi qualcosa, mi voltai, tenendole il volto tra le mani e la baciai come avevo desiderato fare tutte le notti in cui ero stato via. Lei rispose come se stessi insufflandole nuova vita, con il corpo che si premeva contro il mio, le dita che afferravano la t-shirt che indossavo con il costume. Aprì la bocca per avere di più, come se fosse morta di fame e, a essere sincero, la sua reazione me la fece solo desiderare di più.

Qualche minuto dopo, quando mi tirai indietro, lei era rossa e senza fiato. L'unico suono nel silenzio tra di noi era quello dei nostri respiri pesanti. Quando mi piegai per continuare, lei si tirò indietro. «Avevi veramente qualcosa da chiedermi o mi hai tirato qui solo per baciarmi?»

«Ti crea problemi?»

Lei inspirò a lungo e poi espirò lentamente, con gli occhi che diventavano duri. A quanto pareva *aveva* un problema.

«Lavorerò per te solo per altre due settimane. Voglio qualcosa di reale tra di noi… non questo fare le cose di soppiatto.»

Sorrisi. «Pensavo ti piacesse.» Sottolineai quella dichiarazione con un altro bacio bollente, con la lingua che accarezzava la sua bocca calda e deliziosa. Poi le afferrai il sedere, spingendola contro di me.

Lei mi appoggiò le mani sul petto. «Jordan» disse contro le mie labbra.

«Mhmm… mi sei mancata.»

Lei tirò indietro la testa, alzando gli occhi, perplessa. «Davvero?»

La guardai stupito. «Perché ti sorprende?»

Lei scosse la testa. «Perché mi stai confondendo. Non so che cosa stiamo facendo. È solo sesso o qualcosa di più?»

Strinsi le labbra e distolsi lo sguardo. «Non può essere più di quello che è. Conosci il motivo. Te l'ho già detto.»

«Non hai intenzione di dare una possibilità a me… a *noi*.»

«Allora, dovrei dire a tuo padre che non stiamo veramente insieme, ma che stiamo solo facendo sesso? Perché io non sono tipo da relazioni, non relazioni *vere, serie*. Quindi gli dirò che sto solo scopando sua figlia. Come credi che andrebbe?»

April deglutì. «Jordan…»

«Che c'è? Può essere qualcosa di più? No, non può.»

Le tremò il labbro. «Bene, per me è di più, perché… perché mi sono innamorata di te.»

All'inizio non ero sicuro di aver sentito bene. Poi, quando cominciai a capire, la mia prima reazione fu di negare, negare, negare. Non era quello che pensava. Non era possibile. Non riuscivo a respirare. Sentivo il torace che si stringeva e non c'era abbastanza aria in quel piccolo spogliatoio. April stava studiando attentamente la mia reazione.

L'ultima volta che una donna mi aveva detto quelle parole, le avevo chiesto di sposarmi e poi lei aveva scopato un altro tizio. Non potevo passarci di nuovo. Non volevo passarci di nuovo. Non ora, forse mai.

Chiusi gli occhi, passandomi una mano sulla faccia.

Capitolo Venticinque
April

Vidi Jordan impallidire reagendo alla mia dichiarazione d'amore. In effetti, sembrava stesse per svenire. Non la reazione che avevo sempre immaginato quando avessi detto a un tizio che lo amavo. E non dicevo quelle parole alla leggera. In effetti, non le avevo dette a nessuno, nemmeno a Gunnar. Ma non avevo mai provato niente di simile per un altro uomo. Potevo ammetterlo con lui, adesso, ma sapevo che lui non voleva sentirlo. La sua espressione stava cambiando, chiudendosi, come una casa che si stesse preparando per un uragano.

«Da te mi aspetto solo che mi dia una possibilità» dissi nel silenzio, detestando il tremore della mia voce.

Jordan distolse gli occhi. «Che cosa significa esattamente?»

Beh, c'era una speranza. Almeno voleva sentire che cosa avevo da dire. «Che staremo insieme, come due persone normali, una volta che avrò lasciato la Draco.»

«Non so come si fa a stare insieme come due persone normali. L'ultima volta che l'ho fatto, mi sono ritrovato con le palle spiaccicate. Non ho nessuna voglia di riprovarci.»

«Non ora o…»

Jordan alzò le spalle. «Forse mai.»

Sbattei le palpebre. «Quindi tutto quello che ti interessava era fare le cose di nascosto, per il brivido di farlo? Quando me ne sarò andata, sarà finita per sempre?»

Jordan non sembrava contento nemmeno di quella possibilità. Mi sentivo nauseata, avevo lo stomaco stretto e annodato. Mi ero appena esposta completamente. Mi ero tolta il cuore dal petto e l'avevo messo nelle sue mani. Che lo stringesse, o lo schiacciasse o che ne facesse tesoro era completamente fuori dal mio controllo.

«Jordan…» Mi avvicinai a lui, gli misi le mani sulle guance, allargando le dita e gli guidai dolcemente la testa perché mi guardasse. Lo fissai negli occhi e frugai in quelle profondità fangose… oggi del colore del limo e dell'acqua di mare. «Lascia che ti dica una cosa. C'è un'enorme differenza tra l'uomo che vedi tu quando ti guardi allo specchio e quello che vedo io quando ti guardo. Quello che vedi tu è stata tradito da un amore giovanile, respinto da un padre furioso perché non volevi vivere il *suo* sogno. Ma l'uomo che vedo io? Beh, quell'uomo è forte e sensibile. Protettivo, brillante e affettuoso. Ti sei esposto per me, con il video, quando Gunnar stava facendo le sue stronzate. Quando Cari mi stava minacciando. Tu non eri obbligato a farlo, ma lo hai fatto. E te ne sarò grata per sempre. Ma non è il motivo per cui ti amo. Ti amo per quello che sei quando ti guardo. Non per quello che vorrei che fossi.»

Qualcosa cambiò nei suoi occhi. Erano duri. E non riuscivo ancora a leggere lui o la sua espressione, ma mi mise le mani intorno alla vita per tirarmi contro di sé abbracciandomi stretta.

Non disse niente. Mi tenne solo lì. Sentivo il suo cuore battere selvaggiamente mentre i nostri corpi erano premuti insieme. Avrei potuto perdermi in quella sensazione, la sicurezza delle sue braccia intorno a me, nonostante l'incertezza sui suoi sentimenti. Non avevo bisogno che li etichettasse in quel momento se aveva troppa paura per ammettere la verità. Ma non poteva negarlo. Lui provava qualcosa per me, come aveva dimostrato più volte con i suoi gesti.

Jordan affondò la faccia nei miei capelli, mormorando: «Che cosa mi stai facendo?»

Lo baciai fin dove potevo raggiungerlo, in basso sul collo, appena sopra l'orlo della t-shirt. Le sue braccia si strinsero e sentii la sua erezione contro lo stomaco. La sua bocca scese immediatamente sul mio collo, a divorarmi l'orecchio, la guancia, le labbra.

Spinse entrambi contro la parete nel piccolo spogliatoio e lo seguii volentieri, con le bocche incollate insieme. Feci scivolare le mani sotto la sua maglietta, sui suoi addominali scolpiti. Lui mise la mano tra le mie cosce, strofinando e poi infilò le dita sotto il costume. Io mugolai e quello sembrò veramente metterlo in moto.

Con uno strattone, una spallina del costume scese dalla spalla, lasciandomi il seno nudo. Jordan sigillò la bocca sul mio capezzolo mentre con l'altra mano pizzicava e faceva ruotare l'altro capezzolo tra il pollice e l'indice. La mia eccitazione crebbe e arcuai la schiena, gemendo. Lui mi zittì riportando la bocca sulla mia mentre si abbassava il costume.

Poi tolse un preservativo dal taschino del costume, aprì la confezione e se lo infilò. Niente parole sconce questa volta; la mia confessione doveva averlo reso muto. Tirò di lato il mio costume e si premette contro di me.

Le nostre bocche si ritrovarono di nuovo e lui mi sollevò contro la parete, facendo forza sulle gambe prima di scivolare dentro. Io mi afferrai al suo collo e alle sue spalle mentre lui si muoveva contro di me, quasi frenetico, spingendosi verso l'orgasmo. Sarebbe successo in fretta, era chiaro. Io venni, gemendo nella sua bocca. Pochi secondi dopo, lui mi seguì. Spinse i fianchi contro di me qualche altra volta mentre riprendevamo lentamente il controllo. Era stato veloce, intenso e, come sempre, sexy.

Mi tenne lì a lungo, premuta tra il suo corpo duro e la parete leggermente più dura alle mie spalle. Avrei voluto che restasse per sempre dentro di me. Strinsi le gambe intorno ai suoi fianchi sottili, ma lui si rilassò lentamente e si tirò indietro.

Ci prendemmo un momento per ripulirci e sistemare gli indumenti. Jordan buttò via il preservativo, congratulandosi con se stesso per aver avuto la preveggenza di infilarsene uno nel taschino "nel caso".

Fece un respiro profondo. «Sono sempre stato bravo a guardare avanti.»

Sorrisi, rilassata contro la parete e lo osservai, piegando la testa. Soddisfatta ma anche profondamente triste. «Per essere la nostra ultima volta insieme, è stata fantastica.»

Lui sbatté gli occhi, «Uh. Cosa?»

Lo guardai con la fronte aggrottata. «Penso che sia ovvio che non possiamo continuare.»

«Per me non è ovvio.»

«Dovrebbe esserlo. La ragione più importante è per quello che ti ho appena detto. Devo proteggere il mio cuore. Nasconderci e fare sesso è divertente, ma non possiamo più continuare.»

Lui si acciglò e sospirò, scuotendo la testa. «Non me lo stai rendendo molto facile.»

«Nemmeno tu.»

Jordan chiuse gli occhi e poi li aprì. «Dammi un po' di tempo per pensarci, per chiarirmi le idee.»

Perché avevo la sensazione che stesse cercando di intortarmi? Quella sensazione scese fino in fondo alla gola, fredda e dura. E, nella mia testa, cominciarono a risuonare campanelli d'allarme.

«È quello che vuoi?» gli chiesi comunque.

Lui annuì e, con un sorriso, si chinò per baciarmi di nuovo. «Sì.»

Nonostante quelle scure premonizioni, un'ondata di felicità minacciò di travolgermi tanto che quasi non riuscivo a riprendere fiato. Gli misi le mani sulle guance. «Anch'io.»

Si staccò, prendendomi la mano e stringendola. «Sarà meglio che usciamo, nel caso qualcuno mi stia cercando. Con la mia fortuna, sarà Adam con l'ennesimo tarlo che gli rode il culo per qualcosa.»

Lo baciai ancora. «Vai tu per primo. Io aspetterò qualche minuto prima di uscire.»

Lui mi scostò i capelli dal viso e mi baciò. Poi si voltò e se ne andò.

Aspettai qualche minuto, usando quel tempo per ordinare al mio cuore di stare zitto, ma non voleva ascoltarmi. Avevo l'adrenalina che scorreva in tutto il corpo e non solo per il sesso fantastico nello spogliatoio. Jordan voleva tentare! Voleva vedere se saremmo riusciti a farlo funzionare.

Cercai di non sentire l'ondata di speranza che quella visione del futuro mi piantava in testa, anche se si trattava di un futuro lontano solo poche settimane. Mi chiesi come poteva essere stare con Jordan, normalmente... sarebbe stato come quei giorni idilliaci a Vancouver?

Cinque minuti dopo, uscii dallo spogliatoio e colsi la visione d'insieme della piscina di sotto attraverso la lunga fila di finestre a tutta altezza. I dirigenti e mio padre erano raccolti in un gruppo e la gente si stava congratulando e dandosi pacche sulle spalle. Sospettai che avessero appena annunciato a tutti la capitalizzazione di mercato della società e il prezzo di apertura delle azioni. Mente guardavo, Jordan e un paio di altri tipi grossi, incluso il cugino di Adam, William, afferrarono Adam e lo portarono, mentre protestava energicamente, sul bordo della piscina. Risi finché un movimento ai margini del mio campo visivo colse la mia attenzione.

Cari si avvicinò e guardò anche lei gli amici di Adam che lo lasciavano cadere in acqua.

«C'è tutta una serie di nuovi milionari laggiù» dissi a Cari con un cenno della testa, sperando che la nostra semi-tregua potesse proseguire. L'avevo evitata per settimane e non parlavo con lei da sola dal nostro scontro nel corridoio, quando aveva minacciato di denunciarmi. Da allora, lei era rimasta freddamente educata.

Lei si mise a ridere. «Peccato che io sia ancora fissata sul pesce più grande nello stagno. Uscirà da quella piscina con la maglietta bagnata. Dovrei essere là a vederlo. Peccato che non abbiano buttato in acqua anche Mia. Indossa quel ridicolo prendisole, probabilmente perché si vergogna troppo a farsi vedere in costume da bagno.»

Resistetti al desiderio di scuotere la testa. A quel punto mi sentivo solo triste per Cari. Mi voltai per tornare verso la piscina quando mi afferrò il braccio e mi fermò. Gli occhi le bruciavano, febbrili. «So che cosa stavate facendo in quello spogliatoio.»

Guardai nella direzione da cui ero venuta con un bel po' di senso di colpa. Non glielo avrei lasciato vedere. «Jordan aveva bisogno di alcune informazioni su...»

«Non mentirmi, April. Tu te lo stai scopando. Mi chiedevo come fossi riuscita a farlo stare zitto sul tuo ruolo nel video sexy. Adesso lo so, sgualdrinella. Ti stai facendo strada fino in cima scopando il capo, eh. Mi chiedo se il tuo paparino lo sappia.»

Strattonai il braccio, liberandolo dalla sua stretta. «Hai perso la testa» borbottai con la voce soffocata e poi mi voltai per andarmene.

Dovetti ascoltare le sue parole velenose per tutta la strada verso la piscina, sperando che essere in mezzo al gruppo l'avrebbe fatta stare zitta. «Non volevi aiutarmi a fare uscire di scena Mia perché avevi ben altro a cui pensare. Beh, ho una notizia per te. Jordan ti sta usando. Lui usa le donne, lo sanno tutti.»

Mi fermai e mi voltai, pronta ad affrontarla. «Lasciami in pace, tu e le tue teorie idiote. Non c'è niente che tu possa fare per metterti tra Adam e Mia, okay? Sono innamorati e fidanzati. Non m'interessa quale interesse malato tu abbia per lui. È finita e tu hai perso.»

«Tu hai molto più da perdere di me, April.»

Mi allontanai da lei, con il cuore che mi batteva contro le costole. Lei continuò. «Se mi aiuti, starò zitta e non dirò una parola. Le slegheremo il top del prendisole e mostreremo a tutti quanto è repellente. Tu sei diventata sua amica. Puoi avvicinarti e farlo facilmente e anche farlo apparire come un incidente.»

Sbalordita, mi voltai a guardarla. Eravamo in cima alle scale e nessuno poteva sentirci sopra il frastuono degli urrà e delle prese in giro mirate all'AD completamente zuppo. Lui uscì dalla piscina mentre Mia, ridendo, gli tendeva degli asciugamani.

«Non farò niente di simile, e nemmeno tu.»

L'espressione di Cari era letale quando mi afferrò la mano, praticamente trascinandomi giù per le scale. Persi l'equilibrio mentre cercavo di liberarmi e caddi sulle ginocchia, incespicando dietro di lei. Riuscii a liberarmi dalla sua presa proprio mentre arrivavamo in fondo. Il gruppo dei dirigenti era a un metro da noi e capii che cosa stava per succedere, quindi mi voltai e cominciai a risalire le scale. Lei allungò la mano, afferrò il dietro del mio costume e lo sentii che si strappava lungo la cucitura posteriore. Ero arrivata a metà strada sulle scale prima di rendermi conto di essere completamente esposta, e lei stava già gridando. «Adam, tutti voi, guardate! Ho scoperto chi c'era in quel video porno! Guardate il tatuaggio sulla schiena di questa sgualdrina!»

Ci fu un lungo silenzio dietro, poi mormorii ed esclamazioni. Non ero ancora riuscita ad arrivare in cima, ma il mio sedere era esposto all'aria, in piena vista di tutti. Mi voltai per nascondermi, mortificata com'ero di affrontare tutti quanti.

Erano tutti pietrificati. Tutti mi fissavano. Quel momento orribile quasi mi fece fermare il cuore.

Ero come Ester Prynne, bloccata sul patibolo, che doveva affrontare la folla irridente con la sua bambina in braccio e quella lettera A scintillante per "Adultera". Il sangue stava defluendo dalla mia testa e cominciavo a vedere dei puntini neri ai margini del campo visivo come se stessi per svenire per l'umiliazione.

A quanto pareva non ero così fortunata.

Lentamente feci un passo indietro sulle scale, con le mani sulla ringhiera. Cercai Jordan nella folla. Adam era ancora gocciolante e mi fissava a occhi stretti. Alcuni degli impiegati più giovani stavano ridendo, incluso Charles. Non riuscii a trovare Jordan ma il mio sguardo finì su mio padre. Mi sfuggì un singhiozzo quando vidi l'espressione sul suo volto: completa umiliazione.

Oh Dio! Oh Dio! Poteva andare peggio? Ero stata svergognata davanti a tutta la ditta per cui avevo lavorato per quasi un anno e, oltre a tutto, mio padre era tra loro, tra la gente con cui *lui* avrebbe lavorato negli anni a venire. Mi si appannò la vista e inciampai su uno dei gradini, questa volta atterrando duramente sul ginocchio. Mi spinsi nuovamente in piedi.

Qualcuno mi avvolse un asciugamano intorno alla schiena. La persona era più alta di me. Tutte le mie speranze si raccolsero in un solo pensiero: *Jordan?* No, non così alta. Era una donna. Capelli corti. Mia.

Mi passò un braccio intorno alle spalle e si voltò, guidandomi su per le scale. Prima che raggiungessimo la cima ero crollata completamente. Ma anche se ero completamente accecata dalle lacrime, riuscii a vedere una zuffa alla base delle scale.

«Puttana di una zoccola!» urlò Katya, colpendo Cari con un notevole gancio destro. Un gruppetto di uomini si mise in mezzo per dividere le due donne. Un uomo alto si chinò per allontanare Katya da Cari, salvandola dal suo attacco. Sbattei gli occhi un paio di volte per vedere chi fosse: Jordan. Le gridò di calmarsi.

Ed eccola, l'umiliazione finale. Jordan non era venuto in *mio* soccorso. No, non aveva cercato di difendere me. Invece stava salvando Cari da Katya.

Non riuscivo a distogliere gli occhi da lui, ma lui non guardò nemmeno una volta verso di me. Ora tutti stavano guardando la baruffa tra le due donne. Kat stava cercando ancora di liberarsi dalla presa di Jordan, lanciando insulti a Cari, che si stava nascondendo dietro ad alcuni degli altri sperando di mantenere intatta la faccia.

Lui usa le donne. Lo sanno tutti.

Mia mi scosse le spalle. «Vieni, andiamo a metterti addosso qualcosa.»

Entrammo nella clubhouse e, ironicamente, Mia mi portò esattamente nello stesso spogliatoio dove Jordan ed io avevamo fatto sesso mezz'ora prima. Ero uscita da lì piena di speranza e felicità e ora vi stavo rientrando, in disgrazia e umiliata.

Mi lasciai cadere sulla panca, continuando a piangere. «Mi dis-dispiace.»

Mia prese qualche fazzolettino di carta dal ripiano, me li passò e poi si guardò attorno. «Dove sono i tuoi vestiti? Li hai messi in un armadietto?»

Le diedi la chiave che avevo agganciato all'interno del corpino del costume. Nell'armadietto c'erano la mia borsa e i vestiti che avevo indossato sopra il costume quando ero arrivata. Mia prese la chiave e mi disse che sarebbe tornata subito con la mia roba. Prima che potesse uscire, però, sentimmo sia mio padre sia Adam fuori dalla porta. Io piagnucolai.

Mia uscì, chiudendo la porta, lasciando solo uno spiraglio aperto. «Non è vestita. Vado a prendere le sue cose.»

Sentii i suoi passi mentre si allontanava e poi potei sentire le parole accese dall'altra parte della porta. Mio padre era incazzato. Più di quanto lo avessi mai sentito. Sembrava che Adam stesse tentando di calmarlo.

«Non riesco nemmeno a dirti quanto sia mortificato» disse mio padre. «Dovrebbe essere licenziata immediatamente. Non voglio che tu faccia eccezioni solo perché è mia figlia.»

«Aspetterò di parlare con lei e lasciarle spiegare che cos'è successo.»

«April verrà a casa con me. Adesso. Ma mi aspetto che la licenzi. Non ci sono scuse per il suo comportamento.»

«David, mi rendo conto dei tuoi sentimenti, ma lei è una donna adulta e una mia dipendente, quindi ho intenzione di parlare con lei. Questa...»

«Scusate» mormorò Mia, chiedendo loro di spostarsi per poter rientrare nello spogliatoio. Quando entrò c'era compassione sul suo viso. Mi passò la borsa con le mie cose. Poi si piegò e sussurrò. «Cercherò di distrarre Adam in modo che tu possa filartela. Non so che cosa fare con tuo padre, però.»

Scossi la testa, infilandomi i pantaloncini e il top sopra il costume rovinato. «Sono arrivata con lui. È lui il mio passaggio a casa.»

Mia si morse il labbro e guardò di lato, come riflettendo.

«Non posso evitarlo, ma ti ringrazio di tutto.»

Lei mi rivolse un sorriso incerto ed io afferrai la borsa e poi aprii la porta. I due uomini smisero di parlare. Mi feci avanti, lieta di vedere che non c'era nessun altro, solo loro due. Evitai di guardare mio padre, rivolgendomi ad Adam. Lui era ancora completamente fradicio dopo essere stato gettato in piscina, i capelli, la maglietta e il costume stavano ancora gocciolando.

«Mi dispiace» dissi, «avrei voluto dirtelo settimane fa... ma ero troppo spaventata. Sono veramente dispiaciuta per tutti i guai che ho causato alla società.»

Adam aggrottò le sopracciglia scure, preoccupato. Oltre la sua spalla, vidi la porta di vetro che si apriva. Jordan era lì, pietrificato. Ci fissammo per un momento infinito, ma era troppo lontano perché potessi interpretare la sua espressione.

Arrossii per l'umiliazione e staccai gli occhi da lui, che si avvicinò mentre Adam continuava. «April, chi c'era nel video con te? Perché è stato postato?»

Mi bloccai. «Non posso dirtelo.»

«*Non puoi o non vuoi?*» disse mio padre, afferrandomi il braccio.

«È un altro dipendente, April. Lo so.» I miei occhi trovarono quelli di Adam e ora la sua espressione era mortalmente seria. «Il badge era quello di un dipendente, non di uno stagista.»

Avevo dimenticato, per forse dieci secondi comunque, che Adam era un genio e che probabilmente ricordava tutto quello che aveva visto o letto. Ricordava il colore del badge nel video e aveva immediatamente concluso che non era il mio.

Ora Jordan era dietro Adam. Lo guardai in viso per un attimo, notando la sua espressione curiosamente neutra, prima di rivolgere nuovamente l'attenzione ad Adam. Respirai a fondo prima di parlare. «Non ho intenzione di dirtelo. Mi dispiace, ma non posso. E in quanto al fatto di postarlo... è stata colpa mia ed è stato un incidente. L'ho rimpianto...» Smisi di parlare e i miei occhi si riempirono nuovamente di lacrime. Forse Jordan si sarebbe offeso, ma, a quel punto, non mi importava. Lui aveva offeso *me* più che a sufficienza.

Ci fu un lungo silenzio, «April...» fece per dire Adam con la voce tesa ma Jordan tese una mano.

«Adam, non è il momento giusto. Dovremmo occuparcene in un altro momento.»

Adam scosse la testa e ignorò Jordan. «April, non ti posso aiutare se non collabori, e se vuoi lasciare la Draco in buoni rapporti, è ancora possibile.»

Adam mi stava dando un ultimatum. Se avessi denunciato il mio complice, avrei potuto ancora ottenere la mia raccomandazione. Guardai nuovamente Jordan, ma i suoi occhi sembrarono rimbalzare dal mio sguardo. Guardava dappertutto, mai me.

«Mi dispiace. Signor Drake, signor Fawkes. Grazie per l'opportunità che mi avete dato di lavorare alla Draco, ma non posso...»

«Vai in macchina» disse mio padre a denti stretti, con la voce piena di disgusto.

Mi sentivo come un pallone sgonfio. Mi staccai gentilmente da lui, che mi passò le chiavi dell'auto. Feci come aveva detto. Dietro di me, lo sentivo che continuava la sua discussione con Adam, con le voci che svanivano mentre uscivo dall'edificio. Sentivo anche dei passi. Passi veloci che sembravano volermi raggiungere. Mi guardai alle spalle per accertarmi di chi fossero.

Jordan stava arrivando dietro di me camminando in fretta, ma io non mi fermai. Dovevo continuare a camminare. Trovai l'auto, la aprii e avevo la mano sulla maniglia quando Jordan arrivò correndo nel parcheggio. «April!» gridò.

Ed io, stupida, esitai. Lui si avvicinò ma, per fortuna, mantenne le distanze. Socchiusi la portiera e alzai gli occhi. «Sarà meglio che non sia qui quando mio padre avrà finito di parlare con Adam. Manderebbe all'aria tutti i tuoi sforzi per pararti il culo.»

Jordan strinse le labbra. «Non sono qui per pararmi il culo. Volevo vedere se stavi bene.»

Mi misi a ridere. Che cosa ridicola da dire. Stavo ridendo, ma al contempo grosse lacrime stavano rotolando lungo le mie guance. Avrei voluto rimangiarmi tutto quello che gli avevo détto. Specialmente le due maledette paroline che non meritava. Non potevo, però, perché sarebbe stata una bugia. Ma in quel momento ero così furiosa e *così* delusa di lui. E per quanto tentassi, non potevo cambiare quello che voleva il mio cuore.

«April...» Mi mise una mano sul braccio ed io lo tolsi in fretta, aprendo la portiera in modo da creare una barriera tra di noi.

«No, Jordan. Non farlo. Porterò il tuo prezioso segreto nella tomba. Non devi preoccuparti. Era solo sesso. Adesso è finita.»

Il suo volto si scurì. «Non è giusto...»

«Non è giusto? *Davvero?* Hai intenzione di dirmi che non è giusto. Mi hai lasciato là sul patibolo da sola con quella cocente lettera scarlatta perché tutti mi deridessero. Sei Dimmesdale, che si nasconde nell'ombra, a crogiolarsi nella sua vergogna. Non è un mio problema, è il tuo. Ma non dirmi *mai* più che io merito di essere difesa. Hai appena dimostrato che quelle parole erano vuote. Perché *tu* non mi hai difesa.»

Jordan impallidì, poi cominciò ad arrossire, furioso. «Non avevo chiesto io di registrare quel piccolo incontro e caricarlo su Internet. Quella è solo colpa tua, April.»

Annuii. «Hai ragione. È tutta colpa mia. Ma per due volte, per ben *due* volte, ero pronta ad andare da Adam e raccontargli tutto e mettere le cose in chiaro. Chi mi ha fermato entrambe le volte? Non saremmo dovuti arrivare a questo punto e probabilmente non ci saremmo arrivati. E ora, dato che la faccenda non è stata gestita prima, tutto è mille volte peggio.» Tirai il fiato, a lungo, dolorosamente. Lui era sul punto di parlare, ma io lo interruppi.

«E questa volta con tutti che mi guardavano e probabilmente mi stavano fotografando con i loro telefoni. Sono sicura che il mio culo sarà su tutta Internet, *ancora una volta*. E questa volta con tanto di nome. Ma, ehi, ti sei vendicato per quello che ti ho fatto, vero? Il karma di Jordan ha funzionato.»

Jordan restò a bocca aperta. «April...»

«Non dire niente. Voltati e vattene.» Non avrei potuto aggiungere nient'altro perché ero rimasta senza fiato, scossa dai singhiozzi. Jordan fece per avvicinarsi, ma io arretrai, alzando una mano.

Attraverso le lacrime, vidi mio padre uscire dall'edificio e venire a grandi passi verso l'auto, come un uomo intento a vendicarsi. Feci un cenno nella sua direzione e salii in auto, affondando nel sedile morbido. Chiusi la portiera sbattendola. Era caldo e soffocante all'interno, ma non volevo abbassare il finestrino. Avrei voluto rannicchiarmi e morire.

Jordan esitò accanto alla portiera per qualche momento ancora, prima di allontanarsi. Incrociò mio padre mentre tornava verso l'edificio. Mio padre esitò un attimo, fece un cenno con la testa a Jordan, con un'espressione cupa, senza smettere di guardarmi.

Poi Jordan continuò a camminare verso l'edificio, senza guardare indietro ed io fissai il cruscotto, stringendomi nelle braccia, come per proteggermi. Cercai di ignorare il dolore che sentivo a ogni battito di cuore.

Mio padre aprì la portiera, si mise al volante e poi sbatté forte la portiera per chiuderla. Gli tesi freddamente le chiavi, mi chinai verso il finestrino e guardai fuori. Lui mise in moto e, senza parlare, si diresse verso la superstrada 5, che ci avrebbe riportati a casa sua e alla mia auto.

Ma prima ancora di arrivare all'interstatale, svoltò nel parcheggio di un centro commerciale e spense il motore. Non alzai gli occhi da dove stavo armeggiando con il telefono. Avevo controllato i social media e c'erano dei tweet sotto l'hashtag #ComicConSexGeeks e #assexposed. Il mio nome e il mio profilo erano dappertutto, insieme alle foto del mio sedere nel costume da bagno strappato.

Non avevo messaggi personali sul telefono. Stavo già sperando che ne apparisse uno. Solo due paroline, quelle che non mi aveva detto. *Mi dispiace...*

Papà aspettò un momento, respirando a fondo. Per tutta la mia infanzia, l'avevo sentito urlare solo con le persone che lavoravano per lui. Non aveva mai urlato con me prima, anche in quelle occasioni in cui avrei voluto che lo facesse, invece di ignorarmi completamente.

Ma adesso non poteva semplicemente mettermi da parte. Ero la figlia che lo aveva pubblicamente svergognato davanti a tutti quelli coinvolti nella sua nuova eccitante impresa.

«Metti via il telefono per un minuto» disse a bassa voce.

Io trattenni il fiato e ubbidii.

«Sarò franco. Sono troppo arrabbiato per prendere la superstrada in questo momento.»

«Vuoi che guidi io?»

«Voglio che mi dica che cosa diavolo avevi in testa. Perché fare una cosa simile e rischiare di mandare all'aria il tuo futuro?»

Raddrizzai le spalle, scavando in fondo dentro di me per trovare la forza di dire le parole che mi bruciavano sulla lingua. Lo guardai diritto negli occhi mentre parlavo.

«Ho preso una decisione sbagliata. Se puoi dire di non aver mai fatto la stessa cosa, allora potrai giudicarmi. Ma non puoi, perché io sono la prova vivente della peggior decisione che tu abbia mai preso.»

Lui si accigliò. «Quindi hai intenzione di dare la colpa e me e a tua madre? Ho già sentito questo ritornello... ma non sei più un'adolescente. Hai ventidue anni. Devi deciderti a crescere.»

«Hai ragione. È vero. Ma non è questo che significa crescere? Fare degli errori e imparare da quelli? Non è così che hai imparato *tu*?»

Mio padre si passò una mano sugli occhi e notai che era un po' pallido. Ci fu un lungo e teso silenzio. Il suo telefono fece un bip, lui lo prese, lesse il messaggio, probabilmente da Rebekah, e scrisse qualcosa in risposta. Poi lo rimise via.

«Sai che cosa mi fa più male? Oltre all'imbarazzo, è il fatto che stai sabotando te stessa e il tuo futuro. Stai rischiando di buttar via la tua vita. Sei una donna bella e intelligente. Non dovresti proprio incolpare i tuoi genitori per le tue scelte sbagliate.»

Annuii. «Sono responsabile io delle mie scelte...» Poi la mia voce morì e le lacrime mi riempirono gli occhi. Feci un respiro profondo. Mi faceva male perfino la gola. «È facile gettar via qualcosa quando pensi fin dall'inizio che non abbia valore.»

Il suo viso si scurì. Io sbattei gli occhi, cercando di non far scendere le lacrime.

«Perché dovresti pensare una cosa simile?»

Lo guardai fisso. «Dimmelo tu.»

Il suo sguardo si fece più intenso e si massaggiò la mascella. Sapevo che non sapeva che cosa dirmi.

«Va tutto bene. Tu hai la tua famiglia perfetta che ti aspetta a casa, non ti devi più preoccupare per me.»

Mio padre lasciò uscire il fiato con un sibilo, come se gli avessi dato un pugno nello stomaco. Distolse lo sguardo, e sul mio volto scese una lacrima. «Che cosa devo fare per dimostrarti che ti voglio bene, April? Ti amo esattamente come amo Sarah e Daniel. Non capisco da dove venga. Pago…»

«Io non voglio il tuo conto in banca. Io voglio *te*. Fin da quando ero una bambina, non ci sei mai stato per me. Mi hai sempre scaricato a qualcun altro. La nonna, o la bambinaia o mia madre e, alla fine, a Rebekah. Ma mai quello di cui avevo bisogno. Mai *te*.»

Lui sembrò stordito. «Non pensavo di essere in grado di darti ciò di cui avevi bisogno, pensavo che una donna…»

«Pensavi che non ti avrei voluto perché non ti voleva mia madre.» Strinsi i pugni, con la frustrazione che mi annodava lo stomaco.

Mio padre fece una smorfia. «Tua madre ed io eravamo un disastro. Non ho mai, mai voluto che niente del nostro rapporto condizionasse te.»

Ora le lacrime stavano scendendo liberamente sulle mie guance. Com'era possibile che fosse così intelligente eppure così sprovveduto riguardo alle persone che lo amavano di più. «Ma è stato *così*, papà. Perché nessuno di voi due mi voleva.»

Sul suo volto apparve un'espressione allarmata e poi scosse la testa. «Come potevi pensare una cosa simile? Non ho mai detto…»

Mi tremò il labbro e adesso non mi interessava più se mi avesse visto crollare. Avevo trovato il coraggio di tenere testa a mia madre. Ora era il momento di fare lo stesso con mio padre. Ma era più pauroso, perché mi importava molto di più perdere qualunque residuo di rapporto avessi con lui di quello, fittizio, che aveva avuto con mia madre.

«Ho cercato di chiamarti» cominciai a dire.

«Quando?»

«Ero a San Diego, alla Comic-Con. La mamma mi aveva chiamato da Las Vegas dicendomi di aver appena sposato Gunnar.»

Il suo volto divenne di ghiaccio. Avevo finito per doverlo informare di Gunnar e mia madre, via email, qualche settimana dopo. Lui non aveva detto molto. Mio padre non parlava spesso di mia madre, per paura di dirmi qualcosa di negativo nei suoi confronti.

«Ho parlato con la tua assistente, e tu non mi hai mai richiamato.»

«Mi dispiace. Te l'ho detto per email. Non mi ero reso conto che il messaggio fosse urgente. Non sono perfetto, April.»

«Tu non *ci sei*. Punto.» Scossi la testa, continuando. «Avevo bisogno di parlare con qualcuno che capisse. Con *chiunque*. Perché tu non devi più sopportare le sue stronzate, papà. Ma io sì.»

Lui alzò una mano, impotente. «Non c'è niente che possa fare per cambiare la situazione.»

«Sì che c'è. Potresti esserci per me.»

Sospirai, sentendomi sconfitta. Non volevo più parlarne. Volevo solo che mettesse in moto e guidasse. Faceva troppo male e, come sempre, temevo che se gli avessi detto come mi sentivo veramente avrei perso anche quel poco d'amore che provava per me. Per quello che era.

«Non me ne avevi mai parlato prima.»

Mi asciugai le guance con il dorso della mano. «Avevo paura.»

Lui fece una smorfia. «Non ti ho cresciuto per pensare così...»

«Non mi hai cresciuto tu» dissi, con la voce che si fermava in gola. Mio padre sussultò, ma non disse niente. «E nemmeno lei, e finalmente le ho tenuto testa. È ora che faccia lo stesso con te.»

«Quindi è a questo che siamo arrivati, a un cliché? La sgualdrinella con il problema della figura paterna...»

Alzai una mano. «Fermati lì. Non sono una sgualdrina e non mi vergogno di me stessa. Ho preso una decisione sbagliata... ma non ha niente a che vedere con il fatto che faccia sesso. Se fossi un figlio maschio, ti staresti congratulando con me.»

Lui chiuse gli occhi, strofinandoli attraverso le palpebre con il pollice e l'indice. «Mi dispiace» disse con la voce carica d'emozione, più emozione di quanta avessi mai sentito da lui. «Mi dispiace veramente. Non è quello che volevo dire.»

«Dispiace anche a me... mi dispiace che ti vergogni di me. Ma *io* non mi vergogno di me stessa ed è la cosa più importante. Non quello che pensi *tu*. O quello che pensa Rebekah. E sicuramente non quello che pensa mia madre.»

Mio padre aprì gli occhi e lasciò cadere la mano, poi mi guardò con quello sguardo duro che lo avevo visto usare nelle trattative d'affari, quando puntava alla giugulare.

«Non mi vergogno di te. Questa situazione comunque mi ha umiliato. Non ho intenzione di negarlo.»

Abbassai gli occhi e passai la mano sul rivestimento del sedile, nervosamente. Mi ero difesa, finalmente. Ma non sembrava così liberatorio come era stato con mia madre.

«Se potessi cambiarlo lo farei. Ma stavo passando un periodo veramente brutto della mia vita e non avevo nessuno a cui rivolgermi.»

Lui scosse la testa. «Mi dispiace che non sia riuscita a contattarmi. E in quanto a tua madre...»

«È venuta nel mio appartamento il mese scorso. È spuntata dal nulla, l'ho trovata seduta in soggiorno con il suo toy-boy, a chiedermi soldi, ubriaca fradicia.» Con la mano che tremava, mi asciugai nuovamente le guance bagnate.

Mio padre era a disagio, apparentemente troppo agitato per parlare. Restammo in silenzio per un po' finché si decise a parlare. «Ti ha infastidito ancora da allora?»

Strinsi le labbra e scossi la testa, sicura che non gli sarebbero piaciute le notizie che stavo per dargli. «L'ho esclusa dalla mia vita, papà. Le ho detto che avrei bloccato i suoi messaggi e le sue telefonate. È una lunga storia, ma se si farà viva di nuovo, farò emettere un ordine restrittivo.»

Rimase in silenzio per un momento, respirando pesantemente. «Non è una cosa che mi renda felice, April. Ma non è colpa tua se siete arrivate a questo punto. Hai fatto la cosa giusta. Spero solo che... un giorno tu possa perdonare. Lei... e me.»

Non riuscii a dire niente. Abbassai la testa e le lacrime scesero più forti e non avevo idea di cosa dire o se dovevo dire qualcosa. Era tutto così difficile e doloroso. Ogni respiro era una coltellata un po' più profonda.

Era stato più facile quando avevo tenuto testa a mia madre. Jordan aveva creduto in me, mi aveva detto lui di avere il coraggio di fare quello che dovevo fare. Di escluderla dalla mia vita. Era bravo a fare dei bei discorsi quando non c'era lui in prima linea. L'enormità della sua perdita sembrava come un buco aperto nel petto. Quasi non riuscivo a respirare.

Mio padre restò seduto in silenzio a lungo, fissando fuori dal finestrino.

Mi schiarii la voce e ripresi a parlare. «Mi dispiace che tu sia rimasto ferito. Mi dispiace che sia stato umiliato. Ma i tuoi sentimenti non sono più importanti dei miei. E ho imparato la lezione. Che devo farmi valere.»

Non reagì per un minuto, poi mi guardò con gli occhi diffidenti. «Hai intenzione di escludere anche me? Come hai fatto con tua madre?»

«No.»

Il suo volto si rilassò per il sollievo e quella reazione fece qualcosa: mi dimostrò che a *lui* importavo. Sbatté in fretta gli occhi e poi distolse lo sguardo e capii che cercava di non crollare. Vedere il mio solitamente stoico padre mostrare anche una traccia di emozione mi toccò nel profondo. Ma sotto tutto quel dolore ci fu una scintilla di speranza, un barlume di felicità. Mio padre mi voleva abbastanza bene da abbattersi al pensiero che non volessi più parlare con lui. E fino a quel momento, io non l'avevo saputo.

Riprese in fretta il controllo delle sue emozioni, però, schiarendosi la voce un paio di volte e tirando su col naso prima di riprendere il volante. «Dovremmo... mhmm... Rebekah si chiederà dove siamo finiti.»

Mise in moto ed io mi appoggiai al finestrino, chiudendo gli occhi. Cercai di non ripensare a quella giornata, cercai di chiudere la mente al dolore e all'umiliazione. Cercai di non rivedere tutte quelle facce che mi fissavano, sorprese e disgustate mentre ero lì, sulle scale, completamente esposta. Era come un insieme di tutti i sogni in cui ero nuda in pubblico, moltiplicati all'ennesima potenza. Continuavo a respirare a fatica e, dagli occhi chiusi, ogni tanto mi scendeva una lacrima sulla guancia.

Dopo mezz'ora, mentre entravo e uscivo dallo stato di coscienza, emotivamente esausta, sentii la mano di mio padre che si chiudeva sulla mia dov'era sulla console tra di noi. Gliela strinsi e la tenni stretta e lui mi restituì la stretta. Era un gesto minuscolo, ma in quel momento, stavamo comunicando più di quanto avessimo fatto in anni e anni.

Arrivammo a casa di mio padre dopo cena e Rebekah stava preparando i ragazzi per andare a letto mentre io raccoglievo la mia roba e mi preparavo ad andare. Aveva visto il mio volto, occhi gonfi e pelle chiazzata, ma non aveva fatto domande. Ma mentre facevo la valigia, entrò nella stanza degli ospiti con alcuni contenitori.

«Ti ho messo da parte la cena. Ce n'è a sufficienza per qualche giorno. So che ti piace la mia frittata con le verdure.»

Tirai su col naso e accettai la sua offerta, mettendo i contenitori nella borsa. «Grazie.»

«Stai bene?»

Annuii ma non dissi niente. L'espressione di Rebekah divenne seria mentre mi scrutava. Era una bella donna di trentacinque anni, con capelli corti, scuri e occhi castani alta più o meno come me. Se fossimo uscite in pubblico con mia madre e la mia matrigna (non sia mai che succedesse) la gente avrebbe probabilmente creduto che fosse Rebekah la mia madre biologica. Ed era giusto, veramente. Rebekah era stata più una madre per me di quanto potesse mai esserlo Jennifer.

«Torna presto a trovarci, per favore. Ci fa piacere vederti.»

Annuii di nuovo, con gli occhi che bruciavano per le nuove lacrime. Rebekah fece un passo avanti e, un po' imbarazzata perché di solito non era tipo da abbracci, mi mise le braccia intorno.

«Noi ti vogliamo bene, April. Non so che cosa stia succedendo tra te e tuo padre e rispetterò la vostra privacy, ma ricorda che qui tu hai una famiglia, okay? Noi ti vogliamo bene.»

Premetti la mano sulla schiena di Rebekah e le restituii l'abbraccio, grata per la sua tenerezza e la sua preoccupazione, e specialmente la sua volontà di rispettare la mia privacy. «Grazie. Grazie per tutto. So che non lo ripeto abbastanza spesso. Ma grazie.»

Mio padre mi accompagnò all'auto e mise la borsa nel bagagliaio. Mentre mi piegavo per salire, mi fermò mettendomi una mano sul braccio. «April... voglio solo che tu sappia che ti voglio bene e che sei importante per me. Mi dispiace di aver fatto un pessimo lavoro nel dimostrartelo finora.»

«Hai fatto del tuo meglio» gli dissi, schiarendomi la voce. «Come io ho fatto del mio meglio. Ma non era abbastanza.»

«Allora dovremo cercare di far meglio.»

«Già.»

Lentamente, quasi avesse paura che mi sarei tirata indietro, si chinò a baciarmi la guancia. «Tornerò nell'Orange County la settimana prossima. Voglio che passiamo un po' di tempo insieme se riuscirai a trovare il tempo.»

«Sembra che avrò un mucchio di tempo libero» sussurrai ricordando le sue parole ad Adam, quando aveva insistito che mi licenziasse. Non aveva importanza. Dopo quella completa umiliazione non sarei comunque mai tornata spontaneamente.

Salii in macchina e guidai per le due ore verso casa, continuando a pensare al cambiamento nei rapporti con mio padre, e perfino con Rebekah. E anche se la giornata era stata completamente umiliante, non potei fare a meno di pensare al cambiamento radicale in me. Avevo avuto il coraggio di tenere testa ad Adam e a mio padre. E a Jordan. E anche se avevo fatto un casino di dimensioni mondiali, ero anche fiera di me. Mi sentivo forte.

Ma mi sentivo anche vuota. Avevo controllato il telefono prima di mettere in moto, nessun messaggio né chiamate da Jordan. Che cosa mi ero aspettata? Mi sforzai di non pensare a lui per tutta la strada fino a casa.

Fallendo miseramente il più delle volte.

Arrivai poco prima dell'ora in cui Sid andava a letto. Aveva il suo pigiama di flanella e stava giocando a DE al computer. Solo intravedere la grafica del gioco sul suo schermo ebbe il potere di farmi venire la nausea. Entrai nella nostra stanza, gettai la borsa sul pavimento e mi lasciai cadere sul letto. Ero tentata di girarmi e mettermi a dormire così com'ero.

Sid si voltò a guardarmi. «Hai un aspetto orribile.»

Sbuffai. «Grazie, è stato un giorno di merda, a dir poco.»

«Mhmm, ho sentito. O meglio, ho visto. Stavo aspettando che mi chiamassi. Ti avrei chiamato io ma… non sapevo in che stato eri.»

Chiusi le palpebre sugli occhi stanchi, che bruciavano. Ovvio che avesse sentito, lei e metà dell'universo. Non avevo nemmeno controllato per vedere come la storia si fosse ingrandita e mutata attraverso Internet. Ero un'esca insanguinata nel mare infestato di squali dei social media.

«Mhmm, allora. Sono riuscita a mettere insieme i pezzi di quello che è successo dai tweet e gli aggiornamenti. Significa che non andrai alla facoltà di economia?»

Mi morsicai il labbro coprendomi la faccia con le mani. Non avevo una risposta da darle.

Lei si spostò sulla sedia, che scricchiolò forte. «Non so se sia il momento giusto per parlarne, ma ho capito com'è stato caricato il video.»

Mi voltai a guardarla. «Come?»

«Beh, avevo sempre cercato di controllare Internet per vedere qual era la fonte primaria del video. Ma era un modo folle di affrontare la cosa, perché è quasi impossibile quando una cosa simile diventa virale così in fretta. Era su tutto Tumblr e 4Chan e Facebook e...»

Alzai la mano per interrompere la sua litania da capogiro. «Va bene, va bene. Ho capito.»

«Comunque, non mi ero resa conto che avrei potuto andare alla fonte e rintracciarlo da lì.»

«Huh?»

«Il tuo telefono, Apes. Sono andata nel backup in cloud del tuo telefono, dato che mi avevi dato la password. E mi ha permesso di vedere tutto quello che avevi fatto con quel telefono dal momento in cui hai fatto il video fino al giorno dopo quando hai trasmesso il suddetto video a questo indirizzo.» Prese un post-it dalla sua scrivania e me lo porse. C'era un indirizzo misterioso collegato a un provider generico gratuito.

«Non ho mai spedito il video per email. Lo ricorderei. E non so nemmeno come avrei potuto farlo per caso.»

«Perché non sei stata tu. Penso... qualcuno ha avuto accesso al tuo telefono durante quel weekend? Hai detto di no, ma...»

Piegai la testa, pensando. «Beh, stavo mostrando alcune foto dello stand di Iron Man che avevo preso. Avevo avuto la possibilità di vedere Robert Downey Jr in primo piano e avevo scattato un mucchio di foto. Le ragazze volevano vederle anche loro.»

«Okay. Quindi hai tenuto in mano tu il telefono mentre loro guardavano le foto?»

Frugai nella memoria. Eravamo sul retro del bus che ci stava portando a casa dalla Comic-Con. Le ragazze stavano tutte esclamando quando fosse sexy RDJ. «Beh, sai ho passato in giro il telefono...»

Sid strinse gli occhi. «E il video era nello stesso gruppo di foto?»

«Immagino di sì, ho fatto un mucchio di fotografie in quel weekend.» Mi concentrai, cercando di ricordare. «Diavolo avevo un tale mal di testa quel weekend, dopo tutto il bere che non so nemmeno se ricordavo il mio nome. Ma il mio telefono si sblocca con l'impronta digitale. Nessuno poteva accedere.»

Sid alzò le sopracciglia. «Tu ti fidi un po' troppo delle tue *amiche*, April. Perché qualcuno ha trovato quel video e se l'è inviato per email dal tuo telefono.»

Strinsi forte gli occhi, immobile, nel panico. «Oh merda. Adesso ricordo... Cari voleva rivedere le foto. Mi ha preso il telefono dalla mano. Ma l'ha avuto per un minuto o due al massimo.»

Sid indicò il pezzetto di carta che mi aveva dato. «Quell'email ha un indirizzo anonimo, ma è collegato a un account Twitter e Tumblr. Ho fatto qualche ricerca, qualche incrocio di dati. Non è stato facile perché ha coperto le sue tracce come meglio poteva, ma... gli account sono collegati ai social media di Cari MacFerson. In quei due minuti in cui ha avuto in mano il tuo telefono, si è spedita il video. Quando è arrivata a casa, l'ha scaricato sul suo computer e poi l'ha caricato in Internet. Una volta che era stato condiviso, ha cancellato la copia originale. Ma a quel punto era già diventato virale.

Lo shock mi aveva tolto il fiato, gelandomi dentro. «Fottuta puttana.»

«Già, proprio. E non ho nemmeno intenzione di lamentarmi della tua boccaccia.»

Non riuscii a dormire quella notte. Ero esausta, mentalmente, fisicamente ed emotivamente, eppure non riuscivo a dormire. E non era per via delle tumultuose rivelazioni tra mio padre e me. E nemmeno per la rabbia pura, accecante, nei confronti di Cari.

Era per *lui*.

Il modo in cui Jordan aveva spietatamente accantonato quello che era successo tra di noi. *Non avevo chiesto io di registrare quel piccolo incontro e caricarlo su Internet. Quella è solo colpa tua.*

Era tutta colpa mia. Vero. Ma mi ero aspettata qualcosa da lui. Qualcosa di più. E forse non era giusto nemmeno quello.

Solo perché io lo amavo, non voleva dire che quei sentimenti fossero reciproci, per quanto io desiderassi che lo fossero. Gli avevo detto che cosa provavo. In risposta, lui mi aveva spinto contro la parete e aveva fatto il comodo suo. Ed io glielo avevo permesso.

Era solo sesso. Me l'aveva detto e ridetto. Perché il mio stupido cuore non aveva ascoltato? Stupida, stupida April. Hai fatto un casino. Di nuovo. E non puoi nemmeno incolpare l'alcol questa volta.

Ma da qualche parte, in fondo, sapevo che sarebbe passata anche quella. I cuori infranti si riparano. Certo, faceva un male dannato al momento e avrei avuto bisogno di tempo e distanza. A pensarci bene, quel viaggio in Israele non sembrava poi una così cattiva idea. Mi addormentai e dormii per un'ora o due prima dell'alba, con l'immagine di me davanti al Muro del Pianto, a espiare i miei peccati. Forse Rebekah aveva ragione. Forse dovevo scoprire qualcosa di più di quella parte di me. Forse, in cambio, avrei ricevuto un cuore guarito.

E poi avrei potuto voltare le spalle a tutto e dimenticare.

Capitolo Ventisei
Jordan

ERA APPENA PASSATO MEZZOGIORNO DI DOMENICA A NEW York. I dirigenti e i loro rispettivi partner, quelli che li avevano, almeno, avevano noleggiato un aereo privato da LA quella mattina presto e ora eravamo a un evento privato in un ristorante esclusivo che dava su Central Park. I dirigenti socializzavano con i potenziali membri del CDA e i banchieri d'investimento, tutti a festeggiare l'imminente quotazione in borsa della Draco Multimedia Entertainment. Lunedì mattina ci saremmo riuniti tutti sul balcone della Borsa di NY mentre l'AD della società suonava la campana per far cominciare le contrattazioni.

Era la realizzazione di un sogno che avevo dal giorno in cui Adam ed io ci eravamo trovati per un caffè un fine settimana e lui mi aveva detto di voler fondare la sua ditta. Aveva chiesto il mio aiuto ed era esattamente ciò che avevo fatto. Avevo lavorato instancabilmente per quattro anni per arrivare a questo giorno. Tutto ciò che avevo fatto, ogni rapporto d'affari che avevo instaurato, ogni meticolosa registrazione che avevo tenuto erano mirati alla revisione dei conti che il consiglio avrebbe prima o poi voluto, con il solo scopo di far quotare la società in borsa e quindi diventare ricco da fare schifo.

E il giorno era arrivato, e, meno di un mese prima del mio ventiseiesimo compleanno, ero sul punto di quadruplicare il mio valore netto, portandolo a nove cifre. Sarei diventato miliardario prima di compiere trent'anni. Avrei dovuto essere al settimo cielo.

In realtà mi sentivo di merda.

Non avevo dormito la notte prima. Oh, avevo tentato il vecchio trucco del college. Ero rimasto a letto per ore a fissare il soffitto, ma niente mi aveva impedito di pensare a *lei*.

Specialmente l'espressione dei suoi occhi quando si era tirata indietro, accanto all'auto, prima di partire con suo padre. *Tradita*. Conoscevo bene quell'espressione. L'avevo avuta anch'io quando ero stato tradito. Sapevo come ci si sentiva dentro. E avevo giurato che non avrei mai più permesso a qualcuno di farlo a me. Avevo anche giurato che non avrei mai più lasciato avvicinare qualcuno abbastanza da poterlo fare.

Ma avevo permesso ad April di avvicinarsi, invece. L'avevo presa all'amo, l'avevo trascinata da me e non l'avevo più lasciata andare. Anche quando avevo capito che cominciava ad affezionarsi troppo. Avrei potuto farla finita in Canada. E, teoricamente, l'avevo fatto.

Ma non ero riuscito a lasciarla andar via. Quindi l'avevo riportata da me e mi ero auto-convinto che fosse solo sesso per entrambi. Ero un vero fottuto bastardo, anche a livello subconscio.

Un fottuto bastardo che si era innamorato di lei.

Contrariamente al mio normale comportamento sociale, mi ritirai in un angolo, mi piantai su un sedile accanto alla finestra e sorseggiai il mio terzo bicchiere di champagne, sperando che una leggera ubriacatura potesse ammorbidire le sensazioni. Alla faccia di astenermi dall'alcol. Era stato bello finché era durato ma non c'era una possibilità all'inferno che riuscissi a superare da sobrio quella giornata.

Qualcuno atterrò sulla sedia accanto alla mia con un profondo sospiro. Capii che era una donna e sperai che non fosse un'altra investitrice che cercava di passarmi di nascosto la chiave della sua stanza. Non alzai gli occhi né salutai la mia compagna di sedile finché lei non cominciò a parlare.

«Un penny per i tuoi pensieri» disse Mia.

«I miei pensieri valgono almeno trentacinque dollari per azione.»

Mia si mise a ridere. «Va tutto bene?» E prima che potessi rispondere, aggiunse: «Hai per caso sentito April?»

Mi sembrò di avere il piombo nella gola e sentii una fitta di dolore trapassarmi lo sterno. Ingollai le ultime gocce di champagne dalla mia flûte, la misi da parte e mi tirai indietro per guardarla.

La fidanzata di Adam era una donna molto carina, con gli occhi castano chiaro che brillavano d'intelligenza. Era furba come una volpe e pensai che avrei dovuto stare attento con lei, come lo ero di solito con il suo vero amore. Anche lui aveva un modo tutto suo di capire in fretta le cose.

«Non ho sentito April. Immagino che in questi giorni non voglia avere niente a che fare con chiunque le ricordi il tempo passato alla Draco.» *Specialmente me*, pensai con un dolore sordo al petto.

Mia strinse le labbra. «Potresti darmi il suo numero? Vorrei assicurarmi che stia bene. Non meritava quel trattamento di merda, ed è una cosa di cui discuterò con Adam a un certo punto, una volta finito tutto il trambusto della IPO. Lo sputtanamento che subisce una donna quando è sessualmente attiva, specialmente se il sesso *le piace*, mentre l'uomo si prende una pacca sulla schiena e un "bravo ragazzo!", non è giusto, semplicemente.»

Ah, va bene. Fissai lo sguardo sul verde fuori dalla finestra. La fidanzata di Adam era anche una rabbiosa femminista, di quelle da corteo. Okay, forse non proprio. Da quanto potevo dire, non aveva bruciato il reggiseno ma problemi come quello appena successo facevano uscire la Susan B. Anthony che c'era in lei.

«Già… beh, vedrò che cosa posso fare.»

Mia continuava a fissarmi. Presi la sua flûte di champagne, ancora intatta, e cominciai a bere. La quarta volta sarebbe stata quella giusta? Mia strinse gli occhi guardandomi.

«Sei preoccupato per lei.»

Strinsi le labbra, poi cercai di rilassarmi. «Hai mai letto *La lettera scarlatta*?» le chiesi.

Sembrò sorpresa al repentino cambio di argomento. «Non di recente. Però tutti hanno dovuto leggere quell'accidente di libro alle superiori.»

«Quindi lo hai veramente letto? Non solo il riassunto o il bigino? Io studiavo a casa quindi non l'ho mai letto.»

«Sì, l'ho effettivamente letto tutto. Io non imbrogliavo mai sui libri che dovevo leggere. Sono una nerd, lo sai, anche se non sono una grande fan dei classici. Perché?»

«Chi è Dimmesdale?»

Ora lei era palesemente perplessa. Capivo che si stava chiedendo che cosa diavolo mi stesse passando per la testa, ma mi accontentò.

«Se ricordo giusto, è il tizio che mise incinta Hester. Era il reverendo della città. Ma rimase zitto e nessuno, eccetto Hester, seppe mai che era lui il padre della bambina. Quindi Hester dovette sopportare tutta la vergogna e portare la lettera. E quegli stessi compaesani che le sputavano addosso, esaltavano lui come modello di uomo retto e santo. È il simbolo dell'ipocrisia.»

Tu sei Dimmesdale, aveva detto April. Aveva ragione. Mi faceva male la testa, mi sentivo stringere il petto. E mi sentivo il più infimo degli uomini, con il peso della colpa che mi soffocava.

Bevvi alcuni altri bicchieri, sufficienti solo a darmi una leggera euforia, prima di trovare il coraggio di dire ad Adam che avevo bisogno di parlargli da solo. Lui accettò di venire nella mia suite appena si fosse liberato di tutte quelle persone che volevano congratularsi e arruffianarsi con lui.

Tornato in camera, potrei essermi dato coraggio con un po' di scotch prima che lui arrivasse. Quando bussò, lo feci entrare e poi andai direttamente al bar.

«Ti va un Johnnie Walker Black Label?» gli chiesi, con la voce un po' biascicata.

Lui mi guardò sorpreso. Lui non toccava i superalcolici, ed io lo sapevo perfettamente.

«Che c'è Jordan? Hai un aspetto da far schifo.»

«Grazie. Mi sento da schifo.»

«Ti stai ammalando? Perché non me l'hai detto? Ce la farai a essere presente per la campagna e le contrattazioni, vero? Ci intervisteranno.»

«Non sono malato, non fisicamente.»

Adam lasciò uscire il fiato, visibilmente sollevato. «Lieto di saperlo.» Si tolse la giacca e trovò una poltrona dove sedersi, tirando immediatamente la cravatta per togliersela e arrotolandola. Io mi ero già tolto giacca, cravatta, gemelli e scarpe.

Adam si rilassò in poltrona, appoggiando una caviglia sul ginocchio e aspettò. Io bevvi un sorso di scotch e mi feci forza. «Okay… allora ti devo parlare di April Weiss.»

Il suo viso non tradì nessun pensiero. «Okay, continua.»

«Non puoi licenziarla per essere stata nel video quando c'è un altro dipendente che partecipava e che la fa franca.»

Adam mi fissò come se mi fossero cresciute le corna. Poi sbatté gli occhi. «Beh, eri là anche tu. Non vuol dire chi era. E hai sentito suo padre…»

«Fanculo suo padre. Se gli fosse importato qualcosa di lei non avrebbe detto quelle stronzate. Non è giusto. E oltre a tutto è sessista.» *Grazie, Mia per avermi messo quella pulce nell'orecchio.* Avevo una vaga immagine di essere accanto a lei a qualche cerimonia ritualistica per bruciare i reggiseni.

«Quindi, dopo la scena che ha causato al party di ieri, dovrei riassumerla?»

«Non ha causato lei la scena. È stato qualcun altro. Non è stata colpa sua.»

Adam strinse gli occhi. «Due domande. Primo, quanto hai bevuto, e secondo, perché te ne importa tanto?»

Mi appoggiai al bordo del bar con le braccia rigide. «Due risposte. Primo non abbastanza, e, secondo…» Feci un respiro profondo, lo trattenni e poi espirai. Avevo bisogno di altro coraggio liquido per quella merda.

«Perché?» insistette Adam.

«Perché se licenzi lei sarai obbligato a licenziare anche me.»

Adam si spinse fuori dalla poltrona e andò a guardare fuori dalla finestra, passandosi le dita sulla mascella.

«Hai intenzione di spiegarmelo o devo indovinare? Perché proprio non mi piace quello che mi sta passando per la testa in questo momento.»

«Qualunque cosa tu stia pensando probabilmente non è brutta come la realtà.» Adam si voltò a guardarmi, aspettando che continuassi a parlare. Mi schiarii la voce. «Mi ero fatto fare un costume per la Comic-Con di quest'anno. Sono andato come Falco, il Cacciatore di taglie. E non lo sapeva nessuno.»

Adam chiuse gli occhi e arrossì leggermente prima di scuotere la testa e guardarmi. «Ed io lo scopro solo ora perché...?»

«Beh, è ovvio, no? Perché sono un vigliacco. Perché sono rimasto come una lepre sotto i fari di una macchina il giorno in cui quella merda è diventata virale e non avevo idea di come affrontarla. Quindi non ho detto niente, sperando che sparisse. E più tempo passava più diventava difficile scaricartela addosso.»

«Quindi non solo hai scopato una stagista, ma hai anche fatto un video e l'hai caricato su Internet. *Sei pazzo?*»

Strinsi i denti. «Non importa chi ha fatto il video e l'ha caricato. Il punto è che se licenzi lei dovrai licenziare anche me.»

Adam era furioso e cominciò a camminare avanti e indietro, aprendo e chiudendo le mani lungo i fianchi. «Questa relazione, da quanto va avanti?»

«Doveva essere la storia di una notte... finché...» Lui si fermò e m'inchiodò con la sua distintiva occhiata letale. «Fino a Vancouver. Poi abbiamo ricominciato ed è continuato praticamente fino a ieri.»

«E in azienda? L'hai scopata nel tuo ufficio?»

Deglutii penosamente. «Già.»

Lui scosse la testa, borbottando qualcosa sottovoce e ricominciò a camminare avanti e indietro. «Fottere una stagista nel tuo maledetto ufficio, chi cazzo ti credi di essere, Bill Clinton?»

«Non è...»

«No, è proprio esatto» m'interruppe, alzando la voce. «Sei il fottuto direttore finanziario della società. Un fondatore. Un dirigente. E ti sei approfittato di lei. Anche prima di partecipare al training contro le molestie sessuali, sapevi che non era il caso, Jordan.»

Mi si chiuse la gola. Non avevo niente da dire. Aveva assolutamente ragione. Mi portai alla bocca il bicchiere con la mano che tremava e finii lo scotch.

Adam emise un sibilo, scuotendo la testa. «E giusto per render tutto ancora più complicato, David probabilmente sarà il presidente del nostro Consiglio di Amministrazione. Cristo, Jordan, quando fai un casino lo fai veramente grosso.» Si passò una mano nei capelli, con le labbra che si curvavano disgustate. «Mi hai mentito per tutto il tempo. Dall'inizio. E hai continuato a invischiarti con altre bugie. Non è solo preoccupante, è una vera delusione.»

Sei una delusione. Avevo sentito quelle parole uscire dalla bocca di mio padre abbastanza spesso durante i miei anni formativi e mi ero costruito una corazza. Ma le stesse parole che venivano dal mio miglior amico furono come un pugno nello stomaco. Lasciai uscire il fiato e appoggiai il bicchiere.

Sì, ero una delusione. Per mio padre, per il mio miglior amico. Per *lei*.

«Questo è il motivo per cui mi devi licenziare» dissi con la voce che era troppo tremolante per il mio bene.

Adam scosse la testa. «Non ho intenzione di licenziarti.»

«Devi farlo. Hai licenziato lei. Devi licenziare anche me. Se questa cosa si venisse a sapere...»

«Non si verrà a sapere.»

«Non da lei. No. Lei voleva venire da te e dirti tutto, prepararti nel caso fosse successo qualcosa. Sono stato io a dirle di no. Non è giusto far pagare solo a lei qualcosa che abbiamo fatto entrambi.»

Adam si strofinò la vena che gli pulsava sulla fronte, alzando gli occhi al cielo esasperato. «Bene, sei riuscito a prendermi per le palle. Adesso è il punto in cui cominci a stringere?»

«Mi dispiace, Adam. Ho fatto un casino. Credimi. Se avessi immaginato che cosa sarebbe successo... io... non volevo che lavorasse con me fin dall'inizio, ricordi? Ti avevo chiesto di spostarla...»

«Ma non mi avevi detto *perché*.»

«No» dissi con un sospiro.

«Porca puttana» disse Adam, strofinandosi di nuovo la fronte. «Ce ne occuperemo quando torneremo in California. Non ho intenzione di farlo adesso. Abbiamo una società da mettere sul mercato. Passato domani prenderemo un aereo e sistemeremo questa faccenda a casa.»

Strinsi i pugni. Mi stava dando una via d'uscita. Me l'aveva data più e più volte. Era più di quanto meritassi. «Adam, devi...»

«Io non *devo* fare niente. Mi hai capito?» gridò. «Questa è la *mia* società ed io sono il maledetto AD e non ho intenzione di licenziarti!»

«Allora mi dimetto.»

Adam restò immobile. Ci fissammo per lunghi minuti. Dall'espressione del suo viso capivo che avrebbe voluto allungare le mani e strangolarmi. Lo avevo per le palle e non stavo mollando la presa. Non potevo... non *volevo*.

Adam scosse la testa. «Cinque anni. Ci siamo fatti il culo per *cinque anni*. Centinaia, *migliaia* di ore del nostro tempo, energia, cervello. Stai buttando via tutto e per che cosa? Dei princìpi ritrovati?»

Non riuscii a rispondere. Tutto ciò a cui riuscivo a pensare era April, il suo volto pallido, bello, bagnato di lacrime, quell'espressione tradita nei suoi occhi azzurro scuro. Quelle labbra che pronunciavano la mia condanna, chiamandomi ipocrita, anche se non sapevo che era ciò che stava dicendo. Per quanto il rimprovero di Adam mi avesse fatto male, deludere lei era stato molto peggio. Perché lei aveva creduto in me.

Finché l'avevo delusa.

«Non so nemmeno più chi cazzo sei» Adam afferrò la sua giacca e la cravatta, si voltò e si precipitò fuori dalla stanza.

Quando la porta si richiuse, lasciai andare il fiato che avevo trattenuto, sentendomi un po' stordito, e un bel po' nauseato da quello che avevo appena fatto. Ma, se volevo esaminare da vicino quella sensazione, anche sollevato.

Qualche ora dopo stavo attraversando l'aeroporto JFK, con la borsa sulla spalla, diretto al mio cancello d'imbarco. Avevo due ore prima del volo notturno che ero riuscito a prenotare all'ultimo minuto. Andai in una libreria, direttamente nella sezione dei classici.

Ci misi un po' a trovarlo perché continuavo a dimenticare il nome dell'autore, ma un impiegato mi aiutò a cercarlo. Mi sedetti su una poltrona nella sala d'attesa della prima classe, misi in carica il telefono e aprii *La lettera scarlatta*. A giudicare dal suo aspetto, lo avrei finito prima che l'aereo atterrasse.

Sarei potuto restare. Avrei potuto essere là, nella sala contrattazioni per rispondere alle domande della stampa al fianco di Adam. Ma la vittoria, senza di lei, era vuota.

Invece li avrei guardati suonare la campana su Internet.

Capitolo Ventisette
Adam

Dopo aver salito i pochi piani dalla stanza di Jordan alla nostra suite, invece di calmarmi ero ancora più incazzato. Avevo il cervello in fiamme e continuavo a chiedermi che cosa diavolo avrei dovuto fare con l'informazione che mi aveva dato. Era un casino di proporzioni epiche.

Strisciai la tessera ed entrai nella stanza. Emilia alzò gli occhi dal libro di testo, con l'evidenziatore in mano, pronta a segnare qualche altro passaggio. Spalancò gli occhi quando mi vide.

«Che c'è?» le chiesi, fermandomi nell'ingresso.

Emilia sembrò stupita. «Che cosa significa "che c'è?" Hai i capelli che sparano da tutte le parti come se ci avessi passato le dita centinaia di volte e di solito lo fai quando sei sconvolto.»

Imbarazzato, mi passai la mano sui capelli. Poi inspirai ed espirai lentamente, gettando la giacca sul divano. Emilia mise il cappuccio alla penna e la posò. «Stai bene? Hai avuto qualche brutta notizia sull'apertura di domani?»

Mi sedetti contro lo schienale del divano, strofinandomi la guancia e scossi forte la testa. Mi chiesi quanto di ciò che mi aveva detto Jordan fosse confidenziale, quanto avrei potuto condividere con lei. Chiusi gli occhi. Volevo dirle tutto, come sempre, ma c'erano dei limiti professionali che non potevo superare, no?

«Oh, merda. Hai un altro dei tuoi mal di testa?» Mia si alzò e si avvicinò. Le misi il braccio intorno alla vita, scuotendo di nuovo la testa.

«Jordan si è appena dimesso.»

Lei si tirò indietro per guardarmi in faccia, cercando di capire se stessi scherzando. «*Cosa?* Perché?»

«Non so fino a che punto posso parlartene.»

«Roba che riguarda la società?»

Mi leccai le labbra. «Riguarda la società, ma per lui è anche personale. Io...» Smisi di parlare, fissando il pavimento, e aggrottando la fronte.

Lei mi mise le braccia intorno alla vita. «Che cosa significa per domani? Non verrà all'apertura delle contrattazioni? Non riesco a crederci. È ossessionato dall'IPO.»

«Non lo so nemmeno. Ero così attonito che non gliel'ho chiesto.»

Emilia, accigliata, si sedette sul divano dietro di noi e batté sul cuscino accanto a sé. Mi alzai, e andai a sedermi accanto a lei. «Avevo notato che oggi si stava comportando in modo strano al ricevimento, quindi sono andata a parlargli. Penso che abbia a che fare con quello che è successo ieri al party in piscina. April è la sua stagista, dopotutto, e penso che sia veramente sconvolto per quello che le è successo.»

«Uhm, già. Hai praticamente centrato il segno. Come hai fatto?»

Emilia distolse lo sguardo, stringendo gli occhi come ripensando a qualcosa. «Gli ho chiesto di April perché ero preoccupata e lui è diventato strano e ha cominciato a chiedermi della *Lettera scarlatta*.»

«Vuoi dire il film con Demi Moore?»

Emilia scoppiò a ridere. «Il libro su cui è basato il film, stupidone.»

«Io potrei… aver guardato il film per evitare di leggere il libro.»

«Tu e circa il novanta percento di tutti i diplomati delle superiori.» Fece una pausa, pensierosa. «Non capisco perché si fosse fissato su quel libro però, o perché abbia pensato di chiedermelo quando gli ho chiesto di April.»

Cominciavo a capire, basandomi su ciò che sapevo. Avevo la sensazione che non le ci sarebbe voluto molto a immaginarlo. Ciò nonostante tenni la bocca chiusa.

«Ha a che fare con il fatto che hanno rivelato che era April nel video? Ma non sanno chi era il tizio…» Si fermò e spalancò gli occhi. Et voilà… non mi sorprendeva, vista la sua intelligenza. «Oh. Mio. Dio. Era Jordan il tizio, vero?»

M'impressionava tutte le volte. Tutte. Le. Volte. «Non so come hai fatto a capirlo. E non sono sicuro di volerlo sapere.» La guardai con un sopracciglio alzato.

Lei mi diede un'occhiata maliziosa. «Ho dei superpoteri, ma li avrei regalati tutti volentieri per essere una mosca sul muro quando te l'ha detto.»

Feci una smorfia. «No. A meno che ti piaccia vedere il fumo uscirmi dalle orecchie.»

«Mhmm. Ho avuto lo stesso effetto su di te altre volte. Non credo che mi piacerebbe rivederlo. Avete litigato?»

Allungai il braccio e le misi la mano sulla guancia e lei sorrise, chinandosi verso il mio tocco e voltandosi per baciarmi il palmo.

Lentamente, mi stavo calmando dopo lo scontro a base di urla con Jordan. «Sì. Ero piuttosto incazzato con lui.»

«Sei ancora piuttosto incazzato con lui.»

«Mi sento tradito.»

Emilia annuì. «Probabilmente aveva una paura folle di dirtelo.»

«Allora avrebbe dovuto farsi crescere le palle e farlo lo stesso» dissi a denti stretti, sentendo il calore ricominciare a salire dal colletto.

«Perché te l'ha detto adesso?»

Alzai le spalle. «Ha detto che non era giusto che licenziassi April e non lui.»

Sul volto di Emilia scese un'ombra e lei si raddrizzò, guardandomi. «Ha ragione.»

Io feci un respiro profondo, lasciando cadere la mano. «Lui è il direttore finanziario della mia società. Lei è solo una stagista...»

Emilia rimase a bocca aperta. Uh-oh. «*Adam.*»

«Cosa? Non ti piacciono nemmeno le stagiste.»

«No, non le tue fan, quelle no. Ma April non è una di quelle stronze. E dire che è *solo* una stagista è sessista, specialmente perché era Jordan quello in posizione di potere.»

«Non lo intendevo in quel modo. Ma suo padre ha insistito che la licenziassi in tronco.»

Emilia strinse gli occhi e mi puntò un dito sul petto. «Allora *tu* avresti dovuto farti crescere un paio di palle e dirgli di no. Chi comanda nella società? Tu o lui?»

Non risposi alla sua domanda retorica e lei continuò. «In effetti sono piuttosto impressionata da Jordan... che si sia esposto in quel modo per lei. Era così depresso oggi...» la sua voce si spense e lei guardò di lato, quasi come se si fosse dimenticata che mi stava facendo la predica.

«Che c'è che non va?»

Lei scosse la testa e poi mi guardò. «Azzarderei un'ipotesi e direi... no...»

«Cosa?»

«Conosci Jordan da molto tempo, giusto?»

«Da quando ho cominciato il college a diciotto anni.»

«In quasi dieci anni, si è mai esposto per una donna?»

«No. Non dopo la sua surfista all'UCLA. Ma è stata una rottura traumatica ed è stato dopo quella che è diventato un donnaiolo. E ora, a quanto pare, un pervertito che scopa le sue stagiste» dissi, senza riuscire a nascondere l'amarezza nella voce.

«Perché noi non abbiamo mai fatto sesso quando lavoravo per te, giusto?»

Strinsi la mascella e poi la rilassai. Aveva sempre la risposta giusta per tutto. «Noi avevamo una relazione prima di quello e non stavamo solo andando a letto insieme.»

«Ma se ci fosse stato solo sesso tra di loro, perché Jordan avrebbe dovuto battersi con te per lei? Sta sacrificando la sua carriera per questa faccenda. Significa più che fare la cosa giusta. Lei significa qualcosa per lui.»

«Forse fa dei magnifici pompini.» Emilia mi guardò storta ed io alzai una mano. «Non sparare. Stavo scherzando. Però hai ragione. Non è come si comporta normalmente.»

«Non avrei mai pensato che ne fosse capace, perché è *Jordan*, ma forse è innamorato di lei.»

«Ma lui trova repellente l'intero concetto di amore.»

«Anche tu, una volta.»

«Beh, anche *tu*.»

Ci fissammo per qualche minuto prima che lei mi desse un pugno scherzoso sul braccio. «Okay. Eravamo tonti anche noi. Ma non puoi permettergli di lasciare la società in questo modo.»

Alzai le mani, esasperato. «A quanto pare non ho scelta, Emilia. Jordan ha insistito che lo licenziassi e mi sono decisamente rifiutato. Quindi si è dimesso.»

«Ma si è dimesso perché non volevi far tornare April.»

«Suo padre...»

Emilia mi guardò con le sopracciglia alzate. «Sei *tu* il capo.»

«Di solito me lo dici solo a letto. Adesso comincio a eccitarmi.»

Lei mi guardò torcendo la bocca. «Io *non* te lo dico mai a letto. Forse nei tuoi sogni da pervertito. Ma, seriamente... penso che quello che ti dà fastidio in tutta questa storia è che sai già quello che dovresti fare per raddrizzare le cose.»

Sospirai. «Non sarebbe potuto capitare in un momento peggiore e sono davvero incazzato come un bufalo con lui. Non si è fatto avanti a dirmelo prima. E non solo ha mantenuto il segreto per tutto questo tempo, ma l'ha anche coperto.»

«Quindi hai intenzione di buttare nel cesso un'amicizia di dieci anni e un rapporto d'affari significativo perché ha ferito i tuoi sentimenti?»

Sospirai, gettando indietro la testa. «Per favore, smettila di essere così razionale.»

Emilia si rannicchiò contro di me, mettendomi la testa sulla spalla e piegandola per baciarmi sul collo. Io chiusi gli occhi.

La sua bocca trovò il mio orecchio. «Sei tu il capo» mormorò, mordicchiandomi il lobo e inviandomi una bella fitta di piacere fin giù in fondo.

«Vero. Ridillo.»

«Sei. Tu. Il. Capo...» disse lentamente, ridendo.

«Mhmm. Così mi piace» dissi, spingendola sul divano sotto di me. Mi premetti contro di lei, baciandola. Non volevo pensare ad altro che a lei.

Non volevo pensare ad andare alla Borsa da solo, senza Jordan, il giorno dopo o di non averlo come braccio destro da ora in poi. E di sicuro non volevo concentrarmi su quella sensazione pesante in fondo allo stomaco che mi diceva qual era la cosa veramente giusta da fare.

Emilia mi stava aiutando a dimenticare, almeno per un po'.

Capitolo Ventotto
April

IL CAMPANELLO SUONÒ QUANDO ERA ANCORA BUIO, NON SO che ora fosse. Ovviamente Sid era già sveglia e stava armeggiando in silenzio in giro per l'appartamento mentre io gemevo voltandomi verso la parete, sperando di dimenticare di essere ancora viva.

Quel dolore persistente al petto, quella sensazione di perdita e di rifiuto, era ancora lì, come un buco gigantesco che avrebbe potuto richiedere anni per richiudersi. E mi bruciavano gli occhi per aver pianto tutto il giorno prima. Avevo controllato continuamente i messaggi sul cellulare. Niente da lui, *Niente.*

Avevo anche controllato i social media, contro il parere di Sid. Una quantità di persone mi aveva taggato nei suoi post poco lusinghieri e nei tweet, ovviamente. *Gentile da parte loro.*

Il profilo di Jordan mostrava una fotografia che aveva fatto il giorno prima a Times Square con la didascalia che era eccitato per l'imminente IPO. Ma era tutto. Non avevo altre indicazioni su cosa stesse facendo, né potevo chiedere a Susan di aggiornarmi, dato che ora ero *persona non grata* alla Draco.

Lei sarebbe stata alla sua scrivania. Era lunedì mattina, una giornata lavorativa come le altre, in azienda. Non era probabile che potessi entrare di nascosto e prendere la mia roba dalla mia scrivania. Forse Mia avrebbe avuto pietà di me e l'avrebbe fatto lei una volta rientrata da New York City il giorno dopo. Appena avessi ritrovato una briciola di dignità, le avrei mandato una mail per chiederglielo.

La mia mente continuava a correre, anche se le ordinavo continuamente di spegnersi, cazzo! Avrei voluto tornare a dormire, dato che non ero stata capace di chiudere occhio prima dell'una. Ero abbastanza esausta da dormire fino a mezzogiorno, *se* fossi stata in grado di riaddormentarmi. Mi misi il cuscino sulla testa, con un gemito. Sid stava parlando con qualcuno vicino all'uscio, ma a voce bassa, e riuscivo a soffocare il suono con il cuscino.

Qualche minuto dopo, proprio quando stavo cercando di spegnere i pensieri per poter sprofondare in un beato oblio, Sid rientrò nella stanza e si sedette sulla sponda del mio letto.

«Vai via» borbottai da sotto il cuscino.

Lei tirò il cuscino ed io lo strinsi più forte sulla faccia.

«Sid! Vuoi veramente che ti faccia il culo? Per favore, lasciami dormire.»

«Ma io voglio parlare con te» fu la risposta. Non era la voce di Sid. La voce di un uomo. Non mio padre.

Rimasi pietrificata, con il cuore che batteva fortissimo alla base del collo. Ero sicura di avere un'allucinazione auditiva. Esistevano le allucinazioni auditive?

Il peso sul letto si spostò quando lui si voltò verso di me. Tirò di nuovo il cuscino e questa volta gli permisi di togliermelo dalla faccia. Lo appoggiò accanto alla mia gamba e si voltò a guardarmi, con la faccia seria. I suoi occhi nocciola ispezionarono i miei lineamenti. Stava notando gli occhi gonfi con le occhiaie scure, la pelle irritata intorno al naso per tutte le soffiate. Mi ero vista allo specchio la sera prima. Sapevo quanto era grave il danno. Ed era probabilmente peggiore adesso, con il gonfiore aggiuntivo che aveva causato il sonno inquieto.

Lo guardai, con gli occhi che si spalancavano per poi volare alla sveglia sul cassettone. Erano le cinque e mezza del mattino e Jordan aveva i vestiti stropicciati, come se avesse dormito con quelli addosso. Mi sedetti per guardarlo.

«Che ci fai qui? La Borsa apre alle sei.»

«Sono venuto a vedere l'apertura con te. Puoi mandarla in streaming alla tua TV?»

Rimasi a bocca aperta. «Perché diavolo non sei a New York?»

«Perché non volevo essere a New York. Volevo essere qui. Con te.»

Mi strofinai la fronte, abbassando gli occhi. «Non capisco. Dovresti essere sul balcone con gli altri dirigenti per suonare la campana.»

«Beh, io non ci sono.»

Mi spinsi fuori dal letto e mi alzai in piedi, incrociando le braccia sul petto. Avevo una camicia da notte corta e sottile perché la notte era calda. Lo sguardo di Jordan scivolò sopra di me come una carezza calda. Mi venne la pelle d'oca come se mi avesse toccato. E la cosa mi faceva incazzare. Avrei dovuto essere furiosa con lui. Avrei dovuto odiarlo.

Erano le cinque e quaranta. «Torno subito.»

In bagno mi lavai i denti, mi spruzzai un po' d'acqua fredda sulla faccia e trovai una vestaglia sottile da mettermi addosso. Decidendo in fretta che non avevo tempo per una sessione di trucco d'emergenza, mi feci coraggio e tornai in camera. Lui aveva preso il mio laptop dalla scrivania e lo aveva appoggiato sul letto, senza aprirlo. Lo guardai sorpresa.

«Possiamo guardare lo streaming dal vivo? Lì sono quasi le nove. La campana suonerà tra dieci minuti.»

Alzando le spalle, mi sistemai sul letto accanto a lui, non troppo vicino, dato che non ero ancora sicura di che diavolo stesse facendo lì, e mi appoggiai alla parete. Jordan si avvicinò a me per poter guardare lo schermo. Scrissi la password e chiusi in fretta i social media e i siti di informazione che stavo usando per rintracciare il mio nome spiaccicato in tutto il mondo, insieme alle foto del mio sedere e del tatuaggio. Jordan non reagì vedendole mentre aprivo una nuova finestra sul browser e cercavo su Google lo streaming del NYSE. Quando lo trovai, mancavano cinque minuti all'apertura e alla campana.

Il balcone che dava sulla sala di contrattazione era bianco con la ringhiera a colonnine. Sotto pendeva uno striscione con il logo e il nome della Draco. I miei ex-capi e i loro partner erano raggruppati intorno all'AD. Adam stava parlando con l'AD della Borsa, probabilmente per ricevere le ultime istruzioni. Mia era di fianco a lui, con un enorme sorriso sul volto. La direttrice operativa, Cheryl Waltman, che tutti chiamavano "Walt" e suo marito e gli altri erano dietro e intorno a loro.

Ma c'era un evidente spazio vuoto di fianco ad Adam, dove avrebbe dovuto esserci Jordan.

Adam sembrava teso. Ma non potevo dire se fosse per tutto il trambusto che circondava l'offerta pubblica iniziale o per via dell'assenza di Jordan. Il nuovo prossimo miliardario americano salì sul podio e, alle nove esatte, premette il pulsante che fece partire una cacofonia di campane mentre tutti intorno a lui sorridevano e applaudivano. Poi prese il martelletto e lo consegnò a Mia che, con un sorriso sorpreso, lo batté contro il blocchetto di legno. Poi si abbracciarono.

Mi voltai a osservare Jordan mentre lui guardava gli avvenimenti. Il suo volto era una maschera illeggibile, gli occhi velati. Era il suo sogno essere su quel balcone per la quotazione della società. Aveva lavorato duramente per *anni* per arrivarci. Ma era venuto via. Invece era lì, seduto sul mio letto, a guardarla sullo schermo di un laptop.

Mi si chiuse la gola, ma non volevo interrompere il suo momento. Appena dopo lo streaming dal vivo, andammo alla pagina delle contrattazioni, per seguire il prezzo delle azioni che avevano aperto a trentacinque dollari e che stava stabilmente salendo. Jordan rimase in silenzio e non staccò gli occhi dallo schermo.

Alla fine mi appoggiai alla parete e sospirai. «Hai intenzione di dirmi perché sei qui e non con il resto dei tuoi colleghi?»

Mi guardò per un attimo e poi tornò a fissare lo schermo. «Non lavoro più alla Draco.»

Restai di colpo senza fiato, a bocca aperta. Sbattei le palpebre, con il cervello in fiamme e senza riuscire a trovare le parole, una qualunque parola, da dire. Jordan parlò al mio posto.

«Ho detto ad Adam che doveva licenziarmi e, quando si è rifiutato, mi sono dimesso.»

«*Perché?*»

«Perché… perché non voglio essere un ipocrita.»

Aprii e chiusi la bocca un paio di volte, con la gola secca. «È… è stupido.»

Sembrò stupito. «Scusami?»

«Non c'è motivo di condividere l'umiliazione… non è che possa migliorare le cose per me. In effetti, le peggiorerà.»

Lui si accigliò, ma non disse niente. Strinsi i pugni.

«Devi dirgli che rivuoi il tuo lavoro.»

«Non ho intenzione di farlo.»

Arrossii e picchiai il pugno sul letto tra di noi. «Jordan! Come fai a essere così stupido? Avrei comunque finito il mio stage tra due settimane. Non ne valeva la pena!»

Lui mi guardò storto, con gli occhi stretti. «Detesto veramente quando lo dici. Perché non è vero.»

Esasperata, misi da parte il laptop e mi alzai. Avevo bisogno di un minuto. La nausea e la rabbia e… e… questo insieme di emozioni che mi ribollivano dentro il petto mi toglievano il fiato. Ero quasi uscita dalla stanza quando mi afferrò per un braccio e chiuse la porta. Mi tirò verso di sé finché lo guardai in faccia.

«Perché è così difficile da capire per te?» chiese con una voce piena di emozione.

Quell'insieme di emozioni stava traboccando. Mi vennero le lacrime agli occhi e mi si strinse il petto. Non riuscivo a parlare, quindi scossi la testa.

«April» disse a voce bassa, mettendo le mani sulle mie guance e tenendomi ferma la testa. Io strinsi forte gli occhi. Chi avrebbe mai pensato che avessi ancora lacrime da versare?

«Vai via» sussurrai. «Ho già deciso che devo odiarti.»

«Davvero?» rispose lui con un identico sussurro. Mi passò il pollice sulla guancia e si avvicinò tanto che sentii il suo fiato caldo accarezzarmi la pelle. La mia gola continuò a stringersi e le lacrime ad arrivare.

«È l'unica difesa che ho in questo momento. Devi andare.»

Lentamente Jordan tolse le mani dalla mia faccia, ma non si mosse. Rabbrividii un po', sentendo già la sua mancanza. Non volevo aprire gli occhi. Non volevo vedere la sua bella faccia che fissava la mia. Faceva troppo male. Ma non volevo nemmeno che se ne andasse.

«Lascia che ti dica una cosa e poi me ne andrò, se è veramente ciò che vuoi.»

Non dissi niente ma annuii dandogli silenziosamente il permesso.

«Mi fa veramente incazzare quando dici che non ne vale la pena per te. Lo ripeti costantemente e penso sinceramente che tu ci creda.»

«È solo un modo di dire...»

«No. È un'ideologia. Tu ci credi veramente. Pensi veramente che non valga la pena che io mi faccia avanti per difenderti dal quel coglione del tuo ex, o da tuo padre o da chiunque altro. Non vale la pena, pensi, che io mi esponga per te. Ma sai una cosa? Non *basta*. Rinunciare a quel lavoro non è stato niente in confronto a quello che significhi per me.»

Quelle parole. Quelle parole mi fecero qualcosa, fisicamente. Mi bucarono con un dolore di mille aghi mentre la felicità bruciava al calor bianco dentro il mio petto.

«Stavamo solo spassandocela...» dissi, senza convinzione, quasi sperando però che lui lo confermasse. Dovevo continuare a essere arrabbiata con lui. Avevo bisogno di quelle mura per difendere il mio cuore delicato e ammaccato.

«Ti ho desiderata dal primo momento in cui ti ho vista. E, sì, ti volevo in quel modo, alle mie condizioni. Volevo il tuo corpo. Pensavo che fossi bella. Sapevo chi eri alla Comic-Con e pensavo che essere ubriaco sarebbe stata una gran bella scusa per scoparti una volta e togliermi il prurito.»

Espirò, sibilando, e alzò la mano per massaggiarsi la nuca. «Ma non ha funzionato in quel modo. Non riuscivo a togliermi dalla testa il tuo sapore e riuscivo solo a desiderarti di più.»

Non capiva che le parole stavano avendo un effetto opposto a ciò che stava cercando di ottenere. Perché mi stavano solo confermando ciò che avevo sempre sospettato. «Sì. Ci siamo divertiti, ma...»

«Non ho finito.» Lo guardai incrociando le braccia e appoggiandomi alla porta per permettergli di continuare. «Il sesso era bello. Eccezionalmente bello. Pensavo... pensavo che fosse tutto lì. Solo sesso eccezionale.» Aprii la bocca per interromperlo, ma lui alzò una mano per fermarmi.

«Ma poi mi resi conto che c'erano altri sentimenti coinvolti e che stavo mettendo il carro davanti ai buoi. Pensavo che il fatto che il sesso fosse così eccezionale me lo stesse facendo confondere con sentimenti più profondi... finché ho cominciato a riflettere ieri in aereo e poi a New York. Non riuscivo a smettere di pensare a tutto quello che era successo e a come mi sentissi una merda. E poi mi è venuto in mente che il motivo per cui il sesso era così bello era perché tu *eri* importante per me. Che ci tenevo a te, molto più di quanto avessi mai pensato. O che avessi mai voluto.»

«Non lo volevi?»

Jordan distolse lo sguardo per un attimo, poi tornò a guardarmi. «No.»

«Che... che cosa ti ha fatto cambiare idea?»

«Io non ho mai cambiato idea, April. *Tu* mi hai cambiato.» Smisi di guardarlo mentre il mio cuore mancava qualche battito. Prima uno, poi due. Poi accelerò di colpo quando le sue parole mi entrarono finalmente in testa.

«Vorrei... vorrei che mi avessi detto qualcosa sabato, al party. Ma non lo hai fatto. Mi hai lasciato lì, in piedi davanti a tutti.»

Jordan chiuse gli occhi, aprendo e chiudendo la bocca. «Mi vergogno profondamente per averlo fatto. E, se potessi cambiare le cose, lo farei. È successo tutto così in fretta. Non ho scuse per come mi sono comportato. Sono stato un vigliacco. Mi dispiace tanto, April. Avrei dovuto essere lì con te.»

Aprì gli occhi e guardò nei miei. Poi respirò a fondo.

«Quelle ultime due settimane, mentre ero in tour, mi sei mancata. Tantissimo. Pensavo a te costantemente, chiedendomi che cosa stessi facendo. Prendevo il telefono almeno cento volte al giorno. Ho dovuto trattenermi. E la cosa strana che stava succedendo era che ogni volta che sentivo uno stupido scherzo, avrei voluto inviartelo. Volevo che mi dicessi che ero inappropriato. Mi piace essere inappropriato con te.»

Feci anch'io un respiro profondo. Lui sorrise e prese una ciocca dei miei capelli, avvolgendosela sul dito indice. «Io *ti* amo, April Weiss. La mia principessa delle favole.»

Sentii immediatamente le lacrime bruciarmi negli occhi e mi coprii la bocca e il naso con le mani. Jordan continuò a osservarmi con attenzione ma non fece altri gesti per toccarmi. Io mi lanciai in avanti e lo abbracciai, tirandolo verso di me.

Lui mi mise le braccia intorno alla vita, stringendomi. Ed era una sensazione così bella. Così maledettamente bella. Seppellì il volto nei miei capelli, mi baciò il collo ed io lo baciai ovunque potessi arrivare... il collo, la mascella, la guancia.

«Chi avrebbe mai pensato che una bestia potesse trovare parole così carine?»

Jordan voltò la testa e mi coprì la bocca con la sua. Sentii il cuore premere contro le costole, come se fosse diventato troppo grande o come se la mia cavità toracica fosse troppo piccola per contenerlo. Sembrava piena, quasi da far male. E c'era troppo amore lì per contenerlo.

«Te l'ho detto. Sono il grosso lupo cattivo e, più tardi, ho intenzione di mangiarti tutta.»

Sorrisi e gli mordicchiai il collo con i denti. «Mhmm, sì.»

Mi tenne abbracciata a lungo, con le mani sulla mia schiena, la faccia nei capelli, la testa contro la mia. Sarei potuta restare così per tutto il giorno, tanto era bello.

«Vieni, vestiti e prendi un po' di roba. Voglio che resti da me. Sono esausto e anche tu non sembri stare molto meglio.» Sbuffai, fingendo indignazione, e lui sorrise, dandomi un buffetto sul naso. «Possiamo fare un pisolino e svegliarci all'una per vedere a quanto avranno chiuso le azioni.»

«E dopo?»

Jordan sorrise. «T'insegnerò a fare surf.»

M'infilai in fretta dei jeans e ficcai indumenti e articoli da toilette in una borsa, sufficienti per qualche giorno. Poi presi il mio laptop e la borsa e dissi a Sid che cosa avevamo intenzione di fare. Lei aveva un enorme sorriso sul volto quando uscimmo, mano nella mano.

Ci addormentammo su una dormeuse nel suo patio coperto, con la brezza fresca che soffiava dal mare e il suono delle onde che si frangevano implacabili sulla sabbia. Lui era caldo e muscoloso e, diversamente dalla prima notte in cui avevamo dormito insieme a Vancouver, dormì tranquillo.

Era così immobile che lo usai come cuscino, con la testa che si alzava e si abbassava con suo lento respiro. Aveva un braccio pesante sulla mia schiena che mi teneva vicino. Mi ci volle parecchio per addormentarmi perché passai un mucchio di tempo a guardarlo dormire. Poi finalmente mi accoccolai nella nicchia tra il suo corpo e il suo braccio, premetti la testa contro la sua spalla e mi appisolai.

Ci svegliammo al trillo incessante del suo telefono. Ci volle un minuto per entrambi, per stiracchiarci e sbattere gli occhi, con il sole brillante del primo pomeriggio che entrava dalla rete e ci accecava.

Quasi ricordandosene di colpo, Jordan si sedette, spense la sveglia e aprì l'app della Borsa sul suo telefono.

«DME, forza, DME, dove sei? Ah! *Porca puttana!*»

Mi sedetti accanto a lui, strofinandomi gli occhi, cercando di dare un'occhiata da sopra la sua spalla. «Era un *porca puttana* buono o cattivo?»

Mi mise un braccio sulle spalle per tirarmi a sé e mi baciò i capelli. «È un buon *porca puttana*. Un *porca puttana* veramente, veramente buono. Il prezzo di chiusura è appena sopra quarantuno dollari per azione.»

«Porca puttana!»

«Lo so, vero?»

«È favoloso.»

«Già. È arrivato per me il momento di comprarmi un'isola tropicale e andare in pensione.»

Risi, guardandolo in faccia. Sembrava contento, ma c'era qualcos'altro. Aveva pagato un prezzo troppo alto per la sua grande vittoria.

Mi schiarii la voce e lui alzò gli occhi dal telefono. «Allora, uhm, che cosa significa? Sei disoccupato. Vuol dire che dovrò lasciare l'università e andare a lavorare per mantenerti?» scherzai. Detto con leggerezza, ma restava comunque il fatto che lui aveva sacrificato la sua intera carriera a causa mia.

Lui mi passò il pollice sulla guancia. «Non preoccuparti per il lavoro. A seconda di come continueranno le contrattazioni, appena entrerò in possesso delle mie azioni, potrei non aver bisogno di lavorare per tanto, tanto tempo, se non per sempre.»

Strinsi le labbra. «Ma non si tratta solo di soldi. Non puoi diventare un barbone e vivere sulla spiaggia, senza uno scopo a ventisei anni. Ci scherziamo, ma... hai fatto un enorme sacrificio.»

«Pensi ancora che fosse stupido?»

Scossi la testa. «Penso che tu ritenga che io lo meritassi.»

I suoi occhi brillarono con qualcosa... ammirazione, forse?

«È vero.»

Quell'indescrivibile sensazione mi riempì la gola e quasi non riuscii a deglutire. Alzai la mano e la passai sulla sua fantastica barba corta.

«Allora ci inventeremo qualcosa... troveremo un nuovo sogno su cui lavorare insieme.»

Jordan sorrise. «Forse tornerò all'università e potremmo essere compagni di classe.»

Si chinò e ci baciammo. Fu un bacio lento, dolce. C'eravamo raramente scambiati baci così nelle settimane in cui eravamo stati insieme, quando cercavamo freneticamente di rubare un po' di tempo per fare sesso. Ma ora era diverso, perché ora sapevamo... che c'era un futuro per noi e non dovevamo stipare ogni briciola di passione o desiderio nei pochi minuti che riuscivano a rubare da una giornata di lavoro.

«Non lo so... di solito i nobili non hanno bisogno di andare a scuola» dissi, naso all'aria con falsa alterigia. «E penso che, essendo una principessa, io debba emettere il mio primo decreto.»

Sulle labbra gli apparve un lento sorriso. «E quale sarebbe, Vostra Altezza?»

«Che dovrai avere sempre un po' di barba. Solo un pochino, la quantità giusta. Non una barba piena e non un volto rasato.»

Si mise a ridere. «Beh, sarà complicato. Mantenere la barba proprio della lunghezza giusta è un'arte, sai.»

Risi anch'io. «Nei giorni in cui avrai la barba della lunghezza giusta, potrai baciarmi quanto vorrai, dovunque vorrai.»

I suoi occhi si scurirono. «Bene, stai parlando di incentivi. È un discorso proprio da teorica dell'economia. E accetterò la tua sfida, appena avrò mangiato qualcosa. Sto morendo di fame.»

«Anch'io.»

Mangiammo. Passammo il resto della giornata insieme, camminando lungo la spiaggia, parlando, scherzando, guardando le interviste registrate nel salone della Borsa. C'era un'energia fortissima ovunque, là, e la assorbimmo ore dopo il fatto e a quasi cinquemila chilometri di distanza.

Più tardi quella sera, dopo aver guardato un film sul grande schermo della sua TV e aver cenato con una pizza e un po' di vino, scendemmo sulla spiaggia e facemmo l'amore sulla sabbia battuta, sotto una grande coperta. Fu audace e rischioso e divertente, non molto diverso dalle altre volte in cui avevamo fatto sesso.

Ma, diversamente da quelle altre volte, non eravamo pieni di quell'urgenza di fare tutto quello che potevamo mentre potevamo. Questa volta c'era la promessa di un futuro, e, oh, che enorme differenza faceva.

Capitolo Ventinove
Jordan

Nel mio sogno, qualcuno stava bussando alla porta. Era cominciato come un lieve tocco e dopo qualche minuto si era trasformato in colpi fortissimi. Allo stesso tempo, il mio telefono suonò indicando che avevo un messaggio.

April si mise seduta per prima, stranamente, e mi scosse prendendomi per una spalla. «Qualche testa di cazzo sta picchiando sulla tua porta.»

«Mhmm.»

«Probabilmente è la stessa persona che ti ha mandato un messaggio.»

Mi misi seduto. Che diavolo?

«Forse è Superdeliziosa Sondra che rivuole le sue manette. È stanca di aspettare» disse April, stiracchiandosi come una gatta. Il lenzuolo scivolò via dalla parte superiore del suo corpo e puntai gli occhi sul suo splendido seno nudo. Niente al piano di sotto era abbastanza urgente da allontanarmi da quella donna favolosa, nuda, nel mio letto e la promessa di sesso mattutino...

Il campanello cominciò a suonare... niente meno che a intervalli di cinque secondi... e finalmente ne abbi abbastanza. Scesi dal letto e andai a cercare i jeans sul pavimento, senza preoccuparmi di mutande o maglietta. Chiunque fosse, avrebbe dovuto accettarmi com'ero.

April si ributtò sul letto. «Stanotte mi hai sfinito con tutto quel sesso. Io torno a dormire.»

«Cerca di rimetterti in forze. Ho intenzione di esaurirti un'altra volta quando tornerò di sopra.»

«Mhmm» borbottò mentre uscivo dalla stanza. Scesi di corsa le scale, gridando che stavo arrivando. I colpi cessarono.

Quando spalancai la porta, pronto a fare il culo a chiunque fosse, mi fermai di colpo.

«Hai un aspetto che fa schifo» dissi. Adam non si era rasato e sembrava avesse preso un volo notturno e avesse dormito vestito. Non diversamente da me ventiquattro ore prima, in effetti.

«Tu, d'altra parte, sembri fresco come una rosa.»

Risi e mi tirai indietro per farlo entrare, pettinandomi con le dita perché ero sicuro di avere i capelli che sparavano da tutte le parti.

«Avrei detto che stai da un milione di dollari, ma adesso sono noccioline per te. In effetti, è più come quarantuno e trentadue per azione.»

Adam sorrise. «Sono ancora sotto shock.»

«Congratulazioni, amico. Sei ufficialmente il primo miliardario di cui sia mai stato amico...» Se, in effetti, eravamo ancora amici.

Adam entrò in soggiorno e guardò la spiaggia attraverso la porta scorrevole. Incrociò le braccia sul petto.

«Siediti. Posso portarti qualcosa? Posso fare il caffè...»

«Sto bene così» mi rispose, voltandosi a guardarmi. «Sono rimasto seduto un sacco di tempo, ultimamente. Preferisco stare in piedi.»

Voleva dire che non sarebbe rimasto a lungo. «Dov'è Mia?»

«È dovuta andare direttamente all'università questa mattina. È stato già abbastanza difficile per lei mancare per un giorno.»

«Allora, mhmm. Volevo solo dirti di nuovo che mi dispiace...»

Adam alzò una mano. «No, non dirlo. Non hai bisogno di dire niente. Dispiace anche a me. Non ho reagito nel modo giusto.»

Cercai di nascondere la sorpresa. Ottenere delle scuse da Adam era raro quanto un videogiocatore nerd alla festa di una confraternita.

Alzai le spalle. «Ti ho scaricato addosso una bomba all'improvviso. È comprensibile.»

«E per quello sono ancora incazzato. Specialmente perché è stato uno schifo essere nel salone della Borsa senza di te. Doveva essere il nostro momento di gloria. La nostra prima pietra miliare.»

Distolsi lo sguardo, spostando il peso da un piede all'altro. «È stato uno schifo non essere là, amico. Ma l'ho guardato tutto su Internet.»

«Non voglio fare tutto il resto senza di te, Jordan. La società ha troppo bisogno di te. Io ho troppo bisogno di te.»

«Ma hai capito perché dovevo farlo, vero?»

«No, quello non l'ho ancora capito.» Fece una smorfia. «Potresti... spiegarmelo di nuovo?»

«Il fatto che non fosse giusto punire solo lei?»

«Ma lo avresti fatto per chiunque altro? Perché lei?»

Mi ficcai le mani in tasca. «Perché lei è...»

Adam ripiegò le braccia sul petto. «Continua...»

«Perché io...»

«Sì?»

«È diverso con lei, amico. Io... oh, diavolo, sono innamorato di lei.»

Adam si risucchiò le labbra in bocca per circa due secondi prima di scoppiare a ridere. «Merda!» esclamò. «Emilia sarà furiosa di non averlo sentito direttamene dalla fonte.»

«Mi dispiace averla delusa.»

«Già, comunque lo avevamo già capito. Solo, era divertente fartelo ammettere. Accidenti, avrei dovuto registrarlo sul cellulare.»

«Fanculo.»

Adam prese il telefono e premette il tasto per registrare. «Puoi ripeterlo in modo da poterglielo mandare?»

«Dovresti farmelo sputare a calci, amico.»

«Potrei farlo.» Si rimise in tasca il telefono e tornò serio. «Allora, una volta uscito, contatterò April e le offrirò di finire il suo stage. Poi cercheremo un modo per metterci al riparo quando dirai a David che hai dissacrato sua figlia a favore di telecamera.»

Deglutii.

«E poi ti vestirai e verrai in ufficio prima che ti licenzi.»

«Allora, riguardo a David...»

Adam guardò fuori dalla finestra per un minuto, chiaramente a disagio. «Non ho la minima idea su come reagirà David. Quello te lo dovrai sorbire tu... e lei. Ho fatto in modo che Walt rintracciasse tutte le persone che hanno twittato e postato quelle foto, dicendo loro che dovevano cercarsi un lavoro altrove. Erano cinque, tre di loro stagiste. Cari, quella che ha strappato il costume ad April, era già stata licenziata senza raccomandazione.» Smise di parlare, dimenandosi. Distolse per un momento lo sguardo da me. «Penso che sarebbe meglio informare i dirigenti di quello che è successo. Non sarà facile per te...»

Feci un respiro profondo. «Mi assumerò le mie responsabilità. È solo giusto.»

Adam sorrise. «Ed io, ovviamente, dovrò documentare tutta questa umiliazione per assaporarla negli anni a venire...»

«Niente da fare» dissi sorridendo. «Non ci sto.»

Si fermò, quasi non sapesse più che cosa dire e poi mi guardò nuovamente negli occhi. «Allora, va tutto bene tra di noi?»

«Sì, solo che non dovrai andare da nessuna parte se vuoi parlare con April.»

Le sopracciglia di Adam scattarono verso l'alto e lui diede un'occhiata alla scala. «Puoi chiederle di scendere in modo che le possa parlare? E, per l'amor del cielo, mettiti una maglietta.»

Ci volle un momento per spiegare in fretta ad April che cos'era successo e poi per convincerla che era sufficientemente decente per scendere. Si lavò in fretta la faccia, si vestì e si tirò indietro i capelli, continuando a borbottare che aveva un aspetto orribile. Impossibile, secondo me.

Alla fine scese. A quel punto Adam ed io stavamo bevendo il caffè che avevo appena fatto in cucina. April era pallida, più del solito, e sembrava imbarazzata, ma si congratulò sommessamente con Adam per il successo della IPO. Lui la ringraziò e spiegò che voleva offrirle la possibilità di finire il suo stage alla Draco.

April si prese un attimo, mescolando il caffè, pensierosa. Poi alzò gli occhi. «Ti ringrazio per l'offerta. E grazie per aver ripreso

Jordan. Non dovrebbe perdere il suo lavoro per una cosa che, in pratica, era colpa mia.» Adam spalancò gli occhi ed io fui sul punto di aprire la bocca per obiettare. April mi fermò, alzando una mano. «Sono stata io a premere il pulsante per registrare sul telefono, senza che lui lo sapesse. Lui non avrebbe mai fatto una cosa così stupida.»

«Ho fatto cose stupide in passato. Le abbiamo fatte tutti. Perfino Adam.» Adam sbuffò guardandomi e riportò la sua attenzione su April.

«Com'è finito su Internet?» le chiese.

April raddrizzò le spalle e mi guardò. «Beh, non lo sa nemmeno Jordan perché l'ho appena scoperto. Avevo sempre pensato che fosse stato un incidente. Perché lo sappiate, sono forse la persona meno tecnologica che abbiate mai assunto. Ma la mia compagna di stanza ha recuperato tutto quello che era successo, usando il mio telefono e ha capito che una delle altre stagiste, Cari, aveva trovato il video sul mio telefono quando le avevo mostrato alcune fotografie, se n'era inviata una copia e poi lo aveva caricato.» Si voltò a guardarmi quando reagii a quella notizia con un'imprecazione. «Con tutto quello che era successo ieri, avevo dimenticato di dirtelo. Sid l'aveva capito la sera prima.»

Beh, adesso *io* ero veramente incazzato. Adam si strofinò la fronte, cercando di capire. «Wow, ha finito per dimostrarsi una vera piantagrane. Mi sarebbe piaciuto saperlo sei mesi fa.»

April sospirò. «Vorrei avere avuto il fegato di dirtelo prima… ma dovrei avvertirti che ha una cotta per te ed è ossessionata.» Adam arrossì ma non sembrò minimamente sorpreso. Poi April si leccò le labbra, raddrizzando le spalle. «Quando ha cominciato a complottare per mettersi tra te e Mia, per liberarsi di lei, ho finalmente capito che aveva perso il lume della ragione. Stava cercando di fare pressioni su di me e sulle altre perché facessimo il lavoro sporco per lei.»

Adam ed io ci bloccammo di colpo e la guardammo, allarmati. *Diavolo no.* Stavo per parlare quando Adam mi anticipò. «Aveva intenzione di fare qualcosa a Mia?»

April abbassò gli occhi sul suo caffè, arrossendo. «Al party, Cari voleva che strappassi il vestito di Mia e glielo tirassi giù. Diceva che mi avrebbe smascherato se non l'avessi fatto. Quando mi sono rifiutata, ha afferrato il costume e l'ha fatto a me.»

Scambiai un'occhiata con Adam. Wow... quella era roba da pazzi. Sapevo che la ragazza era un po' suonata quando l'avevo colta a minacciare April, e ora rimpiangevo di non averla licenziata in tronco. Ma allora mi preoccupava più pararmi il culo in modo che non si sapesse niente...

Guardai April mentre lei fissava Adam, parecchio impaurita. Adam aveva la mascella serrata. «Bene, grazie per avermelo fatto sapere. Me ne occuperò io e tu non te ne dovrai più preoccupare.»

April abbassò le spalle, sollevata. Sapevo che le ci era voluto parecchio coraggio per dirgli tutto. Ma ero contento che non fosse stato necessario ricordarle di dire la sua.

April sbatté gli occhi e guardò fuori dalla finestra, a testa alta. «Devo essere sincera, non ho abbastanza coraggio di tornare alla Draco dopo quello che è successo sabato. Ma sono grata per ciò che avete fatto per me. Licenziare la gente che ha postato le foto e tutto il resto.»

Feci una smorfia, deluso, ma potevo biasimarla? Mi schiarii la voce per attirare la sua attenzione. «Voglio intromettermi e dire che penso che tu abbia il coraggio di tornare, io lo so.»

April scosse la testa. «Facile per te dirlo. Loro non sanno che sei tu quello nel video.»

Annuii. «Hai ragione. Ed è il motivo per cui lo dirò a tutti.»

April s'irrigidì, con gli occhi fissi nei miei. «Jordan...»

Alzai una mano. «Possiamo parlarne più tardi. Non ho intenzione di obbligarti a tornare, se non vuoi. Ma... certo mi farebbe comodo il tuo supporto morale quando tornerò *io*.»

Adam guardò entrambi, poi spinse da parte la tazza di caffè. «Io vado. Almeno *io* devo andare a farmi vedere prima di andare a casa e dormire.»

Accompagnai Adam alla porta e, prima che uscisse, gli misi una mano sulla spalla. «Grazie, amico.»

Lui scosse la testa. «È quello che fanno gli amici.» E se ne andò.

Quando tornai dentro, April mi abbracciò, mettendomi le braccia intorno alla vita e tenendomi stretto a lungo, con la testa premuta contro la mia spalla. Le passai una mano tra i capelli setosi. «Ce la faremo...»

«Sì. Verrò con te. Avevo comunque quasi finito il mio progetto.»

Le baciai la testa, con qualcosa di simile all'orgoglio che mi fioriva in petto. «Sei sicura?»

Lei piegò la testa per guardarmi. «Sì. Adesso baciami prima che cambi idea.»

E fu esattamente quello che feci. Un bacio lungo, lento e profondo, con le labbra incollate e le braccia strette. Mi tornò in mente quel sesso mattutino che mi era stato negato... ma c'erano ancora alcune cose che dovevamo chiarire.

«Sai... il momento in cui avrò *veramente* bisogno di te sarà quando andrò a parlare con tuo padre.»

Torse la bocca a quell'idea. «Sai, potrei lasciare che te la cavi da solo.»

Mi misi a ridere. «Purché non sia un fanatico delle armi o un killer professionista. Non è così, vero?»

Ad April sfuggì una risata. «Mio padre non uccide nemmeno i ragni. Penso che non debba aver paura. Però potrebbe chiedere a mia nonna di lanciarti il malocchio.»

«Potrei sfidare la sorte dicendolo, ma sono a prova di malocchio. Potrebbero confermarlo le donne che conoscevo una volta e che, almeno una volta o due potrebbero aver cercato di lanciarmi un incantesimo per far raggrinzire e cadere un certo organo…»

April spalancò gli occhi. «Sarà meglio che non si raggrinzisca e non cada, altrimenti dovrei scaricarti. L'unico motivo per cui ti sopporto è il sesso eccezionale.»

«E la barba. Non dimenticare la barba.»

Sorrise. «Certamente.»

E la baciai, rispettando il suo decreto reale di baciarla tutte le volte e *dovunque* volessi. Continuò a risentire delle abrasioni da barba per giorni.

CAPITOLO TRENTA
APRIL

DIRE CHE MIO PADRE NON PRESE BENE LA NOTIZIA È UN eufemismo di proporzioni epiche. Jordan ed io decidemmo di dirglielo prima di informare i dipendenti della Draco, quindi ci organizzammo per incontrarlo a pranzo in un luogo neutrale, una stanza privata in un ristorante vicino.

Papà aveva il gomito sul tavolo e si stringeva la radice del naso, con gli occhi chiusi. Jordan ed io ci scambiammo una lunga occhiata e mi si chiuse la gola per la paura. Nelle vene mi scorreva il vecchio istinto di scappare, facendomi desiderare di precipitarmi alla porta e lasciare che Jordan affrontasse le conseguenze da solo.

«Allora, vediamo se ho capito bene: ti sei registrata mentre facevi sesso con lui, ma non sapevi che fosse lui.»

Mi presi il labbro tra i denti. «Sì…»

Mio padre lasciò cadere la mano, aprendo gli occhi. Mi fissò e anche se avrei veramente voluto distogliere gli occhi, sostenni il suo sguardo. «Questa storia diventa sempre più bizzarra. Mi sembra di essere entrato in qualche strano universo parallelo e tu…» Scosse la testa. «Che diavolo stavi pensando, April?»

Mi agitai sulla sedia. «Ne abbiamo già parlato… di dove avessi la testa quando ho preso quella decisione. L'unica differenza adesso è che sai chi era l'altra persona nel video.»

Le guance di mio padre si gonfiarono quando strinse i denti. Non aveva nemmeno guardato Jordan da quando gli avevamo dato la notizia. «È un dettaglio piuttosto importante che avevi tralasciato. Ma...» Diede una breve occhiata in direzione di Jordan, «... avrebbe potuto dirmelo anche lui.»

Jordan si mise diritto sulla sedia. «April ed io abbiamo entrambi commesso dei grossi errori, David. Non ho intenzione di negarlo...»

«Puoi chiamarmi signor Weiss» disse seccamente mio padre. «E, davvero, avrebbe senso negarlo adesso?»

Jordan esitò, scuotendo la testa, chiaramente confuso.

Mio padre tornò a guardare me. «April, non voglio che la prenda nel modo sbagliato, ma... le scelte che hai fatto in passato in materia di boyfriend non sono state granché. A cominciare dall'idiota che ti ha portato a fare quel tatuaggio fino a quell'ultimo somaro che ha finito per sposare tua madre.»

Ahi. Faceva male.

«E non pensate che non abbia sentito i pettegolezzi che girano in ufficio riguardo a questo qui» disse voltandosi verso Jordan, con le narici dilatate. «Le feste, il bere, le donne... ogni foruncoloso geek in quel posto ti riverisce come se fossi il dio dei donnaioli. So che sei un seduttore nato... quindi sembra che per il momento tu sia riuscito a imbambolare mia figlia. Dire che non mi fa piacere che abbia posto gli occhi su di lei è un eufemismo.»

Jordan fece un respiro profondo, un po' rosso in volto dopo la filippica di mio padre. «Signor Weiss, non è così. So che la nostra situazione è difficile, visto il nostro rapporto di lavoro. Ma ho solo le migliori intenzioni per quanto riguarda April. Non sono abbastanza stupido da mentirle. So che c'è parecchio in gioco, se le cose non andassero come devono. Ma... io la amo.»

Papà si fermò per il tempo di un battito di cuore, guardando Jordan con un'espressione furiosa, completamente indifferente alla sua dichiarazione. «Devo presumere che non abbia dei figli, per quanto ne sai, ovviamente.» Jordan trasalì. «Ma hai una sorella, vero?» Indicò Jordan con il mento. «Come ti sentiresti se un playboy la prendesse in giro? Mhmm? La tua sorellina, che si scopa qualcuno che si è portato a letto, non lo so, dozzine? Centinaia di donne? Pensi che dovrebbe farmi piacere? A *te* farebbe piacere?»

La gamba di Jordan sobbalzava su e giù e lui strinse i pugni sul tavolo. «No. Non ne sarei per niente contento. Ma non potrei farci molto. Mia sorella è adulta. La scelta è sua. Comunque farei esattamente ciò che sta facendo lei adesso e le direi di stare alla larga da qualcuno come me. Ma, alla fin fine... avrei le mani legate.» Per la prima volta da quando mio padre aveva cominciato a parlare con lui, Jordan mi guardò. Gli rivolsi un piccolo sorriso d'incoraggiamento.

«Voglio bene ad April. Voglio avere un futuro con lei. Ci amiamo. Il mio passato è il passato. Non posso cambiarlo. Tutti hanno fatto cose che rimpiangono. Non significa che devo smettere di vivere all'età di quasi ventisei anni perché mi sono svegliato all'improvviso e mi sono reso conto che il modo in cui vivevo non fa più per me.»

«C'è un detto: il lupo perde il pelo ma non il vizio...»

«Basta, papà.» Mi spostai in avanti sulla sedia e misi una mano sopra la sua sul tavolo. «È una mia scelta. Sono un'adulta e lo amo. Lo voglio. E voglio anche te... e Rebekah e Sara e Daniel. Voglio far parte della tua famiglia. Ma devi accettare che voglio anche Jordan.»

Lo sguardo di mio padre andò diritto a Jordan, duro e affilato come lame che volassero per aria. «Hai ragione. Non ho voce in Capitolo. Ma non pensare che non ti terrò gli occhi addosso. Se le farai del male...»

«Capisco. Le vuole bene anche lei. Ma voglio che sappia che preferirei infilarmi una lama in un occhio che ferire sua figlia.»

«Papà, *per favore*. Lascia che ci proviamo.»

«Quindi presumo che ti darà la raccomandazione per la facoltà di economia aziendale?»

Guardai nuovamente Jordan. «Sto avendo dei ripensamenti riguardo alla facoltà. Ricordi che ti avevo detto che mi piace studiare la teoria?»

Mio padre aggrottò la fronte. «Hai intenzione di studiare economia teorica? E a che diavolo ti servirà?»

«Non lo so... magari potrei lavorare come consulente, ad esempio per un videogioco. O sviluppare nuovi modelli, o insegnare.»

Il telefono di mio padre fece un bip e lui lo controllò. «Ne possiamo parlare più avanti. Non mi dispiace l'idea, purché tu sia sicura che è quello che vuoi.» Si alzò e guardò ancora entrambi. Ricominciò la tremarella. Non avevo bisogno dell'approvazione di papà... ma la volevo *davvero*.

Lui si strofinò la guancia e sospirò. «Sarò sincero e vi dirò che non ho una bella sensazione, specialmente considerando come sono cominciate le cose. Ma sei una donna. Sei la mia bellissima figlia e sono fiero di te e spero veramente di sbagliarmi su di lui.»

Beh, immagino fosse il massimo che potevo sperare di ottenere. Mi alzai e gli misi le braccia al collo, tirandolo verso di me per un abbraccio e poi gli baciai la guancia. «Grazie, papà.»

Lui mi diede un colpetto sulla schiena, spalancando gli occhi per la sorpresa. «Ti voglio bene, April... solo, stai attenta, okay? È tutto quello che ti chiedo.»

Mi tirai indietro e lo guardai in faccia, annuendo. «Starò attenta. E se mi farà del male, potrai licenziarlo e buttarlo su una strada.»

Lui rise ma con la coda dell'occhio vidi Jordan che si agitava. Per tranquillizzarlo, gli rivolsi un sorriso furbo e lui strinse gli occhi prima di restituirmi il sorriso. Papà fece per andare e Jordan fece un passo avanti, tendendogli la mano.

Papà agitò la sua. «Non sono ancora pronto per quello. Dammi un po' di tempo. Sono un vecchio. Ma...» Quasi scoppiai a ridere quando si puntò due dita verso gli occhi e poi li voltò verso Jordan nel gesto universale che significava *"Ti tengo d'occhio"*.

«Ci vediamo presto, tesoro.» Poi si voltò e se ne andò.

Jordan lasciò andare il fiato e di colpo mi resi conto quanto doveva essere stato nervoso. Lo aveva nascosto bene. «Merda, è stato pesante» disse.

«Ti aspettavi un picnic?»

Lui scosse la testa e si avvicinò, tendendo le braccia. Io mi lasciai abbracciare e baciare sulla guancia. «Grazie per avermi difeso» disse. «Ero *a tanto così* dallo scappare quando ha cominciato a fare il duro.»

Mi tirai indietro per dargli un'occhiataccia e vidi che stava sorridendo, prendendomi in giro. «Bene... *immagino* che ne valesse la pena.» Sul volto mi apparve un lento sorriso.

Jordan strinse il braccio intorno alla mia vita. «Che ne dici di una ricompensa? Non devo tornare al lavoro fino a domani, quindi abbiamo tutta una giornata libera, mia maliziosa principessa delle favole...»

Sorrisi. «Che cosa cantava sempre Biancaneve? *Un giorno il mio principe verrà...*»

Jordan sogghignò. «*Un giorno?* Il tuo principe ha intenzione di venire stanotte, più di una volta.» Scoppiai a ridere e lui agitò le sopracciglia. «Tanto perché tu lo sappia, io sono un tipo da tutto o niente. E posso essere piuttosto testardo quando decido che voglio qualcosa... quindi basta tirarsi indietro e scappare.»

«Mhmm. Ma il comportamento inappropriato va bene, vero?»

«Cazzo, sì. Quello è *obbligatorio*.»

Capitolo Trentuno
WILLIAM

O
DIO STARE NEL MAGAZZINO. I SUONI ECHEGGIANO E rimbalzano dal pavimento, dalle pareti e dal soffitto altissimo. Non è un *brutto* posto. Ma qui è tutto esagerato. Le luci sono più brillanti, i suoni più forti, gli odori… *davvero* non mi piacciono gli odori, sanno di olio e di plastica. Sintetici e opprimenti.

Ma ho scoperto che respirare lentamente dalla bocca mi aiuta. Quindi resto in fondo alla folla e mi stringo le braccia contro il petto e quando comincio ad agitarmi, le contraggo di colpo. La pressione mi aiuta a restare calmo. Proprio come serrare i denti o gli occhi talmente stretti da vedere dei piccoli punti scuri.

Sono trucchi che ho imparato da solo per sopportare le luci e i rumori di posti come questi. Quello, o il mio blocco da disegno, e l'ho lasciato sulla scrivania perché non ero stato avvisato della riunione.

È un'altra delle cose che mi agita. Stringo le braccia al pensiero che tutta la routine della giornata è stata sconvolta da questo annuncio che vogliono fare i dirigenti. Immagino che Adam mi lascerebbe restare alla mia scrivania se gli dicessi quanto lo detesto. In effetti gliel'ho detto in passato e lui ha capito, o almeno lo ha detto. Ma questa volta ho una cosa o due da dire al suo fastidioso miglior amico. E anche *lui* è qui, accanto ad April Weiss.

Adam ha appena finito l'annuncio che riguarda il prezzo delle azioni e le date di rilascio delle azioni a maturazione possedute dai dipendenti. Ha anche dichiarato che la Draco acquisirà una società per costruire l'hardware per le nuove attrezzature per la realtà virtuale. Questo significa più lavoro per me perché sono nella squadra che deve creare la modellazione tridimensionale per la nuova interfaccia.

Non so che cosa pensarne e cerco di non farlo, ma strizzo gli occhi quando Adam annuncia che Jordan ha qualcosa da dirci. L'avevo visto nel parcheggio quella mattina, che si teneva per mano con April Weiss quando pensava che nessuno potesse vederlo. Riesce a far innamorare di sé tutte le ragazze.

Eppure i suoi consigli erano vere stronzate.

Forse mente per evitare che qualcuno possa fargli concorrenza. Forse la sua tecnica è segreta. L'espressione sul suo volto è nervosa, credo. Jordan sta già parlando, ed io ero concentrato sui miei pensieri, quindi non ho sentito che cos'ha detto. È a circa sedici metri da me e c'è un sacco di gente in mezzo a noi, perché, quando c'è una folla, io non sto mai in mezzo. Sempre ai margini. Lì è più facile respirare.

«Se ci tenete alla salute di questa ditta, sappiate che ciò di cui parleremo riguarda solo la società» sta dicendo. Devo aggrottare la fronte e stringere gli occhi e concentrarmi veramente per seguirlo. È lontano, e il rumore, piedi che si spostano, gente che sussurra, echeggia da tutte le parti. «L'incidente al party in piscina nel quale una delle nostre stagiste è stata slealmente umiliata non sarebbe dovuto succedere. E, peggio ancora, non avrebbe mai dovuto essere condiviso con il mondo esterno per mezzo dei social media. Ma la cosa più vergognosa è che lei è stata lasciata da sola ad affrontare quell'umiliazione. Voglio raddrizzare quel torto. A nome della società e mio voglio scusarmi con April Weiss per ciò che ha dovuto sopportare durante la festa. Penso che sia giusto anche farvi sapere che ero io l'altra persona nel video.»

C'è molto più silenzio adesso. Nessuno si muove. Alcuni hanno spalancato gli occhi, gli atteggiamenti sono cambiati, c'è gente a bocca aperta. Sorpresa. Sono tutti sorpresi. Spiacevolmente sorpresi.

«Colleghi, vi devo anch'io delle scuse...» Ma io ho smesso di ascoltare. Mi sento teso, ho i pugni stretti. Sono furioso. Non mi piace Jordan. Una volta mi piaceva, ma oggi non mi piace.

E ho intenzione di dirglielo... appena... appena tutta questa gente se ne andrà e non sarà più così affollato. Quindi mi concentro su me stesso, cercando di usare i miei trucchi per pensare di non essere in questa stanza con queste luci brillanti e questo rumore.

Passo il tempo pensando a *lei*. A come i suoi capelli sono così pallidi da essere quasi bianchi. Biondo platino. A volte li tira indietro. Il modo in cui formano piccoli riccioli intorno al collo. Mi piacciono i suoi polsi. Sono delicati. Sottili. Eleganti. Perfino i suoi polsi sono belli. E i suoi occhi. Un azzurro così pallido che se dovessi dipingerli, dovrei mischiare il bianco con il ceruleo nei colori a olio. Forse due parti di bianco per una parte di azzurro.

Mi ricorda un angelo di Raffaello.

Passano tredici minuti prima che comincino ad andarsene. Aspetto fino a quel momento e poi vado a parlare con Jordan. Lui sta camminando di fianco ad Adam e April e quando sono vicini, agito una mano per attirare la sua attenzione.

Si fermano tutti e tre. Mio cugino dice. «Ehi Liam, va tutto bene?»

Tiro il fiato, dicendo a me stesso di non essere irritato. Solo i membri della famiglia mi chiamano "Liam". Lo tollero solo da tre persone: papà, Adam e mia sorella, Britt. Oh, adesso c'è anche la mia nuova matrigna. A volte le scappa e mi chiama anche lei "Liam" perché lo fanno gli altri e lei dimentica che non mi piace.

«Ho bisogno di parlare con Jordan» dico indicandolo.

L'espressione di Jordan cambia. Aggrotta le sopracciglia che quasi si uniscono. Adam gli dice qualcosa e poi torna a rivolgersi a me. «Okay. Ci vediamo più tardi.» Continua a camminare. Dopo un attimo di esitazione, April lo segue.

«Sono arrabbiato con te» dico a Jordan.

Lui sospira e mi guarda negli occhi. Io li distolgo in fretta. Non mi piace guardare la gente negli occhi. Stringo i pugni, cercando di calmarmi.

«Il consiglio che mi hai dato era veramente pessimo.»

Jordan china la testa di lato. «Mi dispiace. Non ha funzionato?»

«Mi hai detto di invitare Jenna a uscire con un bel gruppo di amici. L'ho invitata alla mia società di rievocazioni medievali, insieme ad Alex, Heath, Connor e Katya.»

Jordan sbatte un paio di volte le palpebre. «Okay... allora immagino che non le sia piaciuto?»

«Le piace tantissimo. Continua a tornarci.»

I piedi di Jordan fanno rumore quando li sposta sul pavimento. Detesto come risuonano sul pavimento del magazzino. Oggi non porta le sneakers. Quelle sono molto più silenziose.

«E non è una bella cosa? Non vuoi che continui a venire in modo da vederla di più?»

Stringo di nuovo i pugni. Vorrei colpirlo. «No, non è una bella cosa. Perché la prima sera ha conosciuto Doug Callihan. È uno dei cavalieri principali della nostra organizzazione.»

Contraggo e rilasso i pugni, molte volte di seguito, è un'altra delle cose che faccio per calmarmi. Faccio qualche altro respiro profondo perché ho ancora veramente voglia di colpire Jordan.

«Okay, che cos'è successo quando l'ha conosciuto?»

«Lui le ha chiesto di uscire. E adesso stanno insieme.»

Jordan apre la bocca, come se fosse scioccato. «Oh, amico, mi dispiace... ma questo non significa che sia finita. Puoi sempre cambiare. Ti...»

Alzo una mano tremante. «Non voglio cambiare. Io voglio Jenna. Non voglio altri consigli perché non mi piacciono i tuoi consigli. Hai detto che se le avessi chiesto di uscire in gruppo saremmo stati più a nostro agio insieme, e poi avremmo potuto diventare boyfriend e girlfriend. Ti sbagliavi.»

Jordan alza le mani, con i palmi in fuori. «Mi dispiace. I miei consigli non sono garantiti. Ma lasciami vedere se posso...»

«No!» gridai. Non mi piace urlare, ma sono così arrabbiato che devo scegliere se urlare con Jordan o picchiarlo. Mi volto e faccio per allontanarmi da lui. Devo uscire da quel magazzino.

«Ehi, William aspetta.» Jordan accelera per camminare accanto a me. «Lascia che provi a vedere se riesco a sistemare le cose.»

«Ci penserò da solo. Doug è il mio avversario, il mio rivale. Il mio arci-nemico. L'ho già sfidato a un duello.»

Jordan smette di camminare e mi fissa. Io cammino più in fretta e poi corro fuori dal magazzino e non mi fermo, anche se Jordan mi sta chiamando.

Devo prepararmi a un duello.

Brenna Aubrey è un'autrice bestseller di USA TODAY di romanzi contemporanei centrati sulla cultura geek.

Ha sempre cercato conforto in un buon libro e nelle storie lunghe e convolute che intesse nella sua testa. Brenna è una ragazza di città con un grande amore per la natura nel cuore. Quindi, appena può, cerca i grandi spazi verdi e aperti. È anche una mamma, un'insegnante e una geek, una francofila, un'indomita dipendente dai videogiochi, nonché un'accumulatrice compulsiva di libri.

Attualmente risiede sulla costa occidentale degli Stati Uniti con suo marito, due bambini e due adorabili golden retriever.

Ulteriori informazioni sul sito www.BrennaAubrey.it.